소설

소설 상
The Novel

제임스 A. 미치너 장편소설 윤희기 옮김

THE NOVEL
by JAMES A. MICHENER (1991)

Copyright (c) 1991 by James A. Michener
Korean Translation Copyright (c) 1992 by The Open Books Co.
All rights reserved.

This Korean edition is published by arrangement with William Morris Endeavor
Entertainment, Inc. through Imprima Korea Agency.

이 책은 실로 꿰매어 제본하는 정통적인 사철 방식으로 만들어졌습니다.
사철 방식으로 제본된 책은 오랫동안 보관해도 손상되지 않습니다.

나와 더불어 공부했던
독일계 펜실베이니아 학생들에게

『소설』은 허구적인 작품이다.
이 소설의 등장인물들은 작가가 창조한 것이며,
현재 생존해 있거나 고인이 된 실제 인물들과
어떤 유사점이 있다면, 그것은 순전히 우연일 뿐이다.
스토리 또한 허구다.

작가 루카스 요더
11

편집자 이본 마멜
171

작가 루카스 요더

1990년 10월 3일, 수요일 아침 10시 30분. 나는 여덟 번째 소설의 마지막 문장을 타자기로 쳤다. 비평가들은 이 소설이 그들이 칭하는바 〈그렌즐러 8부작〉을 완결하는 소설이라고 말하겠지만, 사실 나는 처음부터 동일한 주제를 놓고 여덟 권의 소설을 쓰기로 마음먹었던 것은 아니었다. 우연히, 어떻게 하다 보니까 정말 그렇게 된 것뿐이었다.

　내가 마흔네 살이었던 1967년, 나는 펜실베이니아 독일인 거주 지역에 사람들이 오밀조밀 모여 사는 한 작은 촌락을 상상했었다. 잘 알려진 3대 독일인 정착 도시인 북쪽의 앨런타운과 서쪽의 리딩, 그리고 남쪽의 랭커스터 사이의 사람의 발길이 잦지 않은 곳에 자리한 그 상상의 지역은 넓이가 동서로 16마일, 남북으로 10.5마일가량 되었으며 주변 지역과의 경계도 분명한 곳이었다. 또한 고대 독일인들의 생활 방식과 어법을 그대로 고수하는 매력적인 시골 사람들이 거주하는 곳으로 상상했었다. 첫 소설에서 그 상상의 지역을 아주 견실하게 묘사한 나는 그 후의 작품에서도 줄곧 그 지역을 배경으로 그 지역 주민들의 삶을 묘사하였다. 그리고 그곳에 〈그렌즐러〉라는 지명을 붙였고, 나 자신 역시 거기에 거주하는 한 주민으로 상상했었다. 이런 연유로 나는, 내가 사랑하는 독일인들의 고집불통의 성격과 그들의 땅에 대한 집착을 상징하는 뜻으로 〈돌담〉이라고 제목을 붙인 이 여덟 번째의 소설을 시작할 때쯤에는 이 세상의 다른 어떤 지역, 심지어 미국, 아니 펜실베이니아의 그 어떤 지역도 내 소설의 배경으로 삼고 싶은 생각이 전혀 들지 않았던 것이다. 다른 작가들의 경우도 마찬가지겠지만, 나에게 그 상상의 지역은 현실의 나를 둘러싸고 있는 실제의 그 어떤 물리적인 환경보다도 더욱더 현실감 넘치는 지역이었다.

마치 최종 승인을 내리듯 완성된 원고를 톡톡 두드리고 난 뒤, 나는 서재를 빠져나와 부엌이 있는 아래층으로 발걸음을 옮기며 큰 소리로 이 기쁜 소식을 알렸다. 「엠마! 이제 다 끝났어! 다시 정상적인 생활을 시작할 수 있게 된 거야.」

그러나 아내는 들뜬 나의 기분을 그대로 다 받아 줄 수는 없는 모양이었다. 하기야 아내로서는 지난 일곱 권의 소설에서와 마찬가지로 앞으로 작품을 깨끗이 다듬으며 겪어야 할 여러 가지 성가신 일이 먼저 떠오를 것이 분명했다. 「알겠어. 지금이 1990년 10월이지? 이번 당신 작품을 깨끗이 정리하는 데도 한 1년 걸릴 테니……. 뉴욕 출판업자들의 제안, 수정, 그리고 교정……. 내년 이맘때, 그러니까 1991년 10월이 되어야 책이 나오겠지?」

그래도 내 기분을 완전히 죽이고 싶지는 않았는지 아내는 환한 미소를 지으며 오븐을 가리켰다. 오븐에서는 펜실베이니아의 한 독일인 가정의 부엌을 거룩한 처소로 만들어 주는 감미로운 냄새가 새어 나오고 있었다. 물론 애플버터를 만들 때나 감칠맛 나는 민스미트를 혼합할 때, 혹은 육두구 종자를 넣어 호박 파이를 구울 때도 이 비슷한 냄새가 나기도 하지만 지금 아내의 오븐에서 풍겨 나오는 이 특별한 냄새는 무엇에도 비길 수 없는 최고의 향기였다. 맡기만 하여도 코끝을 간질이며 입맛을 당기는 전통 독일식으로 구운 라이스 푸딩의 냄새……

오븐의 문을 연 엠마는 양손에 두툼한 벙어리장갑을 끼고는 오븐에서 멋들어진 독일산 요리 단지를 꺼냈다. 그 단지는 묵직한 갈색 자기 제품으로 직경이 14인치에 높이가 6인치이며, 측면은 부드러운 곡선을 이루고 있고 위 주둥이 부분은 바깥쪽으로 살짝 젖혀진 아름다운 그릇이었다. 아내 엠마는 그 속에 윗부분이 황갈색으로 감돌면서 단단한 껍질 같은 표면 아래 건포도가 총총 박혀 있는 자랑스러운 독일 요리를 준비하였다.

엠마 요더의 라이스 푸딩은 미리 끓여 삶은 쌀가루로 만든 그런 특징 없는 요리도 아니고, 건포도 대신 계피 가루를 살짝 얹어 만든 얇은 밀크 커스터드도 아니었다. 쌀가루를 끓이지 않고 구워서 시간이 더 걸렸지만 엠마는 잠시도 한눈을 팔지 않고 푸딩이 완성될 때까지 아주 세심한 주의를 기울였다. 엠마가 쌀을 구울 때 사용하는 그릇은 보통 사람들이 생각하는 것보다 훨씬 골이 깊었다. 왜냐하면 단단한 쌀알이 여러 시간 동안 천천히 오븐에서 구워져 부드럽게 되면 그 위에 건포도와 계피를 뿌린 후 진짜 요리가 시작되기 때문이었다. 그리고 10분 내지 15분 간격으로 캐러멜 설탕을 섞어 아름다운 갈색 표면이 형성되면 엠마는 손잡이가 긴 스푼으로 그 표면을 잘 휘저어 푸딩과 섞었으며, 어느 정도 알맞게 시간이 흐르고 나면 푸딩 전체에 감미로운 황갈색이 감돌기 시작했던 것이다.

진품의 독일식 라이스 푸딩을 만드는 기술은 요리되지 않은 생쌀과 진한 우유를 어떻게 적절히 배합하느냐 하는 데

달려 있다. 그리고 처음에는 수분이 너무 많은 것처럼 보일지는 몰라도 요리 과정에서 수분이 증발되면서 우유와 계란과 설탕이 정말 무슨 요술을 부리듯 알맞게 섞이게 되면 최고의 커스터드가 되는 것이었다. 그러나 독일식 푸딩을 감칠맛 나게 만드는 것은 무엇보다도 캐러멜처럼 연한 갈색을 띠는 표면과 건포도를 커스터드와 한데 뒤섞는 기술이었다. 저절로 터득되는 솜씨가 아닌 것이다.

「냉장고 문 좀 열도록 하세요.」 엠마는 결혼 이후 많은 세월을 근처에 있는 소더턴의 한 학교에서 영어 선생으로 보냈지만 어렸을 때 배운 펜실베이니아 독일인들의 어법을 아직도 많이 사용하였다.

「알겠습니다아.」 나는 아내의 말을 흉내 내어 대답했다. 곧이어 아내는 푸딩을 냉장고에 넣어 식히기 전에 작은 두 컵에 김이 모락모락 나는 푸딩을 담았다. 첫 소설이 완성된 이후로 우리는 매번 이런 식으로 컵에 담아 먹으며 자축의 의식을 즐겨 왔다. 그림처럼 아름다운 부엌에 앉아 — 우리 부부는 생활의 대부분을 부엌에서 보내지 않았나 싶다 — 성찬이 식기를 기다리는 동안 아내가 〈이번에는 교정보는 일이 좀 쉬울까?〉 하고 물어, 내가 대답했다. 「더 어려울 걸. 당신도 이젠 늙었으니 예전 같진 않을 거고. 놓치는 게 많을 테지.」

「이게 마지막 작품이라고 한 말이 정말이야?」

「물론이지. 이젠 더 이상 쓸 기력도 없을 것 같고…… 용기도 나질 않아.」

지금이 각별한 의미를 지닌 중요한 순간임을 인식한 아내는 내 의자 뒤에 서서 내 어깨 위에 손을 올려놓았다. 「여덟 권의 소설 중 처음 네 권은 반응이 형편없었지만 나중의 네 권은 대단한 호평…….」

「끝까지 두고 봐야지. 그리고 이번 소설에 대한 반응이 어떨는지는 나도 모르겠어.」

아내는 전혀 걱정이 안 된다는 투로 말했다. 「지금까지의 업적이 있는데도?」

「작가에게는 이전의 작품만큼이나 다음 작품도 중요한 거요. 이번 것은 확신할 수가 없어.」

「그렇게 달라? 성공을 거둔 지난 세 작품하고 말이야.」

「다르지. 이번 작품에는 『파문(破門)』처럼 멜빵바지 사람들이 내보이는 그런 개인적인 적개심도 없고, 『헥스』[1]에 나타난 펜실베이니아 독일인들의 신비주의도 전혀 있질 않아.」

「그렇담, 그 소설들을 성공작으로 만든 주제에서 이제는 등을 돌리셨다는 말씀이로군. 과연 현명한 생각일까?」

「오랫동안 심사숙고했지만 역시 잘했다는 확신이 들어. 이번 소설은 그렌즐러 토지에 관한 얘기라고. 구체적으로 말하면, 우리 독일인들이 오랫동안 역사적 유산으로 지켜 온 돌담, 즉 우리의 곳간 담벼락을 허물어뜨림으로써 이 땅을 훼손시키거나 이 토지에서 멀어진다면 어떻게 될까 하는 그런 이야기지.」

「생태학적인 관심 맞아? 그런데 과연 독자들이 쉽게 받아들일까?」

「그렇게 하도록 하는 게 내 일이지.」

「행운을 빌어요, 로저 토리 피터슨.」

내가 글을 쓰면서 어떻게 그렇게 끝까지 무엇에 관해서 쓰는지 아내에게 알리지 않을 수도 있는지 다른 사람들은 다소 의아하게 생각할지도 모르겠다. 허나 그것은 언제부터인가 우리 부부가 지키기로 한 엄격한 전통, 뭐 그런 것이 되어 버

---

[1] 주문이나 주술을 뜻함.

렸다. 나는 내가 쓰고 있는 소설의 주제가 무엇인지 어느 누구에게도 말하지 않고 심지어는 출판사의 편집자에게도 알리지 않고 혼자서 글을 쓰는 습관이 있었다. 그러니 작품이 완성되기 전까지는 엠마도 모를 수밖에 없었다. 「내가 졸리코퍼 씨에게 한 부 복사해서 갖다 주고, 뉴욕의 키네틱 출판사에 한 부 보내고 나서 당신한테 한번 보여 주지.」

「잘은 모르지만 대히트를 칠 거야.」

「난 당신의 그런 고상한 어휘 선택이 항상 맘에 든단 말이야.」

아내는 내 어깨를 가볍게 누르며 자기 의자에 앉았다. 「고등학교에서 아이들을 가르칠 때에는 그 아이들이 쓰는 용어를 써야지 그렇지 않으면 아이들이 신경을 딴 데다 써.」 이런 아내의 말에, 선생이라면 교실에서 자신이 쓰는 용어를 아이들한테 주입시켜야 되는 거 아니냐고 내가 반문하자 아내는 웃었다. 「당신은 정말 구세대 사람이야. 세대 차이가 난다고.」

푸딩이 식기를 기다리면서 나는 다시 한 번 이 작은 독일 여자 — 아내의 키는 약 157센티미터이고 나는 165센티미터였다 — 가 얼마나 사랑스러운지 되새기지 않을 수 없었다. 내가 쓴 소설이 전혀 팔리지 않던 어려운 시절에 아내는 소더턴에서 교편생활을 하며 내가 계속 글을 쓸 수 있도록 헌신적 희생을 다한 여자였다. 처음 네 권의 소설이 실패작으로 끝날 때마다 아내는 매번 이렇게 격려해 주기도 했었다. 「루카스, 당신은 진정한 작가야. 그리고 이번 소설, 정말 좋은 작품이야. 언젠가 때가 되면 전 미국이 알아줄 거라고.」 그 고난의 시절 동안 아내는 한시도 흔들림 없이 나를 지지해 주었고, 또 그녀의 격려 한마디 한마디는 그녀가 교사 일을 해서 벌어들이는 그리 많지 않은 수입만큼이나 나에게는 큰 힘이 된 것도 사실이었다. 왜냐하면 아내는 일류 여자 대학 중의 하나인 브린마 출신이었고, 그래서 어떤 책이 훌륭한 책인지를 잘 알고 있는 여자였기 때문이었다. 이따금씩, 아내가 학교에 가서 아이들을 열심히 가르치고 있는 사이 나 혼자 서재에서 글을 쓸 때면 절로 눈물이 나올 때도 있었다. 시골 고등학교에서 아이들을 가르치는 것보다 더 화려하고 멋진 직업을 가졌으면 하는 아내의 마음을 잘 알고 있었던 나로서는 한마디 불평도 없이 묵묵히 지내는 아내가 더없이 고마울 뿐이었다. 내가 계속 글을 쓸 수 있도록 헌신적으로 도와준 아내, 그러면서도 전혀 짜증이나 불만의 기색을 안 비치던 아내였다.

최근 몇 년 동안 나는 젊은 의사들 사이에 전염병처럼 번지고 있는 몹쓸 행태에 관한 글을 읽고 분개한 적이 한두 번이 아니었다. 장차 의사가 되려는 젊은 의학도들이 의사가 되어 돈을 벌 수 있을 때까지 자신들의 생계를 지탱하려는 심산으로 의과대학에 들어가기 전에 쥐꼬리만 한 보수나마 돈을 버는 젊은 간호사들과 결혼한다는 것이었다. 그러나 의사가 되어 돈이 마구 굴러 들어오고, 자신이 사는 지역 사회에서 중심인물로 떠오르는 순간부터 자기의 아내가 자신이 획득한 새로운 지위에 어울리지 않게 변변치 못한 학력을 소유한 시골 여자에 불과하다는 사실을 깨닫게 된다는 것이다. 그래서 돈을 많이 벌었음에도 불구하고 아무런 보상도 없이 조강지처를 버리고, 대신 더 젊고 학력도 뛰어난 새 여자를 얻어 사교 클럽이나 휘젓고 다닌다는 것이 그 이야기의 전말이었다.

마찬가지로 엠마는 바로 그 젊은 간호사들 같은 여자였다. 그녀는 내가 글 쓰는 기술을 배울 수 있도록 온갖 내조를 아끼지 않은 여자였다. 그러나 거의 모든 면에서 나보다 훨씬 뛰어난 사람이었다. 그녀는 나보다 더 좋은 대학을 졸업했으며(이 근처의 내가 다닌 독일계 메클렌버그 대학도 꽤 좋긴 하나 아내가 졸업한 브린마 대학보단 못했다), 내적 용기나 결의에 있어서도 나보다 더 단호한 여자였다. 간단히 말해, 장미와 화강암의 속성을 겸비한 그녀가 우리를 살아 있게 한 것이었다.

또 한 가지 중요한 것은 우리 부부의 삶에 기적 같은 변화를 가져온 주인공이 바로 엠마라는 사실이다. 나의 네 번째 소설이 전혀 팔리지 않았을 때 — 사실 그 당시 우리는 호구지책을 마련하기도 어려웠다 — 엠마는 울며 이런 말을 했었다. 「루크, 우리에게 무슨 마귀가 씌었나 봐.」 그때 나는 화를 버럭 내며 소릴 질렀다. 「무슨 그런 쓸데없는 것을 믿고 그래. 우리 독일인들은 말이야, 마녀나 주문 같은 것을 믿는 바람에 더 피폐해지고 있는 거라고. 아니, 악귀를 몰아낸다고 곳간에 그 이상한 그림을 그려 넣는 사람들이 어디 있어?」 이런 식으로 우리 사이에 맹렬한 언쟁이 시작되었다. 그러나 그것이 우리 삶의 커다란 전기가 될 줄은 꿈에도 몰랐던 것이다.

여기서 잠시 흥미로운 엠마의 가족사(家族史)를 들춰 보기로 하자. 지금으로부터 한참 거슬러 올라가 1650년대, 그녀의 스톨츠퍼스, 독일식으로 하면 슈톨츠푸스가의 조상들은 독일의 라인강과 프랑스의 알자스 로렌 지역 사이에 끼여 있는 서부 독일의 팔츠 지방에 거주하고 있었다. 그 전 세기에 마르틴 루터와 훌트라이히 츠빙글리가 점화시킨 종교개혁의 불길에 남다른 감화를 받은 그녀의 조상들은 곧 열렬한 재세례파가 되었으며, 따라서 영아에게 세례를 주는 것은 정말 우둔한 짓이고 비성서적 행위라며 이렇게 주장하였다. 〈인간은 17세나 18세가 되어서야 비로소 그리스도의 정신이 무엇인지, 그 교리가 무엇인지 이해할 수 있게 된다. 다시 말해,

그때가 되어야만 인간은 하느님과 서약을 할 수 있고 또 세례를 받을 수 있는 자격이 생기는 것이다.〉 그러면서 그들은 자신들의 주장을 뒷받침하기 위해 세례 요한과 예수, 그리고 사도 바울을 그 예로 들었다.

이런 허약한 교리를 내세우는 데다가 전쟁을 혐오하고 개인의 삶에 정치권력이 개입하는 것을 싫어했던 초기의 스톨츠퍼스가는 몇몇 구성원들이 처형을 당하는 등 모진 박해를 당하던 끝에 결국은 다른 수천의 요더가, 바일러가, 주크가 사람들과 함께 팔츠 지방을 떠나게 되었다. 당시 영국 왕의 내의(內意)를 받아 펜실베이니아를 개척했던 영국의 퀘이커 교도인 윌리엄 펜[2]이 그들의 어려운 처지를 듣고 그들을 초청한 것이었다. 그러나 1697년 펜실베이니아에 정착한 그들은 즉각 서로 다른 두 개의 종교적 분파로 갈라지게 되었다. 하나는 랭커스터 지방에 정착한 사람들을 중심으로 형성된 아미시, 즉 아만파(派)로서 그들은 성서의 관례를 가장 엄격히 신봉하고 고수하는 사람들이었다. 그들은 군인의 제복에 단추가 많이 달렸다는 이유로 의복에 단추 다는 것을 거부하였으며, 복장이나 가구에 아무런 장식도 붙이지 않았다. 또한 여러 가지 기계나 고안품을 사용하여 일을 하는 것은 하느님의 뜻에 어긋나는 것이라며 그것도 거부하였다. 교육도 농사짓는 데 아무 쓸모가 없는 것이고 외려 사람들에게 헛된 망상만을 불어넣어 줄 뿐이라고 거부하였다. 한편, 우리가 지금 거주하고 있는 드레스덴 지역에 정착한 나머지 사람들은 메노파(派)가 되었다. 그들은 아만파 사람들과 마찬가지로 주로 검은 옷을 입고 턱수염을 길렀지만 콧수염은 전

---

2 William Penn(1644~1718). 미국의 펜실베이니아 주를 개척한 영국인으로 펜실베이니아란 바로 〈펜의 숲〉을 의미한다.

혀 기르지 않고, 또 생활 방식에서 훨씬 더 많은 자유를 허용하는 사람들이었다. 그들은 옷에 단추도 달고 교회에서 예배 드릴 때는 악기도 사용하였으며, 농사지을 때도 여러 기계들의 도움을 마다하지 않았고, 심지어 오늘날에는 자동차의 편리함에도 눈을 뜬 사람들이었다. 그러나 아만파는 아직도 이 모든 것을 엄격히 배제하고 있는 것이다.

1693년에서 1890년에 이르는 시기 동안 엠마의 스톨츠퍼스 가문은 아주 철저한 아만파였다. 그 비슷한 시기에 우리 요더가는 메노파였다. 그래서 내가 열일곱 살 때 〈메클렌버그 대학에 진학하겠습니다〉라고 말했을 때도 집안에선 아무런 반대도 없었다. 그러나 엠마가 어떻게 랭커스터의 그 엄격한 아만파 집안을 떠나 브린마 대학에 진학했는지는 불가사의에 가까운 이야기이다. 여기서 그 이야기는 밝히지 않으련다. 어쨌든 엠마는 브린마 대학에 들어갔고, 어찌어찌하다가 우리는 만나 서로의 배경이 같은 독일 쪽이라는 사실을 알게 되었고, 그러다가 결혼하였다. 그 이상 더 좋은 선택이 없다고 나는 생각했었다.

아무튼, 악귀를 쫓는다고, 특히 곳간에 화재가 발생하는 것을 막는다고 주술적인 그림이나 부호를 그려 넣고 또 그것을 믿는 미신적 행위를 놀려 대자 아내는 말했다. 「봐요, 루카스. 당신과의 대화에서 그게 그렇게 커다란 문제로 부각되고 있다면 다음 소설 주제로 한번 삼아 보지 그래. 그게 무슨 중요한 의미를 지니는지 탐구하고 또 제목도 그렇게 붙이고 말이야.」

처음에 나는 엠마의 그런 제의를 뚱딴지같은 생각이라고 일축하였다. 그러나 그녀는 자꾸 반복해서 그 이야기를 꺼냈고, 또 그녀가 실행 가능한 일이라고 제시하는 여러 가지 근거가 점차 내 마음속에 그럴싸하게 자리잡기 시작했던 것이다. 마침내 우리가 살고 있는 드레스덴 지역이 만발한 꽃들과 푸르른 초원, 그리고 앞다투어 졸졸 흐르는 시냇물 소리로 마치 어떤 영령이 깃든 곳처럼 보였던 어느 봄날, 나는 마음을 굳히게 되었다. 「좋아. 내 당신 말대로 그런 소설을 써 보겠소. 그리고 제목도 그렇게 붙이지.」 그러나 그때도 소설이 진행되는 동안 단 한 장의 원고지도 그녀에게 보이지 않았음은 물론이었다.

순전히 내 상상의 결실인 네 번째 소설 『파문』이 1,607부 팔린 반면, 엠마가 영감을 불어넣어 준 다섯 번째 소설 『헥스』는 871,896부 팔렸으니 내가 아내의 의견을 존중할 수밖에 없는 것도 당연한 일이었다.

다 식은 푸딩이 식탁에 놓였을 때 나는 조심스럽게 입을 열었다. 「한 1년 힘들어질 거요. 온갖 압력이 다 들어올걸, 아마.」 그러자 아내는 이유가 뭐냐고 물었고 나는 이렇게 덧붙였다. 「사람들이 이게 내 마지막 작품이라는 것을 알면 아마 어떻게 해서든지 때를 놓치지 않고 기념이다 뭐다 하며 난리를 피울 거요.」

「진심이야? 이게 정말 마지막 작품이야?」

「졸리코퍼 씨가 한 말, 당신도 알지 왜. 〈하나도 충분한데 벌써 세 개〉라는 말 말이야.」

진한 황금색 커스터드에 열심히 손을 대며 나는 말을 이었다. 「이게 내 마지막 노력이라고 받아들인 이상 이제는 이 작품이 적절한 단계에 오를 때까지 할 수 있는 한 모든 지원을 아끼지 말아야겠소.」

「지난번 세 작품처럼 정상에 올라야지.」

「판매 부수 얘기가 아냐. 그건 키네틱 출판사가 신경 쓸 일이고. 내 말은, 어떻게 하면 독자로 하여금 내 작품에서 뭔가를 얻어 내도록 하느냐 하는 점이오.」 엠마는 작은 접시들을 치우기 위해 자리에서 일어났다. 나는 팔을 잡아 그녀를 끌어당겨 안고는 키스를 하였다.「여보, 이 소설이 끝날 때까지 참고 기다려 줘서 고맙소.」 그런 다음 나는 매번 소설이 완성될 때마다 우리가 치르는 의례적인 절차를 밟기 시작했다. 「자, 이제 남은 푸딩을 세 그릇에 담도록 합시다. 하나는 졸리코퍼 씨 거, 또 하나는 펜스터마허 씨, 그리고 마지막으로 디펜더퍼 씨. 나한테는 이 사람들이 다 헥스 그림과도 같은 존재들이라고. 나에게 행운을 가져다주는 사람들이지.」

10시가 지나 나는 푸딩 세 그릇과 완성된 소설 사본 2부를 1986년형 뷰익에 싣고 집을 빠져나왔다. 그러고는 북쪽으로 조금 떨어져 있는 허먼 졸리코퍼 씨 댁으로 차머리를 돌렸다.

처음 글을 쓰기 시작했을 때부터 나는 펜실베이니아 독일인들에 관해 쓴 글이면 죄다 허먼 씨에게 가져가 검사를 맡는 것을 하나의 관행처럼 여겨 왔었다. 맨 처음 허먼 씨에게 내 글을 갖다 주었던 날 나는 이렇게 부탁했다.「이것 좀 읽어 보시고 우리 독일인들에 관한 부분이 나오면 단어 하나 빠뜨리지 마시고 검토해 주십시오. 대체 맞는 말인지, 혹 모욕적이거나 무례한 표현은 없는지 말입니다.」 허먼 씨가 그 좋은 기회를 놓칠 리 없었다. 왜냐하면 그 양반은 자기 민족의 언어와 전통이 정직하게 세상에 알려지기를 원하는 자존심 강한 독일 노인이기 때문이었다.

그의 농장에 다가갈 때쯤 해서 나의 머릿속에는 성공을 거둔 작가들까지도 포함해서 모든 작가들이 원고가 완성된 이후 처하게 되는 가슴 조이는 상황이 떠오르기 시작했다. 완성된 원고는 형식적이나마 외부 전문가의 검열에 통과해야 한다. 물론 나의 경우는 졸리코퍼 씨가 그 외부 전문가 격에 해당된다. 그런 다음 원고는 편집자에 의해 갈가리 찢기고 조각나는 운명에 처한다. 동시에 혹시 분쟁을 불러일으킬 만한 소재를 다루었다면 물론 법률가들의 손에 샅샅이 검토되어야 된다. 타인의 명예를 훼손할 만한 부분이 있어서는 안 되기 때문이다. 그러고 나면 마지막으로 몇몇 단어 귀신들이 한 문장 한 문장, 철자 하나까지도 빠뜨리지 않고 점검을 한다. 그러나 마침내 그 모든 애정 어린 관심 속에 책이 나오더라도 여전히 실패로 끝날 가능성이 항상 존재한다. 마지막 작품이 대실패로 끝난 미국 유명 작가들이 생각나자 나 역시 초조할 수밖에 없었다. 그러나 그 순간, 이웃에 사는 오스카 해머스타인 씨가 「오클라호마!」나 「왕과 나」와 같은 영화를 상영해서 흥행에 대성공을 거둔 뒤 『버라이어티』지에 실은 광고가 생각나자 절로 웃음이 나왔다. 그 광고에는 이전에 대실패로 끝난 예닐곱 편의 영화 제목, 그리고 그 영화들의 상영 날짜와 종영 날짜가 적혀 있었으며, 그리고 그 아래 굵은 활자로 이렇게 씌어 있었다. 〈한 번 상영한 영화지만 다시 상영할 수 있습니다.〉 나도 마음만 내키면 이전의 작품들에 관한 기록과 함께 그 비슷한 선전을 할 수도 있으리라. 어쨌든 이런 모든 생각들이 떠오른다는 것은 인쇄 직전의 원고에 대해 내가 얼마나 노심초사하고 있는가를 잘 반증해 주는 것이었다.

그러나 이런 초조한 생각들도 졸리코퍼 씨의 농장 건물들이 보이기 시작하자 점차 지워져 버렸다. 그의 농장 건물들은 우리 펜실베이니아 독일인들이 의중에 품고 있는 것을 아주 견실하게 재현해 준다. 그런데 펜실베이니아 독일인들을 〈펜실베이니아 더치*Pennsylvania Dutch*〉라고 표현을 하다니, 이 얼마나 묘한 일인가! 사실 내 입에서 〈펜실베이니아 저먼*Pennsylvania German*〉이란 말이 나오기란 거의 불가능에 가까운 일일 성싶다. 이성적으로나 정서적으로 전혀 그럴 기분이 내키지 않기 때문이다. 그러나 우리는 독일 사람들이었다. 내가 알기로 네덜란드에서 직접 이곳으로 건너온 네덜란드인은 단 한 사람도 없었다. 그러니 우리의 이름은 얼마나 잘못된 호칭인가. 그 내력은 이러했다.

어렸을 때 메노파의 가정에서 자란 나는 우리가 펜실베이니아 독일인이란 뜻의 〈펜칠바니셰 다이치Pennzylwanische Deitsch〉라고 배웠다. 〈다이치〉라는 단어의 두 모음은 영어의 〈하이트height〉를 발음할 때와 같은 것이었고, 영어로 표현을 해도 그대로 〈다이치〉라고 불렸던 것이다. 그러나 그 〈다이치〉라는 말이 쓰기도 어렵고 발음하기도 힘들다는 이유로 곧 〈더치Dutch〉로 바뀌게 되었고, 그것이 끊임없는 오류와 혼동을 가져온 원인이었다. 아무튼 오늘날, 우리가 펜실베이니아 더치가 된 내력이 이렇다고 사람들은 쉽게 얘기를 하면서도 정확하게 다시 발음을 고쳐 부르려고 하지는 않는다. 이런 점에서 볼 때 허먼 졸리코퍼 씨와 나는 전형적인 〈멍청한 펜실베이니아 사람들〉일 수밖에 없다. 정말 멍청해서가 아니라 오류를 지적하지도 않고 꿀 먹은 벙어리처럼 그대로 지낸다는 의미에서 말이다.

나는 졸리코퍼 씨의 농장에 갈 때마다 항상 가슴이 두근거렸다. 그의 농장은 펜실베이니아 독일인들이 원하는 농장의 구조를 가장 완벽하게 보여 주는, 말하자면 모범적인 농장이었다. 농장의 심장이라 할 수 있는 곳간들은 시골 도로의 한편에 자리 잡고 있었고, 주택과 그 부속 건물들은 도로 반대편에 위치해 있는 구조였다. 두 개의 곳간은 물론 붉은 페인트로 칠해져 있으며 주택보다도 훨씬 큰 규모였다. 반면에 3층 높이의 단순한 직사각형 구조로 되어 있는 주택은 흰색 페인트로 칠해진 건물로 도로 가까이에 있으며, 정면에는 네 개의 흰 색 기둥이 떠받치고 있는 커다란 현관이 떡 버티고 있었다. 그리고 그 주택 주변에는 다소 규모가 작은 세 개의 건물이 모여 있었는데 하나는 구식 부엌이고, 또 하나는 식료품을 저장하는 지하 저장실, 나머지 하나는 옥수수 창고였다. 이 건물들은 모두 흰 색도 붉은색도 아닌 다른 색깔이었다. 또한 곳간이 있는 도로 쪽에는 거대한 사일로가 하나 서 있었고, 주택 뒤편에는 정원이 펼쳐져 있었다. 그 정원에서 졸리코퍼 부인은 야채를 재배했으며, 여름이나 가을이 되면 겨울용으로 그 야채들을 깡통에 담아 두곤 했다.

한편 농장 건물의 서쪽에는 일곱 그루의 전나무들이 수려한 자태를 뽐내고 있었다. 키가 크고 우아한 푸른색에 통통히 살찐 나무들의 모습은 풍만한 독일 주부들의 모습과 다를 바 없었다. 사실 다른 농장에선 찾아볼 수 없는 그 전나무들이 졸리코퍼 부부와 이웃의 다른 독일인들에 관한 많은 이야기를 담고 있었다. 그리고 나는 그 나무들을 졸리코퍼 씨 농장에 옮겨 심는 데 관여했었기 때문에 어떤 곡절이 있었는지 있는 그대로 설명할 수 있다.

졸리코퍼 부부를 보고 또 그들의 생활을 살펴보고 나면 사람들은 이런 식으로 말할지도 모르겠다. 「그 멋진 나무들을 심어 놓기는 했지만 아무래도 그 두 뚱뚱한 독일인들에게서 미적 감각을 찾기란 어려울 것 같아요.」 허먼 씨는 키가 약 183센티미터이고 체중이 113킬로그램이나 나가는 거인이었다. 붉은 머리에 텁수룩한 턱수염, 그러나 입술 위쪽으로는 말쑥하게 면도한 얼굴에 모들뜨기 눈을 지닌 그는 배가 엄청나게 튀어 나왔기 때문에 혁대 없이 바지를 입어도 전혀 흘러내리지 않을 것처럼 보였다. 그러나 매사가 신중한 그는 혁대도 차고 게다가 멜빵까지 하고 다녔다. 두꺼운 양말에 무거워 보이는 묵직한 신발을 신고 걸어다니는 폼이 마치 뒤뚱뒤뚱 걷는 오리 같았다.

그의 부인 프리다는 남편만큼 키는 크지 않았지만 허리둘

레만큼은 남편 못지않게 엄청났다. 신발도 남편처럼 큼직하고 무거운 것을 신고 다녔으며, 두툼한 검은 스타킹에 발목까지 내려오는 긴치마를 입고 다녔다. 그리고 볼 때마다 항상 그녀는 뚱뚱하게 불거져 나온 배 바로 위로 앞치마를 질끈 동여매고 있었다. 또한 옛날에는 메노파 여인네들이 즐겨 쓰는 금은빛으로 꼼꼼히 세공된 하얀 레이스의 머리 장식을 하고 다녔다지만 내가 그녀를 안 이후로는 오히려 턱 아래로 끈을 매는 단단한 보닛을 더 즐겨 쓰는 것 같았다. 아무튼 평상시에 이 졸리코퍼 부부를 보면 그들의 관심사란 오로지 먹는 것이라고 쉽게 결론을 내릴 수 있었다. 물론 그들의 식욕이 엄청났기에 그리 틀린 말은 아닐 것 같다.

그러나 졸리코퍼 부부에게는 아주 인상적인 또 다른 면이 있었다. 내가 열다섯 살이었던 1938년 어느 날, 나는 우편물을 찾아오기 위해 로스톡에 있는 우체국에 간 적이 있었다. 그런데 마침 졸리코퍼 부인이 그곳에서 우표를 사고 있었다. 당시만 하더라도 그녀는 우리 지역에서 가장 뛰어난 음식 솜씨를 지니고 있었고, 나 또한 몇 번 그녀 요리를 시식하는 행운을 누렸던 터라 항상 그녀에게 꼬박꼬박 인사를 하고는 몇 마디 말을 주고받았다. 그때 웬 낯선 사람이 다가와 물었다. 「실례합니다. 혹시 졸리코퍼 부인 아니십니까?」 그녀가 뭔가 미심쩍다는 얼굴로 주춤 물러서자 그는 곧 자신의 신분을 밝혔다. 「저는 한스 드랙슬이라는 사람인데 묘목장을 운영하고 있습니다.」

「아, 예! 바로 드레스덴 반대편에 있는 묘목장 말씀이로군요.」

「맞습니다. 그곳에 아름다운 나무들을 심어 놓은 구역이 있는데 저희 묘목꾼들은 그 구역을 〈대공황 구역〉이라고 부르죠.」

「근데, 그게 무슨 말씀이세요?」

「지난 8년 동안 그 나무들을 다 팔아 버렸어야 하는데 돈 가진 사람들이 아무도 없어서요. 이제는 보통 나무들처럼 키가 커졌어요. 지금이 처분할 수 있는 마지막 시즌인 것 같습니다. 어떻게 다 팔든지 아니면 베어 버리든지 해야 하거든요.」

「아름다운 나무들이라면서 왜 꼭 그래야 되죠?」

「앞으로 작은 묘목들을 키워 팔려면 할 수 없어요.」

「근데, 왜 저한테 그런 말씀을 하시는 겁니까?」

「허면 졸리코퍼 씨의 부인, 맞죠?」

「예, 그래요.」

「사람들 얘기를 들으니까 이 지역에서 돈 있는 사람이 몇 안 되는데 졸리코퍼 씨가 그중 한 분이라고 하더군요.」

「아주 가난하지는 않죠.」

「미국에서 최고급인 나무가 일곱 그루 있습니다. 값으로 따지면 적어도 한 그루에 50달러씩은 받아야…….」

프리다는 웃음을 터뜨렸다. 「나무 한 그루에 50달러라고요? 굉장하군요.」

「부인에게는 한 그루당 35달러에 드리겠습니다.」

우체국에 있는 사람들은 모두 깜짝 놀라 입이 딱 벌어졌고, 드랙슬 씨는 계속 말을 이었다. 「사실은 팔아야 할 시기를 놓쳐 버린 겁니다. 모든 사람들이 다 그 시기를 놓친 거죠. 졸리코퍼 부인, 부인이 안 사시면 우린 그 나무들을 다 베어 버려야 합니다.」

「하지만, 지금은…….」

「댁이 어딘지 잘 알고 있습니다. 굉장히 커 보이더군요. 크고, 푸르고, 아름다운 곳이에요, 그곳은…….」

그가 집까지 따라가 어디에다 그 나무들을 심으면 최고의 효과를 낼 수 있는지 알려 드리면 안 되겠느냐고 묻자 졸리코퍼 부인은 고개를 저었다. 「모든 결정은 저의 남편이 내려요.」 그러나 그는 그녀의 말에 아랑곳하지 않고 나를 부르더니 내 자전거를 자기 트럭 뒤에 실으라고 한 다음 같이 타고 가면서 졸리코퍼 씨의 농장까지 안내해 달라고 하였다. 그 사람의 이야기를 다 들은 허먼 씨는 일이 어떻게 돌아간 것인지 즉각 알아차렸으며, 더욱이 그 일곱 그루의 나무 때문에 묘목장이 입게 될 막대한 손실에 대해서도 심히 안타까워하는 것 같았다. 그렇지만 그 나무들을 구입하고 싶은 마음은 조금도 없는 듯했다. 「그래, 저더러 그 푸른 전나무들을 어떻게 하란 말씀이오? 전 백만장자가 아닙니다.」

「그래도 요 옆 시골길을 따라 심어 놓으면 방풍림도 되고 보기도 좋습니다.」 그러나 그 사람 말에도 졸리코퍼 씨는 꿈쩍도 하지 않았으며, 그 사람이 그대로 가도록 내버려 둘 참이었다. 그런데 그때 졸리코퍼 부인이 갑자기 끼어들었던 것이다. 「여보. 그냥 사. 한 그루에 35달러라는데, 그 정도 돈은 되잖아.」

「대체 그 나무들을 갖다가 뭐에 쓰려고?」 허먼 씨가 고함을 쳤지만 그 부인 역시 맞대꾸하였다. 「잘 심으면 보기에 좋을 테니까.」 그러자 별수 없다는 듯이 졸리코퍼 씨는 드랙슬 씨에게 말했다. 「그 나무들 파내서 가져옵시다. 프리다가 원하면 원하는 대로 해야지.」

그렇게 해서 거래는 끝났다. 다음 날 졸리코퍼 씨와 나는 차를 타고 묘목장으로 가서 일꾼 둘이 그 아름다운 일곱 그루의 나무를 파내는 것을 지켜보았다. 햇빛을 받은 전나무의 푸르고 하얀 바늘들이 아스라한 곳에서 어른거리는 희미한 섬광처럼 시야를 가렸다. 드랙슬 씨가 나무 심는 것을 도와주겠다고 졸리코퍼 씨 집까지 따라왔다. 그래서 우리 세 사람은 웅덩이를 파기 시작했는데, 그때 돌연 나타난 졸리코퍼 부인이 큰소리를 지르는 바람에 깜짝 놀라고 말았다. 「아니, 너무 가깝잖아요.」 나무 사이의 간격을 너무 좁게 해서 심고 있다는 뜻이었다. 우리는 들은 척 만 척 파놓은 웅덩이에 그대로 나무를 심었다. 그러나 그녀의 말이 옳았음이 입증되었다. 그로부터 3년 후 내가 열여덟 살 되던 해, 나는 졸리코퍼 씨 댁으로 가서 너무 촘촘히 심어진 나무들 가운데 세 그루를 다시 파내어 딴 줄에 옮겨 심는 것을 도와주었던 것이다. 맨 처음 나무를 사서 심을 때 졸리코퍼 부인이 주장한 바로 그곳에 말이다.

그때부터 지금까지 나는, 마치 푸른색의 의상을 걸친 일곱 여왕처럼 도로 곁에 위풍당당하게 서 있는 그 전나무들을 볼 때마다 용모에 우아한 구석이라고는 하나도 없는 뚱뚱한 몸집의 프리다가 〈잘 심으면 보기에 좋을 테니까〉라고 말한 바로 그날이 생각나곤 한다. 그녀는 미(美)가 무엇인지 알고 있을 뿐만 아니라 대공황 때 아무도 거들떠보지도 않았던 그 작은 나무들이 어떻게 첨탑처럼 하늘을 찌를 듯이 자라서는 뭇사람들의 시선을 즐겁게 해줄지도 잘 알고 있었던 것이다.

허먼 씨도 역시 그러한 점은 잘 알고 있었다. 그러나 사실 그의 관심의 초점은 다른 곳에 있었다. 그의 농장의 뒤에 커다란 바위 다섯 개가, 정말 거대한 암석이라고 해도 좋을 그런 바위들이 한데 모여 있었다. 그것들은 약 4천 년 전, 캐나다에서 내려온 빙하가 지금의 펜실베이니아 지역 대부분을 뒤덮었을 때 그 빙하에 쓸려 내려온 바위 덩어리들이었다. 〈최후의 빙퇴석〉이라고 불리는 그 바위의 군집은 지금의 버몬트 주, 뉴햄프셔 주, 뉴욕 주 전체를 완전히 뒤덮고 있었던 대빙원의 최남단에 해당되는 셈이었다. 정말 빼어난 모양의 암석들이었기 때문에 허먼 씨는, 1700년대 초 자기네 조상들이 그랬던 것처럼, 이 농장에서 자란 어린 시절부터 그 암석들을 무척 좋아했었다. 그런데 어느 날 갑자기, 그의 그 바위들에 대한 관심에 일대 전환이 일어났다. 그는 바위 주변을 각각 둘러싸고 있던 목초지의 풀을 다 깎아 내고는 그 마치 무슨 꽃이기라도 한 듯 화강암 바위들만 달랑 그곳에 놓아 다소 투박한 자연 그대로의 정원으로 만들었던 것이다.

그러나 그의 손길은 거기에서 그치지 않았다. 그의 집 주변의 들녘과 그 거대한 바위들 사이에는 얕은 연못 하나와 곳곳에 작은 샘물이 있는 늪지가 하나 있었다. 그는 그 연못의 한쪽 가장자리를 따라 작은 정자를 한 채 세웠던 것이다. 나중에 〈허먼의 벤치〉로 알려지게 된 그곳은 종종 이웃 사람들이 피크닉을 즐기는 장소로까지 되었다. 물론 허먼 씨도 그곳을 즐겨 찾았는데, 하루해가 저물 때쯤 해서 전망 좋은 정자에 앉아 그 늪지로 찾아 드는 수많은 물새들을 바라보는 그와 그의 뒤에 마치 보초병처럼 서 있는 바위들의 모습은 정말 일품이었다. 그의 부인이 전나무를 사서 옮겨 심도록 한 그 감각을 흉내 내어 그도 주변 들녘의 일부를 거대한 정원으로 바꿔 놓았던 것이고, 그러한 사실이 그에게도 어느 정도의 미적 안목이 있음을 보여 주는 것이었다.

허먼 씨는 그가 대단히 혐오스럽게 생각하고 있는 〈우리 독일인들에 관해 억지로 지어낸 우스갯소리들〉을 절대 작품 속에 사용하지 말라고 충고함으로써 내 글쓰기에 많은 도움을 준 사람이었다. 처음 우리가 함께 작업을 시작했을 무렵 내가 그게 무슨 소리냐고 묻자 그는 화난 목소리로 콧방귀를 뀌며 이렇게 말했다.「저 아래 랭커스터 놈들이 지껄이는 우스갯말들 말일세. 그놈들은 독일어는 한마디도 못하면서 관광객들에게 기념품 팔듯 그렇게 빙 둘러앉아 우리들을 놀려 댈 농담이나 생각하는 치들이야. 우리 독일인들 가운데는 그런 말 하는 사람은 하나도 없다고.」

수년에 걸쳐 나는 우리 두 사람이 일종의 금기처럼 사용해서는 안 된다고 생각했던 표현이나 말의 목록을 작성했다. 그 첫머리에 오는 것은 대문의 초인종이 고장 났을 때 그 문에다 붙여 놓는다는 이런 우스꽝스러운 표시였다. 〈단추가 울리지 않습니다. 쾅쾅 두드리십시오 *BUTTON DON'T BELL, BUMP.*〉 허먼 씨는 어느 누구도 그런 말을 쓰지 않는다고 나에게 몇 번이고 다짐을 시켰고, 나 역시 〈당연히 그래야죠〉라고 대답했었다. 또한 엘리자베스의 휴가가 끝났다고 설명하면서 한 소녀가 썼다는 거창한 말, 〈그녀의 쉬는 날이 죄다 끝났어요 *Her off is all*〉라는 표현도 마찬가지로 즉석에서 꾸며 낸 엉터리 같은 소리였다. 그리고 허먼 씨는 내가 실제 사용했으면 하던 한 표현도 쓰지 말라고 설득하였다. 그것은 아내가 있으면서도 또 다른 여자를 사귀었던 어느 농부에 관한 다음과 같은 말이었다. 〈그는, 집에는 음식을 해줄 레이첼을 두었고, 샛길에는 재미를 보기 위해 베키를 두었다.〉 그는 또 랭커스터의 도자기 업자들 사이에서 대단한 인기가 있었던 속담, 〈빨리 늙어도 철은 늦게 든다〉라는 말에 대해서는 경멸 이상의 반응을 보이기도 했다. 또한 유명한 속담 중의 하나인 〈암소에게는 울타리 너머로 건초를 던져 줘라〉라는 말도, 강요하지는 않았지만 은근히 사용하지 말았으면 하는 눈치였다.

한번은 내가 어렸을 때 삼촌에게서 들은 〈두 길 다 좋다. 하지만 그녀 길이 더 가파르다 *Bose rotes is gute, but herns is more up*〉라는 문장을 두고 옥신각신한 적도 있었다. 그리고 〈저 사람들은 다 완전 녹초가 되었지만 이 사람들은 아니다 *Them is all but those aindt yet*〉라는 문장도 내가 보기에는 그런대로 쓸 만한 표현 같았지만, 그는 이것 역시 우리 독일 사람들이 쓰는 표현과 비슷해 보이기는 해도 사실은 그릇된 표현이라고 거부하였다.

그래도 그의 용어 선택이나 표현 선택의 엄격함이 어렸을 때 쓰던 말들의 정취 어린 어감들을 전달하려는 나의 시도마저 제한한 것은 아니었다. 사실 나는 우리 가족들이 독특한 방식으로 사용하던 많은 단어들을 자유자재로 다룰 수가 있었다. 가령, 〈~하도록 하세요〉라는 뜻의 〈*make*〉는 수많은 관용 어구에 사용되는 흔한 단어로, 〈문을 닫도록 하세요〉라는 식의 표현에 많이 쓰였으며, 때로는 〈하늘이 비를 내리게 하는군요〉라는 표현에도 쓰였다. 또 우리 부모들이 끊임없이 사용하던 단어 가운데 〈~이 아니다〉라는 뜻의 〈*ain't*〉 대신에 사용되었던 〈*aindt*〉라는 단어는 아직도 내 귓전을 맴도는 단어이며, 〈그 빵을 다 먹었군. 차라리 구워 먹을걸 그랬다 *The bread is all, I chust better bake*〉라는 말 등에 사용되던 〈*all*〉이란 단어도 마찬가지였다. 그리고 영어에서 〈*j*〉로 시작되는 단어들, 예를 들어 〈*jimmy*〉, 〈*just*〉, 〈*jugular*〉 같은 단어들은 〈*chimmy*〉, 〈*chust*〉, 〈*chugular*〉로 쓰였으며, 〈*g*〉로 시작되는 많은 단어들도 마찬가지여서 〈*Germany*〉가 〈*Chermany*〉로 쓰인 것이 그 대표적인 예이다.

영어의 〈*already*〉라는 단어와 영어의 〈*once*〉라는 뜻의 〈*oncet*〉라는 단어도 보편적으로 많이 쓰이는 단어였으며, 호의적으로 시인한다는 뜻의 〈*wunnerful*〉도 〈그 여자는 정말 굉장히 친절해 *She was wunnerful kind*〉라는 표현에서와 같이 많이 쓰이는 단어 중의 하나였다. 우리 집에서는 또한 〈~이나 아닌지 모르겠어요〉라는 뜻으로 〈*I wonder*〉 대신에 〈*It wonders me*〉라는 말이 수시로 사용되기도 했다. 그리고 독일어에서 발음하는 대로 〈*w*〉를 〈*v*〉로 발음하지는 않았지만, 흔히 거꾸로 〈*v*〉를 〈*w*〉로 발음해서 〈베리*very*〉를 〈웨리*wery*〉로,

⟨밸류 value⟩를 ⟨웰류 walue⟩로 말하는 경우는 예사였다. 또 다른 독특한 예를 들자면, 착한 본성을 지닌 사람을 지칭하는 형용사로 ⟨friendlich⟩라는 단어가 주로 사용되었으며 ⟨섬싱 something⟩이나 ⟨베들레헴 Bethlehem⟩이 ⟨섬징 somesing⟩과 ⟨베슬레헴 Besslehem⟩으로 발음되는 것은 다반사였다.

허먼 졸리코퍼 씨가 잘못된 말씨나 어법을 골라내 사용하지 못하도록 하는 역할을 맡았다면 그의 부인인 프리다는 능란한 언변으로 언어 선택의 폭을 넓혀 주는 역할을 하였다. 그들을 방문할 때마다 나는 그녀의 평범한 언사 속에서 주옥처럼 빛나는 문장들을 찾아낼 수 있었다. 그녀는 거의 영어를 쓰지 않는 가정에서 자랐으며, 학교 다닐 때에도 집에서만은 독일어를 사용하는 아이들과 함께 다녔다고 한다. 그래서 그녀가 사용하는 용어에는 내가 전혀 배워 본 적이 없는 독일어 단어들이 많이 윤색되어 있었다. 하지만 나는 소설을 쓰기 시작할 때부터 내 소설에서만큼은 그런 단어들이 많이 돌출되지 않도록 하자고 다짐하였기 때문에, 경쾌한 독일어 억양으로 말할 수 있는 영어 단어를 제외하고는 될 수 있는 한 그런 단어들을 배제시켜 왔었다. 그래서 이러한 방침을 지켜 나가는 데 있어서, 역설적이긴 하지만, 프리다가 많은 도움을 준 셈이었다. 내가 공책을 꺼내 생경하면서도 온정이 담긴 그녀의 표현을 기록할라치면 그녀는 큰 소리로 이렇게 외쳐 대곤 했었다. 「허먼, 한번 봐요. 또다시 시작할 모양이야.」 그러고는 나에게 ⟨나를 제발 놀려 대지 말아요⟩라고 주의를 주면서 웃음을 터뜨리는 것이었다.

그녀는 ⟨고양이를 밖으로 좀 내보내세요⟩라고 할 때 ⟨out⟩ 대신에 독일어 동사식으로 ⟨outen⟩을 써서 ⟨Outen the cat⟩이라고 말했으며, ⟨그 여자가 그렇게나 많이 먹을 수 있을지 모르겠어요⟩라고 할 때도 ⟨I wonder⟩ 대신에 우리 집안 사람들처럼 〈It wonders me〉를 사용하여 〈It wonders me that she can eat so much〉라는 식으로 말을 했다. 그리고 사과를 깎다가 손가락이 베이면 그냥 간단히 〈아얏Outch!〉 하면 될 것을 〈It ouches me!〉라고 하기도 했다. 그러나, 그래도 그녀가 내 상상의 그렌즐러에 거주하는 전형적인 인물이 될 수 있었던 것은 독일어를 말하는 모든 다른 사람들과 마찬가지로 보통 단어들을 발음할 때 물씬 풍기는 그녀의 서정적인 정취 때문이었다. 그녀는 〈w〉를 〈v〉로 발음했으며 또 우리 가족들이 그랬던 것처럼 거꾸로 〈v〉를 〈w〉로 발음하였다. 가령, 그녀가 자주 사용하는 〈거꾸로〉라는 뜻의 〈바이시버사vice versa〉의 경우 그녀는 아주 경쾌한 목소리로 〈위시워시wicie wersie〉로 발음하였기 때문에 그 말을 듣는 사람들이 갑자기 멍해지거나 아니면 킥킥대는 일이 종종 있었다. 또 어떤 때는 매우 간단한 단어인데도 입을 지나치게 크게 벌려 글자를 슬쩍 빠뜨리는 경우도 있었다. 예를 들어, 〈오버over〉라는 단어를 발음할 때 여느 때의 경우처럼 〈오워ower〉가 되는 것이 아니라 과장된 입놀림으로 〈오우ooo-어er〉가 되는 것이었다. 그녀 발음의 몇몇 특징적인 예를 꼽아 보자면 〈텔레비전television〉이 〈텔레위전telewizion〉으로, 〈노스north〉와 〈사우스south〉가 〈노어스norse〉와 〈사우스souse〉로, 그리고 〈브리지스bridges〉는 〈브리체스britches〉, 〈웨딩wedding〉은 〈베딩크veddink〉, 〈수프soup〉는 〈주프zoop〉로 발음되는 경우이다.

이미 오래전부터 졸리코퍼 부부의 부엌은 나의 도서관이자 대학이 되어 온 셈이었다. 오늘 아침, 나는 그 부엌에 앉아 그들이 그 큰 입으로 엠마의 라이스 푸딩에 달려드는 모습을 지켜보며 내가 얼마나 이들에게 많은 빚을 졌는지 생각하지 않을 수가 없었다.

나는 원고 사본 한 부를 내밀며 입을 열었다. 「허먼 씨, 이게 제 마지막 원고 뭉칩니다. 꼼꼼히 좀 살펴봐 주십시오. 걱정이 돼서요.」

「아니, 여태까지 잘해 오지 않았나.」

「그래도 이건 좀 다릅니다. 서로 다른 생각들 때문에 갈등을 빚는 우리 독일인들에 관한 이야깁니다.」

「거, 재미나겠구먼. 너무 초조해할 필요 없어.」

「저도 그랬으면 좋겠습니다. 차 안에 원본이 있는데 오늘 오후에 뉴욕으로 부칠 겁니다. 그 사람들이 뭐라고 말을 할지……」

그때 졸리코퍼 부인이 끼어들었다. 「우리 이 양반은 댁의 작품 읽는 걸 좋아한다오.」

「아주머니께서는요?」

「나 말이오?」 그녀는 스푼을 빨며 웃음을 터뜨렸다. 「책 읽는 건 남편한테 맡기지, 뭐.」

졸리코퍼 씨 집을 나온 나는 다음 행선지인 오토 펜스터마허 씨 농장을 가는 데 어느 길로 갈까 궁리하였다. 펜스터마허 씨네는 드레스덴에서 최고의 맛을 자랑하는 스크래플[3]을 잘 만들기로 소문난 집이었고, 흔히 나는 엠마가 만든 라이스 푸딩을 갖다 주고 그 스크래플 한 접시를 얻어 오곤 했었다. 그 집으로 가는 방법은 두 가지였다. 하나는 레니시 로드로 되돌아가 서쪽으로 방향을 튼 다음 드레스덴 읍내를 통과해 가는 방법이었고, 또 하나는 졸리코퍼 씨 농장으로 올 때 타고 온 지방 도로를 따라 계속 펜스터마허 씨 농장까지 가는 방법이었다.

---

3 다진 돼지고기에 야채와 밀가루를 함께 섞어 기름에 튀긴 요리.

나는 지방 도로를 택했다. 그 주변 경치가 한 폭의 풍경화처럼 아름다웠기 때문이었다. 주간(州間) 고속도로 아래를 통과한 직후 나는 길 오른편으로 엄마와 내가 다니는 단층짜리 교회 건물을 보았다. 〈골짜기 메노 교회〉라고 불리는 그곳은 드레스덴 읍내를 남과 북으로 감싸 보호하듯 둘러싸고 있는 두 자락의 긴 산등성이 사이에 아름답게 자리잡고 있는 계곡을 굽어보는 위치에 있었기 때문에 그보다 더 적절한 이름은 없을 듯싶었다. 그리고 그 교회는, 정면 출입구에서 보면 펜실베이니아에서 가장 아름답다고 할 수 있는 땅이 수 마일에 걸쳐 가없이 펼쳐져 있는 모습이 시야 가득 들어오는 곳이기도 했다.

그 교회 부지는 이 지역에 정착한 최초의 졸리코퍼가와 요더가 사람들이 선정하였다. 정말 잘한 선택이었다. 우리 가족이 보관하고 있는 한 기록에 보면 당시 상황이 다음과 같이 기술되어 있다.

1677년, 요스트 요더가 고문으로 생긴 상처를 얼굴에 그대로 드러낸 채 감옥에서 풀려 나왔던 그해, 귀족적인 기품을 지닌 어느 키 큰 영국인의 이름을 빌려 하느님의 말씀이 우리 팔츠 골짜기에 전파되었다. 빌헬름 펜이라는 한 영국인이 우리의 귀를 의심케 하는 소식을 가지고 온 것이었다. 「영국 왕이 저에게 신세계에 있는 땅 중 바이에른과 뷔르텐베르크, 바덴, 그리고 여러분이 지금 살고 있는 팔츠 지역을 한데 합한 것보다 더 넓은 지역을 하나의 공국(公國)으로 하사하셨습니다. 그곳에서 우리는 평화롭게 살고 있습니다. 집집마다 마음대로 경작할 수 있는 자유의 땅을 각기 소유하고 있습니다. 우리에게는 군대도 없고, 강제 징집도 없으며, 과도한 세금도 없고 또 머리를 조아리고 복종해야 할 군주도 없습니다. 주변의 산에서는 자유의 바람이 불어오며, 밤에도 모든 가정이 안전하게 지낼 수 있는 곳입니다. 그리고 이 말은 여러분의 귀를 더욱 솔깃하게 해줄 말일 것입니다. 그것은 바로 우리 땅에서는 모든 가정이 나름대로의 방식으로 하느님을 경배할 자유가 있다는 것입니다. 왜냐하면 우리는 우리 모두가 따라야 하는 그런 명령을 내릴 주교를 인정치 않기 때문입니다. 우리는 각자의 양심이 허락하는 바에 따라 하느님의 말씀대로 사는 사람들이기 때문입니다.」

비록 그 펜이라고 하는 젊은 친구가 정직한 사람처럼 보이기는 했어도 우리는 그 사람의 약속을 곧이곧대로 믿을 수가 없었다. 그래서 우리는 바다 건너 그 새로운 낙원을 둘러보고 오라고 하인리히 추크라는 사람을 보냈다. 1681년, 하인리히 추크는 우리의 밤잠을 설치게 하는 굉장한 소식을 안고 돌아왔다. 「그 젊은 영국인, 정말로 땅을 가지고 있더라고요. 우리한테 말한 것보다도 훨씬 더 커 보이는 땅이에요. 말대로 정말 자유가 지배하는 땅이었어요. 그는 평판이 좋은 집안으로 한 50가구 정도 이주해 왔으면 하더군요. 그리고 각 가구에 최고로 비옥한 땅으로 커다란 농장 하나씩을 배당한답니다.」 그날 밤 요더가는, 아무 미련 없이 팔츠를 떠나 당시 우리가 불렀던 대로 그 펜 칠바니셰로 가기로 결정했었다.

그리고 이다음 한참 뒤에 나오는 한 구절에는 〈골짜기 메노 교회〉가 어떻게 설립되었는지 기록되어 있었다. 그것은 아주 소박하면서도 열정이 가득 담긴 글이었다.

1697년, 요스트 요더와 우리아 졸리코퍼가 이 골짜기에 도착한 뒤 맨 먼저 한 일은 이 황야에 그들의 교회를 세울 만한 곳을 찾는 것이었다. 그런데 훗날 〈골짜기 메노 교회〉가 세워질 그 작은 언덕 꼭대기에 올라가 이렇게 소리친 사람이 바로 요더였다. 「여기다 세우기로 합시다. 그러면 우리가 하느님께 우리를 구원해 주심에 대해 감사드릴 때 우리가 사는 골짜기 전체를 바라보며 기도드릴 수 있을 것 같소이다.」

나는 바로 그런 경건한 사람들의 후손이다. 그러니 내가 우리 메노파 사람들에 관한 글을 쓸 때 경이로운 마음으로 쓸 수밖에 없는 것도 당연한 일이 아니겠는가.

오늘 나는, 그 뿌리가 1698년까지 거슬러 올라가는 우리 교회의 유구한 역사를 돌이키는 한편, 당시의 추세로 보아 초현대식으로 지었다고 할 수 있는 교회 건물을 바라보았다. 교회는 〈L〉자를 양쪽으로 잡아늘인 듯한 모양의 단층짜리 건물이었는데, 전면에는 다섯 개의 하얀 기둥이 떠받치고 있는 거대한 돌출 현관이 세워져 있었다. 건축학적인 면에서 봐도 걸출한 건물이었다. 삶의 거의 모든 면에서 대단히 보수적인 우리 메노파 사람들이 교회 건물을 지을 때는 어떻게 그렇게 진보적이고 개혁적인지, 정말 알다가도 모를 일이었다. 아무튼 대단히 아름다운 건물이었다. 나는 그 곁을 지나칠 때마다 예를 갖춰 경의를 표하곤 한다.

교회를 지나자 반제 호수가 나타났다. 북쪽으로 길게 뻗어 있는 이 호수는 그 북쪽 끝에 메클렌버그 대학 건물들이 장식처럼 둘러싸고 있는 아름다운 곳이었다. 마을을 지나자 곧이어 펜스터마허 씨 농장까지 쭉 연결되어 있는 컷 오프가 나타났다. 이 길은 여러 모로 보아 가장 기억에 남는 길이었다. 이 길을 따라가다 보면 드레스덴 서부 지역의 멋진 풍경이 시선을 유혹하기 때문이었다. 물결 넘실대듯 부드럽게 이어져 있는 산등성이, 광활한 계곡, 작은 길들, 군데군데 소담스럽게 자리잡고 있는 농장들……. 모두가 다 풍요롭고 안정된 독일인 거주 지역의 징표로서, 하나하나가 완벽한 조망을 이루고 있었다. 그런데 이 모든 아름다움 가운데 조금 눈에 거슬리는 것이 있다면, 바로 다 쓰러질 듯 보이는 오토 펜스터마허 씨의 농장이었다.

레니시 로드와 컷 오프가 서로 교차하는 곳에 위치한 오토 씨의 농장은 따지고 보면 드레스덴에서 가장 길목이 좋으면서도 비옥한 곳이었다. 만일 검소한 농부들이 차지했더라면 틀림없이 많은 재산을 모았을 법한 그런 비옥한 땅이었다. 그러나 1850년경, 지금의 자리에 터를 잡은 펜스터마허 씨 집안 사람들은 이런저런 불행에 휩싸이다가 결국 빚지지 않기 위해 그 귀중한 땅을 조금씩 조금씩 팔지 않을 수가 없었다. 사실, 1709년에 처음 이곳 펜실베이니아에 정착한 펜스터마허 씨의 가문은 윌리엄 펜으로부터 2백 에이커의 땅을 받았지만 나중에는 거기에다 3백 에이커를 더 불려서 작은 공국을 이룰 정도로 번창했었다.

그러나 그 후에, 그리 비옥하지 않은 소규모의 땅을 가지고 출발한 졸리코퍼 가와 요더가 사람들이 부지런함과 검소함을 바탕으로 점차 번영을 일구어 간 반면, 펜스터마허가 사람들은 결혼을 잘못했는지 아니면 자식 복이 없었는지 서서히 가난의 길로 빠져들어 갔다. 지금, 컷 오프에서 바라본 황홀한 풍광에 넋을 잃고 있다가 그들의 농장으로 들어선 나는 안쓰러운 기분이 들었다. 커다란 곳간은 오랫동안 손보지 않은 채 그대로 방치되어 있었다. 집도 새로 칠해야 했고, 조그마한 별채들은 이미 몰락의 기운에 자신들의 운명을 맡긴

듯이 보였다. 드레스덴 전 지역에서 이처럼 피폐해져 가는 집안을 찾아보기란 거의 불가능하였다. 우리 메노파 가운데 한 사람이 이렇게 터무니없이 엉망으로 집안을 꾸려 나가고 있는 것을 보고 있자니 사실 조금 부끄러운 생각이 드는 것도 어쩔 수 없었다.

그래도 나는 오토 씨가 좋았다. 그는 재치 있는 사람이었다. 이따금씩 나는 이웃들에게 이런 말을 즐겨 했었다. 「제가 소설을 쓰는 것보다 오토 씨가 스크래플을 만드는 것이 훨씬 뛰어납니다.」 초라한 집의 너저분한 앞마당으로 차를 몰고 들어서던 나는 내가 왜 이 먼 길을 우회해서 이곳까지 왔는지, 그 이유를 잠시 생각해 보았다. 폭풍이 불어 다 쓰러지기 전이라도 저절로 곧 폭삭 주저앉을 것만 같은 펜스터마허 씨의 낡은 곳간 전면에는 훌륭한 헥스 부호들이 그려져 있는 널빤지 세 개가 붙어 있었다. 온갖 풍상을 겪어 색은 이미 다 바래 있었지만 그 도안만은 아직도 명확하게 알아볼 수 있는 것들이었다. 여러 해 동안 나는 그 널빤지들을 지켜보며 이제나저제나 펜스터마허 씨가 그것들을 팔기를 기다리고 있던 참이었다. 이제, 소설을 쓰는 일도 끝났고 또 그의 곳간도 곧 무너질 것같이 보였기 때문에 나는 어떻게 해서든지 그 헥스 도안들을 구해 내야겠다고 마음먹었던 것이다.

나는 엠마와 프리다 졸리코퍼 부인의 부엌과는 달리 살림살이들이 엉망으로 널려 있는 그의 부엌으로 들어섰다. 「세 가지 임무를 띠고 왔습니다. 엠마가 이 라이스 푸딩을 갖다 드리라고 하더군요. 그리고 스크래플 세 접시만 사 오랍니다. 마지막으로, 저 낡은 곳간에 있는 헥스 부호 있잖습니까, 그것에 대해 말씀 좀 나누고 싶습니다.」

어느 독일 가정을 방문해도 흔히 그렇듯이, 먼저 먹는 얘기부터 나왔다. 뚱뚱한 펜스터마허 부인이 말했다. 「엠마가 만든 푸딩은 정말로 맛있어요. 마침 점심때도 됐으니, 루카스, 잠시 계시다 가세요. 제가 새로 만든 스크래플 튀겨 드릴 테니까요.」

거절할 수 없는 대접이었다. 내가 진짜 맛있어하는 음식이 있다면 그것은 바로, 얇게 잘라서 양쪽 면을 파삭파삭하게 튀긴 드레스덴 스크래플이기 때문이었다. 그리고 그것 중에서도 오토 펜스터마허 씨 댁의 스크래플이 최고였다. 어떤 때는 정말로, 비록 펜스터마허 씨가 농사일이나 부동산에서 실패를 거듭해서 가세가 기울고는 있으나, 그렇게 최고 품질의 스크래플을 만드는 솜씨로 보아 잘만 하면 돈도 벌 수 있으리라는 생각이 들 때가 한두 번이 아니었다.

그가 스크래플을 만드는 과정은 이러했다. 돼지를 도살하여 내장을 제거한 날고기 찌꺼기와 진짜 돼지고기 살점을 한데 섞은 다음, 거기에다 기름, 맷돌로 간 옥수수 가루, 소금, 후추, 스파이스 등을 첨가하여 허옇게 서로 혼합될 때까지 살짝 가열하여 요리를 한다. 그러고 나서 그것을 기다란 케이크 냄비에다 구우면 독특한 이 지방 별미의 음식이 완성되는 것이었다. 어렸을 때 스크래플을 맛보지 못하고 자란 요리 전문가들이 나중에 커서 맛을 보고는 〈가난한 사람들을 위한 돼지고기 파이라고 부르는 게 제일 좋겠습니다〉 또는 〈정말 독창적인, 그리고 그리 비싸게 먹히지도 않는 전채(前菜)로군요〉라고 말하기까지 했다. 이 스크래플을 전통 음식으로 간주하고 있는 펜실베이니아 독일인들은 이 음식을 모르는 다른 민족들이 좀 안됐구나 하는 생각까지 하고 있는 터였다.

펜스터마허 부인이 온 부엌에 구수한 냄새를 풍기며 스크래플을 이리저리 뒤집어 굽고 있는 동안 펜스터마허 씨와 나는 오크 테이블에 앉아 있었다. 오토 씨가 물었다. 「그 헥스 부호들을 갖다가 뭐에 쓰려고 그러시오?」 내가 설명했다. 「책을 한 권 쓰고 나면 기분 전환이 필요하죠. 헥스에 대해서 연구해 봤는데 그것들, 오래된 것이 틀림없습니다.」

「얼마나 오래된 거죠?」 펜스터마허 부인이 스토브에서 요리를 하며 물었다.

「제2차 세계 대전 전, 아니면 그보다 더 오래됐을 겁니다. 진짜 독일식 부호들입니다. 근자에 가짜로 그 비슷하게 그려 넣은 것이 아닙니다.」

「저희 아버님도 곳간에 옛날 헥스들을 네 개나 가지고 계셨어요.」 이런 그녀의 말에 나는 그녀에게 옛 기억을 되살려 주었다. 「제가 그것들을 사던 날 부인께서 그 어르신네 옆에 서 있으셨잖습니까?」

「맞아요.」 그녀가 소리를 질렀다. 「하지만 댁은 그것들을 뭐에 쓰려는지 말씀하시지 않았죠?」

누구에게 말을 해야 일이 잘 풀릴지 알 수 없었던 나는 두 사람을 다 쳐다보며 입을 열었다. 「널빤지를 깨끗이 하고, 또 훼손된 부분은 에폭시로 붙이고…….」

「뭐로 붙인다고요?」 펜스터마허 부인이 물었다.

「새로 나온 강력 접착젭니다. 그런 다음 칠이 벗겨진 부분은 아주 조심스럽게 다시 원래대로 칠할 겁니다. 사람들이 봐도 모르게 말입니다. 그러고는 널빤지의 가장자리를 절단해야죠. 톱으로 자르지 않고 저절로 부러진 것처럼 보이게 해야 합니다.」

「그런 다음에는요?」

「그걸 나무 패널에 아교로 붙여야죠. 양쪽으로 여백을 약 6~8인치씩 두고 말입니다.」

「왜 그렇게 하는 거요?」 오토 씨가 물었다.

「그림을 그려 넣으려고요. 우선 패널을 꺼칠꺼칠하게 만들어야 합니다. 헥스처럼 오래된 것으로 보이게끔 사포나 속돌로 문질러야죠.」

「무슨 그림을 그리실 건데요?」 펜스터마허 부인이 표면이 누렇게 구워질 때까지 스크래플을 이리저리 뒤집으며 물었다. 나는 그 재미있는 과정을 설명해 주었다. 「패널의 그 여백 부분에 우리 펜실베이니아 독일인들의 디자인을 그려 넣을 참입니다. 예부터 내려오는 왜, 그 펜화들 있잖습니까.」

「아, 거 출생 증명서에 그려 넣는 그림들 말이로군! 새, 튤립, 하트와 기도하는 사람들……」

사실 펜실베이니아 독일인 사회는 모든 형태의 예술이라는 것이 많이 결여된 사회 중의 하나였다. 음악이라는 것도 곡조상의 변화도 거의 없이 지루할 정도로 길게 이어지는 성가를 제외하곤 별다른 것이 없었으며, 미술에서도 초상화나 풍경화마저도 즐겨 그리지를 않았다. 게다가 조각은 더더욱 생각해 볼 수도 없는 것이었다. 종교적인 이유로 그런 예술 행위와 예술품의 전시를 엄격히 금지시켰기 때문이었다. 그러나 그런 와중에서도 한 가지 번창한 것이 있다면, 그것이 바로 펜에 잉크를 묻혀 그리는 도안들이었다. 극소수의 상징물들을 계속 반복해서 그리는 그 도안에 자주 등장하는 것은 새와 꽃, 그리고 알파벳 문자였으며, 간혹 사람의 형상이 등장할 때도 있었다. 그런 펜화들이 예전에는 출생 증명서, 학위증, 족보 등 중요한 문서에 장식 그림으로 많이 들어가 있었다.

「헥스 부호들하고 그 펜화들을 한데 어울려 놓는 이유가 뭐요?」 오토 씨의 이런 질문에 나는 다시 설명을 덧붙였다. 「그림을 만들려는 생각에서입니다. 옛날 헥스에 새로운 펜화 그림. 무척 아름다운 조화인 데다가 다분히 독일적인 멋을 보여 주는 작품이죠.」

「그래서 그걸 어쩔 셈이오?」

「파는 겁니다. 박물관에도 기증하고 공공 도서관에도 전시를 하는 거죠.」

「요더 씨, 그러니까 댁은, 왜 그 텔레비전에 나오는 예술가들하고 같은 사람이군요, 그렇죠?」 펜스터마허 부인이 물었다. 「그 있잖아요, 왜 뭔가…… 프랑스 캡 같은 것을 쓰고 나오는 사람들 말이에요.」

「전 아직 아마추어에 불과합니다. 아무튼, 타자기 앞에 오랫동안 앉아 있다 보면 손으로 뭘 좀 하고 싶을 때가 한두 번이 아닙니다.」

「당신이 그렇게 만들어 놓은 것을 사람들이 살까요? 곳간의 그 널빤지 조각을 말이에요.」

「대개는 거저 주기도 하지요. 하지만 어떤 때는 사람들이 사기도 해요.」

「아무튼 당신은 참 재미있는 사람이오.」 오토 씨가 웃으며 말했다. 「그 낡아빠진 판자때기를 돈 주고 사겠다니……. 허나 당신이 그걸 다시 팔 거라면 나도 지난번 당신이 제시한 금액에서 두 배를 올려 받아야겠소.」

내 대답이 채 나오기도 전에 펜스터마허 부인이 식사를 내왔다(우리 펜실베이니아 독일인들은 점심을 디너라고 불렀다). 그녀는 완벽하게 잘 튀겨진 스크래플과 애플 소스를 담은 곁접시를 내왔을 뿐만 아니라, 바로 좀 전에 프라이팬에서 만든 별미 음식을 하나 더 식탁에 올려놓았다. 그것은 누런 옥수수 죽을 진한 갈색이 되도록 버터를 넣고 구운 다음 두껍게 썰어 카로 당밀에 발라 먹도록 하는 음식이었다. 주로 농부들이 즐겨 먹는 것으로, 사람들이 한 달 동안 흡수할 수 있는 많은 양의 콜레스테롤을 한번에 제공해 주는 음식이었다. 그래도 우리 독일인들은 〈튀기지 않으면 음식이 아니다〉라고 생각하는 사람들이었다.

 나는 어느 것이든 맛이 너무 좋아 이 집의 요리사를 칭찬하지 않을 수가 없었다. 「어느 것이 더 맛있는지 모르겠습니다, 레베카. 스크래플도 맛있고, 또 튀긴 옥수수 죽도 별미고……」

「튀긴 옥수수 죽은 제가 만든 것이지만 스크래플은 남편이 만든 거예요.」

 즐겁게 식사를 하고 있는데 펜스터마허 씨의 아들놈이 우당탕탕 시끄러운 소리를 내며 부엌으로 들어섰다. 몸이 비대하고 버릇도 없는 열아홉 살 먹은 그 아이는 집에서 부르는 애칭이 애플버터였다. 애칭도 참 묘하구나 하는 생각도 들겠지만, 어떻게 보면 그보다 더 적절한 이름도 없었다. 우리 펜실베이니아 독일인 사회는 워낙 성(姓)도 몇 개 안 되는 데다가 독일에서부터 지니고 온 세례명은 더더욱 쓰지 않고 있었기 때문에, 나이 터울이 별로 안 되는 예닐곱 명의 아이들이 똑같은 이름을 지니고 있는 경우가 많았다. 우리 집안의 경우만 보더라도 루카스 요더라는 이름을 지닌 사람이 셋이나 되었고, 펜스터마허 씨 집안의 경우는 남자 넷이 다 오토라는 이름을 지니고 있었다. 그래서 똑같은 이름의 경우, 앞에다 애칭을 붙여 큰 오토, 빨간 머리 오토, 그리고 이 버릇없는 아들놈의 경우는 애플버터 오토 등으로 부르는 것이 관례처럼 되어 버린 것이다.

 애플버터가 자리에 앉기도 전에 두 부모가 동시에 핀잔을 주었다. 그러더니 그의 어머니는 간곡한 목소리로 〈식사 시간이 되면 제발 좀 제때에 와서 앉아라, 응?〉 하고 말했고, 그의 아버지는 〈요더 아저씨에게 곳간의 널빤지를 떼어 드려야 하는데 밥 다 먹고 나면 좀 도와줘야겠구나〉라고 무뚝뚝하게 말을 던졌다.

음식을 걸신들린 듯이 마구 퍼먹고 튀긴 옥수수 죽을 당밀에 흠뻑 적셔 먹던 애플버터는 빈 접시를 어머니 앞에 내밀며 〈스크래플 좀 더 주세요〉라는 말만 할 뿐 나는 안중에도 없다는 듯 본 체 만 체 하였다. 드디어 그는 꺼억 하며 트림을 하고 의자를 뒤로 뺀 뒤 일어나면서 불퉁스러운 목소리로 내뱉었다. 「이제 널빤지 뜯으러 가시죠.」 발소리를 쿵쿵 내며 밖으로 걸어 나간 그는 도끼 한 자루와 쇠지렛대를 움켜쥐고는 곧 쓰러질 것 같은 곳간으로 앞서 걸어 나갔다.

애플버터는 사다리로 올라가 도끼로 널빤지를 뜯어내면서 나를 향해 투덜거렸다. 「아저씨, 이게 뭐 돈이라도 됩니까?」 나는 그 아이에게 참 좋은 일을 하고 있는 거라고 비위를 맞춰 주었지만 별 소용이 없었다. 내 말이 끝나기가 무섭게 그놈이 도끼를 휘두르더니 세 개의 헥스 널빤지 중 가장 좋은 것에다 일부러 도끼 자국을 내었다. 더 이상 널빤지에 상처를 내면 안 된다는 생각에 나는 부드러운 목소리로 말했다. 「그건 손질 좀 하면 되겠지? 자넨 일을 참 잘하는구먼.」 그러자 그 아이는 마지막 널빤지만은 아무 상처도 내지 않고 뜯어내었다. 사다리에서 내려온 그에게 나는 다시 칭찬을 해주었다. 「이 헥스 널빤지들을 뜯어 줘서 정말 고맙네.」 그러나 애플버터는 여전히 시큰둥한 표정이었다. 널빤지를 차에다 싣는 일을 도와주지도 않은 채 곳간을 떠난 그놈은 잠시 후 시끄러운 굉음을 내며 오토바이를 타고 어디론가 가버리고 말았다.

「애플버터 저놈, 점점 제 고집대로만 하려고 들어서 큰일이오.」 오토 씨가 미안한 듯이 말을 늘어놓았다. 「그래도 3년 전보다 많이 나아진 게 저러니, 내 원 참. 지 어미가 다 버려 놓은 게지. 어렸을 때 돼지처럼 먹이기만 하더니, 쯧쯧…….」 나는 웃음을 터뜨렸다. 「아까 부인이 당신과 저한테도 그렇게 먹였습니다, 하하. 어쨌든 음식 맛은 최고였습니다.」 내가 떠날 때쯤 레베카는 남편이 만든 스크래플 세 접시를 들고 나왔다. 돼지고기 위에는 허연 기름이 살짝 떠 있었다. 나는 생각했다. 이 음식, 우리 지역의 상징, 따뜻한 인정이 담기고 영양분이 풍부한, 전통이 서린 맛있는 음식이라고.

원고가 완성될 때마다 하는 절차 중에 내가 세 번째로 찾아가는 곳은 어떤 의미에서 볼 때 가장 중요한 곳이었다. 그곳은 로스톡에 있는 방 한 칸짜리 작은 우체국이었다. 나는 지난 일곱 번의 경우와 마찬가지로, 여자 우체국장인 디펜더퍼 부인에게 내 원고 뭉치를 조심스럽게 싸서 묶은 소포 꾸러미를 내밀었다. 「예전과 다름없이 키네틱 출판삽니다. 배달 증명 영수증도 받아 주시고요.」 마치 감미로운 노래를 부르듯 내 입에서 기분 좋게 흘러나왔다. 그리고 그 배달 증명 영수증이란 소포가 반드시 수취인의 손에 들어간 다음 소포가 안전하게 배달되었다는 것을 증명하는 것으로, 나중에 발송인에게 돌려주는 수취인의 사인이 있는 영수증 이었다. 이것은 배달의 안전을 위한 일종의 우편 거래로, 90센트만 추가로 지불하면 되었다.

「대작을 또 한 권 끝내신 모양이죠?」 디펜더퍼 부인의 물음에 나는 미소로 답했다. 내가 라이스 푸딩이 담긴 그릇을 건네주자 그녀는 〈저녁때 먹으면 되겠군요〉라고 말하며 우표 발매 창구를 닫았다. 쇠창살의 창구를 돌아 나온 그녀는 근처 자신의 농가로 나를 데리고 갔다. 부엌에 자리를 잡고 앉자 그녀가 말했다. 「축하해 드려야죠.」 큰 소리로 휘파람을 내어 농부인 남편을 부른 그녀는 시원한 우유 한 잔과 자신이 만든 그 유명한 애플베티[4]를 푸짐한 그릇에 담아 식탁

---

4 과일과 빵을 한데 섞어 만드는 일종의 푸딩.

에 올려놓았다. 사과에 달콤한 빵 부스러기, 버터, 강판에 간 레몬 껍질, 그리고 스파이스를 섞어 만든 갈색의 베티였다. 또한 그 위에 특유의 생크림을 높다랗게 감아 올렸음은 물론이었다.

그녀는 우유 잔을 높이 치켜들며 건배하였다. 「우리의 좋은 친구, 루카스 요더를 위해! 이번 소설도 〈이달의 책〉에 뽑히기를 바라며!」

「저 역시 마찬가집니다.」 나도 맞장구를 치며 잔을 들었다. 갈색의 베티를 또 한 그릇 권하는 것을 거절하고 그 집에서 나온 나는 집을 향해 차를 몰았다. 「일주일 동안 배고프지는 않겠구먼.」 원고를 끝내고 나서 그것을 이곳 드레스덴에서 출판사로 부치는 일이 쉬운 일은 아니었다. 그러나 나는 내 농장으로 돌아오자마자 엠마에게 키스를 하고 원고를 우편으로 부쳤다고 말하고는 얼른 침대로 기어들어 갔다. 낮잠을 자려는 마음에서였다. 그리고 이런 생각을 하며 나는 서서히 잠에 빠져 들어갔다. 나는 내 삶의 중심 지역에 있는 네 가정을 돌아본 거야. 요더, 졸리코퍼, 펜스터마허, 그리고 디펜더퍼. 어느 집에도 현관문을 통해 들어가지 않았지. 방도 아닌 부엌만을 본 거라고. 하지만 내 생애 그보다 더 좋은 음식들을 먹어 본 적은 없어. 이게 바로 우리 펜실베이니아 독일인들의 삶인 게지.

그날 저녁, 나는 엠마에게 세 개의 헥스를 보여 주고 또 이 집 저 집 다니면서 잔뜩 먹었기 때문에 별로 저녁 생각이 없다고 말했다. 잠시 후 우리는 엠마의 1990년 탁상 일기와 두 장으로 축소해서 만든 1991년 달력을 앞에 놓고 테이블에 같이 앉아 앞으로 1년 동안 해야 할 일들을 예측해 가며 요모조모 기입하기 시작했다. 『돌담』의 출판과 관련해서 이런

저런 일로 신경 써야 할 날이 점점 불어나자 엠마는 다소 불평하는 듯한 빛을 내보였다. 나는 엠마를 다독거리지 않을 수가 없었다. 「이번이 마지막 작품이오. 그리고 이런 일 하는 것도 이번 1년이 마지막이라고. 이번 책도 출발부터 잘되도록 해야 돼. 모든 성공의 가능성을 다 잡아야 하는 거라고.」 그러자 대뜸 엠마가 응수했다. 「그렇지만 내 일은 그 힘든 모든 것을 당신이 잘 견뎌 내고 살아남는 것을 지켜보는 거야.」 그녀의 다음 결심 한 가지는 분명한 것 같았다. 「이번만큼은 열한 개 도시나 홍보 여행 떠나는 거 절대 안 되니 그리 아세요. 당신 나이로는 이제 무리야.」

「나도 동감이오. 너무 힘든 일이지……. 그리고 그리 큰 득이 되는 것 같지도 않고 말이야.」

곧이어 나는 엠마가 전혀 예상치 못했던 날짜를 하나 더 추가시켰다. 「그 왜, 윌리엄스버그에 민속 박물관이 하나 있지? 애비 록펠러를 기념해서 이름 붙인 박물관 말이야. 그곳에서 내 헥스 그림을 한 여덟, 아홉 작품 정도 전시하고 싶다는 거야. 그래서 이번에 펜스터마허 씨한테 그 헥스 부호들이 그려져 있는 널빤지들을 구하려고 애쓴 거라고.」

그녀는 잠시 생각하더니 말을 꺼냈다. 「남쪽으로 가는 여행이니 괜찮겠는데. 또 그 작은 호텔에서 재우려는 모양이지?」

「더 좋아졌어. 그 멋진 식민지 시대의 건물을 드윗 월러스가 다시 개조한 모양이더군.」

「그렇담 더욱 구미가 당기는데.」

나는 우리 독일인 지역 사회에 관한 몇 편의 글을 『리더스 다이제스트』에 기고한 적이 있었다. 그러자 그 일에 대한 감사의 표시로 월러스 부부는 엠마와 내가 윌리엄스버그에 갈 때마다 〈월러스 하우스〉라고 알려진 그 호텔을 사용할 수 있도록 온갖 배려를 아끼지 않았었다.

「그리고 책이 출판될 때쯤에는 예의상 뉴욕에 가봐야지.」
나의 말에 엠마는 고개를 끄덕였다. 「또 한 가지, 혹 홍보부에
서 주선해서 텔레비전 방송국 사람들을 이곳에 보낸다면……
분명 그런 일이 있을 것 같은데 말이야, 그러면 지난번 작품
들이 덕 본 걸 생각해서라도 받아들여야 돼.」

「대신 여기로 오도록 해야 돼. 이젠 당신이 매주 뉴욕까지
시계추 마냥 왔다 갔다 할 순 없어.」

나는 의자 등받이에 몸을 기대어 잠시 생각하다가 이내 입
을 열었다. 「그래도 아직까진 내가 NBC에 그들의 네트워크
를 어떻게 운영하라고 지시할 만큼 영향력을 지닌 인물은 못
될 거야.」 이 말에 엠마는 웃음을 터뜨렸다.

나는 방금 전에 〈영향력〉이란 말을 사용하였는데, 그 단어
는 60고개에 들어선 우리 부부의 삶에서 서서히 중요한 의미
를 지닌 것으로 부각되었다. 우리 부부는, 이 미국 사회에서
어느 분야의 예술가든 크게는 이 사회가 그들에게 부여해 주
는 영향력에서 자신들의 예술 행위에 대한 보답을 찾는 것이
라는 믿음을 지니고 있었다. 특히 엠마가 그러했다. 원래 교
회 단체에서 세운 대학인 메클렌버그 대학에서 나도 어느 정
도의 교육은 받은 셈이지만 브린마 대학을 나온 엠마는 더
섬세한 교육을 받은 것이 틀림없었고, 그래서인지는 몰라도
언제나 강한 신념 하나를 마음속에 품고 있었다. 그 신념이
란 다름이 아니라, 바로 나 같은 작가들이 어렵사리 획득한
명성과 부를 훌륭한 사회 사업이나 학생들이 사회에 안전하
게 진출할 수 있도록 도와주는 데 사용하지 않는다면, 혹은
그녀가 즐겨 사용하는 말대로, 지역사회의 분위기가 그릇된
방향으로 기울고 있는데도 호통을 치지 않는다면 그 명성이
나 부는 아무것도 아니라는 단호한 생각이었다.

그러나 나는 원래 〈나는 이런 사람이오〉 하고 떠벌리고 다

니는 사람이 아니었고, 또 엠마가 처음 그 얘기를 꺼냈을 때에도 내가 무슨 영향력 있는 사람이라는 생각이 들지도 않았었다. 하지만 그녀는 내가 저자 사인회에 가서 독자들에게 사인을 해주고 또 인사를 나누러 갈 때마다 거의 두 시간가량이나 줄을 서서 차례를 기다리는 사람들을 가리키며 그 점을 계속 주입시켰다. 종종 그녀와 서점 지배인은 이런 하소연까지 했었다.「제발, 당신 이름만 써요. 독자들 이름까지 같이 적을 필요가 없잖아.」허나 나는 그렇게 할 수는 없었다.「하지만 말이야, 엠마. 우리를 살려 주는 사람은 바로 독자들뿐이라는 사실을 알아야 해.」

사실 나는, 나의 자필 서명을 받으려고 몰려드는, 어떻게 보면 낯선 사람들에 불과한 그런 독자들에게 내가 왜 신경을 써야 하고 친절해야 하는지 그 진짜 이유를 엠마에게 말하지는 못했다. 키네틱 출판사에서 네 번째 소설인『파문』이 출판되었을 때 활달한 성격의 내 담당 편집자가 출판사의 홍보부에 이렇게 사정했었다고 한다.「이 사람 좋은 소설 세 권이나 썼어요. 하지만 아직 1루에도 못 갔으니 어쩌겠어요. 그래요. 아직 1루에도 못 갔으니 어떻게 점수를 내겠어요? 제발, 제발 부탁이에요. 제가 이렇게 무릎을 꿇고 빌게요. 그에게 한 번 기회를 주기로 하세요. 그 사람 고향 지역에 있는 대형 상점 하나를 선택해서 저자 사인회를 주선해 주세요. 랭커스터나 리딩, 아니면 앨런타운에서 말이에요. 제발, 그렇게 해 주세요.」

홍보부에서 세 도시의 주민 수를 조사했을 때 약 2만 5천 명 정도씩 차이가 난다는 사실이 밝혀졌다. 제일 인구수가 작은 랭커스터가 5만 4천 명이었고, 그다음이 리딩으로 7만 8천 명, 그리고 제일 큰 도시인 앨런타운이 10만 명을 상회하였다. 출판사 측은 앨런타운에서 사람들이 제일 많이 찾는 헤스 상점을 선정하여 서점 측이 나의 사인회를 마련해 줄 수 있는지 알아보기로 결정을 내렸다. 그들은 내가 앨런타운에서 남쪽으로 30마일밖에 안 떨어진 곳의 농장에서 살고 있으며, 그 지역 출신의 작가임을 내세우려는 전략이었다.

나중에 나는 그때의 암담했던 상황을 떠올리며 이렇게 고백한 적이 있었다. 「이 점은 분명히 짚고 넘어 가야죠. 상점 측에선 최선을 다한 겁니다. 광고도 하고, 진열창에 선전 문구도 붙이고, 한쪽 코너를 잘 정리해서 테이블도 갖다 놓고 그 위에 테이블보도 씌우고, 또 내 책도 쌓아 놓고……. 제대로 못한 사람은 바로 납니다.」 내 첫 세 권의 작품을 읽어 본 사람이 거의 아무도 없었기 때문에 어느 누구도 내가 작가라는 사실을 모르고 있었으며, 그러니 책을 사서 내 사인을 받으려고 줄을 서는 독자들이 있을 리 만무했다. 그때를 생각하면 나는 아직도 어디 쥐구멍이라도 찾아 숨어 버리고 싶은 심정이다. 「나는 마치, 은혜를 갈구하는 사람들이 나를 찾아와 내 반지에 키스하기를 기다리는 교황처럼, 그렇게 앉아 기다렸습니다. 그런데 아무도 나타나질 않았지요.」 약 40분이 지난 뒤, 상점 지배인이 점원들에게 이렇게 말했다. 「가서 줄들을 서라고. 책을 사려는 것처럼 하란 말이야.」 그러나 그래도 책이 팔리질 않자 지배인은 다시 점원 둘에게 말했다. 「자, 여기 7달러씩 줄 테니 가서 줄을 서서는 책을 사라고. 사람들이 볼 수 있도록 돈을 흔들면서 말이야.」 그 우울하고 고통스러운 날 팔린 책이라곤 딱 두 권이었다. 허나 나는 이미 그 조작 판매의 내막을 잘 알고 있었던 터였다.

엠마가 탁상 일기를 집으려 할 때 내가 말했다. 「내년 12월, 헤스 상점에서 사인회를 열 테니 적어 둬.」 그러자 엠마가 얼른 반대를 하고 나섰다. 「왜 매번 그곳에서 해요? 다른 상점은 안 돼?」 나는 그 이유를 알고 있었지만 그렇다고 그녀에게까지 설명해 주고 싶은 마음은 없었다. 최초로 사인회를 열었을 때 헤스 상점 측으로선 모든 성의를 다 표시한 셈이었다. 그러나 책은 한 권도 팔리지 않았었다. 그래서 『헥스』가 출판되기 직전, 키네틱 출판사가 상점 측에 그 소설이 바로 상점의 판매 구역을 소재로 한 작품이니 다시 한 번 사인회를 주선해 줄 수 없겠냐고 물었을 때 지배인은 〈사양하겠습니다〉 하고 정중히 거절하였었다. 납득이 가는 대답이었다. 그러나 상점의 서적부에서 한 권에 18달러씩, 2천 부 이상 팔았다는 말을 들은 지배인은 곧 기발한 생각을 내놓았다. 즉, 책이 3천 부째 팔리는 시점을 잡아 이 지역 출신의 작가인 나를 위해 특별 기념회를 헤스 상점 측에서 열어 주겠다는 것이었다. 그리고 그 3천 부째 책을 구입한 행운의 독자에게는 나와 함께 사진을 찍는 영광을 누리게 해줄 터이고, 동시에 그날에 한 해 백 달러 어치의 신용 판매 보장을 해주겠다는 것이었다. 그날 저녁 나는 엠마에게 이렇게만 말했었다. 「누군지 모르겠지만 헤스 상점을 굉장히 좋아하게 될 것 같아.」

마지막 소설의 원고가 내 손을 떠나 키네틱 출판사의 손으로 들어가는 순간부터 그 원고는 나름대로의 생명을 지니게 된 것 같았다. 아직 편집도 제대로 안 된 원고가 여러 부 복사되어 분명 지금쯤은 내 편집자가 〈여론 형성자들〉이라고 부르는 그런 사람들의 손에 들어가 있을 것이 틀림없었다. 키네틱 출판사로서는 그런 사람들이 〈요더 씨의 새 작품이 선풍을 불러일으킬 것 같습니다〉라고 말하는 것을 듣고 싶었던 것이다. 그리고 10월에서 신년 1월까지 출판과 관련된 여러 회사의 경영진들이 내 소설을 세상에 내놓는 일에 어떻게 참여할 것인가를 놓고 참모들과 숙의에 숙의를 거듭할 것이 틀림없었다. 내 편집자는 내 소설을 〈다가올 시즌에 센세이션을 불러일으킬 작품〉이 될 것이라고 나에게 몇 번이나 다짐을 하였고, 나 역시 그녀의 말대로 되기만을 바랄 뿐이었다.

책이 출판되기 9개월 전, 그러니까 1월이 되어 뉴욕의 사무실들이 새롭게 신년 업무를 개시한 직후, 나는 원고의 진행 상태에 관해서 매일 전화로 보고 아닌 보고를 받기 시작했다. 나에게 전화를 주는 사람들은 바로 나의 일을 뒤에서 돌봐 주는, 엠마의 말을 빌리자면 〈마법의 황금 지팡이를 지닌 구원의 천사들〉인 젊고 총명한 두 여자였다. 한 여자는 내가 쓴 글들이 문학성 있는 좋은 글인지 살펴보는 책임을 맡은 키네틱 출판사의 편집자인 미즈 마멜이었고, 또 한 여자는 내 작품을 둘러싼 여러 사업상의 일을 돌봐 주는 에이전트인 미스 힐다 크레인이었다. 둘 다 나이는 약 마흔 정도였으며, 매력적이고 날씬한 데다 더욱이 지칠 줄 모르는 정열과 예리한 감각을 지닌 여자들이었다. 두 여자 사이에 차이가 있다면, 편집자는 미즈로 불러 주기를 바라고 에이전트는 미스로 불러 주기를 바란다는 것뿐이었다. 물론 나는 그 이유를 몰랐다. 미스 크레인은 어딘가에 남편을 숨겨 두고 있었지만 미즈 마멜은 남편도 없는 여자였다.

내가 키네틱 출판사와 연락하여 해외 출판업자들과의 판매 협상권을 출판사에 넘긴 이후 우리 집에 걸려 온 첫 번째 전화는 미즈 마멜로부터 온 것이었다. 우리 집에는 보통 사람들이라면 잘 믿기 어려운 묘한 관례가 하나 형성되어 있었다. 나는 작가라는 내 직업의 여러 가지 경제적인 측면에 관해 왈가왈부하는 것을 싫어했지만 엠마는 달랐다. 우리가 벌어들이는 수입이 얼마든지 모든 금전적인 문제를 관리하고 있었던 엠마는 일의 진행 상황에 대해 늘 관심을 지니고 있었기에 거의 모든 전화가 나한테 걸려 오는 것이 아니라 엠마에게 걸려 오는 것이었다. 「사모님! 굉장한 뉴스가 있어요! 방금 연락이 왔는데 영국에서 『돌담』을 사겠대요. 선지급금을 7만 5천 달러나 주고 말이에요.」 며칠 후, 마찬가지로 흥분된 목소리의 보고가 있었다. 독일에서 11만 달러를 주고 저작권 계약을 하겠다는 것이었다. 이미 지난 세 권의 그렌즐러 소설로 많은 재미를 보았던 프랑스에서도 이번 작품을 계약하겠다는 것이었고, 스웨덴, 스페인, 일본도 마찬가지였다. 2월 중순쯤 되어서는 그 외에 여섯 개의 외국 출판사가 계약 의사를 표시해 왔다는 전화가 있었다. 그러나 이 모든 전화들 가운데서도 내가 가장 고맙게 여긴 전화는 마멜이 나에게 직접 걸어 온 전화였다. 「선생님의 지난 세 권의 대작을 이탈리아에서 한 권도 계약하지 않았다는 사실에 제가 얼마나 상심했었는지 기억나시죠? 근데 그들이 이번엔 『돌담』을 계약하겠대요. 선지급금도 괜찮고요. 게다가 지난 세 작품도 시간 간격을 두고 출판하겠다는 거예요. 물론 그 돈도 이미 지불했고요.」

나는 독자들의 냉담한 반응으로 그냥 묻혔던 내 첫 소설들이 생각나자 자기 교만이라는 몹쓸 죄악이 다시 고개를 내밀까 두려워, 이탈리아에서 내 작품을 받아들였다는 사실에 속으로야 대단한 만족감을 느꼈지만 짐짓 별로 대수롭지 않다는 듯한 목소리로 물었다. 「편집은 어떻게 진행되고 있습니까?」 그러자 그녀는 대뜸 말을 가로막았다. 「에이! 선생님, 잠깐 일은 잊어버리세요. 우리 같이 축하나 해요.」 그러나 나도 그녀의 말을 가로막았다. 「내 앞에는 1년 동안 해야 할 일이 산더미처럼 쌓여 있단 말이오. 당신의 수정 제의에도 응해야지, 매끄럽지 못한 부분은 다시 손질도 해야지…….」

「선생님은 정말 사람 김 빼놓는 데 명수세요. 우리 일은 스케줄대로 잘 진행되고 있어요. 아참, 다음 주쯤 이곳에 오셔서 처음 다섯 장(章)을 같이 논의했으면 좋겠어요. 몇 가지 제 의문을 해결해 주셔야 얼른 댁에 돌아가셔서 그 지겨운 일은 다시 시작하실 수 있을 거예요.」

「지금 이 단계에서 원고에 수정을 가하면 최종적으로 작품이 더 좋아지는 셈이 될 테니 그걸 지겨운 일이라고 부르면 안 됩니다.」

「좀 전에는 지겨워하시는 것처럼 들렸어요. 아무튼 얼른 와인 잔 하나 가지고 오세요. 전 벌써 손에 들고 있어요. 이탈리아를 위해 건배 한번 해요.」 나는 이 여자의 쾌활하고 솔직한 심성이 좋았기 때문에 그녀 말을 따르기로 하였다. 나는 잔을 가져와 전화기에 쩽 하고 부딪쳤고, 우리는 각자 큰 소리로 〈살뤼!〉를 외쳤다. 만약 미즈 마멜을 잃는다면 그건 나 자신을 잃는 것과 진배없었다.

뉴욕으로 떠나기 나흘 전, 미스 크레인으로부터 두 차례 전화가 왔다. 미즈 마멜과는 달리 그녀는 침착한 어조로 『리더스 다이제스트』에서 그 유명한 요약판 시리즈의 하나로 『돌담』을 고려 중에 있다는 정보와, 아직 세간에 이름이 알려지지 않은 한 일본-이스라엘 합작의 영화사가 『돌담』뿐만이 아니라 내 소설 전체에 관심을 보이고 있다는 소식을 엠마에게 알려 주었다. 그녀는 이렇게 말을 맺었다. 「제가 계속 지켜보겠어요. 아직까지 무슨 뛰어난 실적은 없는 영화산데 자본은 아주 튼튼한가 봐요.」

그런데 바로 그날 오후, 우연의 일치겠지만, 미즈 마멜이 전화를 주었다. 키네틱 출판사가 이스라엘의 한 출판업자와 계속 접촉을 가져 왔었다는 사실과, 그쪽에서 『돌담』을 출판하고 싶은데 히브리어로 번역하는 비용 때문에 계약료 문제를 좀 관대히 처리해 달라는 부탁이 들어왔다는 것이었다. 「도와드리세요.」 엠마는 나에게 일언반구 상의도 없이 즉각 대답해 주었다. 「저희는 책을 좋아하는 사람들이 좋아요. 그리고 이스라엘 민족이라면 가장 위대한 책을 만들어 낸 민족 아니에요?」

나는 내 구원의 천사들과 협의하기 위해 뉴욕으로 갈 때면 늘 정해진 길을 따라가는 것이 보통이었다. 지금보다 더 젊었을 때는 고속도로를 쏜살같이 내달려서는 베들레헴을 지나고 홀랜드 터널을 지나 맨해튼까지 곧장 가곤 했었다. 그리고 맨해튼에 도착해서는 여행 때마다 똑같은 주차장에 하루 주차료 2달러 50센트를 얹어 주고 주차시켰었다. 그러나 나이는 들어가고 고속도로도 점점 복잡해지고, 게다가 주차료도 5달러, 7달러로 자꾸 인상됨에 따라 나는 드레스덴의 지각 있는 운전자들이 택하는 방법을 따라 하기 시작했다. 즉, 내 낡은 뷰익을 손수 운전해서 레니시 로드와 주간 고속도로가 교차하는 곳까지 와서는 그곳에 차를 주차시키고 뉴욕행 버스를 집어타는 것이었다. 그러면 버스는 곧장 터널을 지나 42번가의 거대한 버스 터미널까지 나를 실어다 주었고, 버스에서 내린 다음에는 지하로 내려가 8번가로 가는 지하철을 타면 키네틱 출판사가 있는 건물의 밑까지 도달할 수가 있었다. 그런 다음 지하 통로를 통해 약 반 블록을 가벼운 걸음으로 걸어가 엘리베이터를 타고 11층으로 가면 안락한 의자 하나가 나를 기다리고 있는 미즈 마멜의 사무실이 나타났다.

요즘같이 복잡한 세상에는 그렇게 가는 것이 제일 편한 방법이었다. 또 그렇게 두 시간의 여행을 하는 오전 동안 메노파의 배경이나 18세기에 독일인들이 펜실베이니아 농경지로 많이 이주해 온 원인을 기술해 놓은 책을 읽을 수 있어서 더욱 좋았다. 그러나 지금, 1월의 어느 아침, 나는 뉴욕으로 여행을 하면서 여느 때처럼 책을 읽는 대신 끊임없이 나를 당혹스럽게 만들어 온 한 가지 문제에 대해 곰곰이 생각해 보았다. 처음 작가로서 출발할 때인 24년 전의 요더와 비교해서 지금의 요더는 어떤 차이가 있는가? 아, 나는 원고를 출판사에 넘기고 난 뒤 얼마나 많은 날들을 두려움 속에서 초조하게 기다렸던가?

그리고 출판사 측에서 나의 원고가 썩 마음에 들지는 않지만 〈어떻게 원고를 구해 낼 방도를 함께 찾아보자〉는 전갈을 보내올 때마다 나는 누군가가 그 까다로운 원고를 매끄럽게 고쳐 주기만 한다면 나도 뭔가를 할 수 있다는 자신감에 아침 7시에 집 문을 나서곤 했었다. 그러나 맨해튼에 도착해 그 높은 빌딩들을 쳐다볼 때마다 나의 용기는 이미 어디론가 달아나 버렸던 것이다.

나보다 훨씬 똑똑한 여자인 내 편집자 역시 나를 겁나게 하는 존재였다. 그래도 그녀는 나에게 많은 도움을 주었고, 또 우리는 함께 내 원고가 형체를 갖출 수 있도록 무진 애를 쓰기도 했었다. 그러나 진짜 두려움은 딴 곳에 있었다. 원고가 서서히 인쇄 과정에 들어감에 따라 나는, 과연 비평가들이 내 작품에 관해 이러쿵저러쿵 평을 해줄 것인지, 독자들이 과연 내 책을 사서 볼 것인지 정말 가슴 졸이지 않을 수 없었던 것이다. 아무것도 내 뜻대로, 내가 바라는 대로 된 것이 없었다.

책이 세상에 나왔다가는 곧 날개 찢긴 새처럼 퍼덕거리다가 죽는 것을 지켜보는 일이란 죽음보다 더한 고통이었다. 더욱이 네 번씩이나 그러한 고통을 경험하다니! 정말 불운한 세월이었다.

내 소설이 하나씩 하나씩 실패를 거듭하던 그 악몽과도 같은 세월을 되새기면서 나는 차창에 머리를 기대고는 나도 모르게 나오는 눈물을 남이 볼까 얼른 훔쳤다. 그런 다음 코를 킁 하고 풀고는 다시 생각에 잠겼다. 만일 엠마가 아이들 가르치는 일을 하지 않았더라면 우리는 어떻게 되었을까? 마찬가지로, 만일 키네틱 출판사가 그 어려운 시기에 계속 나를 지탱시켜 주지 않았다면 내 인생은 지금 어떤 식으로 끝나 버렸을 것인가? 마음속으로 이런 질문을 계속하고 있는 동안 버스는 뉴저지 주 중앙에 위치한 서머빌 근처의 마지막 농가를 지나 도로 양쪽으로 도시의 냄새가 물씬 풍기는 지역으로 접어들었다. 이제는 곧 맨해튼으로 들어설 참이었다. 순간 나는 고개를 절레절레 흔들며 머릿속에서 지워 버리려 애를 썼지만, 다시 일종의 불신과 냉소의 생각이 찾아드는 것을 어찌할 수가 없었다. 그래, 오늘은 무슨 일이 벌어질 것인가? 원고가 편집되기도 전에, 아니 조판에 넘겨지기도 전에, 아니 완성된 책의 형태를 갖추기도 전에, 그것의 미래는 이미 결정되어 버린 것이 아닐까? 해외 출판, 국내의 관심 있는 에이전시들의 판권 계약. 초판은 약 30만 부, 그리고 최종 판매 부수는 분명 더 엄청나지 않을까……

요즈음 책은 출판되기도 전에 성공을 보장받는 경우가 많다. 북 클럽, 영화, 텔레비전 연속극 등등, 이 모든 것들이 책의 성공을 보장해 주는 것들이다. 일반인의 상상을 뛰어넘는 것이다. 그러나 그러는 만큼 공정하지 못한 것도 사실이다. 미국 전역에서 빈익빈 부익부 현상이 심화되고 있는 것이다. 바람직하지 않은 현상이다. 좋 — 지 — 않 — 다 — .

미국의 출판업계가 무질서와 혼란의 장(場)으로 빠져들어 가고 있는 것이 분명하다는 생각에도 불구하고 나는 그러한 몰락의 기운을 어떻게 바로잡고 중지시킬 것인지, 아직 아무런 생각도 가지고 있질 못하다. 그저 한탄만 할 뿐이다. 「뭔가가 잘못된 시대야……」

나는 낯익은 키네틱 출판사의 사무실에 들어설 때마다 내가 이 출판사의 일원인 것 같은 생각이 들었다. 최근 몇 년 동안 나 때문에 출판사가 돈을 많이 번 반면, 나 역시 내 책들이 팔릴 때까지 참고 기다려 준 출판사에 많은 빚을 지고 있는 셈이기 때문이었다. 엘리베이터를 타고 11층에서 내려 〈이본 마멜〉이라고 적혀 있는 작은 이름표가 붙어 있는 사무실로 발걸음을 옮기면서 나는 이곳이 바로 나에게 귀속감을 불러일으키는 곳이라는 느낌을 받았다. 집과 다름없는 곳이었다.

가볍게 노크를 한 다음 나는 문을 밀고 들어갔다. 내가 정말 신세를 많이 진 여자가 보였다. 날씬하고 단정한 몸차림, 도시에서 자라 도시를 잘 알고 또 도시의 삶에 익숙해져 있는 전형적인 뉴욕 사람의 표정. 그녀의 모습에서는, 나중에 후천적으로 획득한 것이 분명하긴 하지만, 그녀 이름에 걸맞은 프랑스 여인의 분위기를 느낄 수 있었다. 그러나 그녀의 태도나 말투는 정말 전형적인 맨해튼인의 것이었다.

그녀는 나를 보자마자 의자에서 벌떡 일어나 뛰듯이 쫓아와서는 나를 와락 껴안았다. 「오, 요더 선생님. 방금 전, 10분도 채 안됐을 거예요. 〈이달의 책〉 선정 위원회에서 전화가 왔더랬어요. 10월의 대표작으로 『돌담』을 고려하고 있다는 거예요!」 그녀는 내 마지막 소설을 멋지게 출발시키기 위해 애쓴 자신의 노력이 대단한 결실을 맺게 된 것을 축하라도 하는 듯 내 손을 잡고는 이리저리 춤을 추었다.

처음에 나는 그녀의 호들갑스러운 태도에 다소 당황스럽기까지 했다. 좀 전에 버스를 타고 오는 동안까지만 하더라도 내 소설이 과연 성공을 거둘 것인지, 온갖 생각의 미로에 빠져 있었던 나로서는 그럴 수밖에 없었다. 그러나 곧 나의 시선은 그녀의 어깨 너머로 보이는 한 폭의 그림으로 옮겨졌다. 그 그림은 실크 스크린으로 복사한 모네의 풍경화로 내 책들의 출판 현황을 일목요연하게 보여 주는 그림이었다. 물론 전면의 그림은 출판과는 전혀 상관이 없는 그냥 한 폭의 풍경화에 불과한 것이지만, 출판사의 사정을 잘 아는 사람이라면 그 속에 직업상의 비밀이 숨겨져 있음을 금방 알 수 있었다. 나는 그 모네 그림으로 다가가 유리 대가리의 긴 못에서 그림을 떼어 내고는 작은 고리에 그림을 뒤집어 걸어 놓았다. 이제야 책의 출판에 관련된 중요한 사항들이 드러난 것이다.

뒷면은 직사각형의 마분지 같은 것이 덮여 있었고, 그 위에 도표 하나가 그려져 있었다.

편집자의 상

연도	제목	선지급금	판매 부수	지불된 로열티
1967	『그렌즐러』	$500	943	—$2,119
1970	『농장』	$700	1,107	—$3,147
1973	『학교』	$800	1,304	—$4,236
1976	『파문』	$900	1,607	—$5,210
1980	『헥스』	$1,300	871,896	$1,307,844
1984	『유제품 제조 판매소』	$200,000	917,453	$2,477,126
1988	『들녘』	$500,000	1,000,000	$4,263,191
1991	『돌담』	?	?	?

이런 수치가 나오도록 애쓴 사람이 바로 우리 둘이었기에 미즈 마멜과 나는 기록된 숫자들을 하나하나 살펴보며 믿지 못하겠다는 듯이 고개를 가로 저었다. 곧이어 그녀는 지난번 내가 마지막으로 들른 이후 추가시킨 수치를 보여 주었다. 아랫부분의 두꺼운 천을 들추자 『헥스』 이후의 소설에 관한 세 줄의 수치가 나타났다. 「저는 우리 출판사와 거래하는 중견 작가들이 선생님 같은 분에게 지불된 선지급금을 알게 될까 봐 걱정이 돼요. 어떻게 하다가 이 도표를 본 작가에게 우리가 〈당신의 다음 작품에 대한 선지급금으로 도저히 만 천

달러 이상은 안 되겠습니다〉, 뭐 이런 식으로 말해 봐요. 어떻게 되겠어요? 그리고 또, 이제 막 출발한 신인 작가들이 선생님의 지난 두 권의 소설에 지불된 로열티를 보고 거기에 혹하고 빠지지나 않을까 걱정도 되고요.」 잠시 말을 멈춘 그녀는 곧 다시 입을 열었다. 「이제 나중에는 마지막 줄을 하나 더 만들어 선생님에게 지불된 총 로열티 금액을 적어 둬야 하겠죠? 선생님께서도 짐작은 하시겠지만, 외국 출판사에서 들어온 금액, 북 클럽 판매 액수, 그 밖에 저작권에 관련된 여러 부수적인 권리금으로 들어오는 액수 등등, 아마 엄청날 거예요.」

그녀가 마지막 세 줄을 덮고 있던 천을 완전히 떼어 낸 다음 우리는 도표 앞에 서서 처음 다섯 줄을 찬찬히 들여다보았다. 그녀는 애써 득의의 표정을 감추려는 것 같았다. 따지고 보면 이 수치들은 다 그녀의 노력을 대변해 주는 것들이었다. 나에게 한 번만 더 기회를 주자고 수없이, 그리고 열심히 키네틱 출판사의 최고 경영진과 싸운 것이 바로 그녀였기 때문이었다.

나는 그녀가 현재의 나를 만들기 위해 얼마나 많은 노력을 경주했는지 잘 알고 있었다. 이미 내 영혼 속에는 지나간 세월의 여러 대화들이 파편처럼 박혀 있어 도저히 지울 수 없는 기억의 부분으로 남아 있었기 때문이었다.

1967 「요더 씨, 저도 인간적으로 할 만큼 다 했어요. 『그렌즐러』가 좋은 작품이라는 걸 저도 알아요. 하지만 안 되는 걸 어떡해요.」

1973 「요더 씨, 제가 얻어 낼 수 있는 것이라곤 지난번처럼 7백 달러뿐이었어요. 그래서 제가 소리를 빽 질렀죠. 〈그렇담, 내 주머니에서라도 백 달러 더 보태서 드릴 겁니

다〉 하고 말이에요. 그랬더니 별수 없이 8백 달러를 내놓더라고요.」

1976 「요더 선생님, 제 말 귀담아들으세요. 선생님은 분명 우리 나라 최고 소설가 중의 한 사람이 될 거예요. 맥베인 씨는 그 말을 믿지 않아요. 우리 영업부에서도 그렇고, 아마 선생님 부인도 마찬가질 거예요. 하지만 저는 꼭 그렇게 되시리라 믿어요. 『파문』의 사전 판매가 지지부진하지만 그냥 다 잊어버리세요. 댁에 가셔서 우리가 얘기한 대로 새 소설을 쓰시는 거예요. 모든 단어들이 다 노래하듯 울려 퍼지도록 만들어 보세요. 선생님은 작가예요. 제 말을 믿으세요.」

1980 「요더 선생님, 간밤에 제대로 잠을 잘 수가 없었어요. 『헥스』가 모든 걸 다 말해 줄 거예요. 만약 이번에도 기회를 놓친다면 키네틱에서 이제 선생님 글을 받아 주지 않을 것 같아요. 하지만 제가 선생님께 말씀드리는데, 만일 정말 그런 일이 벌어진다면 저 역시 그만둘 거예요. 저랑 선생님이랑 다른 출판사에 가서 다시 시작하면 되는 거라고요. 아침이 돼서야 겨우 잠들었어요. 선생님도 절 도우셔야 해요. 『헥스』가 이 모든 사람들을 멍하게 만들 정도로 커다란 충격을 불러일으키는 꿈을 꿨어요. 그 꿈이 실현되도록 우리 같이 기도해요.」

우리가 얼마 안 되는 선지급금이나마 그 값을 하는 책을 만들어 내기까지에는 13년이라는 가슴 찢어질 듯한 고통의 세월이 있었다. 만약 미즈 마멜이 등장인물들의 배경과 그 주위 환경의 묘사에만 과도하게 집착하는 나의 고집에 제동을 걸지 않았더라면 나는 결코 독자들이 소중하게 여기는 그런 소설들을 쓰지 못했을 것이다. 그러니 도표에 나타난 첫 다섯 줄이 바로 서로에 대한 신뢰감을 확고히 가지고 있는 우리 두 사람의 초상임은 말할 것도 없는 것이다.

「마지막 줄에 집어넣기 위해 제가 연필로 적은 예상 수치를 한번 보시겠어요?」

「미리 홀리게 하지 말아요.」

「안심하셔도 돼요.」 그러나 그녀는 그 종이를 치워 버렸다. 그녀는 내가 나쁜 소식이든 좋은 소식이든 이런 식의 이야기를 좋아하지 않는다는 것을 잘 알고 있었다. 나쁜 소식만이 들리던 어려웠던 시절에 나는 이런 말을 했었다. 「나는 소설을 쓰는 사람입니다. 내 소설에 온갖 일이 다 일어나겠지요. 허나 그 두 가지는 아무 관계가 없어요.」 나는 독자 대중들이 내 초기 소설들에 내보인 무관심에 독설을 퍼붓고 욕을 하지도 않았고 또 독자들이 후기의 내 소설을 끌어안기 시작했을 때에도 크게 좋아하는 기색을 내보이지 않았다. 「나는 글을 쓰는 것이고, 그리고 그 글의 수준에 걸맞은 반응을 원할 뿐입니다.」

그녀는 새로운 소식을 담은 종잇조각 하나를 꺼내었다. 그것은 런던에 있는 키네틱 출판사 담당 에이전트가 팩스로 보낸 소식이었다. 그 소식을 처음 받았을 때 대단한 만족감을 느낀 그녀로서는 나 역시 크게 만족하리라 생각하고 보여 준 것이었다. 〈유럽 사람들이 그들 스스로 《그렌즐러 8부작》이라고 부르는 요더 씨의 소설에 대해 최근에 많은 관심을 보이고 있습니다. 전에는 요더 씨의 소설을 무시하고 거들떠도 보지 않던 3개국에서 그의 첫 네 권의 소설을 구입할 것 같습니다. 그리고 『파문』은 추가로 네 개 출판사에서 관심을 보이고 있습니다. 그 작품이 요더 씨의 작품 중 최고라고 생각하고 있는 듯합니다. 덧붙이자면, 제가 보장하건대 『헥스』 역시 유럽 전역에서 베스트셀러의 대열에 올라설 것이 틀림없을 것 같습니다.〉

그러나 우리는 이 기쁜 소식을 놓고 그저 좋아만 하고 있을 사람이 아니었다. 왜냐면 우리 두 사람은 언제든지 위험과 어려움이 닥칠 수 있다는 것을 잘 알고 있는, 말하자면 산전수전 다 겪은 역전의 용사들이기 때문이었다. 나는 작가의 명성이란 마지막 작품에서 판가름 난다는 사실을 잘 알고 있었던 터였고, 그녀는 한때 대단한 성공을 거둔 편집자들도 현재는 아무것도 일궈 내지 못하는 작가들과 손을 잡고 있어 많은 어려움에 봉착하고 있는 경우를 많이 보아 왔던 것이다. 따지고 보면, 우리 두 사람은 『돌담』이라는 운명의 배에 함께 타고 있는 꼴이었고, 또 그런 사실을 서로 잘 알고 있는 처지였다.

그래서 나는 아침 내내 그녀와 얼굴을 맞대고 앉아 『돌담』에 관한 논의를 하는 동안 그녀의 말에 열심히 귀를 기울였다. 그녀는 소설의 도입부 중 그녀의 맘에 안 드는 부분들을 상세히 적어 놓은 노트를 꺼내더니 입을 열기 시작했다. 「이 스토리는 맘에 들어요. 헌데 판매에 상당한 손해를 끼칠 심각한 결점을 내포하고 있는 것 같아요.」 나는 그 〈판매〉라는 단어에 기분이 나빴다. 「아니, 내가 그 판매 부수가 얼마가 되든 신경을 안 쓴다는 것 겪어 봐서 잘 아실 텐데.」

「저는 신경이 쓰여요. 하지만, 뭐 그러시다면 신경을 쓰시게끔 표현을 달리해서 말씀드릴까요? 제가 말씀드린 결점이란, 만일 수정하지 않는다면 선생님의 독자들이 실망할 수도 있는 그런 결점이에요.」 이 말에 나는 귀를 기울이지 않을 수가 없었다.

「스토리 전개는 탄탄해요. 헌데 그 수준이랄까 그 분위기가 너무 고양되어 있어서 긴장감이 없다는 거예요. 그 이유는…… 이건 제 생각인데요, 선생님이 등장인물들에 초점을 맞추지 않고 너무 추상적인 개념만을 좇으신 것이 아닌가 해요. 소설이란 독자들이 푹 빠질 수 있는 서브 플롯도 있어야 한다는 게 제 생각이에요.」

그녀의 이런 생각들이 나를 화나게 만든 것이 사실이지만 ― 작가인 나의 영역을 침해한 것이나 다를 바 없었다 ― 이 비슷한 논의를 수없이 많이 해왔고 또 대개는 그녀의 말이 옳았기에 나는 그녀의 말에 계속 귀를 기울였다. 「그래, 내가 어떻게 했으면 좋겠어요?」

「우선, 삭제하는 거예요. 지루하게 서술된 중간 부분을 삭제하세요. 그러면 서브 플롯이 들어갈 공간이 생길 것 같아요.」

「나는 뭐 별달리 생각해 둔 것이 없는데. 당신은요?」

「이 시점에선 구체적으로 뭐라고 제시할 게 없어요. 그냥 한번 고려해 보시라고 드린 말씀이에요.」

「흠…… 생각해 볼게요.」

그녀는 계속 말을 이었다. 「그리고 이건 기술적인 문젠데요, 선생님은 여성 등장인물들을 두드러지게 구별 지어 그리질 않았어요. 제 생각엔, 그 인물들이 처음 등장할 때 시간을 두고 세세하게 묘사하고 뚜렷하게 부각시키지 않은 데서 문제점이 발생한 것 같아요. 정확하게 그려 보세요. 그렇다고 제가 페니모어 쿠퍼 식의 장치를 옹호하는 것은 아니에요. 쿠퍼 식으로 항상 금발의 여주인공과 거무튀튀한 악녀를 대비시키라는 것은 아니지만 얘기를 죽 하다가 보면 결국엔 결론이 그런 식으로 날지도 모르죠, 뭐. 아무튼 쿠퍼의 기법을 사용해 보세요. 대신, 더 많은 전이와 변화, 그리고 급격한 드러냄 등등을 가미시키면 그렇게 전형적으로 보이진 않겠죠?」

「좋아요. 그다음엔?」

「이런 말은 선생님도 듣고 싶으시지 않을 거예요. 저도 대단한 용기를 내서 드리는 말씀이에요. 이미 그런 경고성의 징후도 보이고 해서 말이에요. 선생님의 독자들이 이미 선생님 소설 일곱 권을 읽었다고 한다면, 아니 대작이라고 하는 세 권의 소설만 읽었다고 해도, 그렌즐러 지방의 사정에 대해선 눈으로 안 봐도 뻔히 다 알고 있을 거예요. 예컨대 펜실베이니아 독일인의 농장이 어떻게 생겼는지, 주위 풍경이 그 지역에 사는 사람들의 행위에 어떤 영향을 미치는지 등등 말이에요. 선생님의 소설에는 땅에 관한 이야기는 많이 나오는데 사람들에 관한 이야기는 별로 없어요. 제가 보기엔 버크스 군(郡)의 지형으로 봐선 이런 식의 댐을 세워야 한다는 식의 긴 설명 같은 것은 과감하게 삭제하시든지 아니면 다 빼버리시는 게 좋을 듯하군요. 그리고 트록셀 부부가 그들의 농장을 팔지 않을 수 없다고 한다면 독자들은 그 인물들이 굉장히 낙심하고 절망에 빠져 있으리라는 것쯤은 알잖아요. 1690년 이래 그들의 가족이 지켜 온 토지를 떠날 때의 그들의 슬픔을 직접 그리지 마시고 서로 서로에게 내보이는 그들의 감정을 통해서 그 점을 드러내시는 게 어떠세요? 이미 그 점은 안짱다리 숙부의 경우만으로도 충분한 것 같아요. 저라면 그 불필요한 묘사 부분은 다 빼버리고 계속 스토리를 전개시켰을 것 같아요.」

「나는 그 말에 동의할 수가 없군요. 이 소설은 한 사람의 농장을 둘러싸고 있는 돌담의 붕괴에 관한 소설이죠. 그리고 그 돌담은 그 인물을 규정짓는 상징적 의미가 있단 말입니다.」

「선생님의 독자들이 그런 생태학적 관심에 과연 반응을 보일까요? 그들은 소설을 원하고 있는 거예요, 잘 아시겠지만……」

「나는 당신의 그 〈선생님의 독자〉라는 말이 싫군요. 그 사람들이 뭐 특별한 족속은 아니잖아요. 만일 어떤 한 책이 백만 부 팔렸다면 그 독자들도 이미 어떤 한 문제에 상당 부분 관여하고 있는 것이 아닐까요?」

「저도 그랬으면 좋겠어요.」

「내 생각은, 당신이 내 독자라고 부르는 그 사람들도 이미 나름대로 진정한 관심을 보이고 있다는 것이고, 또 여러 가지 생각을 가지고 나름대로 씨름하고 있다는 겁니다.」

항상 이런 식이었다. 그녀는 과감히 삭제하라, 수정해라, 주저 없이 충고하였고, 나는 그녀의 제안을 거절해야 할 때 아무런 미안한 감정도 없이 단호히 거절하였던 것이다. 그것이 무슨 고집 같은 것은 아니었다. 세월이 흐르는 동안 나는 내 나름대로 책이 어떠야 한다는 명확한 생각을 지니게 되었기 때문이었다. 예를 들어 책의 크기, 장의 수, 그리고 가장 중요한 것으로 주제, 등장인물, 플롯, 처음과 끝의 매끄러운 연결, 장면의 전이 등 나름대로의 조망을 지니고 있었던 것이다. 또한 책의 모양에 대한 생각도 지니고 있었다. 제본과 재킷의 색, 각 페이지의 모양 등이 그것이다. 물론 나는 이러한 나의 생각들을 아무에게도 말하지는 않았다. 심지어는 아내나 미즈 마멜에게조차도 입을 열지 않았었다. 그러나 마음속으로는 끊임없이 그 문제를 심사숙고해 왔고, 또 마멜을 제외한 그 어느 누구도 내가 글을 쓸 수 있다는 믿음을 갖고 있지 못했던 그 고난의 시절 동안 나를 그나마 지탱시켜 준 것도 바로 그러한 내 나름대로의 생각에 대한 나 자신의 확고한 신념이었던 것이다.

나에게만 장점이 있었던 것은 아니었다. 단연코 그렇지 않았다. 미즈 마멜 역시 책이 무엇인가 하는 점은 잘 알고 있었다. 그녀에게 책은 전국 아니 전 세계 서점의 서가에 꽂혀 독자들이 뽑아 주기를 기다리는 미적 목적물과도 같은 것이었다. 그녀는 종종 작가들에게 이런 말을 했었다. 「어떤 책이 가치가 있다는 것은 누군가가 그 책의 장점을 발견해서 책을 구입하고 또 나중에 가서는 〈이 작가가 다음번에는 무슨 책을 낼지 궁금한데〉라고 말해야 되는 거 아니에요? 그게 바로 글쓰기고 또 출판이에요.」 우리는 정말 떼려야 뗄 수 없는 관계가 되었다. 통찰력, 재능, 언어에 대한 사랑, 이야기에 대한 정열, 그리고 좋은 책을 만들려는 노력 등을 나누며 서로에게 감화를 주는 짝이었다. 우리에게는 또 공동의 목표가 있었다. 그것은 그렌즐러 시리즈를 멋지게 매듭짓겠다는 신념이었다. 그러나 우리가 서로 차이를 보인 것이 있다면 그것은 바로 소설의 개념에 대한 시각이었다. 그녀는 인물과 플롯에 초점을 맞춰야 한다고 생각했고, 나는 지난 일곱 권의 내 소설에서 잘 드러나듯 토지와 물리적 환경에 주로 관심을 기울였었다.

1시 15분이 되어 우리는 오전 동안의 집중적인 논의를 끝내고 점심을 먹으러 밖으로 나갔다. 싸늘한 바깥 공기에 정신이 맑아진 우리는 렉싱턴 가와 3번가 사이의 샛길에 쑥 들어간 모양으로 자리를 잡고 있는 한 이탈리아 레스토랑으로 경쾌한 발걸음을 옮겼다. 그곳에서 그녀는 주방장이 완벽한 솜씨로 만들어 주는 가벼운 식사를 하자면서 파르마 치즈를 바른 맛좋은 가지 나물을 주문하였다. 식사가 나오길 기다리는 동안 그녀는 내 왼손을 자기 입술로 가져가며 입을 열었다. 「오늘, 축하하는 날이에요.」 나는 또 『돌담』의 판매에 관한 새로운 소식을 말하려는 줄 알고 다소 겁이 났다. 그러나 그녀는 나에게, 아니 어떤 의미에서는 그녀 자신에게도 아주 중요한 문제를 생각하고 있었다. 「우리가 『파문』을 출판하고 난 이후 기다려 온 15년이란 세월을 한번 생각해 보세요. 세상은 이제야 좋은 책인 걸 알고 최초에 우리가 내렸던 평가를 인정해 주기 시작한 거라고요. 요더 선생님, 전 솔직히 말해서 그 책이 주목받지 못하고 그대로 사장될까 봐 굉장히 걱정을 많이 했어요. 유럽에서 이제야 그 진가를 발견했다니, 얼마나 좋은지 모르겠어요.」 그녀는 갑자기 손을 내

저으며 레스토랑에 있는 다른 사람들이 다 들을 수 있을 정도의 큰 소리로 〈와아!〉 하고 소릴 질렀다. 손님들이 다 〈무슨 일이지?〉 하고 묻는 듯한 표정으로 쳐다보자 그녀는 〈드디어 해냈어요!〉라고 설명해 주었다. 그러자 몇몇 손님들이 영문도 모르고 잔을 들며 축하하였다.

나는 웃음이 나왔다. 그녀의 태도 때문이 아니라 엠마의 가족과 연관된 『파문』의 옛 기억이 되살아났기 때문이었다. 나는 미즈 마멜에게 그 이야기를 해주었다.

「나는 엠마의 집안은 여러 씨가 섞인 집안이라고 생각을 해왔지요. 그녀의 처녀 때 성이 스톨츠퍼스인데, 그 이상한 종족의 사령부 격이라 할 수 있는 랭커스터의 순수 아만파 출신이랍니다. 그녀가 우연히 던진 말을 듣고 나는 그녀의 집안이 옛날 한때 아만파였구나 하고 믿었던 거지, 내가 그녀를 만났을 때는 분명 아만파가 아니었다오. 그녀는 전형적인 메노파 사람이었어요. 그녀의 아버지가 리딩에서 커다란 주차장을 운영하고 있다는 사실이 그 증거였지요. 그녀의 할아버지 역시 완고한 메노파였을 뿐만 아니라 동전 하나 셈을 흐리지 않는 빈틈없는 신사였답디다. 내 생각엔 엠마의 아버지와 숙부가 그 주차장을 소유한 것 같아요. 아무튼 그녀를 브린마 대학에 보낸 것을 보면 돈은 많았던 게 틀림없어요. 당시로서는 그런 일이 메노파 사람들이나 아만파 사람들에게는 흔치 않은 일이었으니……. 내가 그녀를 만났을 때 그녀는 감독교파 사람이었어요.

우리가 결혼하고 또 내가 처음 소설 두 권을 써내고 난 뒤, 엠마와 나는 차를 타고 랭커스터에 간 일이 있었어요. 그때 우리를 알아본 사람들이 이렇게 수군댑디다. 〈아하, 저자가 바로 우리 아만파에 관한 글을 쓰면서 우리를 놀려 댄다는 그 작가로구먼.〉 전혀 사실무근이에요. 나는 이미 오래전부터 아만파에 관해서는 한 줄도 쓰지 않겠다고 작정을 한 사람이라서…… 잘못하다간 그들을 바보로 만들기 십상이고 또 그들의 금욕적인 삶의 방식을 비웃는 꼴이 되기 쉬웠기 때문이죠.

아무튼 우리가 랭커스터에서 엠마의 친척들을 만나는 동안 나는 그들이 〈스톨츠퍼스 보이〉라고 부르는 아주 강인한 성격의 두 사람에 관한 이야기를 자주 들었어요. 내가 어떤 사람들인데 그러냐고 자꾸 채근하자 이야기가 실타래 풀리듯 술술 나오더군요. 지난 세기 말쯤 엠마의 할아버지인 에이모스라는 양반과 그분의 형님인 유라이아라는 양반이 아만파 중에서도 가장 보수적인 분파에 속하는 사람들이었던 모양입니다. 그런데 불행하게도 그 두 사람이 정말 목숨까지 다 바칠 정도의 종교적 논쟁에 휘말렸다고 하더군요. 특히 유라이아라는 양반은 근본주의를 신봉하는 사람이었답니다. 그들은 다른 무엇보다도 사람이 바지가 흘러내리지 않도록 하기 위해 멜빵을 하는 것은 허영의 죄악을 저지르는 것이고 또한 자기 치장의 못된 습속에 빠져 있기 때문이라고 가르쳤죠. 그래서 그 사람들은 혁대 대용으로 밧줄로 바지를 붙들어 매고, 단추 대신에 핀을 사용하고, 또 턱수염을 덥수룩이 기르고 다닌답니다.

그런데 이미 열네 살 때 자유 사상가의 기질이 있었던 에이모스라는 양반은 달랐던 모양이에요. 그러니 자연 형제들 간에 적대감이 생길 수밖에. 그런 와중에 조금 중간적인 입장을 지닌, 다소 진보적인 사고를 지닌 사람들이 나서서 이렇게 타협안을 제시했다고 합니다. 〈남자의 바지를 붙들어 매는 데는 밧줄보다 멜빵이 더 효율적이니 우리 그걸 인정하기로 합시다. 대신, 양쪽 어깨에 메면 허영된 행위로 비칠 수도 있으니 사람마다 자기가 메고 싶은 어깨 한쪽만 메도록 하는 겁니다.〉 만일 에이모스라는 양반이 이런 타협안을 받아들였더라면 일이 잘 풀렸겠지요.

그러나 불행히도, 그 양반은 양쪽 어깨 모두에 멜빵 메는 것을 고집했을 뿐만 아니라 옷도 부인이 손수 지은 것 대신에 기성 제품을 사 입을 수 있어야 한다고 주장했다나 봅니다. 당연히 그런 반동적인 생각이 받아들여지지 않은 것은 물론이죠. 보수적인 형 유라이아는 진보적인 성향의 동생 에이모스에게 대단한 분노를 보였고, 그 형제간의 싸움이 랭커스터 지역에선 〈멜빵 없는 형과 두 멜빵 동생의 싸움〉으로 알려지게 되었답니다. 그리고 그 충격의 파장이 그 지역뿐만 아니라 아만파 전체로 미치게 된 모양입니다.

나는 〈그래서 어떻게 되었습니까?〉 하고 물었죠. 사람들이 말하더군요. 유라이아 그 양반이 동생이 자기네의 신성한 원칙에 도전을 한 것에 크게 노하여 동생인 에이모스와 그의 부인 그리고 아이들까지 모두 추방시켜야 한다고 운동을 일으켰답니다. 독일어로 〈마이둥〉이라 부르는 그것이 바로 우리가 얘기하는 〈파문〉이라는 것이지요. 그건 정말 끔찍한 형벌이에요. 왜냐하면 그 가족이 그 지역의 다른 구성원들과 교류하는 것을 절대 금하고 있기 때문이에요. 에이모스라는 양반은 다른 사람들과 대화를 나눌 수도, 만날 수도, 같이 식사를 할 수도 없을뿐더러 그들과 거래하는 것도, 그리고 그들과 함께 예배를 올리는 것도 못 하게 된 것이지요. 정말 철저한 오스트라시즘이지. 아니, 더 심했던 것은 파문당한 사람이 에이모스 그 양반 가족 전체가 아니라 에이모스 그분 혼자였기 때문에 그의 부인이 그와 함께 잠자리에 같이 드는 것도 금지된 것이랍니다. 거친 성격의 엠마의 할아버님이 그 벌을 다 받아들일 수는 없었던 모양입니다. 그래서 격분을 참다못해 그분의 가족 모두는 그들이 전체 소유의 반을 차지

했던 스톨츠퍼스 농장과 랭커스터 지역을 떠나 리딩으로 이주를 했다는군요. 그런 다음 에이모스 그 양반은 수염을 깎고 메노 교회와 제휴하였으며, 그리고 또 말을 좋아했기 때문에 말 보관소를 개장하여 돈을 벌기 시작한 거랍디다.

그러나 세월이 흐를수록, 돈에 대한 생각보다는 옛날 아만파 사회에서 보냈던 행복했던 나날의 기억이 더 자주 들었던가 봅니다. 그래서 매년 가을, 추수를 할 때가 되면, 에이모스 그 어른은 진솔한 편지를 써서 아만파 교회에 보냈다는군요. 제발 그 파문의 조치를 취소하고 자기 가족을 같은 일원으로 거둬 달라는 내용이었답니다.

1901년, 그 첫 편지가 도착했을 때 아만파 모임의 수장이 이렇게 말했다더군요. 〈아만파 규율에 의하면 한 번 파문 당한 사람이라 하더라도 다시 교회에 복귀할 수가 있습니다. 그러나 그 경우 그 사람은 교회 지도자 앞에 조아려 자신의 잘못을 사죄하고 복권을 간청해야 합니다.〉 에이모스 그 양반이 이러한 판결을 받고는 자기 부인에게 말했답니다. 〈좋아. 지난날 나는 너무 고집만 앞세운 것 같구려. 이것이 회개자가 꼭 준수해야 하는 규칙이라면 난 받아들이겠소.〉 그러나 그러는 동안 에이모스 그 양반이 엎드려 사죄하고 눈물까지 흘리며 자신을 거둬 달라고 간청해야 하는 아만파 집회의 수장에 누가 올랐는지 아시오? 그분의 형님인 유라이아였어요. 처음에 그 전제적 전권을 휘둘러 동생 에이모스를 추방시키자고 운동을 벌였던 그 양반 말이오. 그래서 에이모스 그 어른은 모든 걸 다 포기하고 멜빵을 메지 않는 그 선한 아만파 사람들과 접촉을 끊은 게지요.」

이런 기괴한 얘기를 들려주는 동안 물론 나는 진지함의 태도를 버릴 수가 없었다. 그동안 아내의 삶을 지켜 본 나는 그 파문의 여파가 아직도 에이모스 어른과 그의 가족으로부터 떠나지 않고 있음을 잘 알고 있던 터였기 때문이었다. 에이모스 그 양반은 가계를 잘 꾸려 나갔으며, 자기 아들이 마차 보관소를 주차장으로 전환하는 것을 도와주고, 또 그분 자신은 좀 더 진보적인 메노파 사람들과 잘 어울리며 삶을 즐겼던 것이다.

「그러나 정신적인 상실감은 굉장히 컸던 모양입니다. 에이모스 그 양반은 정신적으로는 여전히 아만파 교회의 품 안에서 생애를 마감하고픈 아만파 사람이었죠. 허나 해가 갈수록 부가 쌓이자 그 엄격하고 금욕적인 신앙에서 점점 멀어져 갔나 봅니다. 가령 아이스박스와 같은 새로운 물건들을 자꾸 구입하게 되고, 그러니 원래의 교파로 되돌아간다는 것은 불가능한 듯이 보였죠. 허나 그러는 과정에서도 그분은 매년 호소의 편지를 자신이 몸담았던 옛 교회에 보냈고, 또 그분의 형님인 유라이아는 여전히 교회의 규율을 상기시키는 답장을 보냈던 모양이에요. 〈돌아와라. 돌아와서 교회의 어른께 예를 갖추고 무릎을 꿇어 죄를 고백하고 용서를 빌어라. 그러면 우리도 협의해서 방법을 강구하겠다.〉 하지만 이러한 서신 교환을 통해 에이모스 그 양반은 자신의 죄를 사해 주고, 자신을 받아들이는 문제의 결정권자가 여전히 형님인 유라이아에게 있다는 것을 알고는 그냥 유배된 채 생을 마감하고 말았답니다.」

『파문』을 편집했던 미즈 마멜은 당시만 하더라도 내가 내 가족에 관한 — 내 아내의 가족에 관한 — 이야기를 쓰고 있다는 사실을 모르고 있었던 모양이었다. 그녀가 말했다.

「저도 그 소설에 대해 항상 궁금하게 여기고 있던 참이었어요. 처음 두 권이 실패로 돌아가고 난 뒤 제가 제의했었잖아요. 아만파 사람들에 관한 소설을 한번 써보시라고요. 분명 뭇 독자들의 시선을 끌게 될 거라고 하면서 말이에요. 구세계의 관습, 검은 마차 등등……. 하지만 선생님은 거절하셨지요? 그 선한 사람들을 조롱하고 싶지도 않고 또 흥밋거리를 위해 그 사람들을 이용하고 싶지도 않다고 하시면서 말이에요. 그런데 선생님은 결국 그들에 관한 글을 쓰셨어요…….」

「결코 흥밋거리를 쓴 것은 아니에요. 그 이야기가 나를 압도한 게지. 꼭 글로 써야겠다는 느낌이 들었어요.」

「그 소설이 다시 소생하게 된 이유는 그것이 다시금 호소력을 되찾았기 때문이 아니겠어요? 그 마지막 백여 페이지 말이에요, 에이모스라는 어른이 사회적, 물질적 삶에서는 성공을 거두었지만 정신적 삶에 있어서는 비극적 결말을 맺고 만다는 그 부분……. 요더 선생님, 특히 그 에이모스라는 양반이 몰래 랭커스터로 들어가서는 거의 4백 년 동안 자신의 가문이 지켜 온, 그리고 그 자신도 한때 애써 가꿔 온 그 농장을 숨어 지켜보는 그 장면 말이에요, 그보다 더 좋은 장면 묘사는 없을 것 같아요. 왜, 그 사람이 어둠 속에서 스스로 인정하잖아요. 멜빵에 관한 자신의 고집 때문에 자신이 이제는 더 이상 그 아름다운 땅에 발을 내디딜 수도 없고 또 그 땅을 지키지도 못하게 됐다고 말이에요.」

나는 본디 누가 내 책을 칭찬한다고 맞장구치며 좋아하는 사람이 아니었다. 그래서 마멜의 말에 다소 어쩔 줄 모르기도 했지만, 그래도 오늘 기분만큼은 달랐다. 점심이 끝날 때쯤 나는 말했다. 「정말 좋은 장면은 거의 끝에 가서 나오는 것 같아요. 그 에이모스 어른이 마차 보관소를 주차장으로 전환시키는 부분 말이에요. 그 양반은 토지와 관련된 자신의 마지막 희망이랄까 끈이랄까, 하여튼 자신이 소중하게 여겨 온 말들과 작별을 하지요. 이제 그 양반은 더 이상 아만파 사람이 아닌 것이지요. 뭐, 그렇다고 메노파 사람이 된 것도 아니고, 그저 현실 세계로 넘어온 것이라고나 할까…….」 나는 말을 끊었다. 그러고는 내 편집자인 마멜이 내 말에 아무런 논평도 하지 않는 것을 보고는 다소 안심이 되어 다시 입을 열었다. 「미즈 마멜, 당신도 아시겠지만 엠마는 자신을 메노파 사람이라고 생각한 적이 한 번도 없어요. 아내가 대학에 들어갈 때 그녀나 그녀의 가족이나 모두가 그런 명칭을 머릿속에서 싹 지워 버린 모양이에요.」

「선생님, 저는 사모님이 좋아요. 비록 전화로 인사를 나눈 것밖에는 없지만 말이에요. 언제 한번 오실 때 사모님도 함께 오세요.」 나는 고개를 끄덕였고, 그녀는 내 손에 자신의 손을 얹으며 다시 말을 이었다. 「사무실에서 선생님은 우리 사무실로 홍수처럼 쏟아지는 엄청난 소식들을 말하지 못하게 하셨지만 사모님께서는 들으실 자격이 있는 거라고요. 그리고 저에게도 누군가에게 말해 줄 권리가 있고요.」 그러면서 그녀는 키네틱 출판사 직원들을 환호성 지르게 만들고 있는 숫자들을 늘어놓았다. 「이미 계약에 따르는 여러 가지 사항들이 다 체결되었고 또 계속 체결될 전망이에요. 계약마다 선생님께는 거의 백만 달러씩 보장되는 셈이죠. 〈이달의 책〉에서 곧 확정을 지을 테고, 소프트 커버 출판은 확실하고요. 그리고 해외 출판업자들과의 계약도 확실하고, 적어도 3개월 동안 『타임스』의 베스트셀러 목록에 오를 것도 확실하고……. 선생님은 저희들이 초판을 몇 부나 찍을 것 같으세요? 놀라실 거예요. 75만 부 정도 예상하나 봐요.」

약간 당황한 나는 얼른 입을 열었다. 「뛰어난 영업 사원 몇 명 더 둬야 되는 거 아닐까요?」

「가셔서 사모님께 말씀드리세요. 『돌담』으로 사모님께서는 적어도 5백만 달러는 은행에 예금하실 수 있을 거라고 말이에요. 혹 모르죠, 영화나 텔레비전 판매까지 이루어진다면 6백만 달러가 될지도.」

「그런 얘긴 나한테 안 하는 게 좋았을 텐데.」 나의 말에 그녀는 웃음을 터뜨렸다. 「선생님께 말씀드린 게 아니에요. 저 자신에게, 그리고 사모님께 말씀드리고 있는 거예요. 우리는 잘 알고 있어야 하거든요.」

돌연 그녀는 내 쪽으로 더 가까이 다가오더니 나지막한 목소리로 물었다. 「선생님, 가정(假定)적인 질문 몇 가지 드려도 될까요?」

「정치 얘기가 아니라면 다 괜찮아요.」

「하나만 물어봐도 되죠?」 나는 고개를 끄덕였고, 그녀는 말을 이었다. 「이건 정말 가정의 가정인데요, 만일 키네틱 출판사가 내일 어떤 거대 재벌에게 팔려서 새로운 사장이 저를 해고한다면, 그래서 제가 새 출판사에 자리를 얻게 된다면, 선생님 저와 함께 옮기실 수 있으세요?」

「물론이죠. 당신이 키네틱 돈을 횡령한 것만 아니라면 말이오.」

「만일 제가 해고까지는 당하지 않더라도 여러 가지 새로운 조건들 때문에 그만두어야겠다는 생각을 가지고 있다면요?」

「당신의 도덕적 기준은 바로 내 도덕적 기준과 다를 바 없어요. 물론 나도 당신과 행동을 같이할 거예요.」

「그리고 이건 아주 중요한 문젠데요, 만일 인수자가 미국인이 아니라면 어떡하시겠어요? 예컨대 일본인이나 독일인이라면요? 그래서 제가 그 사람들과 같이 있질 못하고 불끈 성을 내고 그곳을 박차고 나온다면요?」

「당신이 나오든 안 나오든 나는 그만두겠어요.」

「선생님, 이 이야긴 비밀로 해두세요. 정말 가정에 불과한 얘기니까요.」

「내 대답은 전혀 비밀로 부칠 것도 없고 가정도 아니에요.

나는 출판이라는 것을 엠마보다도 더 심각하게 생각하고 있어요. 나에게는 출판이 게임도 아니고, 숫자 놀이도 아니죠. 세상에서 가장 훌륭한 직업 중의 하나라는 생각이에요. 그리고 나 역시 그 일부분에 속해 있는 것이고……」 나는 내가 왜 이러나 싶을 정도로 말을 많이 하고 있다는 느낌이었다. 그래서 그녀처럼 목소리를 낮추어 작은 소리로 말을 맺었다. 「난, 당신 도움 없이는 일을 할 수가 없어요. 그리고 그 사실 또한 절대로 잊지 않을 거고요.」

이렇게 뉴욕을 방문할 때면 나는 통상 시내에서 하룻밤을 묵었다. 거리감이 있고 다소 딱딱한 사업 관계이기는 하지만 에이전트와 만나야 하는 것이 하나의 의무처럼 여겨졌었기 때문이었다. 종전까지만 하더라도 사실 나는 에이전트와 창피스러울 정도로 굴욕적인 관계에 있었다. 처음에는 미즈 마멜의 덕을 본 한 유명한 에이전트가 마지못해 나를 자기의 고객으로 받아들였었다. 그러나 그것은 제스처에 불과했다. 초기의 내 소설들이 거의 팔리지 않고 또 나에게 짧고 재미있는 글을 쓸 수 있는 재능이 없다는 사실을 알아차린 그 바쁜 에이전트는 직접 전화를 걸기는커녕 편지로 나를 고객으로 삼을 수 없다고 통보해 온 것이었다. 그런 다음 나는 한 버릇없는 젊은 에이전트에게로 옮겨졌다. 윌리엄 모리스[5]에서 일을 배웠다는 그 젊은 친구는 말만 거창하게 늘어놓을 뿐 실제로 행하는 것은 전혀 없었다. 그 사람도 내가 소위 저술 사업에서 그가 말하는 〈중요한 수치들〉을 수행할 능력이 없다는 것을 재빨리 간파하고는 나를 저버리고 말았다. 한편으로는, 내 책과 관련된 수치들이 중요한 것을 넘어 엄청난

---

5 William Morris. 1898년에 설립된 미국의 대형 엔터테인먼트 및 문학 에이전시.

것으로 변해 버린 요즘, 그런대로 사업을 잘 꾸려 나가고 있다는 그 젊은 에이전트가 나를 쫓아 버린 그날을 아직도 기억하고 있을지 궁금하기도 하다. 아무튼, 또다시 미즈 마멜의 간청에 못 이겨 열심히 일한다는 힐다 크레인이라는 여자가 나를 대표하는 대리인이 돼 주겠다고 동의를 하였고, 더욱이 그녀는 나의 네 번째 소설인 『파문』이 좋다고까지 하였다. 그래서 그녀는 마구 커져만 가는 희망을 품고 그 소설을 출판 사업과 관련된 여러 부수 사업에 — 할리우드, 텔레비전, 신문 연재소설 등등 — 소개하였지만 어느 곳에서도 관심을 갖도록 설득하지는 못했다. 그러나 그 소설에 대해 신념 비슷한 것을 지니고 있었던 그녀는 조만간 그 소설뿐만 아니라 다른 소설들도 굉장히 훌륭한 작품들로 인정받게 될 것이라고 나를 안심시키기까지 했던 것이다. 그녀는 이렇게 말했다. 「저는 계속 당신의 에이전트로 남을 거예요. 나중에 분명 우리 두 사람 다 축하할 날이 올 테죠, 뭐.」 그 후, 『헥스』가 계속 상승세를 타고 베스트셀러에 올랐을 때도 그녀는 그저 기뻐만 할 뿐 크게 놀라는 기색은 보이지 않았다. 그럴 줄 알았다는 듯이 차분한 웃음을 지으며 그녀는 전과 다름없이 그 소설을 여러 대행업자들에게 소개하였고, 그제야 적극적인 반응을 얻었던 것이다.

미스 크레인은 브로드웨이 북쪽에 방 세 개짜리 사무실을 운영하고 있었다. 화려하지는 않지만 많은 사무용 파일이 잔뜩 쌓여 있는 사무실이었다. 한번은 그녀가 웃으며 이런 말을 한 적이 있었다. 「더 넓은 곳으로 이사를 가야 할까 봐요. 최근에 나온 선생님 소설 세 권을 다루기에도 업무가 너무 많아서요. 다음 소설도 그럴 테죠?」 그날의 기분에 따라, 한 주일의 상황이 좋고 나쁨에 따라, 스물네 살의 화사한 표정을 지을 수도 있고 예순네 살의 다 찌그러진 표정을 지을 수도 있는 이 마흔네 살의 여자가 나의 삶에 차분하면서도 흔들리지 않는 영향을 끼친 것은 두말할 필요도 없었다. 미즈 마멜처럼 그렇게 활달한 성격이 아니었던 그녀는 처음부터 그녀 자신이 내보일 직업상의 태도를 내게 일러 주었다. 「저는 작가들을 시시콜콜 돌봐 주는 사람이 아니에요. 사생활에 개입하여 그들이 이혼하는 데 도움을 준다든지, 극장 티켓을 사준다든지, 혹은 호텔 비용을 환불하는 데 나선다든지, 아무 데나 나서는 사람이 아니죠. 더 구체적으로는 작가가 어떤 소재를 가지고 글을 쓰든 저는 전혀 개의치 않아요. 제가 하는 일은, 지금까지 잘해 왔듯이, 작가들이 쓴 글을 받아서는 준비가 됐다 싶을 때 그것에 알맞은 시장을 찾는 일이죠. 팔릴 만한 곳이 있으면 책을 파는 거예요. 나중에 작가분들은 이따금씩 자기 책이 어디에서 팔리는지 알게 되면 깜짝 놀라기도 하죠. 가정지, 제조업 저널, 농업지, 대학 간행물 등 제가 다루지 않는 창구가 거의 없을 정도예요. 저의 욕심은 작가들의 글이 인쇄되어 나오는 것을 보는 것이고, 또 때로는 그런 글들을 5달러에 팔기도 하는 것이죠. 아무튼 작가의 글이란 인쇄돼서 나와야 하는 것이고, 그게 또 중요한 것이라고 생각해요.」

그녀는 내가 얼마를 벌어들이든지 간에 내 총수입의 10퍼센트를 받아 가는 여자였다. 그녀에게 알리지 않고, 또 그녀가 요구하지 않더라도 자동적으로 10퍼센트의 금액을 보내지 않고서는 나 자신이 나서서 현금이든 수표든 아무것도 받지 않는다는 것이 우리 두 사람 사이의 양해된 사항이었다. 그 10퍼센트의 비용을 받아 그녀는 수많은 신비스러운 업무들을 수행하는 것이다. 그녀가 하는 일 중 가장 중요한 것은 내가 하는 일에 대한 금액을 협상하는 일이다. 출판계에서는 이미 오래전부터, 작가가 하루는 편집자와 원고의 진행이나 개선에 관해 이야기하고 다음 날은 원고료 문제로 실랑이를 벌이는 것을 바람직하지 못한 것으로 여겨 왔었다. 그래서 작가는 원고의 질에 관해서만 신경을 쓰게 하고 원고료 등 일체의 금전상의 문제는 에이전트가 담당하게 하는 것이 가장 합리적이고 여러 가지 이득이 많다고 생각했던 것이다.

로열티를 협상하는 일 말고도 미스 크레인은 여러 부수적인 판매권에 관한 일을 도맡고 있었다. 예컨대, 필요한 경우 여러 가지 계약 문제를 처리한다든지, 혹은 저작권을 획득하고 갱신하는 문제라든지, 그런 것이었다. 어떤 주에는 서너 통의 편지를 보낼 때도 있었는데, 모두가 다 내가 잘 알지 못하는, 하지만 법률적으로 매우 주의를 요하는 기술적인 문제들을 언급한 편지들이었다. 매년 10퍼센트씩 수수료를 받는 관행으로 보아 금년에는, 만약 점심 시간이 끝날 무렵 미즈 마멜이 노래부르듯 뇌었던 그 수치가 맞는다면, 미스 크레인은 그가 나를 지칭하여 부르는 〈말수 적은 작은 독일인〉에게 50만 달러 정도는 손쉽게 벌어들일 것이 틀림없었다. 그렇지만 그녀는 그만한 액수를 받을 만큼 일을 많이 하는 것 같지도 않았다. 반면에 미즈 마멜의 경우, 그녀는 내내 원고를 돌보면서 혼란스러운 부분이 나타나면 그것을 추슬러 문학적 질서의 틀 속에 가지런히 놓이도록 애쓰는, 말하자면 원고의 산파 역을 하는 여자였다. 즉, 원고가 완성된 형태로 나오기까지 가장 긴밀히 협조하고 개입한 사람이 바로 미즈 마멜이지만 그녀가 받는 보수란 키네틱 출판사에서 주는 월급이 고작인 것이다.

나에게는 그것이 굉장히 불공평한 일처럼 보였다. 그러나 한때 미스 크레인이 어느 작가에게 또 다른 작가에게 자신이 받는 수수료를 다음과 같은 논리로 정당화시키는 말을 나는 들었다. 「저는 그 사람을 제 친자식처럼 키운 거예요.

금액을 올리기 위해 끊임없이 협상하고, 그가 제때에 적절한 저널에 글을 싣는지 지켜보고, 그리고 그의 평판이 계속 올라가도록 온갖 노력을 아끼지 않았어요. 아마 제가 없었더라면 그 사람은 주목받지 못한 채 사라져 버렸을 거예요.」

그녀의 말을 들은 작가가 물었다.「그 사람이 이런 일들을 자기 부인에게 시켰으면 더 효율적이지 않았을까요?」그 물음에 나도 정신이 번쩍 들었다. 엠마도 그런 일을 할 수 있지 않을까 하는 생각에서였다. 그러나 미스 크레인은 듣는 사람이 무안할 정도로 다음과 같이 대답했다.「작가가 자기 부인을 에이전트로 내세운다면 그건 그가 이제 쇠퇴의 길로 접어들었다는 징조지요. 그땐 사랑의 손길의 필요성을 못 느끼고 그냥 거친 손만을 원하는 거라고요.」

이어 그녀는 다음과 같이 자기 정당화의 말을 늘어놓았다.「저는 루카스 요더 씨와 같은 작가로부터 받는 10퍼센트의 수수료로 저에게 아무런 수입도 보장해 주지 못하는 신인 작가들의 뒷바라지를 하고 있어요. 그들이 단단한 기반을 잡을 때까지 계속 뒤를 봐주는 거죠. 요더 씨는 젊은 작가들이 요더 씨와 같은 작가가 될 때까지 그들을 먹여 살리는 셈이죠.」이런 말을 듣고 있자니 나는 부끄러운 사실이 하나 떠올랐다. 내가 작가의 길로 들어서고 난 뒤 처음 13년 동안 나의 대리 역할을 했던 세 명의 에이전트들은 나에게서 기껏 해서 총 496달러 10센트밖에 벌지를 못했었다. 그들이 우표나 인지대, 그리고 전화 요금으로 쓴 비용만 해도 아마 그 다섯 배는 되었을 것이다. 그렇다고 내가 요즘 미스 크레인이 나 때문에 벌어들이는 막대한 돈에 대해 아까워하거나 시샘하는 것은 아니다. 단지 그녀가 말한 대로, 나의 돈의 일부가 젊은 작가들의 창작욕을 북돋워 주는 데 올바르게 쓰였으면 하는 바람뿐이다.

그녀의 사무실로 들어서던 나는 그녀가 평소보다 말수도 없고 속마음을 털어놓지 않는 듯한 인상을 받았다. 그러나 그녀는 이내 내가 주저하는 기미를 알아차리고는 기운 찬 목소리로 말을 꺼냈다. 「요더 선생님, 잘 오셨어요. 의논드릴 일이 많았는데……」 그러고는 미처 내가 자리에 앉기도 전에 다시 다분히 직업적인 목소리로 말을 이었다. 「좋은 소식도 있고 나쁜 소식도 있어요. 어느 것부터 말씀드릴까요?」 내가 어깨를 으쓱하자 그녀가 다시 말했다. 「좋아요. 좋은 소식부터 말씀드리죠.」 그녀는 쾌활한 목소리로 지난번 엠마와 마지막 통화를 한 후 체결한 계약을 쭉 요약해서 말하기 시작했다. 그녀가 자신의 글씨가 적혀 있는 종이를 차례대로 넘기는 동안 나는 흥미 없는 그 상세한 설명에 귀 기울이기보다는 그저 그녀의 모습만을 바라보며 앉아 있었다. 사무실에서 그녀는 항상 말쑥한 차림이었다. 화려하지는 않지만 왼쪽 옷깃에 작은 액세서리가 달린 대단히 비싼 사무용 제복을 입고 있는 그녀는 매우 아름다웠다. 새치 하나 없는 머리에 턱밑 주름도 없고, 눈에서도 업무로 찌든 피곤함이나 짜증 같은 것을 전혀 찾을 수가 없었다. 감히 말하건대 그녀는 같이 일을 해도 믿을 만한 사람이었다. 그러나 시름없는 목소리로 여러 가지 부수적인 계약을 읊조리는 그녀의 모습을 보고 나는 이런 냉정한 결론을 내렸다. 이 여잔 이제 막 중학교 교장으로 승진한 영어 선생 같아.

 「하지만 지금까지 말씀드린 건 서론에 불과한 거예요, 요더 선생님, 흥행에 성공을 거둔 아만파 교인들에 관한 영화 보신 적 있으세요? 돈은 쪼끔밖에 안 들였는데 오스카상을 받았다죠, 아마. 수상 후보까지 오른 건 확실한데……. 왜, 그 『목격자(위트니스)』라는 영화 말이에요.」

 「얘기는 들었지만 보지는 못했네요.」

「관람객들을 완전히 사로잡은 영화예요. 배우도 뛰어난 데다가……. 이 얘긴 아마 못 들으셨을 거예요. 줄거리도 그럴싸했죠. 그러나 그 영화의 진짜 주인공은 바로 선생님의 아만파 지역이었어요. 카메라에 담긴 들녘과 곳간들이 영화의 흥미를 한층 더 돋워 주었지요.」

「나도 그 영화가 아만파 교파를 대단히 경이롭게 다루었다는 얘기는 들었죠. 값싼 재미로 다루지는 않았던 모양이던데.」

「예, 맞아요. 하지만 그 영화가 선생님에게 각별한 의미를 갖는 것은 그 영화의 성공이 바로 선생님의 작품에 대한 관심을 고조시켰다는 점이에요. 어느 일본인이 엄청난 돈을 투자하고 한 이스라엘인이 영화 기술을 제공해서 만든 아르고지라는 영화사가 『파문』의 옵션을 얻고 싶대요. 제가 그들의 동기를 정확하게 읽었는지는 모르겠지만 그 사람들, 대단히 전통적인 영화를 만들고 싶은가 봐요. 각 인물들의 성격을 조심스럽게 드러내고 배경이 되는 그 지역의 아름다움도 살리면서 말이에요. 특히, 계속 아만파의 교리를 준수하여 결국 정신적 승리를 쟁취한 험악한 품성의 형과 물질적 성공은 거두었지만 자신의 혼이 스며 있는 토양에서 쫓겨난 착한 동생의 타락을 서로 대조하여 부각시키면서…….」

나는 몸을 앞으로 기울였다. 「그 사람들은 적어도 줄거리가 어떻게 되는지는 아는군요. 만일 할리우드의 한 영화사가 한 번 더 『헥스』의 옵션을 따내려고 한다는 이야기였다면 나는 콧방귀도 뀌지 않았을 거예요.」

미스 크레인은 고상한 미소를 지으며 나에 관한 서류들을 담아 둔 파일에서 또 다른 종이 한 장을 꺼냈다. 「바로 다음에 말씀드리고 싶은 게 그것이었어요. 이번에는 어느 독일인이 투자한 할리우드의 새 영화사라는데요. 『헥스』에 대한 옵션을 원하는 모양이에요. 이번엔 각색 문제도, 소설의 줄거리를 제대로 살리는 데 적극 찬성하는 한 작가를 선택해서 현재 계약 중에 있나 봐요.」

「우리가 그런 얘길 한두 번 들었습니까?」

미스 크레인이 인상을 찡그렸다. 이유는 내가 그녀의 일이자 나의 일이기도 한 그런 문제에 있어서 다소 실망스러운, 그러나 어떤 의미에선 매우 재미있는 부분을 건드렸기 때문이었다. 그 내막은 이러했다. 『헥스』가 한 권의 책으로서 센세이셔널한 성공을 거두자, 지금은 다 망해서 없어져 버리고 말았지만 당시 한창 재미를 보고 있던 여러 영화사에서 그 제작권을 따내기 위해 쟁탈전을 벌인 적이 있었다. 마침내 한 영화사가 18만 5천 달러에, 그것도 반환 불가의 조건으로 계약을 따냈었다. 그러나 곧 그 영화사 측에서는 소설 속에 나타난 액션이 너무 산만하고, 장면도 단편적인 데다가 인물 묘사도 유연하지 못해서 이야기가 영화로는 적합하지 않다는 사실을 알게 되었던 것이다. 그래서 그 계획은 취소되었고, 영화사 측에서는 지불된 금액을 손실 처리했다고 하지만, 나는 미스 크레인이 계약을 맺을 때 빈틈없이 잘 처리하였기 때문에 그냥 앉아서 돈을 번 셈이 되었다. 그리고 그 권리가 나에게 다시 되돌아 왔음은 물론이었다.

그다음 11년 동안 많은 영화사들이 『헥스』 문제를 건드려 보겠다고 달려들어 계약에 명시된 기간 동안 전권을 양도한다는 조건으로 5천 달러에서 만 달러 정도의 표준 가격에 계속 옵션을 따내긴 했지만 결국엔 작은 금액이나마 옵션 금액을 손해 보는 꼴만 되고 말았던 것이다.

『헥스』가 성공을 거둔 이래로 미스 크레인은 그렌즐러 시리즈의 다른 책에 대해서도 두세 개의 옵션을 쥐고 있었다. 각각 수천 달러씩 벌어들이기는 했지만, 그러나 실제 정식 계약으로 성사된 것은 하나도 없었다. 따라서 처음에는 희망에 부풀었다가 어김없이 실망의 늪에 빠져 버리고 말았던 나는 그 후에도 미스 크레인이 또 다른 영화사에서 『헥스』나 그 밖의 다른 작품에 옵션을 맺고 싶어 한다는 전화를 걸어 왔지만 더 이상 아무런 관심도 표명하지 않았다. 나는 항상 이런 충고를 잊지 않았다. 「지금 그 사람들에게 옵션을 주었다가 내년에는 다시 돌아오고, 그러다가 그 후에는 또 다른 사람들에게 넘기고……. 난 그런 일이 싫군요.」 나는 영화가 만들어지리라는 희망도 품지 않았고, 또 사실 영화가 만들어지든 아니든 전혀 흥미를 갖지 못했다.

그러나 이번에도 미스 크레인은 무감각하게 있을 수가 없었던 모양이었다. 「요더 선생님, 한 권의 책으로 일어날 수 있는 모든 좋은 일은 그것이 연극이든, 뮤지컬이든, 영화든, TV 연속극이든, 초호화 양장본이든 바룸의 테이블에 둘러앉은 세 명의 재능 있는 사람들로부터 시작된다는 사실을 명심하세요. 한 사람이 이렇게 얘기하죠. 〈이봐, 우리가 요더 씨의 작품을 계약해서 폴 뉴먼과 메릴 스트립을 주연으로 등장시키면 굉장하지 않을까? 그리고 마지막으로 카잔을 다시 컴백시키면 어떨까?〉 그러면 또 한 사람이 이렇게 말하죠. 〈난 스트립을 잘 알아. 그 여자는 요더 씨 작품을 좋아해. 내가 듣기엔 그 여배우가 『목격자』처럼 아만파 장면을 잘 소화해 낼 거라고 하더군. 그 여잔 그 역할을 할 수 있도록 에이전트가 어떻게 주선해 주었으면 했다던데.〉 그리고 세 번째 사람이 이렇게 말합니다. 〈내가 제리 허먼을 아네. 그 사람은 시대물을 찾고 있어. 『돌리』라는 영화에서 그가 효과적으로 사용했던 미국 역사 같은 것 말일세. 내 장담하지만 그 사람 분명 『헥스』에 달려들걸.〉 그러면 뉴먼을 안다는 사람이 이렇게 얘기합니다. 〈하지만 폴과 스트립은 노래를 못하잖아.〉 이 말에 제리 허먼의 친구라는 사람이 대꾸하죠. 〈그러면 노래부를 줄 아는 친구를 쓰면 되는 거지 뭐.〉」

그녀는 계속 말을 이었다. 「우리가 나중에 막다른 골목에 봉착했던 모든 것도 처음 출발은 바의 그 세 사람 얘기처럼 시작되었어요. 〈이렇게 이렇게 하면 굉장하지 않을까〉 하는 식으로 말이에요. 하지만 명심하셔야 할 점은 모든 좋은 일들도 처음 출발은 다 그런 식으로 시작된다는 것이죠. 첫 남자가 이렇게 말했어요. 〈내가 말이야, 『안나와 샴의 왕』이라는 책을 읽었는데 그 배경이 끝내 주더라고. 우리가 40대의 영국 부인 역을 맡을 여배우와 동양적인 분위기를 풍기는 남자 배우를 고르기만 한다면 좋을 텐데 말이야.〉 그러자 두 번째 사람이 말했죠. 〈내가 율 브리너라는 배우를 아는데 그 사람 아마 관심을 가질 걸세.〉 그러면 세 번째 사람이 말합니다. 〈자네들이 얘기하는 걸 듣자니 음악도 있어야 하는데, 내 처남이 로저스 앤드 해머스타인의 변호사와 끈이 닿는 모양인데⋯⋯. 어떨까?〉 그리고 그때는 그것이 완전히 쓸모없는 옵션이 아니었어요. 대단한 작품이었잖아요. 그러니 선생님께서도 그런 식의 생각을 그냥 웃으시면서 지나쳐 버릴 일이 아니라고요. 재능 있는 천재들은 무심하면서도 쾌활한 사람들이에요. 그 사람들을 존중해 줘야 한다고 저는 생각해요.」

「나는 『파문』을 어찌해 보려는 사람들에게 매우 관심이 끌리는군요. 물론 그들이 당신이 말한 대로 그런 의향을 가지고 있다면 말이지만.」

「요더 선생님, 저는 그렇게 〈희망하고 있다〉고 했지 그런 〈의향이 있다〉고는 말씀드리지 않았습니다.」

「알겠어요. 어쨌든 당신 말을 듣고 보니 나도 끌리는군요. 어떻게 한번 추진해 보시구려.」

그리고 그녀는 내 『돌담』과 관련된 몇 가지 사항과 그녀가 뚫으려고 하는 길이 어떤 길인지 길게 늘어놓았다. 그러나

늘 그렇듯이, 나는 미스 크레인이나 미즈 마멜이 일을 처리하는 방식을 좋아하기는 했지만 그 복잡다단한 이야기에는 전혀 관심이 없었다. 게다가 나는 그들이 내리는 결정에 대해 조금도 실망해 본 적이 없었다. 미스 크레인과 처음 손을 잡기 시작했을 때 나는 이런 말을 했었다. 「나는 작가가 온 관심을 자신의 타자기에 쏟을 때 정말 작가답다고 생각하는 사람이죠. 말하자면, 작가는 자신의 에이전트를 믿어야 한다는 말입니다. 그리고 나는 당신을 믿고 있어요.」

나는 키네틱 출판사와도 그 비슷한 편안한 관계를 유지하려고 노력해 온 사람이었다. 최근에 그 출판사와 내가 맺은 계약들은 전체 금액을 따져 볼 때 대단히 중요한 계약들이었다. 그러나 그 계약들이 죄다 3분도 채 안 되어 일사천리로 맺어지곤 했다. 키네틱 출판사나 미스 크레인이 전화를 걸어오면 엠마가 나를 바꿔 주고, 내가 자세한 얘기를 듣고는 〈거, 괜찮을 것 같습니다〉라고 대답하면 계약이 맺어지는 것이었다. 물론 원칙상의 합의가 이루어지고 나면 키네틱의 법률가들과 미스 크레인이 수개월에 걸쳐 세세한 항목들에 관해 논의를 벌이는 것은 당연한 일이었다. 최근에 키네틱은 오디오 북처럼 아직까진 상업성이 없긴 했지만 서서히 혁신적인 신상품으로 부각되고 있었던 품목에 관심을 갖고 있었다. 그래서 최종 계약서가 날아올 때 보면 이전에는 나에게 전혀 언급된 바 없는 새로운 항목들이 첨가되어 계약서가 무려 16페이지씩이나 되곤 했었다. 그러나 처음에는 생소하고 설마 하던 그 품목들이 후에 출판 시장에서 폭발적인 인기를 누릴 때면 그 모든 것들이 이미 여러 해 전에 미스 크레인이 예상하고 계약서에 다루어 놓았다는 것에 감사하지 않을 수가 없는 것이다.

대충 좋은 소식에 관한 얘기를 다 들은 나는 미스 크레인에게 물었다. 「다 좋습니다. 자, 그럼 나쁜 소식이란 건 뭡니까?」

그녀는 마른기침을 몇 번 하고는 나에게로 바짝 몸을 숙이며 말했다. 「진짜 나쁜 소식은 아니에요, 요더 선생님. 하지만 우려할 만한 소식이에요. 정말 심각해요.」

「괜찮아요. 어서 해보시죠. 나는 통이 큰 사람이니.」

「세 가지 불길한 징조예요. 첫째로, 어제 선생님이 미즈 마멜 사무실을 떠나시고 난 뒤 『리더스 다이제스트』에서 전화가 걸려 왔어요. 그들이 『돌담』을 채택하지 않겠다는군요. 편집 위원들이 결정을 내렸다나 봐요. 독자들이 실망할 거라고……. 너무 교훈적인 데다가 스토리 전개가 미흡하다고 말이에요.」 나는 손가락들을 입술로 가져가며 다음 이야기를 기다렸다. 「그리고 오늘, 〈이달의 책〉 선정 위원회에서 전화가 왔었어요. 선생님의 소설을 10월의 소설로 선정하지 못하겠대요. 앞으로도 그럴 의사가 없나 봐요. 이유도 비슷해요. 〈요더 씨는 이전의 세 권의 소설에서와는 달리 흥미진진한 개인의 역사를 제공해 주지 못하고 있다. 우리 독자들이 분명 실망하게 될 것이다.〉 뭐, 이런 식이죠. 사전 주문을 3분의 2 정도 줄이겠대요. 그들의 전문가들이 이런 논평을 했다나 봐요. 〈요더 씨는 진부할 정도로 너무 똑같은 우물만 판다.〉 그러니 다른 데서 그런 얘길 들으면 어떻겠어요? 타격을 입을 게 틀림없어요.」

그녀는 다시 몸을 젖혔다. 그러나 마치 〈자, 이제 우리 어떻게 해야 되지요, 요더 선생님?〉이라고 묻는 듯 손은 테이블 위에 그대로 뻗어 둔 채였다. 나는 애써 미소를 지으며 그녀를 바라보았다. 「세 번의 보디블로를 맞은 격이군, 안 그렇습니까?」

「정말이에요. 그리고 이러한 말들이 뉴욕과 캘리포니아의 출판 시장에 금방 퍼지게 될 테니 큰일이라고요.」

「난 그렇게 보질 않는데. 미국에서 3대 대고객을 잃었지만 유럽에서는 대규모 판매권을 세 개나 따냈잖아요.」

「요더 선생님! 그건 비교의 대상이 못돼요. 수박하고 콩하고 비교하는 거라고요. 책은 미국에서 성공을 못 거두면 그냥 죽어 버리는 거예요. 다시 말씀드리지만, 정말 심각해요.」

「나는 심각하지 않습니다. 어쨌든, 당신 말대로 그런 나쁜 소식이라면 왜 미즈 마멜이 사전에 나에게 일러 주지 않았지요?」

「그 사람하고 선생님이 같이 계셨을 때는 아직 폭탄이 터지지 않았을 때였어요. 어젯밤 늦게, 그리고 오늘, 일이 터진 거예요. 어제 그녀는 자기 회사인 키네틱 출판사가 초판 물량으로 계획 잡았던 75만 부를 줄여 25만 부밖에 인쇄 주문을 안 했다는 사실도 모르고 있었어요.」

나는 웃지 않을 수가 없었다. 「25만 부밖에라니! 당신이 내 에이전트가 되기 전 힘든 시절에 그 25만 부는 상상도 못해본 숫자라는 걸 당신 아시죠? 깜짝 놀라 달나라까지라도 날아갔을 거예요.」

「하지만 선생님이 말씀하셨듯이 선생님은 이제 거물이시라고요. 그리고 사업하는 사람들은 거물에게서 거대한 물건을 바라고 있고요. 키네틱은 선생님께 큰 기대를 걸고 있단 말이에요. 저도 마찬가지예요. 이번 책을 어떻게 구할 수만 있다면 우리 모두가 힘을 합해야 된단 말이에요. 10분 후에 요 옆방에서 우리 모임을 갖기로 했어요.」

「우리라니?」

「선생님, 저, 이본, 그리고 맥베인 씨, 이렇게요.」

나는 한마디 상의도 없이 그런 모임을 주선하는 그녀의 대담성에 놀라 어떻게 그럴 수 있느냐고 물었다. 그러자 그녀는 얼른 내 말문을 가로막고는 이렇게 말했다. 「제가 전화한

게 아니에요. 키네틱에서 전화가 왔었어요. 그리고 우리가 그곳으로 가는 게 아니라 그들이 이곳으로 온다는 사실이 바로 그들이 선생님이 생각하시는 것보다 이번 문제를 더 심각하게 생각하고 있다는 증거 아니겠어요?」 전과는 달리 이런 말까지 하는 그녀의 모습을 보고 있자니 나는 이 여자가 그저 단순히 나의 대리인 역할만 하는 여자가 아니라는 사실을 깨닫게 되었다. 그녀는 정말, 자신의 고객 중의 한 사람이 낭패를 당했다는 얘기가 출판계에 떠도는 것을 가만히 앉아 듣고만 있을 여자가 아니었던 것이다. 강인한 성격의 전문 에이전트였다. 곧 있을 모임에서 그녀는 나의 생존뿐만 아니라 자기 자신의 생존을 위해서 당차게 싸울 것이 틀림없었다.

무척 당혹스러운 모임이었다. 미즈 마멜은 어제 자신이 했던 말을 거의 대부분 철회하였다. 「요더 선생님, 죄송해요. 오늘 아침이 되어서야 그런 소식들을 들었어요.」

「그게 나쁜 소식이라고는 생각하지 않아요. 그냥 운이 따르지 않은 거지요. 아무튼 유럽에서 큰 판권을 따냈으니 그것만으로도 이미 성공한 게 아닌가요?」 그리고 나는 마지막으로 한마디 덧붙였다. 「적어도 나로서는 그렇네요.」

「우리로서는 그렇지 않습니다.」 맥베인 씨가 성마른 목소리로 끼어들었다. 그의 심각한 얼굴을 보고 있자니 내 생각만을 앞세운 것에 좀 미안한 감정이 들기도 했다. 사실 그가 얼굴을 찡그리든지 미소를 짓든지, 그의 표정의 변화가 내 글쓰기의 삶에 중요한 영향을 끼친 것도 부인할 수는 없었다. 지금까지 한 대여섯 번의 중요한 모임에서 키네틱 출판사의 다른 임직원들은 나를 깎아내리려고 애썼지만 그래도 그는 나를 옹호하며 나선 미즈 마멜의 말에 귀를 기울여 주었다. 어떻게 보면 그의 그런 태도 때문에 내가 살아남을 수 있었던 것이고, 그래서 항상 그 점에 대해서는 그에게 감사하는 마음을 지울 수는 없었다.

그는 지금 60대 후반이었다. 그리고 겨우 적자나 면하고 있는 키네틱 출판사를 언제나 인수할까 하고 서너 개의 대기업에서 눈독을 들이고 있다는 소문이 사실이라면, 현재 그는 분명 불안한 위치에 있는 것이 틀림없었다. 인수 의사가 있는 기업들이 내세우는 주장은 이러했다. 〈막대한 자금을 투자해서 유명 작가들을 잡고, 또 경영을 철저히 한다면 순이익을 충분히 올릴 수 있다.〉 아직 실제 거래가 이루어지고 있는 것은 아니었지만 은밀하게 협의들이 이루어지고 있는 것이 분명했고, 조만간 구체적인 내막이 드러나리라는 것이 일반적인 예상이었다. 그리고 제시된 인수 금액이 상당히 높을 경우, 주주들이 예상치 못한 이익에 현혹되어 누가 인수할 것인지, 앞으로의 경영 방침이 어떻게 될 것인지 등은 전혀 신경도 안 쓴 채 회사를 팔아 버릴 것이 분명했다. 혹 그런 일이 실제 벌어진다면, 지금까지 키네틱 출판사를 경영하며 탁월한 수완을 보여 온 맥베인 씨는 과거의 업적이야 어떻든 직장도 잃고 출판계에서 밀려날 것이 십중팔구 확실했다.

그러니 키네틱 출판사의 주요 가을 상품인 내 소설이 미국 시장에서 성공을 못 거둔다면 회사 측으로서는 그것이 정말 엄청난 타격임에 틀림없었다. 내 소설의 실패와 더불어 회사의 자산 평가 가격도 곤두박질칠 것이 분명하기 때문이었다. 나는 그 점을 잘 알고 있었다. 만일 내 소설 『돌담』이 미국의 3대 시장에서 이렇게 거부되지 않고 호평을 받았다면 회사인 키네틱 출판사, 그 사장인 맥베인 씨, 중견 편집자인 미즈 마멜, 그리고 내 에이전트인 미스 크레인, 모두가 이렇게 당황해하지는 않았을 것이다. 나는 내 앞에 앉아 있는 사람들의 얼굴에서 이 모임이 결코 유쾌한 모임이 아니라는 사실을 알 수 있었다. 이 사람들에게 내가 무엇을 말해야 하고, 또 어떤 식의 반응을 보여야 할지, 도무지 알 수가 없었다.

맥베인 씨는 현 상황을 다음과 같이 간단히 요약하였다. 「3대 주요 시장에서의 부정적인 보고가 사전 주문에 엄청난 타격을 주고 있습니다. 이번 원고에 대한 우리 자체의 사내 평가가 도대체 어디에서 잘못된 것입니까?」

「요더 선생님의 소설이라면 당연히 반응이 좋을 거라고 너무 속단한 것이 아닌가 싶어요. 분명한 것은 저희들이 너무 선생님의 명성만 믿었던 것 같아요.」

내 면전에서 그런 말들이 오고 가는 것에 굴욕감을 느낀 나는 이렇게 항변하였다. 「지금 상태의 판매만으로도 족합니다. 매번 최고도로 달릴 수는 없잖아요?」

다소 쌀쌀한 어조로 맥베인 씨가 말을 받았다. 「당신이 선생님께 처음의 인쇄 주문에 변동이 있음을 알려 드리시죠.」 이 말을 들은 미즈 마멜이 〈저희들이 처음에는 75만 부 정도 예상했었는데……〉 하고 말을 시작하자 이내 미스 크레인이 가로막았다. 「제가 벌써 말씀드렸어요. 25만 부로 줄였다고 말이에요.」

「대폭적인 삭감이죠.」 맥베인 씨가 말을 이었다. 「이번 원고에 대해서 모든 사람들이 잘못됐다고 생각하는 것이 대체 무엇입니까?」

예상치도 않게 내 편집자도 아닌 미스 크레인이 대답하고 나섰다. 그녀는 또박또박하게 기존의 내 소설들이 지니고 있었던 추진력이 무엇인지 늘어놓기 시작했다. 「『파문』 이후의 네 권의 소설들은 진한 감동의 인간 드라마 속에서 개성 강한 인물들을 중점적으로 탐구하였죠. 『파문』에서는 원칙을 놓고 싸움을 벌이는 두 형제를 부각시키고 있고, 『헥스』에서는 마법, 농장의 화재, 아낙네들의 저항 등에 초점이 맞춰져 있어요. 그리고 『유제품 제조 판매소』에는 사생결단의 소유

권 분쟁이 주제로 나타나고, 많은 독자들이 아끼는 『들녘』에는 사촌의 주장과 교회 지도자들의 거짓 증언에 대항해서 자신의 농장을 지키려는 허들 에이모스의 외로운 싸움이 돋보이고요. 독자들은 요더 선생님의 소설에서 나름대로의 심정적 편가름을 통한 흥미를 느꼈던 거였어요. 응원해 줄 주인공이 항상 존재했었던 거죠.」

그러자 맥베인 씨가 놀랍게도 이번 책 『돌담』을 옹호하고 나섰다. 「자신들의 토지를 팔지 않으려는 세 농부들의 이야기도 좋지 않습니까? 자신들의 돌담이 불도저로 허물어지는 것을 거부하는 그 사람들 말입니다.」

「하지만 그런 인물이 세 사람씩 등장한 것이…….」 다시 미스 크레인이 자신의 생각을 꺼냈다. 「소설의 효과를 반감시킨 것 같아요. 대상이 여러 명이면 누굴 응원해야 하는지, 독서의 집중이 이루어지지 않는 거죠.」

「그렇다면 스토리상에 결점이 있다는 말입니까?」 맥베인 씨는 나를 쳐다보며 물었다.

아무도 선뜻 대답을 못 하자 미즈 마멜이 주저하는 어투로 말을 꺼냈다. 「제 생각엔…… 기대가 너무 컸던 게 아닌가 싶어요……. 그게 잘못된 것 같아요. 말하자면 펜실베이니아 독일인들에 관한, 그러니까 표준적인 루카스 요더 식의 이야기를 원했던 거죠. 생태학적인 강의를 원한 것이 아니라……. 기만당했다는 느낌을 받은 것 같아요. 독자들은 그 정도로 단순해요.」

잠시 세 사람 모두 입을 다문 채 맥베인 씨를 바라보았다. 그가 다시 어렵게 입을 열었다. 「아무튼 요더 씨, 우린 이번 소설을 놓칠 수 없습니다.」

「놓친 게 아닙니다.」 그러나 나는 이렇게 대답을 하면서도 지금까지 진행된 여러 가지 사실들에 대해 내가 별로 걱정을 안 한다는 것을 계속 반복해서 강조하는 것이 아닌가 하는 의구심을 떨쳐 버릴 수가 없었다.

맥베인 씨가 다시 말을 막고 나섰다. 「말씀해 주십시오, 요더 씨. 외부 독자들이 내보인 실망감을 어느 정도 줄일 수 있게 원고의 수정이 가능하겠습니까?」 내가 대답하기도 전에 그가 계속해서 말을 이었다. 「소설을 완전히 다시 쓰시라는 얘기는 아닙니다. 현재 상태로도 참 좋은 작품이긴 합니다. 제 말은 최소한으로 개작을 해서 좀 더 요더 씨 소설다운 냄새를 풍기자는 거죠. 독자들의 기대도 만족시켜 주면서 말입니다.」

이 말을 들으며 나는 세 사람의 얼굴을 바라보았다. 내가 빚진 것이 많은 사람들. 작가로서의 나의 삶에 골격을 세워 주고 살을 붙인 사람들. 그리고 내가 올바르면서도 이득이 되는 길을 가도록 방향타를 잡아 준 사람들. 나는 이 세 사람 모두에게서 내 소설을 독자들이 친숙해질 수 있고 편안한 마음으로 읽을 수 있는 소설로 고쳤으면 하고 바라는 마음을 읽을 수 있었다. 그러나 나는 내 그렌즐러 소설의 정점인 『돌담』을 쓰면서, 고향으로 돌아온 사람들이 고향의 땅을 살찌우기는커녕 쇼핑센터나 콘도미니엄으로 토지를 남용하고 훼손시키는 것을 보여 주고 싶었다. 내가 영웅들 대신 악한들을 주인공으로 등장시켰다는 비난은 맞는 얘기였다. 하지만 악한들도 소설의 주요 인물로 등장할 필요가 있다는 것이 평소의 내 생각이기도 했다. 나는 소설을 처음 쓸 때부터 내가 마음속에 품고 있었던 거대한 구상을 이번 소설에서 형상화시킨 셈이어서 그 내용을 바꿀 수도 없었고, 바꾸고 싶은 마음도 없었다. 이러한 각오를 입 밖에 내기도 전에 미즈 마멜이 먼저 입을 열었다.

「맥베인 사장님, 저는 편집을 하면서 지금 이 자리에서 논의되고 있는 이런 난관들을 이미 예상했었습니다. 그래서 소설이라는 것과 과학이라는 것 사이의 잘 짜인 균형을 유지하는 데 필요한 여러 가지 단순한 수정 작업을 제의하기도 했습니다. 허나 요더 선생님이, 선생님 나름대로의 타당한 근거를 제시하시며 저의 제의를 거절하셨습니다. 선생님 말씀에 동의할 수밖에 없었습니다. 선생님의 소설이지 제 소설이 아니거든요.」

그러자 맥베인 씨는 고개를 돌려 나에게 직접 물었다. 「요더 씨, 그 제의를 고려하실 의향은 없으십니까? 소설의 힘을 훼손시키지 않는 방향에서 말입니다.」

「없습니다.」 나는 더 이상 얘기할 필요가 없다는 듯이 단호하게 대답했다. 내 대답의 의미를 정확히 파악한 맥베인 씨는 자리에서 일어나 미스 크레인에게 인사를 하며 말했다. 「그렇담, 우리가 해야 할 일은 이대로 계속 일을 추진시키며 최선을 다 하는 수밖에 없군요.」 그가 방을 나서자 미즈 마멜과 미스 크레인이 그 뒤를 따랐고, 나 역시 예의상 같이 일어나 밖으로 나가지 않을 수 없었다. 엘리베이터를 기다리는 동안 맥베인 씨는 나를 한쪽으로 끌고 가더니 나지막한 소리로 말했다. 「오늘 모임은 다소 실망스러웠습니다. 이번 책은 저에게 상당한 의미가 있어요. 하지만 저는 작가의 정신이 무엇인지, 그것이 무엇을 나타내는지 알고 있는 작가와 같이 일하고 있다는 사실이 뿌듯합니다. 요즘 그런 작가들이 많지 않거든요.」 그리고 그는 내가 뭐라고 반응을 보이기도 전에 얼른 엘리베이터에 타고 말았다.

우울한 귀로였다. 첫째 날 미즈 마멜이 들려주었던 좋은 소식도, 유럽과 일본에서 날아왔다는 고무적인 보고도, 아무 것도 기억나질 않았다. 두 가지 두려운 의문들이 나의 온 정신을 억누르고 있을 뿐이었다. 한 가지 의문은 이것이었다. 키네틱 출판사의 문제 제기를 일언지하에 거절한 것이 내가 너무 거만하고 내 중심적으로 생각해서가 아닐까? 혹 외부의 독자가 정말 옳은 것은 아닐까? 나는 내 기반을 잃은 것은 아닐까? 그리고 나머지 하나는 이런 의문이었다. 나는 정말 한 우물만을 고집하는 늙은 농부에 불과한 것이 아닐까?

특히 나를 괴롭힌 것은 첫 번째 의문이었고, 그래서인지 나를 태운 버스가 뉴저지를 지나는 동안 내내 그 생각에서 벗어나질 못했다. 여러 해 동안 키네틱 출판사가 나에게 잘해 준 만큼 나도 그들에게 보상을 해줘야 하는 것이 아닐까? 그리고 『돌담』의 실패로 인해 실제로 맥베인 씨가 출판사를 인수하려는 기업들로부터 더욱더 가중된 압력을 받고 있다면 나라도 그를 도와 내 소설이 최대한으로 잘 팔리도록 해야 하는 것은 아닐까? 물론 이 두 가지 질문에 대한 대답은 예스였다. 그렇다면 내가 작년에 말도 안 된다고 거절했던 미즈 마멜의 제의를 받아들여야 한단 말인가? 나는 아직 그렇게까지는 생각해 보지 않았다. 만약 그럴 생각이 있었더라면 뉴욕의 모임에서 벌써 얘기했었을 것이다. 아무튼 이 문제는 엠마하고 논의하고 싶었다.

두 번째 의문은 다분히 개인적인 문제에 관한 것이었다. 나는 『파문』을 쓸 때도 그랬지만, 전반적으로 내 글쓰기 능력에 관해서 남모르게나마 의심을 품어 본 적이 없는 사람이었다. 그러나 글을 쓰다 이따금씩 밖으로 나와 산책을 할 때면 화려했던 나의 시절도 다 지나간 것은 아닌가 하는 의문이 든 적도 있었다. 그렇다고 내가 한 우물만을 고집한다는 지적엔 수긍할 수가 없었다. 어쩌면 우물을 잘못 찾아갔을 수는 있었을 것이다. 어쩌면 아직 내가 발견하지 못한 더욱더 신선한 문학의 샘물이 존재할 수도 있을 것이다. 이미 시간이 다 흘러가 버렸는지도 모른다.『돌담』은 너무 구태의연한 작품이라서 독자들의 관심을 끌지 못하는 것인지도 모른다. 이 모든 것들이 바로 한 늙은 작가가 스스로에게 해보지 않을 수 없는 무시무시한 질문들이었다.

내 차가 세워져 있는 버스 정류장에 도착할 때까지도 나는 아무것도 해결한 것이 없었다. 뉴욕을 떠날 때보다도 더 혼란스럽기만 할 뿐이었다. 버스에서 내려 차가운 1월의 밤공기를 쐬는 순간 나는 얼른 집으로 돌아가 위안을 받고 싶었다. 나를 안정시켜 주는 엠마의 믿음직스러운 모습, 책상 위의 낡은 타자기, 작은 아크릴 병들이 항상 정연한 모습으로 놓여 있는 내 작업실. 나는 오늘 밤, 뉴욕에서 있었던 그 신경 쓰이는 문제들을 논의하며 내 성스러운 처소의 평안을 깨뜨리고 싶지 않았지만 내일 아침엔 반드시 진정한 내 충고자들인 엠마와 졸리코퍼 씨에게 이 모든 문제들을 솔직하게 털어놓아야겠다고 다짐했다.

다음 날, 우리 세 사람은 두툼한 옷을 잔뜩 껴입고, 졸리코퍼 씨가 중요한 모임이나 사색을 위해 그의 집 뒤뜰에 마련해 놓은 정자, 늪지에 점점이 박힌 멋진 바위들이 내려다보이는 곳에 자리를 잡고 앉았다.

「두 분의 충고를 듣고자 이렇게 모이자고 한 겁니다.」 내가 먼저 입을 열었다. 「두 분 다 제 원고를 읽으셨을 테니 지금쯤은 뭐라 의견이 있으실 테지요. 두 분의 판단을 듣고 싶습니다. 우선, 뉴욕에서 무슨 일이 있었는지 말씀드리겠습니다.」 나는 세 가지 부정적인 비평적 반응과 사전 주문의 취소 등 좋지 않은 소식만 늘어놓은 다음에 이렇게 결론을 맺었다. 「미스 크레인을 포함해서 관련된 사람이 모두 모인 어제의 진지한 모임에서 그 사람들 모두가 외부 비평가들의 견해에 동의한다고 했습니다. 이번의 새 소설이 이전에 독자들이 좋아하던 옛날 소설들만큼 재미있지 않다는 겁니다. 좀 더 인간적인 관심을 유발하기 위해선 수정이 불가피하다는 것이 그들의 생각이었습니다.」

「미스 크레인은 뭐라고 말했는데?」 엠마가 거의 화난 투로 물었다.

「이렇게 말하더군. 〈요더 선생님, 저도 그들 견해에 동의할 수밖에 없어요. 이번 소설이 선생님의 최상급 작품은 아닌 것 같아요.〉 정확히 그대로 옮긴 거요.」

「그 여자, 비누로 입 좀 씻어야겠네.」

「문제는 그녀의 생각이 옳은가 아닌가 하는 거야. 원고에 정말 뭔가 근본적으로 잘못된 점이 있는 것은 아닐까?」

잠시 동안 우리는 아무 말 없이 앉아 물이 얼어붙은 곳과 거대한 바위를 바라만 보고 있었다. 그 광경은 우리를 보잘것없는 존재로 느끼게 했고 나는 바로 그와 같은 토양의 힘을 내 글에 쓰기도 했다. 그리고 졸리코퍼 씨가 다음과 같이 입을 열게 된 것도 어쩌면 그것 때문인지도 몰랐다. 「루카스, 이번 소설은 가장 훌륭한 소설이네. 마침내 자네는 자신이 어디에 있고 또 자신이 누구인지 아는 정직한 독일인처럼 글을 쓴 거야. 아무것도 고치지 말게.」

엠마는 더 강한 어조로 나섰다. 「당신이 뉴욕에 가 있는 동안 나도 원고를 다 읽어 봤어. 기죽지 마. 이번 소설은 현실적인 문제에 봉착한 실제의 사람들을 다루고 있잖아. 다른 소설들은 다 역사 의식을 담고 있어. 가령, 『유제품 제조 판매소』는 1920년대를 다루고 있고, 『들녘』은 그 배경이 현대일 수도 있지만 어쨌든 1930년대 공황기를 다룬 소설이잖아. 하지만 이번 소설은 바로 오늘날의 이야기를 담고 있다고. 우리들의 혈통과 용기……. 나도 허먼 씨의 의견에 동감이야. 바꿀 거 하나도 없어.」 엠마는 이 말을 마치자마자 웃으며 다시 말을 이었다. 「물론 항상 그런 것처럼 교정은 봐야지. 나도 커다란 문법적인 오류를 몇 개 발견하기는 했어. 하지만 전체 주제? 그냥 놔둬요. 저 밖에 있는 바위만큼이나 단단한 작품이라고.」

나는 이 두 사람의 진심 어린 격려에 마음 든든했다. 그러나 아마추어 독서가인 이들의 입에서 나온 말을 완전히 신뢰할 수는 없었다. 문득 나는 이곳 그렌즐러의 또 다른 한 여자가 생각났다. 그녀의 문학적 의견이라면 나도 존중하고 또 가끔은 자문을 구하러 간 적도 있었기 때문이었다. 마사 베넬리라는 이름의 그녀는 술주정꾼 남편을 집에서 쫓아낸 뒤 드레스덴 도서관에서 일자리를 구해 살아가고 있는 서른다섯 살의 이혼녀였다. 펜실베이니아 주립 대학에서 미국 문학으로 석사 학위를 받은 그녀는 문학, 특히 소설을 무척 사랑하는 여자였다. 지겐푸서라는 성(姓)을 가진 한 메노파 가정에서 태어난 그녀는 펜실베이니아 독일인에 관해서는 나보다 아는 것이 더 많았고, 때로는 자기가 알고 있는 옛날 자료들을 나에게 기꺼이 소개시켜 주기도 했었다.

나는 그녀에게 내 원고 사본을 건네주며 말했다. 「여태까지도 많은 도움을 주셨는데, 이번에도 이 원고를 한번 쭉 훑어보시고 의견을 좀 말씀해 주셨으면 합니다.」 마치 아기를 다루듯 조심스럽게 원고 뭉치를 잡는 그녀의 모습을 보고 나는 순간 어색한 기분이 들기도 했지만 다시 말을 계속하지 않을 수 없었다. 「전문가의 의견을 구하고 있는 겁니다. 저…… 실례가 될지 모르겠지만 백 달러는 수고비로 드리는 겁니다.」 그런데 다행히도 그녀는 그 돈을 거절하지 않았다. 「돈 받자고 이런 일 하는 건 아니지만 고맙습니다.」 그녀는 내 원고를 밤새워 읽은 모양이었다. 왜냐하면 이틀 후 그녀가 전화를 걸어 왔기 때문이었다.

「소설의 방향이 완전히 바뀌었더군요. 그렇죠? 시의적절하고 훌륭한 작품이에요.」

「독자들은 어떻겠습니까?」

「푹 빠져들 것 같아요. 특히 선생님 소설에 익숙한 독자들인 경우에요. 논리적인 전개가 돋보여요.」

「너무 지적이지 않습니까?」

「요더 선생님, 많은 독자들은 비평가들이 생각하는 것보다 훨씬 더 지적인 사람들이에요. 시시한 싸구려 소설들이 베스트셀러 목록을 온통 다 차지하는 것 같지만 좋은 책들도 항상 나름대로의 위치를 고수한답니다. 제가 잘 알아요. 저는 사실 좋은 작품들만 열람시키거든요.」

「내 잠깐 들러서 얘기 좀 나눠도 되겠습니까?」

「백 달러나 주셨는데 거절하면 안 되겠죠?」

나는 도시 언저리의 한 공원 안에 자리잡고 있는 도서관으로 차를 몰았다. 그녀는 책상 위에 내 원고를 내놓고 나를 기다리고 있었다. 원고 몇몇 군데에는 그녀의 평이 적힌 노란 종이 쪽지가 끼워져 있었다. 그녀가 뭐라 말하기 전에 나는 먼저 내가 뉴욕에서 들은 부정적인 논평들을 들려주고 그녀의 의견을 물었다.

「대규모 체인점에서 왜 이 소설을 취소시켰는지 이해가 돼요. 물론 완벽한 작품도 아니고 또 이전의 작품들과 너무 판이하니까 그럴 수 있을 거예요. 하지만 이 소설은 훌륭한 읽을 거리예요. 게다가 내용도 탄탄하고요. 이 지역에 사는 사람들은 분명 쏙 빠져 버릴 거예요. 아, 물론 다른 곳의 독자들도 다 그렇겠지요.」

나는 다시 그녀에게 뉴욕의 전문가 세 명이 체인점 독자들의 구미에 맞게 내 소설을 고쳤으면 좋겠다는 의견을 내놓았다고 들려주었다. 그러자 그녀는 톡 쏘아붙이듯 말을 꺼냈다. 「그런 소리 집어치우라고 하세요. 선생님은 뭔가 새롭고 귀중한 소설을 쓰신 거예요. 그 사람들도 지금은 좋아하지 않을는지 모르겠지만 나중엔 달라질걸요.」

그런 다음 그녀는 자신의 소감을 열심히 개진하기 시작했다. 나는 그녀의 말을 들으며 생각했다. 장밋빛 얼굴의 이 독일 여자, 정말 얼마나 당찬 여잔가! 독일 팔츠 지방에서나 찾아볼 수 있는 멋진 금발 타래, 날카로운 지성. 드레스덴은 이런 훌륭한 사람을 많이 배출했어. 그래, 맞아. 내 소설이 담고 있는 내용이 바로 그런 거라고. 서로 내세우는 이유야 다르겠지만 이 여자와 졸리코퍼 씨가 괜찮다면 뉴욕 사람들이 얘기하듯 그리 나쁜 소설은 아닐 거야.

도서관을 나서며 나는 뉴욕으로 전화를 걸어 원고를 절대 고쳐 쓰지 않겠다고 전하리라 마음먹었다. 마음의 결정을 내리고 나니 기분도 좋았다. 그러나 전화 거는 일을 연기하고 말았다. 11시 30분쯤 집에 돌아왔을 때 엠마가 이렇게 말했기 때문이었다. 「매년 그랬지만 지난번에 허먼 씨가 많이 도와주셨잖아. 그래서 내가 시내에 가서 점심이나 같이하자고 그분과 프리다를 초대했어. 그 양반은 대중 레스토랑에서 식사하는 걸 별로 좋아하지 않는다고 하네. 하지만 당신, 프리다를 잘 알지? 항상 새로운 장소에서 새로운 음식 맛보는 걸 좋아하잖아. 그래서 그분들과 같이 우리 차를 타고 시내에 가기로 했어.」

우리는 외곽 도로를 타고 뉴먼스터와 컷 오프를 지났다. 작은 구릉을 지나 펜스터마허 씨 농장이 있는 교차로로 들어섰을 때, 우리는 얼마 전 내가 세 개의 헥스 간판을 구해 내었던 그 곳간을 커다란 불도저 한 대가 허물어뜨리고 있는 것을 보았다.

차 안에 있는 우리들 중 어느 누구도 그 낡은 곳간의 목조 구조물이 무너지는 것을 보고 가슴 아파하지는 않았다. 펜스터마허 씨 집안이 아무 손질도 하지 않고 그대로 방치했으니 차라리 없애 버리는 게 더 나을지도 모른다고 생각했기 때문이었다. 그러나 불도저가 목조 구조물을 받치고 있던 석조 부분마저 무너뜨리려 할 때 프리다 부인이 소리 지르는 게 아닌가. 「아니, 저런! 안 돼! 저건 그냥 놔둬야지!」 나름대로의 미적 감각을 지니고 있었던 그녀로서는 멋진 그늘을 만들어 주고 얼기설기 돌출된 부분이 많은 그 멋진 돌담을 잘만 하면 여러 가지 용도로 사용할 수 있다고 생각한 모양이었다. 거대한 기계가 거칠 것 없다는 듯이 담을 허물자 그녀는 거의 울상이 되었다. 「그냥 놔둘 수도 있을 텐데······.」

나의 관심은 딴 곳에 있었다. 곳간에 가려 안 보이던 또 한 대의 불그스름한 불도저가 시야에 들어왔기 때문이었다. 첫 번째 것보다 작은 것이 훨씬 작동하기가 쉬워 보였다. 운전석에는 펜스터마허 씨의 아들인 애플버터가 앉아 있었는데 남아 있는 목조물을 완전히 다 깔아뭉개려는 것 같았다. 그런 모습을 보고 있으려니 나는 『돌담』에서 내가 나타내려는 바를 그 녀석이 잘 보여 주고 있다는 생각이 들었다. 저런 멍청한 놈은 석조물에는 손도 못 대. 너무 어려운 게지. 항상 손쉽게 부술 수 있는 목조물만 찾아다니는 놈이라고. 그러나 그 순간 나는 〈안 돼! 스톱!〉 하고 소리 지르고는 차에서 뛰어내리지 않을 수 없었다. 애플버터가 불도저를 몰고 무너진 담벼락 쪽으로 돌진하고 있었는데 바로 그곳에 내 그림의 중앙 부분에 넣으면 딱 알맞을 크기의 붉은색과 초록색의 화려한 헥스 널빤지 하나가 눈에 띄었기 때문이었다. 「저거, 저게 갖고 싶네! 애플버터, 잠깐만. 내 저 헥스 판때기 좀!」 내가 소리치는 것을 듣고 또 손 흔드는 것을 보았을 것이 틀림없는데도 그 녀석은 못 들은 척, 못 본 척, 자신의 불도저를 몰아서는 그 떨어진 헥스 널빤지를 그냥 깔아뭉개 버리고 말았다.

　점심을 먹으며 나는 거의 아무 말도 하지 않았다. 온갖 상념과 영상들이 내 마음속에서 교차되고 있었기 때문이었다. 이번 내 소설의 초점이 바로 좀 전의 우리 땅과 건물들이 당한 굴욕적인 모습에 대한 항변이라는 생각이 들었다. 그래서 나는 잠시 실례한다는 말과 함께 자리에서 일어나서 뉴욕에 있는 미즈 마멜에게 전화를 걸었다. 「내 어젯밤, 지난번 우리 모임을 생각하며 뜬눈으로 지새웠네요. 당신이나 맥베인 씨가 지적한 부분에 대해서는 내 충분히 이해합니다. 그래서 나도 공들여 다시 검토하고 있는 중이에요. 특히 당신이 맥베인 씨에게 한 말에 나도 동감이에요. 〈줄거리는 최소한의 노력으로도 조금씩 바꿀 수 있어요. 요더 선생님과 저는 어떻게 해야 하는지 잘 알고 있습니다〉, 그때 당신이 이렇게 얘기했지요? 당신 말이 옳습니다. 고칠 수야 있겠지요. 하지만 그렇게 하면 안 될 것 같아요. 주제와 관련해서는 지금 그대로 놔둬야 되겠습니다.」 그리고 나는 예의상 몇 마디 말을 더 주고받고는 전화를 끊었다.

　뉴욕에서의 논의, 귀로에서의 착잡했던 생각들, 원고의 신성함을 지키겠다는 나 자신의 결심. 이 모든 것들이 작가로서의 내 삶을 다시 평가해 보는 계기를 마련해 주었다. 그날 저녁, 나는 서재에 앉아 타자기를 앞에 놓고 상념의 길로 접어들기 시작했다.

　얼마나 참 묘한 삶인가! 엠마, 미즈 마멜, 미스 크레인, 이렇게 세 여자에게 고치처럼 둘러싸인 내 삶이란. 나는 이렇게 서재에서 타자기와 함께 있지만, 모든 결정은 그 여자들이 다 내린다. 지금까지 그들은 나를 잘 보호해 주었고, 그 점에 대해서는 아무 불평도 없다. 그러나 과연 기백 있는 남자라면 이런 식의 삶에 만족하겠는가? 하지만 나는 만족한다.

나는 도저히 따라갈 수 없을 정도로 급격히 변화해 가는 세계 속에 살고 있다. 지금으로부터 20년 후에는 책이 어떻게 인쇄되고 또 어떻게 전파될지 생각하고 싶지 않다. 생각만 해도 무시무시하다. 캘리포니아에서 간행되는 자연과학 잡지에 내 글이 실린다고 생각해 보자. 이곳 드레스덴에서 캔다스가 그 글을 플로피 디스크에 저장시킨 다음 전화로 로스앤젤레스에 있는 한 호환성 워드 프로세서로 보낸다. 그러면 그곳에서 몇 가지 편집상의 수정을 하고는 다시 전화로 파울로 알토에 있는 인쇄소로 보내고, 인쇄소에서는 자동판으로 인쇄를 하여 잡지를 만든다. 얼마나 놀라운 일인가.

나는 타자기로 내 사고의 중요 부분을 나타내 주는 부호 m을 친다. 그러면 내 비서가 그 부호를 읽고는 워드 프로세서를 사용하여 플로피 디스크에 m이라는 부호가 아니라 m이라는 개념이 지니고 있는 전자식 표상을 입력시킨다. 그러고는 전화로 그 전자식 표상을 대륙 건너편의 남부 캘리포니아에 있는 한 워드 프로세서로 연결시킨다. 그러면 그곳에서는, 흔히 자기들끼리 하는 말로, 편집 마사지를 하고 다시 전화로 북부 캘리포니아에 있는 프린터로 보내는 것이다.

하지만 프린터가 받은 것은 단순한 전자 임펄스에 불과하다. m이라는 개념을 시각적 표상으로 나타내야 하는데 어떤 활자체로, 어떤 크기로, 그리고 행간은 얼마나 하고, 가로는 얼마만큼 길게 잡을 것인지, 또 한 페이지에는 몇 행이나 넣을 것인지 등등은 아직 결정되지 않은 상태인 것이다. 단지 분명한 것은 전자 임펄스가 나타내는 부호가 대문자 M이 아니라 소문자 m이라는 사실이다. 만일 대문자 M이라면 전자 임펄스가 전혀 다른 식으로 전달되기 때문이다.

작가 루카스 요더

그러면 이제 파울로 알토의 인쇄소에서는 내 플로피 디스크의 캘리포니아 판을 인쇄기에 걸고는 여러 가지 지시 사항을 내린다. 명조체, 고딕체, 혹은 이탤릭체 등 활자체의 선택, 활자의 크기와 행간 등 모든 지시 사항이 다 입력되고 인지되면, 그 나머지 일은 다 기계가 알아서 처리하게 된다. 내가 최초에 생각했던 그 m이라는 개념이 어디에 나타나든 신비에 가까운 그 기계가 인쇄된 페이지 속에 정확하게 번역하고 옮겨 놓는 것이다. 나는 전자 임펄스를 통해 독자들과 대화하는 셈이 된다.

내 원고의 중심 내용이 플로피 디스크의 전자 임펄스 속에 담겨진다는 것은 그 원고의 이야기가 어떠한 형태로든 다시 재현되어 전달될 수 있다는 것을 의미한다. 실제로 그런 때가 올지도 모른다. 아니, 곧 도래할 것이다. 그러면 그때는 원고를 반드시 책의 형태로 만들어야 하는 수고가 덜어지게 된다. 그냥 플로피 디스크에 담긴 내용이 개구리 뛰어오르듯 풀쩍 뛰어 원하는 독자의 가정까지 곧장 전달되기 때문이다. 1990년대의 작가들은 금세기 말쯤 되면 자신의 원고가 어떤 형태의 책으로 만들어질까 염려하지 않아도 될 것이다.

나는 말없는 타자기에서 떨어져 의자에 몸을 기대었다. 글쓰기의 신비가 전보다 더 분명하게 내 의식 속에 각인되는 것 같았다. 나는 기적과도 같은 기술 공학적 발전을 다 이해하지 못한다. 그러나 딱 한 가지, 내가 확신할 수 있는 것이 있다. 기술 발전이 작가들의 상상을 어떻게 처리하고 조합시키든 간에, 그래도 여전히 단어들을 움직이게 하고, 이야기를 전달하고, 또 그 이야기가 계속 흐를 수 있도록 하는 사람들이 필요한 것이다.

뉴욕에서의 부정적인 소식에 자존심이 상처받았지만, 멀찌감치 떨어져서 타자기를 바라보던 나는 그 타자기에서 더욱더 군건히 나를 지켜 주는 따뜻한 위안을 받을 수가 있었다. 글을 쓰지 못하는 사람들에게 주변에서 어떤 일이 일어나고 있고 또 그것이 무슨 의미를 지니는 것인지 상기시켜 주는 작가의 역할이란 시대의 변화에 관계없이 소중한 것이다. 내『돌담』은 힘찬 호소력을 담고 있다. 10년 후라도 독자들은 이 소설을 끌어안을 것이다.

엠마와 함께 2층의 침실로 가면서 나는 말했다.「지난번 당신과 허먼 씨하고 점심 먹으며 얘기했을 때 있잖소. 그때, 당신이 알아야 하는 한 가지 사실을 얘기하지 않았는데. 뉴욕에서 상황이 역전됐다는 것은 바로 지난주에 비교해서 3백만 달러 손해 봤다는 의미요. 어때? 괜찮나?」

엠마가 말을 받았다.「난 아무렇지 않아. 하지만 한 가지 확실한 건 있어. 독자들은 그렇게 어리석지 않아. 분명히 당신 책을 좋아하게 될 테니 두고 봐요.」우리는 그렇게 서로를 다독거리며 잠자리에 들었다.

이틀 동안 뉴욕을 갔다 오고 난 뒤의 몇 주 동안은 한 해 중 가장 생산적인 나날들이었다. 매일 아침 나는 7시에 일어나서 찬물로 세수를 하고, 머리 빗고, 이 닦고, 설탕을 타지 않은 포도 주스를 큰 잔으로 한 잔 마신 다음 곧장 타자기 앞에 앉았다. 그러고는 12시 30분까지 한 번도 쉬지 않고 계속 일을 했다. 그때쯤이면 완전히 녹초가 되는 것이었다.

그리고 내 앞에는 항상 미즈 마멜이 백 장 분량씩 묶어 놓은 내 원고 뭉치 하나하나에 의문 사항이나 제안 사항들을 빽빽이 타자로 친 15장에서 20장 정도의 질문지들이 놓여 있었다. 그 질문지들은 그녀가 키네틱에서 처음 일을 시작했을 때 고안했다는 독특한 형식으로 작성된 것이었다. 워드 프로세서로 인쇄되어 나온 내 원고는 각 장이 정확히 26행씩이었는데, 그녀는 첫 행에서 시작해서 중간이 되는 13행까지는 1에서 13까지의 숫자를 적어 놓았고 나머지 13행은 맨 밑에서 시작해서 거꾸로 위로 올라가며 1*에서 13*이라는 표시를 해두었던 것이다. 따라서 내 원고의 37페이지 부분에 관한 그녀의 평은 다음과 같은 식으로 기록되어 있었다.

37-4   주어와 동사의 수(數)가 불일치
37-11   대명사 its의 선행사를 찾을 수 없음
37-11* 19페이지에서는 메어리언이 푸른 눈을 가졌다고 두 번씩이나 묘사되어 있는데 어떻게 갈색 눈의 여자로 둔갑했죠?
37-3*   이 부분은 굉장히 좋아요. 독자들이 기억할 수 있도록 다음 장에서도 다시 한 번 더 언급했으면…….

매시간 나는, 그녀가 발견한 문제점들과 지적한 이야기 전개상의 무리한 부분들을 해결하고 수정하느라고 무진 애를 썼다. 간혹 그녀가 내놓은 제안에 동의할 때도 있었지만 대부분의 경우 그리 썩 마음이 내키지는 않았다. 물론 다음과 같은 평은 예외 없이 나의 관심을 충분히 끌었다.

49-11* 이 단락에서 선생님이 노리시는 효과가 무엇인지는 알겠어요. 허나 제대로 잘 표현된 것 같지 않아요. 마지막 반은 너무 늘어져 있어요. 질질 끄는 느낌이죠. 아이디어는 좋은데 그것의 전개가 별로예요. 이 부분을, 아니 이 페이지 전부를 다시 검토하시면 전체 분위기가 그대로 유지될 것 같아요.

이따금씩 나는 이렇게 문제가 있는 단락이 나올 때마다 여러 문장을 지웠다가 다시 쓰고 하면서 웃지 않을 수가 없었다. 〈저도 작가가 되고 싶습니다〉라고 그저 무덤덤하게 말하는 젊은 친구들이 이런 질문지 뭉치를 보고, 또 고쳤다가 다시 구겨 버린 저 원고 더미들을 보면 뭐라고 말할까?

이렇게 집중적으로 일하는 것이 정신과 신경에 무리를 주는지 정오쯤 되면 나는 완전히 탈진해 버리곤 한다. 그러면 나는 책상에서 일어나 나머지 원고들을 그대로 내버려 둔 채 손과 팔을 주무르고 흔들면서 어슬렁어슬렁 아래층 부엌으로 내려간다. 그런 다음 점심을 준비하는 엠마의 모습을 지켜보며 엠마가 부엌에 갖다 놓은 라디오를 켜고는 12시 뉴스를 듣는 것이 습관처럼 되어 버렸다. 이곳 독일인 가정에서는 점심을 디너라고 부르는데, 그것은 개척 시대 때부터 내려오는 습속이었다. 그 당시, 새벽부터 정오까지 도끼와 로프를 사용하여 나무를 쓰러뜨리며 힘들게 땅을 개간하였던 우리 조상들은 지친 몸을 이끌고 집으로 돌아와서는 거창한 식사를 기대하였다는 것이다. 오늘날까지도 메노파 사람들은 아침나절 힘든 농사일을 하고 난 다음 가벼운 점심이 아니라 잔뜩 음식을 올려놓은 디너를 원하는 것이 통례처럼 되어 버렸다.

그러나 엠마는 나를 위한다는 명목으로 오래전에 그러한 습속을 버렸다. 왜냐하면 내가 튀긴 음식에 우유 두 잔, 그리고 애플파이 조각 등을 잔뜩 먹고 나면 오후 내내 늘어진다는 것을 그녀는 잘 알고 있었기 때문이었다. 오히려 역효과가 난다고 그녀는 나에게 소식(小食)을 권하였다. 그래도 펜스터마허 씨가 만든 스크래플을 맛볼 수 있는 겨울철이 되면 좀 봐주는 눈치였다. 일주일에 세 번 멋진 황금빛의 그 스크래플 두 조각을 특대형 당밀병과 함께 내놓는 것이었다. 하지만 아무리 가벼운 것이라도 디저트는 절대 점심에 내놓는 법이 없었다. 디저트는 저녁 식사 시간에 먹어야 한다는 것이 그녀의 지론이었다.

오늘, 스크래플을 먹게 되리라는 것을 알고 있었던 나는 구태여 기쁨을 감추지 않았다. 「아침에 일을 많이 했더니 맛있는 것 좀 먹어야 되겠는걸. 벌써 좋은 냄새가 나는데.」

엠마는 나와 함께 앉아 케첩을 바른 스크래플 한 조각을 먹으며 물었다. 「대체 뉴욕에서 무슨 일이 있었던 거야? 당신은 나에게 조금밖에 얘기해 주지 않았어.」

「미즈 마멜이……」

「그 여자 결혼했어? 왜 미즈라고 부르지?」

「모르겠어. 뉴욕에 있는 젊은 여자들은 대개 미즈라는 호칭을 붙이더구먼.」

「나이가 얼마나 됐는데?」 이런 식의 질문이 계속되다가 자연스럽게 사업적인 얘기로 화제가 돌려졌고, 마침내 엠마는 두 번의 모임에서 어떤 얘기가 오갔는지 소상히 알게 되었다. 그렇지만 나는 여러 가지 좋은 소식들, 즉 『돌담』의 해외 판매, 내 옛 소설들의 거듭되는 중판, 원고가 채 완성되기도 전에 국내에서 거둔 성공 등은 전혀 입 밖에 내지도 않았다. 다른 사람들이 그런 얘기하는 것도 듣기 싫어했던 나는, 그런 일이라면 엠마가 직접 두 사무실로 전화를 걸어 알아보도록 했던 것이다. 그렇게 함으로써 그녀 역시 내 삶의 중심에 자리할 수 있었고 또 아내로서 강한 참여 의식을 느낄 수도 있었기 때문이었다.

그러나 내가 들은 한 가지 사실은 너무 좋은 소식이어서 비밀로 해두기가 어려웠다. 「나를 굉장히 기쁘게 한 소식이 하나 있어. 전혀 어울릴 것 같지 않은 사람 둘이서 합작한 영화사라는데……. 그래도 돈은 많은가 봅니다. 아무튼 그 영화사에서 『파문』에 대한 옵션을 따내려고 하는 모양이야. 그 사람들, 예술 영화를 만들고 싶다면서 배역도 잘 맡기고, 세부 묘사나 장면 처리에도 세심한 주의를 기울이겠다고 했다는군. 나도 원하는 바지. 혹 그 사람들한테서 전화가 오거든 바꿔 줘. 같이 얘기 한번 해보고 싶으니까.」

나는 우리 결혼 생활에서 가끔 마찰을 일으키는 문제 가운데 하나를 건드린 셈이었다. 엠마는 작가로서의 나의 삶과 나의 성공에 대단한 관심을 가지고 있기 때문에 나하고 얘기하고 싶어 하는 사람이면 누구든지 자신이 먼저 간단히 얘기를 나눌 수 있어야 한다면서 우편물을 개봉하는 일이나 걸려오는 전화에 응답하는 일을 자신이 먼저 해야 한다고 고집을 부렸다. 그래서 그녀는 키네틱 출판사나 미스 크레인의 사무실에서 무슨 일이 있었는지 내가 얘기 안 해줘도 잘 알고 있었던 것이다. 그런데 최근에는 누가 전화를 걸어오든지 이렇게 말하는 것이 그녀의 즐거움이 된 듯하였다. 「그분은 지금 일하고 계세요. 나중에 다시 걸어 주시겠어요?」 그럼으로써 그녀는 내 작업에 같이 동참하고 있다는 생각과 또 주변적인 일은 자기가 통제한다는 위세 같은 것을 누리고 싶었던 모양이었다. 물론 나는, 엠마가 그런 말을 하는 소리를 내 서재에 있는 전화로 엿들을 때면 얼른 통화를 가로채곤 하였다. 이것 때문에 화가 난 그녀는 통화가 끝나고 나면 으르렁거리며 나에게 덤벼드는 일이 잦았다. 「나는 당신을 보호하려는 거야. 나중에 다시 전화 걸 수도 있잖아.」 그러면 나는 〈왜 그 사람들 두 번 전화하게 만드는 거요?〉라고 응수를 하였고, 그녀는 이렇게 대꾸하곤 하였다. 「당신은 그 사람들보다 더 바쁜 사람이라고. 게다가 그 사람들은 다 비서 시켜서 전화를 걸잖아. 여러 번 전화해도 힘 하나 안 들 거야.」

미즈 마멜이 걸어오는 중요한 전화에 대해서는 물론 서로

간에 합의가 이루어졌었다. 나는 〈그녀가 전화를 걸어오면 내가 곧장 받았으면 좋겠어〉라고 말했고, 엠마도 그 말에는 수긍을 하였기 때문이었다. 그러나 그런 합의 하에서도 엠마는 미즈 마멜의 전화를 나에게 바꿔 주기 전에 꼭 두세 마디씩 질문하는 것을 당연시하였던 것이다.

주중에 매일 점심을 먹고 난 뒤 나는 『필라델피아 인콰이어러』를 읽었다. 그리고 일주일에 세 번은 엠마가 쇼핑을 나갔다가 사 가지고 들어오는 『뉴욕 타임스』를 읽었다. 특히 『뉴욕 타임스』의 칼럼 중에서 출판에 관계되는 뉴스나 가십을 보도하는 칼럼을 즐겨 읽었다. 어쩌면 키네틱 출판사에 관한 소식이라면 미즈 마멜을 통해서 알게 된 것보다 『뉴욕 타임스』를 통해서 알게 된 것이 더 많을지도 몰랐다. 최근에 들리는 소식이 그리 썩 좋은 것은 아니었다. 석유 사업, 펄프와 제지 산업 등에 관심을 쏟고 투자를 해왔던 거대 기업 록랜드 오일이 곁다리 비슷하게 키네틱 출판사를 운영해 왔으나 최근에 그 출판사를 매각한다는 소문이 떠돌았던 것이다. 수지 타산이 신통치 않은 출판사의 운영이 〈잘 나가는 사업〉에 관심을 가지고 있는 기업의 구상에 어울리지 않는다는 것이 그 주된 이유였다. 물론 출판사를 인수하겠다는 사람이 구체적으로 드러난 것은 아니었다. 〈그러나 입질하듯 슬쩍슬쩍 관심을 표명한 기업들 가운데 컨소시엄의 형태로 참여하겠다는 외국 기업이 두 군데나 있으며, 그들은 달러의 가치가 하락하는 것을 기회로 그만큼 득을 본다는 생각에서 의사를 타진한 기업들이다〉라는 것이 소문의 진상이었다. 정말 반갑지 않은 소식이었다.

점심을 먹고 난 뒤 약 한 시간쯤 지나 나는 가볍게 낮잠을 즐겼다. 50대 중반부터 나는 오후 3시만 되면 피로함을 느꼈고, 그때부터 의사의 권고에 따라 낮잠을 자는 습관이 있었기 때문이었다. 당시 나보다 나이가 훨씬 더 많았던 그 의사는 이렇게 일러 주었다.「잠깐만 낮잠을 자도 긴장이 풀어지고 원기가 회복됩니다.」그의 말은 나의 경우에 딱 들어맞는 말이었다. 나는 엠마에게 말했다.「이상해. 월요일과 화요일, 이렇게 이틀 동안 뉴욕에서 한시도 쉬지 못하고 사람들을 만나 얘기도 많이 하고 신경도 많이 쓰고, 같이 점심도 먹고 하면서 보냈는데도 그때는 조금도 피곤하지 않았거든.」

「지금은 피곤해 보이네.」

「그런 것 같아. 전화가 오면 당신이 알아서 처리하구려. 난 좀 쉴 테니 말이야.」

얼마나 지난 뒤 잠에서 깨어난 나는 순간적으로 내가 어디에 있는 것인지 기억해 낼 수가 없었다. 갑자기 지금은 아침이고 늦잠을 잤다고 생각한 나는 침대에서 벌떡 일어나 얼른 욕실로 뛰어갔다. 그제야 밖에 햇살이 가득한 것을 본 나는 여기가 우리 집이고 또 시간이 오후라는 것도 알게 되었다.

잠시 후, 낡은 작업복으로 갈아입은 나는 서재로 올라가는 대신 집 옆에 부속실처럼 붙어 있는 작업실로 향했다. 그곳은 내가『헥스』의 로열티로 돈을 마구 벌어들이게 되었을 때 뭐든지 내 멋대로 할 수 있는 편안한 장소로 만든다고 꾸며 놓은 곳이었다. 그 안에는 긴 작업대가 하나 있었고, 스테인리스 스틸 고리에 여러 가지 연장들을 걸어 놓은 메이소나이트 걸개 보드가 그 뒤를 받치고 있었다. 나는 그 보드의 고리에 주요 연장들의 모양을 검은 페인트로 조심스럽게 그려 놓아 작업이 끝난 뒤에도 모든 연장들을 다 제자리에 가지런히 걸어 놓을 수 있게끔 해두었다. 작업대 위에는 비행기 한쪽 날개를 다룰 수 있을 정도로 강력한 바이스 한 대, 작은 드릴 프레스 하나, 그리고 동력 톱도 하나 놓여 있었다. 공작 솜씨가 그리 나쁘지 않았던 나는 이 작업실에서 작은 도구나 부속품들을 많이 만들어 우리 집을 편안함과 안락함의 장소로 바꾸어 놓을 수가 있었던 것이다.

하지만 지금 나의 관심의 초점은 얼마 전 펜스터마허 씨 농장에서 얻은 세 개의 헥스 널빤지에 모아져 있었다. 각각의 널빤지를 둘러본 나는 잘만 하면 좋은 그림 세 개가 나올 수 있다는 생각에 약간 만족스러웠다. 각각은 넓이가 4평방피트로, 시대가 1900년대 초라면 마부들이 먼 곳에서도 볼 수 있을 만큼 큰 것들이었다. 게다가 원래의 디자인과 색채가 아직 상당 부분 그대로 남아 있었고, 그러면서도 그 신비스러운 상징의 효과가 소멸되지 않은 채였다. 디자인 또한, 곳간의 각 방향에서 바라보았을 때 서로 다른 의미와 모양이 되도록, 그리고 각기 특정의 위험을 방지한다는 의도로 다양하게 그려진 것들이었다.

나는 아주 조심스럽게 헥스 널빤지의 여분의 부분들을 잘라 내었다. 내가 해야 할 일은 세 가지였다. 첫째는 피하 주사 바늘을 사용하여 널빤지의 갈라진 틈 깊숙이 특수 에폭시를 주입하여 그 낡은 널빤지를 강화시키는 일이었고, 둘째는 오랜 세월의 풍상 속에 그나마 유지되고 있는 원래의 색조를 있는 그대로 잘 보존하는 것이었고, 마지막 세 번째는 너무 눈에 띄지 않도록 교묘히 색채를 좀 보강하는 일이었다. 이 모든 과정이 완벽하게 잘 끝나기만 하면 금방이라도 복원된 널빤지에서 고대의 헥스 부호들이 살아 움직여 내 예술적 성취의 한 부분으로 자리잡을 것만 같았다.

맥 같은 줄무늬가 있는 베니어판과 표백된 오크처럼 부드러운 색감이 감도는 나무를 한데 붙여 합판으로 만든 메이소나이트 널빤지를 골라낸 나는, 가로 세로 모두 6인치씩의 여백이 생기도록 그 널빤지 중앙에 강력 에폭시를 사용하여 나의 헥스 널빤지를 부착시켰다. 그런 다음에는 가는 붓 한 세

트와 펜실베이니아 독일인들이 좋아하는 밝은 색 — 주홍색, 짙은 청색, 파란색, 초록색, 밝은 노란색 등 — 을 사용하여 그 여백 공간에 단편 무늬들을 그려 넣기 시작했다. 원래 집안의 귀중한 문서들을 장식하는 데 쓰였던 묘하게 배합된 알파벳 문자, 자연의 상징물과 기하학적 도형 등의 단편 무늬들은 18세기 유랑 미술가들이 즐겨 그렸던 것들로 민속 미술의 한 분야로서 대단한 가치가 있는 그림들이었다. 그것은 또한 내 그림에서 가장 중요한 부분이기도 했다.

내가 특히 잘 그리는 것은 튤립이나 오색 방울새 같은 야생 생물의 모습이나 드물긴 하지만 기하학적 도형 같은 것으로 현란하게 장식된 큼직한 고딕 문자였다. 옛날 미술가들은 어떠했는가 몰라도 여하튼 나는 대단한 자제력과 억제력으로 중앙에 있는 헥스 부호의 네 귀퉁이마다 드문드문 내 단편 무늬들을 조심스럽게 그려 넣었던 것이다. 그러나 글이 잘 써져 기분이 좋을 때면 더욱더 조심스러운 손길로, 아주 밝은 색을 사용하여 예닐곱 개의 야생 생물 그림을 그려 넣었으며, 또 그 각각의 그림 아래에 몇 년 전에 깎은 스텐실을 이용하여 고대 독일어 문자로 이름을 새겨 잉크를 발라 놓기까지 했었다. 오색 방울새는 〈디스텔핑크〉로, 튤립은 〈둘라부나〉로, 그리고 하트는 〈헤르츠〉로 이름을 새겼으며, 그렇게 그려진 그림들은 정말 값진 그림들이 되었던 것이다.

1991년 올해 연초까지 나는 스물한 개의 헥스 그림을 완성했었고, 이제 펜스터마허 씨에게서 구입한 세 개를 합하면 도합 스물네 개를 완성한 셈이 되었다. 물론 집에 보관하고 있는 것은 하나도 없었고, 그래서 나는 항상 엠마에게 이런 약속을 해야만 했다. 「다음번엔 당신을 위해서 내 특별히 하나 더 만들어 주겠소.」 나는 대부분의 헥스 그림들을 친구들에게 주었으며, 몇 개는 로스톡의 우체국에 팔았고, 그리고 가장 잘된 것 네 개를 골라 지방 박물관에 기증하였던 것이다. 내가 그림을 기증한 박물관 가운데 독일의 공예품이 많이 진열되어 있는 도일스타운의 거대한 콘크리트 성채 양식의 박물관이 물론 포함되었다. 독일인 거주 지역에서 멀리 떨어진 곳에 있는 두 박물관에서도 내 작품에 관심을 보여 왔지만 여분의 것이 남아 있질 않아 어찌해 볼 도리가 없었다. 나는 내 개인적인 이득을 위해 그림을 팔지는 않았다. 괜히 그렇게 하다가는 정말 돈이 필요할지도 모르는 진짜 미술가들과 제 살 깎기 경쟁만 부추기는 결과를 낳을지도 모르기 때문이었다. 소설을 팔아 충분히 생계를 유지할 수 있었던 나로서는 어쩌다 우체국에 그림을 팔아 돈이 생길 때면 그 돈도 드레스덴 도서관에 기부하여 메노파와 아만파 역사에 관한 서적들을 구입하는 데 쓰도록 하였다.

오후 5시가 되어 나는 작업실에서 나와 다시 서재로 올라갔으며, 그곳에서 약 한 시간 반 정도 원고 수정 작업을 계속하였다. 그러고는 7시가 되기 전에 일을 마친 다음 엠마와 함께 저녁을 들었다. 간단히 저녁을 마친 나는 뉴스를 듣고 나서 우리 집 개를 데리고 로스톡으로 나 있는 어두운 길을 따라 가볍게 산책을 하였으며, 10시가 되기 전에 잠자리에 들었다.

글쓰기를 사랑하고 또한 우리 민족의 예술을 보존하는 일에 관심이 많았던 나는 이러한 생활 방법을 소중한 것으로 여기지 않을 수 없었다. 나는 엠마에게 말했다. 「오전에 글을 한참 쓰다 보면 말이야 〈야, 이게 정말 세상에서 가장 좋은 일이로구나〉 하는 생각이 들어. 헌데 작업실에 가서 헥스 그림에 손을 대다 보면 그 일을 할 때가 가장 행복한 게 아닌가 하는 생각이 드니……」

「나도 파이를 구울 때면 그 비슷한 생각이 들어.」

「내가 무슨 비교를 하자고 이런 말 하는 게 아니고.」

「모르시는군요. 파이도 헥스만큼 중요하다고.」 엠마는 화가 나는지 톡 쏘아붙였다. 나는 사과하지 않을 수 없었다. 「여보, 미안하오. 내 말뜻은 그게 아냐. 일종의 양자 선택을 말했던 거지. 글쓰기와 그림 그리기 말이오. 하지만 당신은 파이 이외에 다른 대안을 말한 게 아니잖소.」
「잠이나 주무시지.」

내가 원고 수정에 열중하고 또 정기적으로 내 구원의 천사들로부터 전화를 받고 하던 어느 날, 나는 예기치 않게 글로 쓰인 나의 초상을 접하게 되었다. 그날 아침, 우편물을 걷어 오던 엠마가 잡지책 한 권을 흔들며 내 서재로 뛰어 들어와서는 〈여보, 당신 정말 유명 인사네! 여기 당신에 관한 기사가 실렸어. 사진도 있고요〉라고 외치면서 잡지책을 내 앞에 펼쳐 보이는 것이었다. 거기엔 실제의 나를 쳐다보는 듯한 천연색의 내 사진이 실려 있었다.

그러나 그 이야긴 나에 관한 이야기가 아니었다. 나는 그저 그 잡지의 편집자가 다음과 같이 한 가지 〈예〉라고 말한 것을 본보기로 채워 주는 역할에 불과했던 것이다. 〈당신의 기사는 현대의 상황을 문학이라는 형식으로 형상화시키는 작가들에 관한 글입니다. 어떤 작가들이 있는지 한 사람만 예를 들어 말씀해 보시죠.〉 그 기사는 뉴욕 출판계의 소문을 캐는 한 젊고 똑똑한 여자 프리랜서가 최근의 뉴욕 출판계의 급격한 변화에 관해 쓴 글이었다. 그 프리랜서가 미즈 마멜과 미스 크레인하고 인터뷰한 것이 틀림없으며, 그리고 이 두 여자들은 글을 써서 빚지지 않고 살아가는 전형적인 늙은 작가의 예로 나를 지목하여 인용한 것이었다. 미즈 마멜인지 미스 크레인인지 모르겠지만 여하간 처음 인터뷰한 사람이 하는 얘기를 듣고 흥미를 느낀 그 프리랜서가 그 사람이 한

애기를 확인하기 위해 두 번째 사람에게 달려갔을 것이고, 그런 다음 가장 좋은 예의 인물로 나를 선택하기로 마음먹었음이 틀림없었다. 아무튼 나는, 내 구원의 천사들이 나를 어떻게 생각하고 있는지 알 수 있는 기회를 얻은 셈이었다. 물론 그들이 인터뷰한다는 사실을 나에게 알릴 필요는 없었고, 또 알리지도 않았었다.

미즈 마멜은 말했다. 「때때로 그 작은 독일인이 거대한 빙산 같다는 생각이 들었어요. 자신에게 그리고 자신의 책에 무슨 일이 일어나든지 전혀 무감각하다는 인상을 주거든요. 하지만 자신의 책이 실제 출판될 시점에 이르면 대단히 열정적인 관심을 보이죠. 활자체, 행의 길이, 종이의 질, 재킷, 삽화, 커버에 씌우는 광고 띠지 등 온갖 것에 다 신경을 써요. 하지만 자신이 보기에 실망스럽다고 해서 난리를 피우는 일은 결코 없어요. 〈당신에게는 괜찮아 보입니까?〉라는 말로 그냥 넘어가시니까요. 지난주에 우리 작가 중의 한 사람이 소동을 부린 적이 있었어요. 다른 편집자가 담당하는 작가인데, 이름은 그냥 대충 렌포드라고 부르죠, 뭐. 그 사람이 자신의 불멸의 작품을 사이먼 앤드 슈스터 출판사로 넘기겠다고 으름장을 놓으며 무슨 최후통첩이라도 하듯 떠드는 거예요. 옆에서 가만히 듣고 있던 저는 그만 웃음을 터뜨리고 말았죠. 왠지 아세요? 키는 멀쩡히 크면서 멍청하기 이를 데 없는 그 사람을 보니 키는 작지만 전혀 목소리를 높이시는 적이 없는 그 독일인 작가가 생각났기 때문이에요. 그 멍청한 작가의 마지막 책이 8백 부 팔린 반면 우리의 작은 독일인의 책은 백만 부가 팔렸어요. 저는 그 사람에게 이렇게 말해 주고 싶었어요. 〈당신, 그렇게 말하실 권리도 없어요. 우리가 어떻게 해드렸으면 좋겠는지, 좀 조용한 목소리로 말씀해 주시겠어요?〉 하지만 그 말을 입 밖에 내지는 않았지요. 왜 그런지 아세요? 우리 요더 선생님은 1년 1년 자꾸 늙어 가시지만 그 멍청한 작가는 다음해에 인기 작가가 될지도 모르기 때문이에요. 출판 일이란 알 수 없거든요.」

미즈 마멜은 또 다른 나의 초상을 예시하였다. 「제 생각에 요더 선생님은 주변 사람들이 어떻게 생각하든 신경도 안 쓰시고 또 행동이 크신 분인 것 같아요. 언젠가 한번 점심을 같이하면서 제가 이런 말을 한 적이 있었어요. 어쩌면 한 일본-이스라엘 합작 영화사에서 선생님의 소설 『파문』을 영화로 찍을지도 모르겠다고 말이에요. 그러자 선생님의 눈이 만성절 전야의 랜턴 불빛처럼 빛나시는 거 있죠. 선생님이 굉장히 좋아하신다는 감정을 읽은 저는 그만 저도 모르게 위 하고 소릴 지르고 말았어요. 그러자 레스토랑에 있던 다른 사람들이 모두 우릴 쳐다보더군요. 그래도 선생님은 개의치 않으시더라고요. 우리들에게 축배를 제의하는 사람들에게 잔을 높이 들어 답례를 하시고는 식사가 끝날 때까지 내내 미소를 지으셨죠. 그러고는 저에게 이런 말씀을 하셨어요. 〈『파문』은 나에게 중요한 작품이에요. 만일 당신이 말한 그 영화사에서 정말 영화를 찍겠다면 모든 사항에 친절히 대해 줬으면 좋겠네요. 값싼 영화를 찍어 아만파를 웃음거리로 만들어서는 안 돼요. 최저한의 가격으로 그 사람들이 옵션을 따 낼 수 있도록 해줍시다. 영화관에서 영화가 상영될 때까지 우리가 손핼 좀 보더라도……〉 그런 작가분이 계시니까 우리 같은 출판사가 이득을 보는 거지요.」

나의 에이전트인 미스 크레인은 또 다른 나의 모습을 제시하였다. 「루카스 요더 선생님은 특별한 경우에 속한다고 할 수 있어요. 저희들은 선생님의 이름을 부르지 않아요. 처음에 제가 뭣도 모르고 그랬더니 얼굴을 찌푸리시더군요. 메노파 사람인 그분은 낯선 여자가 너무 친근한 척하는 게 싫으셨던 모양이에요. 저를 부르실 때도 힐다라고 부르지 않아요. 항상 미스 크레인이죠. 제가 무슨 말을 하든 항상 저 의자에 앉으셔서는 그냥 듣고만 계시는 거예요. 고개만 끄덕이시면서 말이에요. 그런데 한번은 제가 『헥스』의 베를린판 재킷을 보여 드렸더니 〈그래, 바로 저 재킷이야!〉 하고 외치시지 않겠어요? 제가 왜 그러시냐고 물었더니 이렇게 말씀하시더군요. 〈저 변형된 고딕 글씨체가 바로 우리 펜실베이니아 독일인들의 글씨요.〉 그분은 계속해서 저를 놀라게 하신 분이에요. 무슨 출판기념회다, 책 선전이다, 그런 일들은 모조리 거절하세요. 그렇지만 모든 우편물에는, 정말 되지도 않은 편지라도 다 답장을 해주시죠. 제가 왜 쓸데없이 시간 낭비, 돈 낭비하시냐고 묻자 놀란 표정을 지으시며 말씀하시더군요. 〈미스 크레인, 내가 알기로는 무슨 편지든 나에게 편지를 보내오는 사람이라면 적어도 내 책 한 권쯤은 사봤다는 거고, 아니면 도서관에서 빌려 봤다는 건데 내 어찌 무심할 수가 있겠어요. 내가 할 일은 그런 사람들이 내 다음번 소설도 읽어 보도록 격려하는 거 아닌가요?〉 제가 어떻게 해서 그분을 제 고객으로 맞이하게 됐는지 아세요? 처음 그 선생님의 책이 안 팔렸을 때 세 명의 에이전트가 다 그분을 거절했대요. 지금이야 몹시 후회하고 있겠지만 말이에요. 그때 그 선생님의 심정이 오죽했겠어요? 하지만 저는 그분의 『파문』을 읽고 굉장한 소설이라고 생각했어요. 항상 그런 작가를 대신해서 일을 했으면 하고 생각하던 참이었죠. 그런데 하늘이 저를 도왔는지 일주일 후, 그분이 에이전트에게서 떨려 났다는 소릴 들었어요. 그 에이전트 이름은 말하지 않겠어요. 아무튼 그 소릴 듣는 순간 저는 요더 선생님에게 전화를 걸었지요. 노골적으로 까놓고 말했어요. 〈요더 씨, 당신은 글을 쓸 수가 있습니다. 『파문』이라는 소설은 훌륭한 소설이에요. 제가 당신의 에이전트가 되겠습니다. 몇 년 안에 틀림없이 유명한 작가가 되실 거예요〉라고 말이에요.」

다음은 그 젊은 프리랜서가 쓴 글이었다. 「그의 편집자나 에이전트 모두 요더 씨의 수입에 관해서는 입을 열려고 하지 않았습니다. 그러나 출판계를 잘 알고 있는 사람의 말을 빌자면, 크레인 에이전시의 1년 수입의 약 60퍼센트가 요더 씨 한 사람에게서 나온다고 합니다. 미스 크레인은 이렇게 말했습니다. 〈제가 여러 사업상의 일로 그분에게 전화를 걸면 그분은 모든 걸 단 2분 만에 동의하세요. 그렇다고 그분이 어리석은 사람은 절대 아니죠. 전화를 그분의 부인인 엠마에게 건네주거든요. 그러면 저와 엠마는 약 한 시간가량 얘길 한답니다. 모든 걸 그 부인이 처리하거든요. 농장일, 책 계약, 은행일, 그리고 요더 선생님까지요. 한번은 제가 제 조수에게 이런 말을 했었어요. 〈당신의 일은 루카스 요더 씨의 기분을 계속 좋게 유지시키는 일이에요. 아니 더 중요한 건 엠마의 기분을 좋게 하는 일이지요.〉」

나는 내 구원의 천사들이 나에 관해서 한 말들에 기분이 별로 나쁘지 않았다. 그러나 그들이 나를 두고 자꾸 작다고 했는데, 분명히 짚고 넘어갈 것은 내가 미스 크레인보다는 키가 크고, 미즈 마멜과는 엇비슷하다는 사실이다.

겨울 내내 일은 끊임없이 계속되었고 나는 여러 차례 엠마에게 다음과 같은 사실을 상기시켰다. 「아직 인쇄에 들어가려면 멀었어. 교정쇄도 아직 안 봤는데 독일 출판업자에게 예정대로 책을 보낼 수 있을까 모르겠군.」

그러면 엠마는 이렇게 대꾸했다. 「그 매디슨가 사무실에 있는 사람들 똑똑하잖아. 그건 그 사람들 문제라고.」 4월 하순 어느 날, 우체국에서 돌아온 엠마는 내 책이 틀림없이 가을쯤에 출간되리라는 것을 가시적으로 보여 주는 큼직한 소포 꾸러미를 가지고 왔다. 그것은 독일 고딕체의 냄새가 풍기는 레터링과 함께 푸른 초목지의 그림이 그려져 있는 재킷의 밑그림이었다. 엠마와 나는 책의 커버로서는 말끔한 분위기를 주면서도 내용과 잘 어울리는 것이라 생각하고 대단히 만족스러워하였다.

「제대로 잘한 것 같네.」 엠마가 말했다. 「처음 시도한 것치곤 굉장히 잘했는데.」

나의 두 천사들로부터도 정기적으로 계속 전화가 걸려 왔다. 미즈 마멜은 원고의 진행 상태와 출판 과정에 따르는 여러 가지 일을 알려 주기 위해 전화를 건 것이었고, 미즈 크레인은 수입과 관계되는 금전적인 문제를 엠마에게 일러 주기 위해 전화를 건 것이었다. 미즈 마멜은 책의 면지에 들어갈 독일인 거주 지역의 지도를 그 유명한 장 폴 트랑블레가 그리고 있으며, 일주일 내로 아마 초벌 그림을 볼 수 있을 거라고 알려 주면서 이렇게 말했다. 「저희들이 몇몇 상점에 탐문 조사를 해봤어요. 특별히 저자 사인이 들어가 있는 책을 한 권에 50달러씩 해서 몇 부나 판매가 가능한가 하고요. 그랬더니 반응이 놀라웠어요. 최종 집계를 해보면 대략 2천 부 정도는 될 것 같아요.」

나는 그 말에 기분이 좋지 않았다. 「내가 말했지 않습니까. 천 부밖에 못한다고 말이에요. 그런 일이 얼마나 힘든 일인지 아시나요? 사람 죽이는 일이에요. 2천 부는 못 합니다.」 그러자 미즈 마멜이 대답했다. 「그렇담, 선생님 말씀대로 해야죠. 저희들이 알아서 그 범위 내에서 잘 비례 배분 하겠어요.」 며칠 후에 다시 그녀가 전화를 걸어왔다. 「중서부 지역에 있는 저희 지사 사람이 저희들하고 아무런 상의도 없이 세인트루이스에 있는 한 대형 서점과 약속을 했다나 봐요.

양장본으로 75달러씩 선생님 사인이 들어간 책을 팔기로요. 그 사람들이 안내 책자까지 보내왔는데, 현재 계산으로는 약 천 부가량 예상하는 모양이에요. 어떡하죠?」

「제의를 거절한다고 전해 주세요. 그렇게 많이 사인할 수 없군요.」

「요더 선생님, 저도 어떻게 이런 복잡한 일이 계속 생기는지 모르겠어요. 하지만 어떡하죠? 계속 그런 주문이 들어오니 말이에요.」

「그건 당신이 알아서 해야 할 문제인 것 같은데요.」 나는 단호한 목소리로 말했다. 「나는 이곳에서 내 원고를 완벽하게 고치는 데도 머리가 빠개질 지경입니다. 어떤 단락은 전체를 완전히 다시 써야 하고, 또 페이지마다 수정을 해야 하고……. 아무튼, 나는 당신네들이 저지른 실수 때문에 골머리 썩이기 싫습니다.」

미즈 마멜은 타협조의 차분한 목소리로 다시 말을 이었다. 「여러 해 동안 잉글누크는 선생님을 무척 지지해 준 서점 중의 하나였어요. 수천 부씩 팔아 주었잖아요. 무 자르듯 그렇게 싹둑 거절하진 마세요. 어떻게 잘해 보는 방향으로 해 주세요.」

「그럼 5백 부로 합시다. 그 이상은 나도 안 돼요.」

「고맙습니다, 선생님. 그 사람도 만족할 거예요.」

미즈 크레인의 전화는 미즈 마멜의 전화와는 완전히 다른 성질의 것이었다. 그녀가 거래하는 사람들은 모두 책이 이미 인쇄되어 곧 나오는 것으로 잘못 알고 말하는 것이었다. 엠마가 그녀의 전화 내용을 대충 모아 그 요지를 말해 주었을 때 나는 몸이 떨릴 지경이었다. 「아니, 그 사람들은…… 내가 1990년 10월에 원고를 넘기면 금방 1991년 10월이 되어 뚝딱 책으로 나오는 줄 아는 모양이지? 그 사이 내가 얼마나 뽕빠지게 일하는지 대체 아는 거야, 모르는 거야?」

그 말은 맞는 말이었다. 매일매일 타자기 앞에 앉아 있는 것이 여간 힘드는 일이 아니었기 때문이었다. 게다가 자리도 불편했다. 푹신푹신한 쿠션을 사용해 보기도 했지만 쿠션이 나를 잡아먹는다는, 그리고 주도권을 쥐고 있는 것이 내가 아니라 바로 의자라는, 그런 무시무시한 느낌이 들어 그만 치워 버렸다. 엉덩이에 못이 박이지 않도록 자주 움직여야 하는 불편은 있었지만 그대로 딱딱한 의자가 좋았다.

내 구원의 천사들이 전화를 걸어 최근의 소식을 전해 주었지만 그녀들은 출판계에 떠도는 소문, 즉 내 마지막 소설에 대한 반응이 너무나 실망스러운 것이어서 출판사에서 초판 발행 부수를 또다시 대폭 줄였다는 사실을 애써 언급하지 않으려는 것 같았다. 하지만 그러한 사실은 이미 널리 알려진 정보였다. 출판계에 아는 사람이 있다는 엠마의 브린마 대학 동창생 중의 한 사람까지도 내 소설에 관한 나쁜 소식이 들리지만 내 독자들은 아마 등을 돌리지 않을 것이라고 말한 적이 있었다. 어떻게 보면 우리는 머리 위에 우리의 목을 노리고 있는 칼을 두고 사는 셈이었다. 어느 날 엠마는 이렇게 투덜거렸다. 「한 작가의 경력이 이렇게 볼품없이 끝나고 마는 건가? 하지만 좋을 때도 있었지. 당신, 불만스러워요?」 나는 씩 웃으며 말했다. 「불만 없소.」

그러던 중 미스 크레인의 반가운 전화가 한 통 걸려 왔다. 「굉장한 소식이에요! 아르고지 영화사에서 『파문』의 옵션권에 대한 금액을 다 지불했다고 해요. 그들의 최고 경영자들이 비행기를 타고 A. B. E. 공항으로 가겠대요. 선생님과 영화에 관한 이야기를 나누고 싶은가 봐요. 가도록 주선을 할까요?」

사실 글을 쓸 때나 쓴 글을 수정할 때면 온 신경과 힘을 다 써야 하기 때문에 그런 반가운 소식이 와도 다 받아 줄 수는 없었다. 그래서 나는 누가 이곳까지 찾아와서 면담을 하고 싶다 해도 여느 때 같았으면 다 거절하곤 했었다. 물론 뉴욕의 두 천사는 마치 우리 식구같이 여겨졌기에 예외였다. 하지만 나머지 사람들은 엠마가 미리 알아서 다 막아 주었던 것이다. 그런데 내 소설을 영화로 찍겠다는 사람들이 찾아온다니. 나는 미스 크레인에게 말했다. 「주선하세요. 그리고 그 사람들한테 렌터카 대여하지 말라고 말해 주세요. 내가 직접 공항으로 나가 모시겠다고.」

A. B. E. 공항은 활주로가 넓어 대형 여객기들도 이용 가능한 곳이었으며, 더욱이 3대 독일인 거주 도시인 앨런타운, 베들레헴, 이스턴, 어느 쪽으로도 다 통하는 곳이었고, 또한 독일인 거주 지역을 미국 전역과 세계 여러 곳으로 연결시켜 주는 곳이었다. 4월 어느 목요일 아침 11시, 엠마와 나는 그 공항에서 나의 소설을 영화화하겠다는 일본인과 이스라엘인을 기다렸다. 『헥스』나 그 밖의 다른 소설을 영화화한다면 나로서도 별 흥미를 느끼지 못했었을 것이다. 그러나 『파문』은 달랐다. 유나이티드 에어라인을 기다리며 나는 엠마에게 말했다. 「『파문』은 뭔가 말해 주는 것이 있는 소설이야. 그게 스크린에서 어떻게 제시되는지 한번 보고 싶은 거지.」

우리는 별 어려움 없이 그들을 알아볼 수가 있었다. 그들은 서로 다른 민족적 배경을 지니고 있었음에도 거의 쌍둥이처럼 비슷한 모습이었다. 키는 작고 몸집은 약간 뚱뚱한 편이었으며, 가무잡잡한 얼굴에 거드름 피우는 듯한 걸음걸이, 그리고 영화 찍는 일을 오래 하다 붙은 습관인지 쉴 새 없이 이곳저곳을 두리번거리는 모습이 어떻게 보면 우스꽝스럽기까지 했다.

엠마를 소개하고 난 다음 나는 말했다. 「두 분 뵙게 되어 대단히 반갑습니다. 드레스덴에 멋진 호텔 하나 미리 정해 놨으니 곧장 그리로 가서 점심이나 같이 하시죠. 방도 조용해서 대화 나누기에도 안성맞춤일 겁니다.」

「좋습니다.」 이스라엘인이 말했다. 「사이토 씨와 제가 두 분 점심을 대접해야죠.」

「고맙습니다.」 엠마가 말했다.

우리가 뷰익을 타고 주간 고속도로로 진입하여 남쪽으로 향할 때쯤 해서 엠마는 그들에게 우리 지역을 소개해 주었다. 「여기가 우리 남편의 글의 배경이 되는 그렌즐러예요. 조상 대대로 물려받은 우리 농장은 남쪽으로 조금만 더 가면 된답니다. 지금 저희들은 그렌즐러의 중심 도시인 아름다운 드레스덴으로 향하고 있어요. 드레스덴은 아주 오래된 독일 마을이에요. 거리고 필라델피아처럼 사방으로 곧게 뻗어 있지요. 하지만 구불구불하면서 주변 경치도 아름다운 낭만적인 거리도 있답니다. 그리고 도시 중심에는 우리들이 〈플라츠〉라고 부르는 광장도 있고요. 광장 북쪽에 바로 우리가 드레스덴 차이나라고 부르는, 오래됐긴 했지만 아주 아름다운 호텔이 하나 있어요. 그곳에 가보시면 다 아시게 될 테죠.」

엠마는 주간 고속도로에서 드레스덴으로 진입하는 방법이 곧장 도시로 통하는 경사로가 있는 도로를 타고 가는 것과 아름다운 시골 경치를 구경할 수 있는 레니시 로드를 따라가는 것으로 이렇게 두 가지를 설명해 주었다. 그러자 그들은 레니시 로드를 택하였고, 그 덕분에 넘실대듯 북쪽으로 이어져 있는 아름다운 들녘과 드레스덴의 교회 뾰족탑들을 구경할 수 있었다. 그러나 무엇보다도 그들의 시선을 황홀케 한 것은 남북전쟁 참전 용사비가 세워져 있는 광장으로 통하는 그 구불구불한 거리들이었다. 더욱이 참전 용사비는 동서남북 네 방향으로 네 병사들 모습이 조각되어 있는 19세기

중반의 웅장한 스타일이었으니 그들의 시선을 끌 만도 했다.
「여기가 드레스덴 차이나예요.」 내가 차를 광장 한쪽을 차지하고 있는 하얀 색의 우아한 한 호텔 앞에 세우자 엠마가 말했다.

식당은 매혹적인 곳이었다. 흰 벽과 아맛빛 커튼을 배경으로 엷은 청색으로 장식된 품이 멋질 뿐만 아니라 양쪽 벽을 따라 길게 놓여 있는 유리 진열장 또한 가히 일품이었다. 왜냐하면 그 유리 진열장에는 독일 마이센 지역의 도자기 입상들이 가득 채워져 있었기 때문이었다. 1700년대에 구워진 진품 몇 개를 제외하곤 대부분이 1800년대 후반에 만들어진 값싼 모조품이었지만 어느 것 하나 그 아름다움만은 진품 못지않았다. 그 진열품들에 관심이 가는지 일본 도자기의 감식가이기도 한 사이토 씨는 즉각 가까운 곳의 진열장으로 가서 입상들을 꼼꼼히 들여다보았다. 그러더니 잠시 후 같이 온 이스라엘인을 불렀다.

「이것 좀 보세요! 우리가 되도록 피해야 할 것을 아주 잘 보여 주고 있지 않습니까?」 이스라엘인이 도자기 입상들을 다 살펴보고 나자 그 두 사람은 우리가 앉아 있는 테이블로 되돌아왔다. 자리에 앉자마자 사이토 씨가 입을 열었다. 「정말 오길 잘했습니다! 저 진열장을 보니 우리가 어떻게 해야 하는지 분명해지는군요.」 그러면서 그는 눈부실 정도로 화려한 일곱 개의 도자기 입상들이 진열되어 있는 진열장을 가리켰다. 그것은 프랑스의 베르사유 궁전의 한 장면을 상상한 한 독일 예술가의 의중을 가장 잘 보여 주는 입상들로, 형태가 너무 무거워 보이고 색조가 너무 진하긴 하지만 귀족 부인이라면 분명 여자 양치기들의 모습이라고 믿었을 만한 것들이었다.

「저는 독일 도자기들을 좋아하지 않습니다.」 사이토 씨가 말했다. 「섬세한 동양의 도자기, 특히 은은한 분위기를 풍기는 한국 도자기가 제일이죠. 우리 영화도 그런 분위기를 연출해야 합니다. 독일식으로 무겁게 할 것이 아니라 고려청자처럼 섬세하고 부드러우면서도 우아한 아취를 보여 줘야죠.」

그 말을 들은 나는 당황하지 않을 수가 없었다. 그러나 엠마는 그 기회를 이용하여 일본인에게 찬사의 말을 던져 화제를 바꾸게 하였다. 「영어를 잘 하시네요, 사이토 씨.」

「제가 근무하던 회사가 해외로 진출하게 되었을 때 상사들이 옥스퍼드 대학 교수를 초빙해서 저에게 영어를 가르치도록 하였습니다. 하루에 열네 시간씩 공부했죠. 영어만 말입니다. 그래서 배웠습니다.」 그는 미소를 짓더니 다시 말을 이었다. 「옥스퍼드 교수가 저에게 이렇게 말하더군요. 〈단순한 표현을 써라.〉 그래서 전 현재형의 동사만 쓴답니다.」

우리가 뭐라고 대꾸하기도 전에 이번에는 이스라엘인이 끼어들었다. 「저도 마찬가집니다. 열일곱 살까지는 히브리어만 사용했지만 예루살렘에 있는 킹 다비드 호텔에 벨보이로 있게 된 이후에는 영어를 배워야 했답니다.」

그들이 자신들이 종사하는 직업에서 남들보다 뛰어나기 위해 새로운 언어를 배우기로 결심하게 되었다는 말을 듣고 나는 이 사람들을 뭔가 예술 작품을 만들어 낼 능력이 있는 사람들로 여기게 되었다. 그래서 나는 그들에게 말했다. 「당신들에게 우리들이 할 수 있는 한 모든 도움을 아끼지 않겠습니다.」 그때 엠마가 물었다. 「당신들은 우리 남편 소설에 나오는 그 두 인물들을 당시 모습대로 보여 주실 건가요?」 곧 우리는, 이 두 사람 가운데 그래도 좀 실무적 감각을 지닌 듯이 보이는 이스라엘인의 다음과 같은 얘기를 듣고 할리우드에서 사용되는 편법의 한 가지를 알게 되었다. 「물론입니다. 형님으로 나오는 사람은 로드 스타이거와 비슷한 것 같습니다. 용모도 비슷하고, 그 사람이 그런 표정 내보이려고 할는지는 모르겠습니다만, 험상궂은 표정도 비슷하고 잘난 체하는 웃음도 똑같을 것 같습니다. 그리고 동생은 막시밀리안 셸 같은 인물이죠. 조금은 연약해 보이지만 강한 개성의 소유자죠. 릴리언 헬만 영화에서 잘 나타났죠.」

대화는 자연히 스타이거와 셸이 1890년대 랭커스터 지역에서 서로 불화를 일으킨다는 식의 앞으로의 영화 이야기로 전환되었다. 그러나 대화도 잠시 후에는 중단되고 말았다. 벨보이가 이스라엘인에게 다가와 이렇게 말했기 때문이었다. 「VCR 한 대 마련을 해서 217호실에 모두 설치해 뒀습니다.」

사이토 씨가 말했다. 「저희들이 두 분에게 보여 드리려고 영화 두 편을 가지고 왔습니다. 말로 하기보단 화면을 보며 얘기하는 것이 더 좋을 듯해서 말입니다.」

우리는 벨보이를 따라 217호실로 갔다. 그곳엔 대여한 VCR 한 대가 이미 텔레비전에 연결되어 있었고 블라인드도 내려져 있었다.

먼저 이스라엘인이 말을 꺼냈다. 「이 영화들은 아주 단순하면서도 아름다운 영화들입니다. 첫 번째 것은 〈배리 린든〉이란 영환데, 새커리의 소설을 원작으로 1975년에 만든 겁니다.」 그는 목소리를 낮추어 계속 말을 이었다. 「누구든지 새커리 소설을 영화화한 것임을 알 수가 있습니다. 인물들이 단순하죠. 허나 스탠리 큐브릭이 하는 것을 보십시오. 정말 미묘하고 섬세합니다.」

그러자 사이토 씨가 거들었다. 「두 시간짜리 영환데 전부 다 보실 필요는 없지요. 그렇지만 이 부분은 볼 만한 가치가 있습니다.」 VCR을 켜고 몇 분이 흐르자 곧 그럴싸한 사람들이 사는 한 영국의 시골이 화면에 나타났다. 으레 무자비한 검술이 온통 판을 치는 전형적인 시대극이 그러하듯, 느리게 전개되는 상황이 그렇게 철저한 묘사를 보여 주지는 못했지만 시선을 끌기에는 충분한 것이었다. 그 소설에 관해서도, 그리고 이 영화에 관해서도 전혀 들어 본 적이 없는 엠마와 나는 곧 그 영화의 매혹적인 아름다움에 사로잡히기 시작했다. 약 40분쯤 흘러 사이토 씨가 VCR을 껐을 때 내가 말했다. 「내 소설도 저런 식으로 그려 낼 수 있을 것 같군요.」 그들은 내 입에서 그런 말이 나올 줄 미리 예상했다고 맞장구를 쳤다.

「다음 것은……」 다시 사이토 씨가 말을 꺼냈다. 「시대 배경 없이도 이렇게 영화가 만들어질 수 있구나 하는 것을 잘 입증해 주는 영화입니다.」 그러면서 그는 머천트-아이보리 영화사가 1985년에 제작한 「전망 좋은 방」을 VCR에 꽂았다. 동명의 E. M. 포스터의 소설을 원작으로 한 그 영화는 첫 번째 것과는 전혀 성격이 다른 것이었다. 풍경이나 시대 상황에 초점을 맞춘 것이 아니었다. 피렌체와 영국 시골의 일상적인 풍광이 나오기는 하나 그것들은 줄거리를 떠받쳐 주거나 그 의미를 보강해 주는 역할에 불과했다. 한마디로 일상적인 문제에 사로잡혀 있는 평범한 사람들에 관한 영화였다. 영화가 중간에서 중단되었을 때 우리 모두가 아쉬워할 정도로 섬세하고 정서적인 맛이 물씬 풍기는 내용이었다.

「우리도 적어도 이런 식으로는 만들 수 있습니다.」 사이토 씨가 말했다. 이스라엘인이 블라인드를 걷자 엠마가 물었다. 「두 영화로 돈 좀 벌었나요?」 엠마의 물음에 두 사람은 거의 동시에 대답했다. 「〈린든〉은 실패했습니다.」 그리고 이스라엘인이 덧붙여 말했다. 「우리 영화는 결코 실패하지 않을 것입니다.」

손목시계를 바라보던 사이토 씨가 물었다. 「저희들을 아만파 지역으로 데려다주실 수 있겠습니까? 지금 바로 말입니다. 같이 좀 둘러보고 싶어서요.」 내가 대답했다. 「좋습니다. 헌데 그렇다면 서둘러야겠네요. 해가 짧아 놔서······.」 엠마가 앞장서서 사람들을 우리 뷰익이 있는 곳으로 데리고 갔다. 그러나 밖에서 우리는 〈죄송합니다. 카메라를 깜박했습니다〉 하며 호텔로 다시 뛰어들어 가는 사이토 씨를 잠시 기다려야 했다.

잠시 후 니콘 카메라 두 개를 들고 나타난 사이토 씨는 씩 웃으며 변명의 말을 던졌다. 「죄송합니다. 영화를 찍게 되면 작가들에게 보일 풍경 사진이 필요할 것 같아서요.」 그러면서 그는 엠마를 향해 말했다. 「요더 부인, 정말 죄송합니다만 제가 앞좌석에 타도 되겠습니까? 경치를 보고 싶어서 그렇습니다.」 엠마는 환한 미소를 머금고 대답했다. 「괜찮아요. 문제될 것 없어요. 제가 옛날에 살던 시골로 가는 것이라서 제가 운전할 거예요. 여기 지도가 있으니 잘 보시고 참조하세요.」 엠마는 버크스 카운티 언덕을 지나 주간 고속도로를 따라 남쪽으로 차를 몰았다. 가는 도중에 엠마는 사이토 씨에게 한 가지 사실을 알려 주었다. 「『파문』에 나오는 두 형제가 바로 저의 조상님들이에요.」 그가 놀라서 그녀의 얼굴을 바라보자 그녀가 다시 말을 이었다. 「그래요. 옛날 우리 가족들이죠. 동생으로 나오는 사람이 바로 제 할아버지랍니다.」

그 사실에 놀랐는지 잠시 멍해 있던 사이토 씨가 돌연 큰 소리로 말을 꺼냈다. 「스톱!」 우리 앞에는 전형적인 미국식 표지판이 하나 서 있었다. 〈여러분은 미국에서 가장 풍요로운 농경지인 랭커스터 카운티에 들어오신 겁니다.〉 컬러 필름이 담긴 카메라를 서둘러 챙긴 사이토 씨는 차에서 내리며 말했다. 「일본 사람들은 모두 카메라를 가지고 다닙니다. 저도 중요한 목적으로 카메라를 가지고 다니죠.」

그의 니콘 카메라는 필름을 빠른 속도로 전진시키는 배터리 충전식의 모터가 달려 있었기 때문에 순식간에 여러 각도에서 경치를 마구 찍어 댈 수가 있었다. 게다가 필름도 36장짜리가 아니라 72장짜리여서 필름이 모자랄까 봐 걱정할 필요도 없었다. 어느 정도 컬러 사진을 다 찍었다 싶었는지 그는 얼른 흑백 필름이 담긴 카메라로 바꾸더니, 1991년이 될지 1992년이 될지 모르겠지만 자기네 영화사가 앞으로 많은 일을 하게 될 그 지역을 열심히 카메라에 담는 것이었다.

그러나 차로 돌아와서는 다소 경치를 선별해서 셔터를 눌렀다. 그는 영화를 위해 자기네들이 선발할 사람들에게 꼭 보여 주었으면 좋겠다 싶은 경치나 장면을 선택적으로 골라내는 안목도 있어 보였다. 간혹 마치 명령을 내리듯, 〈여기서 세워 보세요! 저 경치가 뭔가를 얘기하는 것 같습니다!〉 하고 소리치고는 차에서 뛰어내려 미친 사람처럼 셔터를 눌러 대는 것이었다. 약 한 시간 동안 그가 컬러 카메라의 필름을 네 통이나 바꾸고, 흑백 카메라는 세 통이나 바꿨으니 찍은 사진이 6백 장이 넘는다는 소리였다. 아마 이런 식으로 다 찍다가는 나중에 가서 4월의 아만파 지역의 풍경이 어떤지 완벽한 기록을 남길 수도 있을 것 같았다.

엠마와 나는 사이토 씨와 이스라엘인이 아만파 교도들을 만날 때마다 내보이는 극도의 정중함에 다소 놀라지 않을 수 없었다. 특히 사이토 씨는 상대방의 허락이 없으면 절대 사진을 찍지 않았다. 그러나 시골길을 따라 검은 말들이 이끄는 사륜 마차가 지나갈 때는 나무 뒤에 자신의 모습을 그대로 다 드러낸 채 서서 열심히 셔터를 누르기도 했다. 당연히 그럴 때에도 턱수염을 기른 검은 수사복의 마부가 절대 당황하지 않도록 세심한 신경을 쓴 것은 물론이었다.

엠마는 이 신사다운 기품의 방문객들에게 점점 호감이 가는지 불쑥 다음과 같은 말을 내뱉었다. 「그 형제분들이 사셨던 농장, 그러니까 옛날 우리 스톨츠퍼스가의 땅이 아직도 남아 있어요. 그 땅이 어떻게 자리잡고 있는지 한번 안 보시겠어요? 물론 건물은 옛날 모습 그대로는 아니지만 아직도 그 자리에 있어요.」

사이토 씨는 엠마가 말한 농장이 아주 가까이에 있는 것으로 생각했는지 금방 차에서 뛰어내리려고 하였다. 엠마는 성급한 그의 행동을 제지하고는 재빨리 차를 옆길로 돌려 그 옛날 도덕적 원칙을 두고 갈등을 빚었던 그 농장으로 우리를 안내하였다. 차 안에서 그곳 풍경을 둘러보던 사이토 씨는 혼잣말처럼 내뱉었다. 「멜빵 때문에 갈라진 게 아니에요. 원인은 전반적인 가치 체계 때문이죠.」 그러고는 좌석 뒤로 몸을 기대어 전체 배경을 휘 둘러보고 난 뒤 차분한 목소리로 말을 계속 이었다. 「사진으로 담아야겠습니다. 이 지역이 내포하고 있는 의미를 알 것 같아요. 하지만 절대로, 절대로 완벽하게 형상화시키지는 못할 것 같군요······. 나지막한 구릉들······ 시냇물······ 곳간들······. 자, 아직 햇빛이 있을 때 사진이나 찍어 둡시다.」

차에서 내린 두 사람은 사방으로 카메라의 각도를 맞추면서 그 옛날 사회 종교적 비극이 발생하였던 옛 스톨츠퍼스 농장의 모습을 있는 그대로 다 담아 보려고 애를 썼다. 그러다가 내 옆까지 다가온 사이토 씨는 돌연 셔터 누르는 일을 중단하더니 농장을 구성하고 있는 황홀한 들녘을 바라보며 이렇게 외치는 것이었다. 「땅은 넓은데 사람은 없군요.」 인구가 조밀한 작은 나라에서 온 그의 마음속에 무슨 생각이 스쳤는지 충분히 짐작하고도 남는 바였다.

곧이어 나는 그가 이스라엘인의 팔을 잡아끌고는 농가로 다가가 주인에게 뭐라고 말을 건네는 것을 보고는 깜짝 놀랐다. 주인의 목소리가 똑똑히 들려왔다. 「안 됩니다. 사진 찍지 마시오.」 그러자 그들은 그 아만파 가족에게 아무 말 못하고 고개만 끄덕이고는 그냥 나오고 말았다. 그러나 차 있는 곳으로 다가오자마자 이스라엘인이 엠마에게 차 밖으로 좀 나와 달라고 요청하는 것이 아닌가. 그러더니 그는 자신의 흰 손수건과 사이토 씨의 손수건을 가지고 멀리서 보면 꼭 독일계 여성들이 쓰는 작은 흰 모자처럼 보이는 모양으로 교묘히 접어서는 엠마의 머리 위에 조심스럽게 씌우는 것이었다. 순간 엠마는 그녀의 옛 여자 조상들과 같은 모습으로 보였고, 그 두 사람은 곳간과 건물 앞을 이리저리 오가는 그녀의 모습을 카메라에 담기에 바빴다. 이따금씩 엠마가 먼 곳까지 걸어갈 때면 그녀의 모습은 영락없이 그 분규와 갈등의 시대에 존재했던 한 여성의 모습이었다.

날이 어두워져 드레스덴 차이나로 돌아온 우리는 일찍 저녁을 들고는 217호실로 올라갔다. 그리고 그곳에서 두 시간 동안 「린든」과 「전망 좋은 방」의 나머지 부분을 마저 보았다. 『파문』의 배경이 되는 진짜 풍경을 보고 난 직후에 바로 보아서인지 그들은 아만파 이야기를 영화화할 때 무엇을 어떻게 해야 하는지 어느 정도 감을 잡을 수 있었던 모양이었다. 사이토 씨가 입을 열었다. 「당신네 땅의 아름다움에 저는 매료되고 말았습니다. 일본에서 그 책을 읽었을 때는 두 형제의 드라마로 이해했었죠. 헌데 그토록 아름다운 땅을 두고 왜 싸웠는지 알 수가 없군요.」 나는 한마디 거들지 않을 수가 없었다. 「그 소설은 내가 쓴 거죠. 두 사람이 싸운 건 땅 때문이 아니에요. 종교관의 차이죠.」 그러자 사이토 씨가 응답했다. 「선생님은 종교 때문이라 생각하시는군요. 에이모스가 다시 돌아와 용서를 빌려고 했던 것은 자기 토지의 회복을 바랐기 때문이 아닐까요?」 그러고는 자기 동료인 이스라엘인을 바라보며 이미 마음의 결정을 내렸다는 투로 말을 이었다. 「우리는 토지의 서사시란 관점에서 영화화할 것입니다. 오늘 우리가 본 그 토지가 바로 서사적 특성을 지니고 있기 때문이죠.」

엠마와 내가 집으로 돌아가기 위해 밖으로 나왔을 때 같이 따라 나온 사이토 씨가 말했다. 「내일 아침엔 저희들 때문에 신경 쓰시지 않아도 됩니다. 저희들은 호텔에서 차를 빌려 곧장 공항으로 가겠습니다.」 엠마의 손에 키스한 그는 이렇게 말을 맺었다. 「누를 끼치지 않도록 영화 잘 만들겠습니다.」 우리는 그의 그러한 단정을 기꺼이 받아들이며 집으로 차를 몰았다. 그래도 그 두 사람이 감각도 있고 지각도 있는 사람이라는 것을 우리는 두 눈으로 확인했기 때문이었다.

그 후 몇 주 동안 계속 A. B. E. 공항으로 다양한 그룹의 낯선 사람들이 들어와서는 차를 빌려 레니시 로드를 찾고, 우리 집을 찾았다. 내 소설이 실패로 끝나리라는 소문이 파다한 판에 왜 사람들이 찾아와 나를 인터뷰하겠다고 성가시게 구는 것인가? 이유는 나의 이익뿐만 아니라 자신들의 이익을 수호하기로 결심하고는 자신들이 할 수 있는 온갖 지원을 아끼지 않았던 미즈 마멜과 미스 크레인 때문이었다. 그녀들은 옛 친구들에게 도움을 청하는 전화를 걸고, 내 소설이 굉장히 흥미롭다는 편지를 쓰고, 또 그 이외에 내 소설을 깎아내리려는 온갖 기도들을 무력화시키기 위해 다각적인 노력을 기울였던 것이다.

가장 효과적인 것은 내가 아직 살아 있고, 또 내가 여전히 뛰어난 작가로서의 재능을 소유하고 있음을 확인할 수 있도록 방송국 사람들을 부추겨 이곳 드레스덴으로 내려보내는 일이었다. 그런 사람들 가운데는 미즈 마멜이 보낸 사람들도 있고 미스 크레인이 부추긴 사람들도 있었다. 그러나 모든 최종적인 합의는 엠마의 손을 거쳐야 했다. 엠마는 그들에게 공항에서 주간 고속도로를 타고 서쪽으로 와서 레니시 로드를 찾고, 그런 다음 동쪽으로 커브를 틀어야 한다는 식의 약도를 알려 주는 일에 거의 목이 쉴 지경이었다. 「만일 길을 잃으시면 아무에게나 물어보세요. 우리 농장은 다 알고 있으니까요.」

독일 텔레비전 방송국에서 파견된 두 기자는 뉴욕에서 세 명의 기술자를 고용해서 우리 집까지 찾아왔다. 으레 그런 사람들이 말하듯, 그들은 45분만 시간을 내달라고 하였다. 「준비하는 데 15분 걸리고 나머지 30분 동안만 사진 찍으면 끝납니다.」 그런데 우리 집의 응접실을 둘러보고, 또 집 밖에 내가 그림을 그리는 작업실도 있다는 사실을 알게 된 그들은 두 시간 동안 카메라의 각도를 맞추고 조명을 설치하더니, 그다음 한 시간 반 동안 사진을 찍고 또 찍는 것이었다. 그러고는 다시 똑같은 장면을 거꾸로 찍으면서 마치 대화를 나누는 것처럼 보이려는 심산인지 나보다는 질문자에게 카메라의 초점을 맞추는 것이 아닌가. 그러니 시간이 더 걸릴 수밖에 없었고, 그날 하루 내 일은 완전 엉망이 되어 버린 것은 말할 필요도 없다.

그러는 사이 엠마도 내내 그들이 가구를 재배치하고 다시 정렬할 때마다 불만의 표정도 짓고 투덜대었다. 그러나 결국에는 그들에게 음료수도 제공하고, 마치 자신이 그 일원이라도 된 것처럼 그들의 가족 관계를 묻고 또 그들 아이들의 사진을 물끄러미 바라보기도 하는 것이었다. 오후 5시가 되어 그들이 물었다. 「저희들이랑 같이 저녁 식사하러 안 나가시겠습니까?」 물론 나는 〈아닙니다. 됐습니다〉라고 말하고 싶었지만 엠마가 그들과 같이 있고 싶어 하는 눈치였기에 이렇게 말하지 않을 수 없었다. 「하루 다 지나갔는데 저녁이라고 시간 못 낼 건 없지요.」 그래서 우리는 드레스덴 차이나로 갔고, 그곳에서 그 독일인들은 너무나 멋진 식당을 보고는 다시 나를 마이센 입상 앞에 세워 놓고 사진을 찍었다.

집으로 돌아오는 길에 나는 불만을 터뜨렸다. 「완전 시간 낭비했구먼.」 그러나 엠마는 그렇지 않은 모양이었다. 「독일에도 당신 독자들이 많아. 이렇게라도 해야 된다고.」 영국에도 내 독자들이 많았기 때문에 BBC 방송국 측도 독일 방송국과 마찬가지로 사람들을 보냈으며, 그 결과 또 하루가 허비되었다. 엠마는 그 영국인들도 재미있었는지 드레스덴 차이나에서 같이 식사를 하자고 했으며, 이번에는 영국의 왕세자비인 다이애나, 그리고 크리스틴 킬러에 관한 새로운 영화 등등의 이야기가 활기 있게 오갔다. 이런 식으로 사람 대접하는 것이 내 소설의 해외 판매에 무슨 도움이 될지 나는 확신할 수가 없었다. 자기네 나라로 돌아간 방문객들이 우리의 환대에 감사한다는 편지를 보내오기는 했지만 그 감사의 대상이 내가 아닌 바로 엠마였던 것이다. 나중에는 사이토 씨가 부추겼는지는 모르겠지만, 일본 텔레비전 방송국에서도 기자들을 보내겠다고 연락이 왔다. 헌데 이번엔 엠마가 한마디로 거절하였다. 그녀 나름대로의 계획이 있었기 때문이었으며, 또 그 계획이 깨지는 것을 원치 않았기 때문이었다.

매년 봄이 되면 브린마 대학 동창생들은 자기네 모교에서 동기생들끼리 재회의 모임을 갖는 것이 상례였다. 모교의 교정에서 옛 우정을 되새기고, 젊은 날을 돌이켜 보고, 또 모교 발전을 위한 기금을 조성하는 것이 그들의 기쁨이었다. 그러나 엠마는 여러 해 동안 그 모임에 참석하지 못했었다. 처음에는 별것 아니긴 하지만 돈이 없어서 참석하지 못했고, 나중에는 작가인 나의 삶에 신경을 쓰느라 짬을 낼 겨를이 없었던 것이다. 엠마는 분명히 자기 옛 친구들이 모임에 참석하여 이런 식으로 대화를 나누었으리라 상상했을 것이다. 「왜, 그 아만파 교도던가, 스톨츠퍼스가 애 하나 있었잖니. 걔 어떻게 됐니?」 「으응, 걔? 시골구석 조그만 학교에서 선생 한대.」 남편이 대기업체 사장이거나 대학교수인 자기 친구들이 잘난 체하며 뽐내는 모습을 상상하곤 엠마가 얼마나 속상했을까 대충 짐작이 안 가는 바도 아니었다.

올해는 엠마가 대학을 졸업한 지 45년이 되는 해였다. 이 정도의 세월이 흘렀으면 어느 졸업생이고 자기 모교에 한번 가봤으면 하는 생각이 들만도 했다. 그래서인지 엠마 역시 미리부터 자기가 올해의 모임에는 꼭 참석할 것이고, 더욱이 남편인 나까지 데려가겠다고 공표를 하였던 터였다. 엠마가 그런 자신의 생각을 잔소리처럼 자꾸 되뇌지도 않고 또 남편인 나를 〈유명한 내 남편〉이라고 내세우지도 않았지만 그녀의 의향이 어떤 것이었는지는 뻔한 것이 아닌가. 엠마는 자신의 친구들이 내 소설에 매료되어 있기 때문에 틀림없이 나를 졸졸 좇아 다니리라 마음속에 그리고 있었던 것이다.

동창회가 있기 전에 엠마는 로스톡의 공중전화로 나 몰래 미스 크레인과 통화를 하였다. 「저, 엠마 요더예요. 잘 아시겠지만, 제가 남편 루카스의 모든 수입을 다 체크하잖아요. 아, 물론 세금도 마찬가지죠. 그런데 어때요? 올해도 수입이 상당할 것 같아요? 이렇게 미리부터 말씀드려 미안하지만⋯⋯.」

「예상하신 것만큼은 안 될지 몰라도 사모님이 하시고 싶은 대로 다 하고 남을 만큼은 되겠죠.」

「예, 알겠어요.」

브린마 대학은, 독일인 거주 지역 내의 아름다운 굴곡을 이루고 있는 샛길들을 따라가면 우리 농장에서 남서쪽으로

30마일밖에 떨어져 있지 않았다. 따라서 금요일 오후 5시가 조금 넘어 집에서 출발을 했지만 향연이 시작되기 전의 만찬에는 충분히 시간을 댈 수가 있었다. 1946년에서 1984년까지 소더턴 지역에서 변변치 못한 영어 선생 노릇을 하였던 엠마는, 그래도 남편과 함께 모임에 참석한다는 사실에 내심 대단한 만족을 느끼고 있었다. 옛날 동급생들 가운데 엠마를 기억하고 있는 사람은 거의 없었다. 하지만 몇몇은 내 책 뒤에 나온 사진을 익히 보아 왔는지 곧 엠마 스톨츠퍼스가 참석했다는 사실을 알게 되었고, 나중에는 모든 사람들이 다 알게 되었다.

저녁 식탁에 앉기 전에 많은 여자들이 나에게 몰려와 사인을 부탁하기 시작했다. 어떤 여자가 우리에게 자식이 있느냐고 물어보자 엠마는 내 책을 부드럽게 톡톡 두드리는 것으로 대답을 대신했다. 그러나 그날 저녁의 하이라이트는 예기치 않은 방식으로 도래하였고, 그래서 더욱 커다란 반향을 불러일으킨 것 같았다. 그 대학 총장인 한 젊은 여자가 한쪽 식탁에서 나오더니 입에 거품이 나도록 열정적인 목소리로 다음과 같은 보고를 하였기 때문이었다. 「1945년 졸업생인 여러분들은 여러분 자신을 자랑스럽게 생각하셔도 되겠습니다. 재단 재무국에서 저에게 알려 준 바에 의하면 여러분이 동창회 기금으로 그동안 모금하신 금액이 117만 8천 달러나 되었다고 합니다.」

이 놀라운 보고에 와 하는 함성이 터져 나왔지만 계속 이어지는 총장의 말에 더욱더 커다란 탄성이 울려 나왔다. 「이 모든 것이 여러분 1945년도 졸업생 가운데 한 분이신 엠마 스톨츠퍼스 부인의 축복 어린 성금 때문에 가능한 것이었습니다. 금주에 그분이 저에게 등기 우편을 보내 주셨어요. 그런데 그 우편물 속에 이 멋진 물건이 들어 있었답니다.」 그러면서 그녀는 드레스덴 은행에서 발행한 수표 한 장을 꺼내 높이 들어 올리는 것이었다. 「이 수표 때문에 기금이 백만 달러를 넘어서게 된 것입니다.」

다른 누구보다도 더 크게 놀란 사람은 바로 나였다. 환호성 속에서 나는 속삭이듯 작은 목소리로 엠마에게 물었다. 「당신, 저 돈 어디서 난 거요?」 그러자 엠마는 스스로 대견하다는 듯이 대답했다. 「내가 번 거야. 당신이 말했잖아. 〈돈을 관리해〉라고. 우선 제일 먼저 챙긴 게 내 월급이었다고.」

집으로 돌아오는 길에 운전석에 앉은 엠마가 말했다. 「정말 멋진 동창회였어. 옛날 계집애들을 다시 보니까 그렇게 좋을 수가 없었어.」

「당신 자꾸 계집애, 계집애 하는데, 이제 다 늙어 가는 부인들보고 계집애가 뭐요?」

엠마는 꿈꾸는 듯한 목소리로 대꾸했다. 「나한텐 걔들이 항상 열아홉 살 소녀로 남아 있거든……. 걔들도 내가 다시 동창회에 복귀해서 기쁠 거야.」

「돈 주고 복귀한 거 아니고?」

「그렇지. 하지만 내가 번 돈으로 그런 거라고. 45년 전, 내가 소더턴에서 처음 교사 생활을 시작했을 때부터 난 마지막 밤을 위한 계획을 세웠더랬어. 엄청난 계획이었지. 나는 빈손으로 학교를 찾아가고 싶지 않았어. 결국엔 해냈지만 말이야.」

영광스러운 모교 방문. 그러나 엠마는 그런 기쁨을 계속 누릴 겨를이 없었다. 그다음 주 월요일, 미즈 마멜로부터 긴급한 전화가 걸려 왔기 때문이었다. 「사모님, 뭔가 일이 잘못된 모양이에요. 맥베인 사장님이 내일 아침 일찍 다른 두 사람하고 같이 그곳으로 찾아갈 거예요. 요더 선생님하고 논의할 문제가 있나 봐요. 저하곤 상관도 없고 또 제 권한 밖의 문젠 것 같아요. 아마 A. B. E. 공항에서 차를 대여해서 갈 거예요. 제가 대충 약도를 그려 주었어요. 내일 꼭 비워 두셔야 해요. 시간도 오래 걸릴 것 같거든요.」

「잠깐만요. 같이 오는 사람들은 변호사인가요?」

「절대 그런 건 아니에요. 요더 선생님에게 문제가 생긴 게 아니라 저희에게 문제가 발생한 거예요.」 미즈 마멜은 전화를 끊었고, 엠마는 그날, 월요일 내내 애를 태우며 안절부절 못하였다.

우리 집안에는 누구든지 반드시 준수하는 두 가지 삶의 전술이 있었다. 하나는 재난이 닥치면 정면으로 맞붙어 이겨 낸다는 것이었고, 또 하나는 멋모르고 멍청하게 있다가 한 대 얻어맞지 않도록 모든 상황을 미리 분석하여 대처한다는 것이었다. 9년 전, 엠마가 혹시 암에 걸렸을지도 모른다는 첫 번째 징후가 보였을 때 그녀는 곧장 병원으로 가서 값이 비싸긴 하지만 전반적인 예비 검사를 받아 암이 자라고 있음을 확인한 적이 있었다. 다행히도 양성 종양이었고, 우리는 그것을 제거해 낼 수 있었다. 조금 덜 심각한 것이긴 하지만 우리는 책이 잘 안 팔릴 경우, 혹은 소설을 한 권 쓰는 데 예상 외로 굉장히 많은 시간이 걸릴 경우, 어떻게 대처할 것인가를 미리 숙고하기도 하였다. 요컨대 상황을 잘 파악하여 충격적인 사태가 벌어지지 않도록 해야 한다는 것이 우리 삶의 방법 중 하나였던 것이다.

그날 점심과 저녁 시간 때 우리는 미즈 마멜의 말 중에서 알 수 없는 그 마지막 말, 즉 〈요더 선생님에게 문제가 생긴 게 아니라 저희에게 문제가 발생한 거예요〉라는 말의 의미가 무엇인지 곰곰 생각해 보았다. 드디어 있을 법하지 않은 상황을 하나하나 차례대로 지워 가는 과정을 거쳐 우리는 한 가지 결론에 도달하였다. 그것은 다름 아닌 우리가 『뉴욕 타임스』에서 읽었던 그 풍문, 즉 키네틱 출판사가 외국 구매자에게 매각될지도 모른다는 소문이 혹시 현실로 드러난 것이 아닌가 하였다. 곧이어 우리는 상당한 시간을 허비해 가며 그와 같은 일이 사실이라면 우리는 어떻게 대응해야 할 것인지를 생각하였다.

화요일 아침 일찍, 우리가 예상했던 것보다 훨씬 이른 시각에 맥베인 씨는 렌터카를 타고 우리 농장 입구로 들어섰고, 이어 푸른 옷을 입은 두 사람이 차에서 내렸다. 그 낯선 사람들이 문가로 다가오는 것을 지켜보고 있던 엠마는 〈저 사람들 꼭 연방 수사 요원들 같아〉라고 소리 죽여 말하더니 부들부들 떨며 문을 열어 주었다.

서로 인사를 나누었지만 대단히 딱딱하고 어색하였다. 방문객들은 별로 만나고 싶지 않은 사람을 만났다는 표정이었다. 「이분은 중서부 지역에서 가장 큰 서점인 세인트루이스 소재 잉글누크의 슐테 씨입니다. 그리고 이쪽은 프레고지 씨고요.」

다른 두 사람과 함께 자리에 앉자마자 맥베인 씨가 먼저 입을 열었다. 「저희는 지금 매우 심각한 난관에 봉착해 있습니다. 어떻게 말씀드려야 할지 모르겠군요. 슐테 씨, 당신이 독자들에게 우송했다는 그 전단을 한번 보여 드리지요.」 그러자 그 서점 주인은 자신의 폴더에서 서점의 고객들을 꼬드기기 위해 정성 들여 만든 광고 안내장을 한 장 꺼내었다. 그 종이에는 잉글누크 서점이 요행히도, 루카스 요더의 〈그렌즐러 8부작〉 중 마지막 작품이 될 소설책을 저자의 자필 서명을 담고 케이스에 넣어 75달러씩에 판매하는 드문 기회를 그들의 단골 고객들에게 제공할 수 있게 되었다는 내용이 적혀 있었다.

「잘 만드셨군요.」 나는 그 전단을 돌려주며 무덤덤하게 말했다. 「가격이 상당히 비싼 것 같습니다만.」 그러고는 생각했다. 혹 쓰레기로 버려질 책일지도 모르는데 너무 비싸군.

「나중에 다 드러나겠지만, 전혀 그렇지 않습니다.」 맥베인 씨가 말했다. 「자, 이제 우리가 논의할 중요한 말은 〈우편〉이라는 단어와 〈자필 서명〉이라는 단업니다. 잉글누크의 변호사와 우리 키네틱의 변호사가 확인해 준 바에 따르면, 우편으로 보낸 편지에 무엇을 팔겠다고 제의를 했을 땐 그 대금을 우편을 통해 수표로 지급했다 하더라도 계약이 구속력을 지닌다는 것입니다. 이 사실을 잘 명심해 주십시오, 요더 선생님. 만일 잉글누크가 고객으로부터 돈을 받고 그 의무를 수행하지 못한다면, 설혹 그 돈을 되돌려 주었다 하더라도 사기를 친 것이 된다는 것이죠.」

나는 차분한 목소리로 물었다. 「어떻게 해서 그런 일이 일어난단 말이죠? 누가 나하고 상의한 적도 없잖아요? 잘은 모르겠지만, 어쨌든 난 아무 책임도 없습니다.」

모든 사람들이 다 맥베인 씨를 쳐다보자 그는 어쩔 수 없다는 듯이 사정을 털어놓았다. 「저희들이 뉴욕에서 논의했듯이 불리한 상황을 만회시켜 보자는 노력에서 저희들은 각 판매 대리점에 공문을 보냈었습니다. 〈『돌담』이 최대한 팔릴 수 있도록 가능한 모든 방법을 다 동원하시오〉라는 내용이었죠. 그랬더니 세인트루이스 지역의 한 직원이 이 말을 액면 그대로 받아들여 슐테 씨에게 이렇게 말했답니다. 〈확신합니다. 당신이 고객들에게 특별판을 만들어 제공할 의향이 있으시다면 요더 씨가 기꺼이 최대한 자필 서명을 할 것입니다.〉 선생님께나 저희에게 아무런 권한도 위임받지 않고 그냥 그렇게 말해 버린 거죠.」 이 말을 들은 우리는 아무 말 없이 난감한 표정으로 서로를 바라만 볼 뿐이었다.

맥베인 씨가 말을 이었다. 「우리는 아무리 복잡하다손 치더라도 모든 법률적인 문제들을 다 고려해야 합니다. 슈테 씨의 변호사와 저희 변호사도 이 점에 대해서도 의견을 같이 하더군요. 저희 키네틱의 세일즈맨이 그런 말을 했을 때는 그의 회사인 키네틱을 대표해서 발언한 것으로 인정되기 때문에 혹 소송이 걸린다든지 법적인 제재 문제가 제기되면, 그것이 잉글누크가 아닌 저희 키네틱 출판사로 떨어진다는 점이죠. 맞습니까, 슈테 씨?」

「정확합니다. 맥베인 씨, 제가 모든 책임을 당신에게 뒤집어씌우려는 것은 아니지만, 적어도 이 문제에 있어서만큼은 저에게 아무 잘못이 없기 때문에 어쩔 수 없는 노릇이죠.」

「그럼 이젠, 참 난처한 얘기긴 하지만 다음으로 넘어가 보죠. 어떤 법이 적용될지, 법정에서 어떻게 나올지는 아무도 모릅니다. 그러나 우리 세일즈맨이 슈테 씨에게 그런 제의를 했을 때는 그의 고용주인 저에게도 책임을 부과한 것이지만 또 어떤 의미로는 요더 선생님께도 책임을 부과한 것이라 할 수 있습니다. 즉, 선생님께서는 우편으로 주문하고 대금도 우편을 통해 수표로 지급한 것에 대해서는 법적으로 자필 서명을 해주어야 한다는 얘깁니다.」

나는 침을 꿀꺽 삼켰다. 「아니, 당신 직원 가운데 한 사람이 말 한마디 잘못한 것 때문에 말입니까?」

「그렇습니다.」

「그 사람은 그대로 놔두셨어요?」 엠마가 묻자 맥베인 씨가 대답했다. 「예. 하지만 다음 주엔 조치를 취해야죠.」

슈테 씨가 끼어들었다. 「우리 모두는 이 곤란한 문제를 잘 명심해야 합니다. 우리는 안내문을 〈우편〉으로 보냈고, 우리 고객들도 금액을 〈우편〉으로 보내왔습니다. 그러니 우리로서는 그 책무를 수행할 수밖에 없는 겁니다.」

「완전히 꼬리 잡힌 거로군. 그렇지 않소?」 내가 물었다. 맥베인 씨와 슐테 씨가 고개를 끄덕이자 엠마가 입을 열었다. 「대체 얼마나 많은 주문이 들어왔는지 왜 아무도 말씀해 주지 않는 거죠?」 엠마의 물음에 대해 슐테 씨가 설명하기 시작했고, 순간 하루, 아니 1년의 색깔이 완전히 싹 변해 버리는 것 같았다. 「전에는 그런 적이 없었습니다만 이번엔 미즈 마멜이 선생님 원고를 복사해서 보내 줬습니다. 그래서 저하고 우리 영업부장이 선생님 소설을 읽게 되었죠. 저희들은 선생님 소설이 굉장히 센세이셔널하고 또 우리 독자들이 바라던 바로 그런 소설이라고 생각하고는 일을 추진하기로 마음먹었던 것입니다. 『돌담』의 신간 견본을 읽은 우리 임원들 모두가 〈이건 요더 씨 최고의 소설이다〉라고 하더군요. 그래서 〈특별판을 지금 당장 주문해라. 75달러씩에 말이야〉라고 결정을 내린 거였습니다.」

눈물까지야 나오지 않았지만 나는 깊은 한숨을 내쉬지 않을 수 없었다. 「그래, 얼마나 많은 반응이 있던가요?」

「9천 권입니다.」

「믿을 수가 없소이다.」

「요더 선생님. 독자들은 선생님의 소설을 사랑합니다. 더구나 이번 소설이 선생님의 마지막 소설이라는 말까지 퍼졌으니……. 모든 사람들이 그 소설을 원하고 있습니다. 9천 명의 독자가 특별판을 원하고 대금도 이미 치렀습니다.」

「그렇게 많은 책에 서명을 하다니 며칠, 아니 몇 주일이 걸릴지 모르는 일 아니오. 내 손이 남아나지 않을 거요.」 나는 독자들이 나에게 보여 준 신뢰감에 기분이 좋기도 했지만 내 앞에 놓여 있는 그 엄청난 일을 생각하니 겁이 덜컥 났다.

우울한 침묵이 흘렀고, 잠시 후 엠마가 그 침묵을 깨고 입을 열었다. 「계산은 어떻게 되는 거죠?」 슐테 씨가 손가방에서 종이 한 장을 꺼내더니 숫자를 불러 주었다. 깜짝 놀랄 만한 액수였다. 「75달러에 9천 권이니…… 67만 5천 달러로군요. 여태까지 그만한 액수로 판매해 본 적이 없습니다.」

엠마가 물었다. 「사람들이 어떻게 된 거 아니에요? 그 평범한 책에 그 많은 돈을 쓰다니 말이에요.」 슐테 씨가 대답했다. 「결코 평범한 책이 아닙니다. 아마 부인 남편이 쓰신 소설 중에서 최고의 소설일 겁니다. 게다가 마지막 작품이라고 하니……. 부인께선 잘 모르실지도 모르겠습니다만, 부인의 남편을 사랑하는 사람이 아마 기천 명은 될 겁니다. 남편께서 내보이시는 기품 어린 행동…… 작가가 자기 현시욕에 사로잡히지 않고 진정한 작가로 존재할 수 있었던 시대를 상기시켜 주는 그런 작가로 기억하고픈 거겠죠……. 주문이 9천 권으로 그치지는 않을 겁니다. 선생님의 마지막 작품이라고들 알고 있으니.」

「댁의 광고 문안에서 그렇게 강조하신 것 아니에요? 맞죠?」

「책을 판다는 게 얼마나 힘든 일인지 아십니까? 저희들은 지푸라기라도 잡고 싶은 심정입니다. 이번은 영광스러운 지푸라기이지만…….」

그 〈영광스러운〉이란 말이 무슨 뜻인지 엠마는 신경도 쓰지 않았다. 대신 그녀는 맥베인 씨를 쳐다보며 물었다. 「만일 우리가 그 9천 권의 책을 수락한다면 그게 우리에게 무슨 의미가 있는 거죠?」 그러자 맥베인 씨가 대답했다. 「다른 방으로 가서 말씀드려야 할 것 같은데요. 말씀드릴 수치들이 업체의 비밀이라서 그렇습니다. 잘못 유포되면 손해를 입을 수도 있거든요.」

맥베인 씨는 우리하고만 단독으로 있게 되자 돌연 나에게 물었다. 「선생님, 물론 알고 계시겠지만, 선생님 계약 조건이 어떻게 되어 있는지 아십니까?」

「몰라요. 제 남편은 그런 문제에 신경도 안 씁니다.」 엠마가 말하자 그는 깜짝 놀라는 표정이었다.

「하지만 계약서에 사인하시지 않았습니까? 저희들 것은 저희 금고 속에 잘 보관되어 있는데요.」

「그렇소. 사인은 했소.」 내가 입을 열자 다시 엠마가 가로막고 나섰다. 「수치가 어떻게 됐든 한번 읽어 보려고도 안 해요. 혹 읽어 보셨더라도 기억 못 하실 거예요.」

「계약서가 어디 있죠?」 맥베인 씨의 물음에 내가 대답했다. 「모르겠소. 파일 어딘가에 있을 거요.」

엠마를 쳐다보며 맥베인 씨가 다시 물었다. 「부인께서 보관하고 계신가요?」 그러자 엠마가 대답했다. 「제가 보관하도록 내버려 두지도 않아요. 그런 계약서 품고 있다고 뭐 먹을 게 나오냐는 거지요. 맞는 얘기 아니에요?」

「그렇담, 지난번 계약 때하고 똑같으니 제가 말씀드리겠습니다. 에…… 인세가 처음 5천 부까지는 10퍼센트이고 그 다음부터는 15퍼센트입니다. 이것도 특별한 경우죠. 그리고 5만 부를 넘어서면 16퍼센트가 됩니다. 이런 조건이라면 10만 8천 달러를 버시는 셈이 되는 거죠.」

엠마가 말했다. 「반응이 변변찮으니……. 이번 책이 5만 부까지는 나가지 않을 것 아니에요?」

「현장에서 우리가 들은 바에 따르면 그렇지만은 않습니다. 슐테 씨 서점에서 나온 반응만 봐도 잘 알 수가 있죠. 또 대규모 체인점에서도 그런 얘길 듣게 되면 마찬가지로 반응을 보일 게 뻔합니다. 남편께서 이번 자필 서명 건만 잘해 주시면 됩니다.」

「만일 응하지 않으면 감옥에 가나요?」 이런 엠마의 질문에 맥베인 씨는 그녀의 근심을 덜어 주려는 듯 이렇게 말했다. 「저희 변호사의 말에 의하면 우리 직원이 슐테 씨에게 그런 약속을 했을 당시는 그가 우리를 대표할 뿐만 아니라 선생님도 대표하는 것일 수 있다는군요. 단지 그 거래에서 선생님은 직접 참여도 안 하시고 또 모르고 계셨기 때문에 법적인 책임을 면하실 수가 있다는 거죠. 그러나 그것도 확신할 수는 없는 모양입니다.」

우리가 다시 응접실로 돌아왔을 때 이제는 프레고지 씨가 논의를 주도할 차례인 양 말을 꺼내기 시작했다. 그는 하버드와 MIT를 졸업한 전도양양한 젊은이들이 그들의 꿈을 실현시키고자 한데 모였다고 해서 〈천재들의 동아리〉라 부르는, 보스턴 128구역 출신의 천재 재주꾼이라 소개되었다. 그는 부드러운 목소리의 소유자였으며 인상도 좋고 믿을 만한 사람처럼 보였다. 「상황이 그리 썩 내키지는 않죠. 실제로 별로 마음에 안 드실 겁니다. 하지만 잘 풀어 나갈 방법이 없는 건 아닙니다.」 이렇게 말하면서 그는 잉글누크의 광고 안내문 한 장을 나에게 내밀었다. 그곳엔 〈자필 서명〉이란 단어에 붉은 색의 밑줄이 그어져 있었다. 「분명히 〈자필 서명〉이라고 되어 있습니다. 허나 〈직접 자필 서명〉 하는 것이냐, 아니면 〈손으로 서명〉 하는 것이냐는 구체적으로 언급되어 있질 않습니다. 바로 여기에서 우리가 돌파구를 찾을 수 있다는 겁니다.」

그는 자신의 서류 가방에서 온갖 종류의 서류를 한 움큼 꺼냈다. 취소된 수표, 학위증, 채권 발행증, 자필 서명된 문서, 그 밖에 대여섯 장의 중요 문서들이 우리 앞에 펼쳐졌다. 그가 말했다. 「오래전부터 저희들은 주지사나 대기업의 최고 경영자들, 그리고 대학 총장들 같은 사람들이 자기 앞으로 날아오는 모든 문서마다 다 서명할 수 없다는 사실을 알고 있었습니다. 특히 월급으로 주는 수표마다 죄다 서명할 수는 없는 것 아니겠습니까? 그런데 한참 됐기는 했습니다만, 몇몇 똑똑한 젊은 친구들이 그런 사람들을 위해 기계를 발명했답니다. 한 기계에 펜이 여러 개 달려 있어 한 번에 다섯 장씩 서명을 할 수 있게 만든 것이지요. 앞에 있는 서류들을 한번 보시지요. 그게 바로 그 기계들의 작품입니다. 자, 이제는 그 기계들이 어떻게 개선되었는지 보시죠.」 우리는 모두 T. 웰포드 잭슨이라고 서명이 되어 있는 또 다른 서류들을 검토하였다. 모두가 동일한 서명이었다. 그가 다시 설명했다. 「죄다 한 사람의 서명이죠. 그런데 새롭게 발명한 놀라운 기계로 필요하다면 천 번이나 그것도 마치 직접 손으로 쓴 것처럼, 그 서명을 재생할 수 있게 된 겁니다.」 우리가 놀라 입을 딱 벌리기도 전에 그는 다시 세 번째 서류 뭉치를 내놓았다. 역시 T. 웰포드 잭슨이라는 사람의 서명이 그려져 있었다. 그러나 이번엔 눈으로 봐도 그 차이를 알 수 있을 정도로 각 서명이 조금씩 달라 보였다. 미세한 차이긴 하지만 분명히 다른 열일곱 개의 서명이었다. 「이제는, 잭슨 씨가 보통 글씨로 쓴 서명 하나를 기본으로 해서, 그것에다 레이저를 쏘면 약 4백 개의 조금씩 서로 다른 서명을 얻어 낼 수 있게 된 것입니다. 한번 보세요. 얼마나 멋지고 정교한 서명입니까?」

엠마가 한 장씩 꼼꼼히 들여다보고 있는 동안 프레고지 씨는 계속 말을 이었다. 「자, 이제 어떤 얘긴지 아셨을 겁니다. 요더 선생님께서 열 개 정도 견본으로 서명을 해주시면 — 보통 서명하실 때도 약간씩은 차이가 나지 않습니까 — 그러니까 한 번은 Y자를 길게, 또 한 번은 짧게, 뭐 그런 식으로 해주시면 저희들이 4천 개의 서로 다른 서명체를 만들어 낼 수가 있습니다. 모두 선생님의 서명이고, 또 원래의 서명 그대롭니다.」

프레고지 씨는 내가 뭐라고 말을 꺼내기도 전에 말을 이었다. 「이건 절대로 사기가 아닙니다. 옛날 기계로 서명을 했을 때도 법원에서 뭐라고 했는지 아십니까? 기계가 한 것이지만 서명은 서명이라 하더군요. 게다가 다행인 것은, 슐테 씨가 〈직접 자필 서명〉한다고 하지 않았다는 사실이죠.」 그런 다음 그는 나를 향해 말했다. 「서점의 변호사와 키네틱의 변호사, 그리고 저희가 이 문제를 이미 아무 탈 없도록 깨끗이 처리해 놨습니다. 선생님께서 저희 요구를 들어주시더라도 법적으로 아무 문제가 없는 것이죠. 저희들이나 선생님 모두요.」

「그래도 이건 속임수예요.」 엠마가 불쑥 말을 뱉었다. 「저는 우리 양반이 이런 일에 말려들지 않게 할 겁니다.」

맥베인 씨가 차가운 목소리로 그녀의 말을 받았다. 「그렇다면 다른 대안은 그냥 자리에 앉으셔서 9천 권이나 되는 책에 일일이 서명하시는 수밖에 없겠군요. 아니 만 권이 될지도 모르죠.」

쌍방간의 팽팽한 긴장을 누그러뜨리려는 듯 슐테 씨가 밝은 목소리로 입을 열었다. 「자, 이제 이 문제는 일단 접어 두시고, 우리 어디 가서 점심이나 같이하시죠.」 맥베인 씨가 말했다. 「미즈 마멜이 드레스덴에 멋진 호텔이 하나 있다고 하던데⋯⋯.」 곧 우리 다섯 사람은 렌터카를 타러 나갔다. 그러나 집을 떠나기 전 나는 실례한다는 말을 하고는 차에서 내려 다시 집으로 들어갔다. 그러고는 몇 분 후 다시 밖으로 나왔다. 물론 왜 그랬는지 아무런 설명도 없이.

방문객들은 드레스덴 차이나가 마음에 들었는지 마이센 입상들을 감상하며 많은 시간을 즐겼다. 그러나 점심을 들 때쯤에는 내가 어떤 결정을 내릴지 몹시 초조한 기색들이었다. 내가 다음과 같은 말을 하자 모두 난처해하는 표정들이었다. 「아무리 생각해도 부도덕한 짓이에요. 추잡한 결과만 낳을 게 틀림없어요.」 그들은 흘낏흘낏 서로를 훔쳐보며 난감해하였다. 그러다 내가 이렇게 덧붙이자 금방 표정이 바뀌는 것이었다. 「허나, 당신들의 제의를 받아들이지 않을 수도 없을 것 같군요. 법적으로 아무 문제가 없기를 바랄 뿐입니다.」 그들은 안도의 한숨을 내쉬었고, 곧 나는 내 주머니에서 봉하지 않은 봉투 한 장을 꺼내었다. 「그렇지만 내 양심상 그 책들에 관한 인세는 한 푼도 받을 수가 없습니다. 여기 오늘 날짜로 발행된 수표가 있어요. 맥베인 씨, 이걸 당신 회사에서 내일 날짜로 펜실베이니아 18016, 베들레헴 소재 메클렌버그 대학의 총장 앞으로 보내 주세요. 〈대학 도서관 기금〉이라고 명시해서 말입니다. 그런 돈이 내 계좌에 들어오는 것이 싫습니다. 미리 조치를 취해 주세요.」

점심은 무거운 기분 속에 끝났다. 우리 농장까지 엠마와 나를 데려다준 후 그들은 서둘러 공항으로 갔다.

6월의 한 주가 몽땅 아무 한 것도 없이 그냥 지나가 버리자 나는 『돌담』을 수정하는 데도 시간이 엄청나게 걸리는데 과연 교정쇄나 제대로 볼 수 있을지 의문이 들기 시작했다. 아무튼 나는 이용 가능한 시간을 최대한으로 활용해 열심히 작업을 계속했으며, 이따금씩 기계적으로 움직이는 내 손놀림을 보고는 내 스스로 감탄까지 하곤 했다. 그러나 앞으로도 계속 이 똑같은 일을 반복해야 한다고 생각하니 권태롭기 그지없었다. 그래도 이번이 내 소설을 완벽에 가깝도록 고칠 수 있는 마지막 기회였기 때문에 게으름을 피울 수는 없는 노릇이었다. 어떤 때는 글쓰는 일이 마치 무슨 지고한 영감에 의해서 이루어지는 행위라고 생각하는 사람이 있으면 사람 웃기지 말라고 말해 주고 싶은 심정이 들기도 했다. 정말 글쓰기란 고된 노동인 것이다.

6월에 내 작업이 중단된 것은 미즈 마멜의 전화에서부터 비롯되었다. 「일이 잘 풀리는 것 같아요. 세인트루이스의 슐테 씨는 75달러의 특별판을 지금까지 만 천 권이나 주문을 받았다는군요. 다른 서점들에서 주문이 쇄도하고 있어요. 저희들이 미처 생각하지 못했던 일들이에요. 그런데요, CBS 방송국에서도 선생님의 헥스 그림에 관한 얘기를 들었나 봐요. 그쪽에서 우리 홍보부로 연락을 했어요. 금요일 오전에 방송되는 〈가정 탐방〉 쇼가 있는데 그 시간에 선생님에 관한 프로를 내보내고 싶다나요.」

「그거, 점잖은 쇼입니까?」

「어머, 선생님. 최고예요! TV 안 보셨어요?」

「밤 9시까지 보지는 않아요. 옛날 영화가 나오면 혹 볼까……」

「홍보부에서는 그 일을 추진하느라고 엉덩이 붙일 새도 없이 바쁜가 봐요. 잘만 되면 좋겠는데……. 그쪽 사람들이 선생님 댁으로 갈 거래요. 선생님 댁 구석구석 다 촬영하고, 사모님도 선생님 내조자로 대대적으로 취재하고……. 아무튼 최고의 수준에서 다루려는 모양이에요. 선생님, 동의하시죠? 세부적인 일은 제가 다 처리하겠어요.」

뉴욕에 있는 CBS 방송국에서 우리 집으로 전화를 걸어왔다. 그 쇼가 이번 주 금요일 아침 8시 30분에 방영된다는 것이었다. 내가 말했다. 「좋습니다. 저도 목요일 정오까지는 제 일을 다 마치겠습니다. 그러면 그날 오후에 사전에 파견된 당신네 사람들과 잠시 협의할 시간이 있을 겁니다. 그리고 일찍 자야 금요일 아침 카메라에 잘 받을 것 아니겠습니까?」 엠마도 그 시간에 맞추어 계획을 짰다. 목요일 오후에 도와줄 사람을 한 명 불러 집 안을 깨끗이 정리해 두겠다는 생각이었다.

그러나 우리의 계획에 다소 차질이 생기고 말았다. 수요일 아침 11시, 괴물 딱지같이 생긴 트럭 한 대가 세 부분으로 나누어져 있는 발전기 한 대를 뒤에 매달고 우리 집으로 들어섰던 것이다. 방송 촬영에 필요한 전력을 제대로 공급하기 위해서였다. 승용차로 도착한 네 명의 전기 기사들이 우리 집 전체의 배선을 점검하고 전선을 다시 연결하자 엠마가 소리쳤다. 「왜 우리 전선을 차단시키는 거지요?」 그들이 설명했다. 「쇼를 방영하는 중간에 정전이 되면 큰일이거든요.」 검은 전선이 마치 목표물을 노리는 코브라처럼 우리 집 둘레를 감싸게 되었다. 우리 집 전화선도 차단하고 뉴욕에 있는 스튜디오와 세 개의 전선을 별개로 연결하는 것이 그들의 계획이었다.

그날 어스름이 몰려오기 전, 처음 도착한 트럭보다 더 큰, 축구 경기장에서나 볼 수 있는 그런 종류의 트럭이 우리 농장에 도착하였다. 「이건 뭐죠?」 엠마가 묻자 그 트럭 운전사가 대답했다. 「우리 용어로 지휘소라고 부르는 트럭입니다. 이곳에서 모든 일을 다 조종하는 셈이죠.」 그리고 어둠이 깔리기 시작할 때쯤 해서는 드레스덴 경찰국에서 파견한 한 무장 경찰이 새벽까지 그 값진 재산들을 지키기 위해 자가용을 타고 우리 농장에 도착하기도 했다.

목요일 아침 10시쯤, 필라델피아에 있는 CBS 지국에서 파견한 카메라맨 셋이 도착하였다. 그리고 두 대의 대형 트럭과 한 대의 소형 트럭, 그리고 여섯 대의 승용차가 주차장에 주차한 것처럼 우리 농장에 자리를 잡았다. 그러나 방송국 디렉터(디렉터는 여자였다)와 그녀의 스태프들은 아직 도착하지 않았다. 뉴욕에서 비행기로 출발한 그들은 공항에서 렌터카를 타고 12시쯤 도착하였고, 도착하자마자 장소를 둘러보고 카메라의 위치와 그 각도를 협의하기 시작했다. 「세 부분으로 나누어 배치해야겠군요. 처음엔 화려한 독일식 장식이 있는 거실에서 요더 씨 부부를 찍고, 뉴욕과 대담. 그다음엔 요더 씨가 작가이니까 책상에 앉아 있는 그분의 모습을 찍는 거예요. 그리고 뉴욕과 대담. 마지막으로 시청자들에게 색다른 것을 보여 주는 겁니다. 요더 씨의 화실로 연결해서 헥스 부호에 관한 그분의 설명을 곁들이는 거죠. 물론 헥스에 관한 그분의 설명과 더불어 뉴욕과의 대담. 자, 됐죠?」

프로그램에 관한 협의가 끝나자 그녀는 다음 결정 사항으로 넘어갔다. 「분명한 것은 카메라가 석 대 필요하다는 겁니다. 아래층의 거실, 위층의 서재, 그리고 마당의 작업실, 아주 간단하죠. 하지만 전 바깥 장면을 하나 더 찍고 싶군요. 요더 씨 부부가 우리를 집 안으로 안내하는 모습 말이에요. 항상 움직이는 모습을 찍어야 해요. 뻣뻣이 서서 얘기하는 모습은 질색이에요. 그런데 쇼의 본 내용을 담당할 세 카메라를 유지시키면서 그들이 우릴 안내하는 모습을 어떻게 찍죠?」 논의 끝에 작업실 카메라를 입구에서부터 출발하여 안내하는 모습을 찍고 난 다음 다시 작업실로 슬쩍 들여놓는 식으로 협의가 되었다. 그런데 무슨 이유에서인지는 몰라도, 작업실 카메라맨이 안내하는 엠마와 나의 모습을 찍고 난 다음 뒤로 빠지고 가까이에 있는 조수가 그 카메라맨을 전선과 풀밭 위로 안내하여 작업실로 이동하는 것으로 다시 변경되었다. 그들은 몇 번이고 그 동작을 반복 연습한 끝에 그것이 가장 효과적인 방법임을 알아냈던 것이다.

목요일인 그날 12시 30분에 드레스덴 차이나의 웨이터들이 점심 도시락과 비 알코올 캔 음료수가 잔뜩 들어 있는 커다란 아이스박스를 들고 나타났다. 방송국 직원들이 열심히 도시락을 먹고 있는 동안 엠마와 나는 그 여자 디렉터, 그리고 그녀의 조수와 함께 우리 부엌에 마주 앉았다. 디렉터가 먼저 말을 꺼냈다. 「매주 목요일에는 이래요. 금요일 한 10시쯤 일이 끝나면 비행기를 타고 롱아일랜드의 집으로 간답니다. 그러고는 수요일이나 오늘처럼 목요일 아침에 다음 임무지로 다시 떠나죠. 이런 식으로 살아요.」

「그럼, 다음 주엔 어디로 가실 건가요?」 엠마가 물었다.

「어디죠, 프랭크?」

「시애틀입니다. 왜 그 유명한 접골 전문의 있잖습니까? 빈 악센트를 쓰면서 보름달처럼 환하게 웃는 사람 말입니다.」

점심 식사가 끝난 후, 디렉터는 다시 한 번 연습을 지시했다. 아니, 한두 번이 아니라 예닐곱 번쯤은 되었을 것이다. 엠마와 나, 그리고 다른 여섯 명의 행동이 잘 조화를 이루어야 한다는 것이 그녀의 주장이었다. 나는 진행 방향을 다 암기할 필요는 없었지만 그래도 미로 같은 전선 사이를 통해 정해진 코스로 움직여야 했다. 그러나 뜻대로 되질 않았다. 마침내 디렉터가 나에게 주의를 주었다. 「요더 선생님, 방에서 서재로, 그리고 서재에서 작업실로 가실 때 어기적어기적 걸으시면 안 돼요. 소풍 나온 거 아니잖아요. 정해진 길을 따라 조심스럽게 걸음을 옮기세요.」 그래도 내가 서툴자 그녀는 다시 차분한 어조로 말을 꺼냈다. 「전에도 이런 적이 있었어요. 훌륭한 사람들이 왜들 그렇게 긴장을 하는지······. 한 장면이 끝나자마자 프랭크가 선생님의 왼팔을 잡고 뒤로 끌어당기면서 다음 장소로 안내할 거예요. 그리고 프랭크는 카메라에 잡히기 전에 얼른 피할 거고요.」

「그게 좋겠군요.」 그날 밤, 모든 사람들이 다 가고 트럭들을 지키는 경찰관만 남았을 때 나는 엠마에게 말했다. 「엠마, 텔레비전을 보는 시청자들 앞에서 망신당하면 어떡하지? 내 왼팔을 잡고 뒤로 끌어당기면서······ 연습 좀 합시다.」 엠마와 다섯 번 정도 연습을 하고 나서야 나는 어느 정도 걸음걸이의 리듬도 감을 잡을 수가 있었고, 불안한 마음도 사라지게 되었다.

금요일 아침 6시, 디렉터는 모든 진행 과정을 다시 반복 연습하도록 했다. 그런데 연습을 막 시작하려는 순간 프랭크가 숨을 헐떡이며 달려왔다. 「뉴욕에서 보내는 신호음이 요더 씨 이어폰에 안 떨어집니다. 다른 건 괜찮은데 유독 요더 씨 것만....... 뉴욕에서 물어보는 질문을 들을 수가 없어요. 아무 말도 않고 멍청히 앉아 있을 순 없잖아요?」

프랭크가 초조한 나머지 손을 비비 꼬기 시작하자 디렉터가 말했다. 「프랭크, 우리 규칙을 상기하세요. 무슨 큰일 난 것도 아니잖아요. 단지 문제가 발생한 것뿐이에요.」 잠시 후 그녀는 커다란 판지 하나를 들고 나타났다. 그곳엔 뉴욕의 인터뷰 진행자가 물어볼 질문들이 적혀 있었다. 나에겐 보이지만 카메라엔 잡히지 않는 곳에 서서 그녀가 말했다. 「뉴욕에서 물어보는 질문들을 하나하나 순서대로 짚어 드리겠어요.」 뭔가 어설픈 것 같아서 내가 물었다. 「그 사람 목소리도 듣지 못하면 내가 언제 말을 해야 하는지도 모르는 것 아니오? 질문하는 사람 얼굴이라도 봐야 하지 않겠소?」 그러자 디렉터가 나를 깜짝 놀라게 하는 말을 꺼내었다. 「아니에요. 뉴욕에 있는 사람들을 보실 수가 없어요. 원래는 질문하는 말만 듣게 되어 있었어요. 그런데 오늘은 그 말조차 못 들으시는 거죠.」

「맙소사!」

「요더 선생님. 선생님은 정말 프로라는 느낌이 들어요. 산전수전 다 겪으셨죠? 선생님은 들으실 수 없으니 제가 질문을 가리킬 거예요. 그러면 선생님이 하고 싶으신 말만 열심히 말씀하세요. 계속해서요. 제가 다음 질문을 가리키기 위해 손을 움직일 때까지요. 선생님은 그때 말씀을 그치시고 잠시 쉬었다가 제가 다음 질문을 정확히 가리키면, 그때 다시 줄줄줄 말씀하시면 되는 거예요.」 내가 낭패스러운 표정을 짓자 그녀가 몸을 굽혀 나에게 키스해 주었다. 「훗날 오늘을 돌이키시면 인생의 승리감 같은 것을 느끼실 거예요.」

나는 혼란스러운 표정으로 그녀를 바라보며 말했다. 「이 문제에 신경을 쓰다 보니 다음 장소로 옮길 때 어떻게 해야 하는지 다 잊어버린 것 같네요.」

「신경 쓰시지 마세요. 그건 프랭크가 해야 할 일이니까요. 아셨죠? 저만 보시면 돼요. 발걸음요? 그건 프랭크에게 맡기세요.」 내가 다시 물었다. 「이 이어폰으로 들을 수도 없는데 꼭 꽂고 있어야 하는 거죠?」 그녀가 말했다. 「멋있어 보이는데요, 뭐. 만일 안 꽂고 계시면 모든 사람들이 이거 사기치고 있구나 하고 다 알게 돼요.」 그녀는 말을 멈추고 껌벅이는 내 눈을 쳐다보더니 다시 목소리에 힘을 주어 말했다. 「선생님과 저는 프로예요. 절대 긴장하실 것 없어요.」

인터뷰는 8시 49분에 끝났다. 9시가 되기 전에 전화선도 회복되었다. 우리 지역의 아는 사람들이, 특히 엠마의 브린마 동창생들이 엠마에게 전화를 걸어 왔다. 「얘, 너 굉장하더라! 어쩜, 꼭 배우 같더라.」 어떤 사람들은 내 헥스 그림을 사겠다고 제의해 왔고, 한 미술 잡지사에서는 내 그림을 컬러로 사진 찍을 수 없겠느냐고 묻기도 했다.

10시쯤 되어 방송국 전선들이 다 제거되면서 정상적인 전력도 회복되었다. 내가 방송 중일 때 CBS 측이 차단한 전화선 때문에 통화를 하지 못했던 사람들이 전화를 걸어오기 시작했다. 누구누구가 전화를 걸었는지 잘 기억나지도 않았다.

정오가 되자 괴물 같은 트럭들도 다 떠나갔다. 다음 촬영지로 떠나는 모양이었다. 12시 45분쯤 방송국 디렉터와 그녀의 스태프들이 우리의 식탁에 둘러앉아 맥주도 마시고 냉장고에서 토스트, 꿀, 찬 우유 등을 꺼내 먹으며 잡담을 즐겼다. 전날 엠마가 로스톡 우체국의 디펜더퍼 씨 집에서 구입한 큼직한 독일식 애플파이도 남아나질 않았다.

작가 루카스 요더 159

그들이 떠나갈 시간이 되자 디렉터가 내 손을 꼭 쥐었다. 「선생님, 오늘 정말 잘 하셨어요. 그 쇼를 본 사람이면 다 이렇게 말할 거예요. 〈그 늙은 양반이 정말 잘하더구먼.〉 선생님 책과 그림과 세련된 언변, 정말 세 박자가 훌륭했어요.」

6월 중순이 되어 마지막 교정쇄와 씨름을 시작하려고 했을 때 나는 또다시 작업을 중단하지 않을 수 없었다. 버지니아 주 윌리엄스버그에 있는 애비 올드리치 록펠러 민속 박물관 관장이 전화를 걸어 전시 일정에 공백이 생겨 내 헥스 그림 열한 점을 당장이라도 전시했으면 좋겠다는 의사를 보내 왔기 때문이었다. 그는 당장 끌어 모을 수 있는 열한 점의 그림 이외에도 지금 작업 중에 있다는 세 점의 그림도 가능하면 같이 전시하고 싶다고 덧붙였다. 나는 이제껏 22번과 23번 그림을 완성했을 뿐이라고 설명하고 잘 하면 17번 그림도 되빌려 올 수 있을 것 같다고 덧붙였다. 그쪽에서는 대단히 기쁜 모양이었다. 「저희들이 이런 일이 있을 줄 알고 멋진 안내 책자하고 포스터도 진작에 마련해 두었죠. 날짜만 정확히 해서 붙이면 됩니다. 다음 목요일에 전시회를 개최하려고 하는데 부인과 함께 그 그림 세 점을 가지고 수요일까지 와주실 수 있겠습니까?」

「그러죠.」

나는 윌리엄스버그에 있는 박물관처럼 괜찮은 박물관에 내 헥스 그림이 전시된다는 사실에 기분이 좋았다. 그렇게 함으로써 내 민족의 예술이 모든 사람들에게 보여 줄 수 있다면 그것보다 더 좋은 일이 어디 있겠는가. 버지니아를 향해 남쪽으로 차를 몰고 가면서 나는 엠마에게 말했다. 「사람들이 내 소설을 읽으면서 얻는 것은 고작해야 우리 독일인이 어떤 사람들인가에 관한 나의 인상뿐이지. 허나 사람들이 지금껏 존재하고 있는 곳간에서 피를 뚝뚝 떨어뜨리며 뜯긴 그 헥스들을 본다면 그들은 바로 우리 경험의 중요한 부분을 보게 되는 거요……. 월러스 하우스에 다시 머무르게 된 것을 나는 내 작업의 중단이 아니라 휴가라고 생각합니다. 교정쇄를 내팽개치는 것은 절대 아니지. 그래도 소설이 최우선이니까 말이야. 하지만 그림 역시 내겐 중요한 거요.」

박물관에 도착한 우리는 관장의 말을 듣고 깜짝 놀라지 않을 수 없었다. 「이곳에 서점을 하나 운영하는 꽤 괜찮은 젊은 부부가 있습니다. 콜로니얼 서점이라는 곳인데…… 그 컷워스 부부가 내일 오후의 전시회 때문에 선생님이 이곳에 오신다는 소리를 듣고는 내일 밤 자기네들 서점에서 작은 파티를 한번 열어도 괜찮겠냐고 묻더군요. 형식을 갖춘 파티가 아니고 그냥 이 지역의 책 애호가들이 모여 사이다도 마시고 쿠키도 먹으면서 가벼운 대화나 나누는 걸 생각하고 있는 모양입니다. 그래서 제가 선생님을 대신해서 그러라고 했습니다……」

「난 여기에 그림 때문에 왔지 책을 팔려고 온 거 아닙니다.」

「선생님 전시회만 끝나면 저희들한테는 아무 신경 안 쓰셔도 됩니다. 제가 컷워스 부부에게 잘 얘기해 뒀습니다. 이곳에 한꺼번에 두 가지 재능을 지니신 분이 찾아오는 일이 거의 없었다고요. 미술가이자 작가이신 선생님이니까 잘해야 된다고 말입니다.」

「내 기분 맞추려고 그런 말을 한 건 아니시겠죠.」

「요더 선생님! 저도 그 파티에 참석할 거고 또 기대하고 있습니다. 그곳은 여기 윌리엄스버그에서 가장 문화적인 장소 중의 하나예요.」

우리가 월러스 하우스로 가기 위해 아름다운 시내 거리를 통과하는 동안 곳곳에 루카스 요더가 책을 사랑하는 사람들과 대화를 나누려고 목요일 밤에 콜로니얼 서점에 온다는 포스터가 눈에 띄었다.

목요일 오후에 열네 점의 〈헥스 시리즈〉 전시회는 사람들의 관심을 끌기에 충분한 것이었다. 더욱이 컬러 사진으로 찍은 안내 책자는 그 속에 적혀 있는 선전 문구인 〈요더 씨의 두 가지 재능과 개성. 대중들의 인기를 모으고 있는 그렌즐러 8부작의 작가이자 상징적 그림 《헥스 시리즈》를 창조한 조형 예술가〉라는 설명과 조화를 잘 이루고 있었다. 전시회는 성황리에 끝났다. 가볍게 저녁 식사를 하고 난 뒤 관장은 모든 집들이 다 박물관처럼 보이는 조용한 윌리엄스버그 거리를 거쳐 윌리엄 앤드 메리 대학으로 통하는 중심까지 우리를 태워 주었다. 그런데 그곳에서는 놀라운 일이 우릴 기다리고 있었다.

콜로니얼 서점 근처의 도로는 많은 인파로 북적댔으며 경찰관 둘이 특별 근무까지 서고 있었다. 관장이 한 경찰관에게 다가가 무슨 일이냐고 묻자 그 경찰관이 대답했다. 「서점 때문입니다. 책을 구입하러 온 사람들이 너무 많아서……」 뒷좌석에 앉아 차창 밖으로 지나다니는 사람들의 모습을 자세히 살펴보던 엠마가 나지막한 목소리로 속삭였다. 「여보, 모두가 다 당신 책을 들고 있어……. 어떤 사람들은 쇼핑백에 온통 당신 책만 넣고 다니네.」

조용한 문학 모임으로 계획되었던 파티가 서점에서 내놓은 내 책이면 아무 거라도 사려고 밀려드는 인파 때문에 광란의 현장으로 바뀌어 있었다. 정신을 못 차리고 있는 점원들은 몰려드는 고객들에게 이미 책이 오후 3시쯤 다 매진되었다고 일러 주기 바빴다. 그러면서도 그들은 한 점원의 남편이 이웃 지역으로 가서 약 마흔 권의 책을 구해서 지금 급히 오고 있는 중이라는 말도 빼놓지 않았다. 박물관장은 우리를 서점 현관 입구에 내려 주고 주차할 곳을 찾아 차를 움직였다.

내가 사람들에게 얼굴이 잘 알려져 있지 않아서인지 차에서 내려 서점 안으로 들어가려는 나를 보고 줄을 서 있는 많은 사람들이 새치기하지 말라고 아우성이었으며, 그중 한 사람이 직접 나서서 큰소리로 나무랐다. 「이봐, 친구! 뒤에 가서 서라고!」 그러자 엠마가 살짝 윙크를 하며 대꾸했다. 「당신들이 들고 있는 그 책들을 쓴 사람이 바로 이 친구랍니다.」 엠마는 그 남자가 들고 있는 두 권의 소설책을 톡톡 두드렸다.

누군가가 나지막한 소리로 말했다. 「요더 씨다.」 그러나 여기저기서 가벼운 박수 소리만 들릴 뿐 환호성 같은 것은 없었다. 나는 당황스러움과 어색함이 가득한 눈길로 그 변변찮은 박수 소리에나마 눈인사를 하지 않을 수 없었다.

서점 안은 더 엉망이었다. 주인인 컷워스 부부는 몰려드는 사람들 틈에 파묻혀 있었고, 차분하게 고상한 대화를 나누고자 했던 그들의 희망도 이미 산산조각 나 있었다. 서점 안은 발 디딜 틈도 없었다. 모든 사람들이 이 서점이 아니라 이미 딴 곳에서 구입한 내 소설책들을 들고 내 서명을 받으려고 기다리고 있는 중이었다. 빈손으로 온 사람들에게 팔 책이 동이 난 지 벌써 오래였다.

얼굴에 걱정이 잔뜩 서려 있는 젊은 컷워스 부부를 발견한 엠마는 팔꿈치로 인파를 헤치고 들어가 먼저 자신을 소개한 다음 말했다. 「제 남편이 앉아서 서명을 할 수 있게끔 테이블을 하나 마련해야 되지 않겠어요?」 그 젊은 부부는 이런 일을 예상치 못했다고 말하고는 서점 뒤쪽에 의자들이 둥글게 놓여 있는 곳을 가리켰다. 그 의자들 가운데 테이블이 하나 놓여 있었고, 그 테이블 위엔 쿠키와 사이다가 담긴 작은 물주전자 두 개가 가지런히 손님들을 기다리고 있었다. 「저흰 몇몇 친구들만 올 줄 알았어요.」

엠마는 능숙한 솜씨로 테이블 위를 깨끗이 치운 다음, 컷워스 씨에게 손님들을 한 줄로 세울 수 있는 곳으로 그 테이블을 옮겨 달라고 부탁 겸 지시를 하였다. 컷워스 부부는 사인회를 한다고 해도 한 열다섯 명에서 스무 명 사이의 책 애호가들만이 참석하리라 예상했던 모양이었으나 거의 3백 명에 가까운 사람들이 몰려들었던 것이다. 단순한 호기심에서 온 사람들도 있었으나 대부분은 그렌즐러 소설을 진정으로 사랑하는 사람들이었다. 어찌됐건 내 소설들이 이곳에서 그리 멀지 않은 북쪽의 아름다운 지역을 배경으로 한 것이니 당연한 현상인지도 몰랐다. 더욱이 많은 사람들이 우리 드레스덴 지역을 방문까지 했을 테니……. 또 세인트루이스에서 많은 사람들이 이번 소설이 내 마지막 소설이 될지도 모른다는 소문에 잉글누크 서점에 몰려들었던 것처럼, 이곳 사람들도 두 가지 충동 심리에 사로잡혀 몰려든 것이 틀림없었다. 하나는 자기들이 읽었던 작품의 저자를 만나 직접 인사를 나누고 싶은 충동이었을 테고, 또 하나는 자신들이 초판이라 생각하고 구입한 책에 서명까지 받아 놓으면 나중에 상당한 값어치가 있을 거라는 희망이었을 것이다. 나는 사람들이 이렇게 많이 몰려온 이유를 듣고, 특히 두 번째의 그런 바람 때문에 줄을 서 가면서까지 기다렸다는 사람들의 얘기를 듣고는 그저 묵묵히 고개를 끄덕이는 수밖에 없었다. 차마, 당신네들이 갖고 온 그 책이 75만 부나 찍은 초판의 하나라는 사실, 그리고 어쩌면 초판이 아닐지도 모른다는 사실을 그들에게 말해 줄 수가 없었던 것이다.

나는 내 오른손이 마비가 될 정도로 많은 서명을 하였다. 더욱이 한 사람 한 사람 얼굴을 쳐다보며 몇 마디 인사까지 나누니 자연 진행 속도가 느릴 수밖에 없었다. 이런 나의 태도에 엠마는 화가 났는지 내 귀에다 대고 속삭였다. 「제발, 사인만 해. 여기 온 모든 사람들하고 일 대 일로 무슨 칵테일 파티하는 거 아니잖아.」 나는 엠마에게나, 서점 주인에게나 내가 왜 이러는지 설명해 줄 수는 없는 노릇이었다. 한 사람의 고객도 나타나지 않았던 앨런타운의 헤스 서점에서의 치욕스러운 경험을 그들에게까지 얘기해 주고 싶지 않았던 것이다. 물론 그때와 지금의 차이가 있다면, 지금은 그래도 거의 백만 이상의 독자들이 지난 내 세 권의 소설을 읽고 또 그 소설들이 의미 있는 작품이고 저자인 나 역시 신뢰할 만한 작가라는 사실을 인정해 준다는 부채를 안고 있는 셈인 나로서는 그들이 따뜻한 저녁나절 내 서명을 받으러 이곳까지 나왔는데 그냥 기능적으로, 형식적으로 내 이름만 휘갈길 수는 없었던 것이었다.

불쌍한 컷워스 부부는 순수한 작은 문학 모임에 대한 희망을 이미 포기한 듯했다. 서점 안의 풍경이 그들이 생각했던 세련되고 교양 있는 문학 모임과는 거리가 멀어도 한참 멀었던 것이다. 이따금씩 그들은, 서점 바깥에서 이번 모임에 참석해 달라고 자신들이 초청한 몇몇 이 지역 지식인들이, 특히 저명한 대학교수들이, 엄청난 사람들의 모습을 보고는 놀라 발걸음을 총총히 옮기는 것을 그저 물끄러미 바라만 보고 있었다.

잠시 후, 사람들 사이에서 환호성이 터져 나왔다. 책을 구하러 갔다는 한 점원의 남편이 내 소설책을 예순세 권이나 구해 돌아왔기 때문이었다. 곧 그 남자와 컷워스 씨는 인파 속에 파묻혀 잽싸게 책을 팔기 시작했다.

이런 사인회 때마다 — 엠마와 나는 1년에 한두 번 정도 사인회에 참석했다 — 엠마는 매우 바람직한 일을 맡아 했다. 길게 늘어선 줄을 따라 앞뒤로 뛰어다니며 엠마는 임신한 부인네나 아이를 데리고 온 아주머니, 혹은 몸이 불편한 사람들이 있으면 그들을 줄 맨 앞에 세웠던 것이다. 그리고 그녀가 그런 일을 할 때마다 항상 줄을 선 사람들이 착한 일이라고 박수를 치곤 했었다. 물론 이곳에서도 예외는 아니었다. 그러나 항상 그렇듯, 엠마는 자신에게 돌아오는 칭찬을 겸손하게 받아넘겼다. 「다 제 남편이 시켜서 하는 일이에요.」

두 시간이 지났는데도 줄이 줄어든 기미를 보이지 않자 컷워스 씨와 경찰관 한 사람이 줄 가운데 한 지점에 의자 하나를 갖다 놓고는 소리쳤다. 「여기서 끊어야겠습니다.」 그러자 여기저기에서 터져 나오는 불평 소리를 들은 엠마가 사인을 못 받게 된 사람들에게 다가가더니 이렇게 말하는 것이었다. 「여기 여러분들의 주소를 남겨 두고 가세요. 그러면 컷워스 씨가 여러분들이 원하는 책을 보내 드릴 겁니다. 그리고 제 남편이 특별히 여러분의 이름도 함께 서명하여 보내 드릴 겁니다.」 컷워스 씨는 이 말을 듣고 깜짝 놀라긴 했지만 얼른 그러겠다고 사람들에게 약속을 했다. 약 40여 명이 얼굴에 대단히 만족스러운 빛을 띠며 자신들의 이름을 남겨 놓고 떠나갔다.

나는 약 30분가량 더 서명을 한 다음 경찰관에게 이제는 서점 문을 닫아야겠다고 눈짓을 보냈다. 서점 문이 닫히자 엠마는 그 경찰관 두 명에게 이 안으로 들어오라고 하였고, 우리는 컷워스 부부 그리고 이웃 지역에서 책을 구해 온 남자와 더불어 테이블 주위에 둘러앉아 쿠키를 먹으며 이야기하였다. 내가 먼저 말을 꺼냈다. 「일이 이 지경까지 되어 유감입니다. 이런 식이 아니었잖습니까?」

「이런 일을 예상했어야 했는데……」 컷워스 씨가 말했다. 「아무튼 책은 많이 팔았습니다.」

「그래도 사람들이 질서를 잘 지키던데요.」 경찰관 중의 한 명이 말했다. 「대학촌인데도 불구하고 대단히 질서 정연했어요.」

컷워스 부인이 말했다. 「줄 선 사람들 가운데는 대학생들도 많았어요. 책을 구입 못 한 학생들이 〈책이 다 떨어졌어요? 그럼 다음에 구입해야겠네요〉라고 말은 했지만 제 생각엔 그냥 구경 온 것 같았어요.」

이 모든 일이 다 끝나고, 월러스 하우스를 향해 이곳 역사적인 거리를 따라 발걸음을 옮기던 나는 이 도시가 지니고 있는 웅장함에 새삼 매료되지 않을 수 없었다. 록펠러 가문의 그릇된 상상력이 많은 곳을 망쳐 놓았지만 그래도 이곳만은 온전히 남겨진 것 같았다. 「제퍼슨이 이 거리를 거닐었을 때에도 지금 우리가 보고 있는 것과 똑같은 것을 보았을 테지. 아마 조지 와이스도 자기가 가르치던 법과대 학생들과 함께 이 거리를 걸었을 거요. 이런 거리를 남겨 두어 옛 선현들의 기억을 되살릴 수 있게 한 것은 잘한 일이야.」 월러스 하우스로 돌아온 나는 오늘 밤의 일을 다시 상기하였다. 「컷워스 부부에게 조금 미안한 감정이 드는군. 그 사람들 차분한 문학 모임 같은 걸 생각했을 텐데……. 내가 이곳 윌리엄스버그에서 열한 권 정도의 책만 팔 수 있을 정도의 작가였다면 그렇지 않았을 텐데 말야. 오늘 밤은 완전 광란이었지. 그래도 그 사람들이 한 말이 머릿속에서 쉽게 지워지지는 않을 것 같네.」

「나에게도 많은 걸 얘기해 줬어.」 엠마가 말했다. 「당신을 좋아한다든지 당신 책이 좋다는 등 아무런 전화도 없던 이 작은 도시에 그렇게 많은 사람들이 몰려들다니…….」 우리는 2층에 올라가자마자 곧 침대로 들어갔다. 그림 전시회 그리고 서점에서의 혼란을 겪어서인지 나는 곧 곯아떨어졌다. 그러나 새벽 3시가 되어 나는 다시 깨어났다. 전날의 일이 생각나서가 아니라 『돌담』을 대중들이 어떻게 받아들이느냐가 내 생애에 그리고 키네틱 출판사나 맥베인 씨에게 아주 중요한 일로 남아 있기 때문이었다. 그렇게 되려면 가능한 한 책이 완벽하게 되도록 노력해야 한다. 나는 그렇게 하기로 다짐하였다. 엠마를 깨우기 싫었던 나는 조용히 침대에서 빠져나와 내 가방을 들고 아래층의 식당으로 살살 발걸음을 옮겼다. 식당에 내려온 나는 『돌담』의 마지막 교정쇄 묶음을 꺼냈다. 그리고는 제퍼슨도 나와 비슷한 목적으로 사용했었을 반들반들한 체리나무 테이블 위에 교정쇄를 올려놓고 교정을 보기 시작했다. 내 마음속에는 오직 독자들이 원하는 방식대로 독자들에게 더 많은 호소력을 불어넣을 수 있는 내용이 되도록 고쳐야겠다는 바람뿐이었다. 나는 독자들을 즐겁게 하려는 목적으로만 글을 쓰는 작가가 아니었다. 그리고 『돌담』이 그것을 증명해 줄 것이다. 그러나 다른 한편으론 전날 밤의 상황으로 봐서 그런 독자들도 무시할 수는 없었다.

내가 교정지를 뒤적이는 소리에 엠마가 잠을 깬 모양이었다. 새벽 5시에 불쑥 엠마가 내 바로 옆에 아름다운 모습을 드러냈던 것이다. 「오, 루카스! 내가 수십 번 말했잖아. 〈교정쇄는 가지고 다니지 마. 이번에는 우리 휴가 가는 거야〉라고. 그런데 지금이 대체 몇 신데 여기에 있는 거야? 당신이 처음 소설 쓰는 신인 작가도 아니잖아.」

나는 엠마에게 원고가 인쇄기로 들어가 책으로 나오는 마지막 순간까지 모든 작가는 다 처음 글을 쓸 때의 심정과 다를 바 없다고 일러 주었다. 더욱이 부정적인 평을 들은 나로서는 더욱 초심자의 심정일 수밖에 없다는 사실도 상기시켜 주었다. 「난 겁이 나. 맨 처음 글을 쓸 때와 같은 심정이라고. 작은 실수도 저질러선 안 되는 상황이야.」 그러자 그녀가 말했다. 「알겠어. 그럼 얼른 끝내. 그리고 다시 자야 해. 집에 가는 길에 로스톡에 들러서 미즈 마멜에게 교정지를 부치도록 하고. 알아들었죠?」

편집자 이본 마멜

떠들썩한 뉴욕 말괄량이로서의 나의 삶은 1955년 10월 구름 낀 어느 날, 열한 살이었던 내가 힘든 독학의 길을 걸어 지식인이 되고자 마음먹었을 때 끝나 버리고 말았다.

삼면이 벽돌담으로 둘러쳐진 브롱크스의 한 골목길에서 여섯 명의 개구쟁이 꼬마 패거리가 와자그르르 떠들며 스틱볼을 하고 있었다. 야구에서 변형된 게임인 스틱볼은 막대빗자루의 손잡이를 배트로 쓰고 스폴딩 회사가 만들었다 해서 스폴딘이라 불리던 분홍색 고무공을 치는 경기였다. 잘 맞은 공이 벽을 스쳐 날아가면 경기는 정말이지 제각기 재주를 뽐내는 진기명기가 되었다.

으레 그렇듯, 팀이 만들어지면 모든 아이들은 다 자기가 선수로 뽑혔으면 하는 기대를 품고 있었다. 물론 나도 예외는 아니었다. 타격뿐만 아니라 수비에도 뛰어났던 나는 끊임없이 움직이며 상대팀 타자들에게 손톱만큼의 빈틈도 안 보였던 것이다. 분명히 안타가 될 것 같은 공도 날쌔게 돌진하여 오른손을 뻗는 내 앞에서는 어림도 없었다. 때로 그런 나의 모습을 지켜보시던 어른들은 나를 전설적인 야구 선수였던 조 디마지오에 빗대어 〈여자 조 디마지오〉라고 부르며 탄성을 지르기도 했다. 그런데 그 〈조 디마지오〉라는 이름은 좋았지만 〈여자〉라는 말은 듣기가 영 싫었다. 여자라는 한계 속에 내 야망이 무너져 버릴까 두려웠던 것이다.

경기가 시작되려 할 때마다 나는 작은 기도를 올렸다. 〈하느님, 제발 제가 뽑히게 해주세요.〉 만일 선수로 뽑히게 된다면 그날, 아니 그 주 내내, 내 진가가 동네 사람들의 입에 회자될 것이 분명하기 때문이었다.

처음에는 남자아이들이 나를 경기에 참가시키지 않으려고 이렇게 말하였다. 「야, 이건 남자들이 하는 경기야. 계집애는 비켜.」 그러나 어느 날, 선수가 한 명 모자라자 얼 오팰런이라는 열두 살 먹은 붉은 머리의 아일랜드계 아이가 내가 끼면 경기에 이길 거라며 나를 자기 팀에 뽑아 주었다.

내가 뛰어난 활약을 보이기 시작하자 상대팀 아이들은 오팰런이 날 좋아하는 모양이라고 속삭이기 시작했다. 그러더니 결국엔 모든 아이들이 다 싫어하는 한 독사같이 생긴 아이가 내가 타석에 나올 때마다 큰 소리로 놀려 대는 노래를 부르는 것이 아닌가.

셜, 셜, 얼빠진 계집애!
멍텅구리 얼이 좋아한대애요.

게다가 내가 상대팀 수비 선수들이 쉽게 잡을 수 있는 공이라도 칠라치면 다른 아이들까지 합세하여 오팰런과 나를 놀려 대었던 것이다.

나는 오팰런이 나를 좋아한다는 것을 알았기 때문에 아이들이 아무리 놀려 대도 오팰런은 별 대수롭지 않게 생각할 거라고 믿고 있었다. 그러나 그 독사 같은 아이에게는 오팰런이 무시할 수 없는 또 다른 조롱 거리가 있었다. 「왜 착한 가톨릭 녀석이 유대인 계집애한테 잘해 주는 거야?」 오팰런은 아무 대답도 못 하였다. 다른 아이들이 똑같은 질문을 던져도 마찬가지였다. 그러던 어느 날 오팰런은 나에게 빽 소리를 질렀다. 「넌 여기서 남자애들하고 놀면 안 돼!」 그리고 오팰런은 더 이상 나를 자기 팀에 끼워 주지 않았다. 그 아이는 다른 애들에게 이렇게 말했던 것이다. 「사실 난 그 가시낼 좋아하지 않아.」

그래도 난 뛰어난 선수였기 때문에 다른 팀 아이들이 이때다 싶어 날 선수로 뽑아 주게 되었다. 하루는 얼 오팰런이 내 상대팀 선수가 되어 타석에 나섰다. 그 아이는 빗자루를 힘차게 휘둘러 스폴딘 공을 먼 벽돌담 쪽으로 날려보냈다. 그런 공이라면 멋진 동작으로 쉽게 잡을 수 있었지만 나는 공이 날아가는 방향으로 달려가며 속으로 중얼거렸다. 「잡지 말자. 내가 안 잡으면 얼이 다시 날 좋아하게 될지도 몰라.」 그렇지만 나는 달릴 때의 리듬을 억제하지 못하고 공중으로 높이 뛰어올라 오른손으로 공을 잡고 말았다.

그때 내 귓전을 때린 것은 와 하는 환호성이 아니라 〈셜, 셜, 얼빠진 계집애〉 하는 놀림이었다. 너무 당황한 나는 오팰런에게 달려가지 않을 수가 없었다. 「미안해. 홈런이 될 건데 나 땜에……」 그러나 내가 사과의 표시로 악수하려고 손을 내밀었을 때 〈멍텅구리 얼이 좋아한대애요〉 하는 아이들의 노랫소리가 들려왔고, 그래서 오팰런은 더더욱 화가 났던 모양이다. 다짜고짜 양손을 뻗어 내 목덜미를 움켜잡은 오팰런은 내가 그 애의 공을 잡기 위해 뛰어올랐던 그 벽돌담에다 나를 세차게 밀쳐 버렸던 것이다. 나는 아차 하는 순간 간신히 오른손으로 딱딱한 담벼락을 짚어 큰 충격은 모면할 수 있었지만 무언가 딱 하는 소리를 들으며 길바닥에 쓰러지고 말았다. 오른팔이 부러진 것이었다. 그러는 동안에도 그 독사같이 생긴 아이는 계속 노래를 부르고 있었다. 〈셜, 셜, 얼빠진 계집애.〉

팔이 부러진 것보다 더 가슴 아팠던 것은 다른 아이들이 겁이 나 도망쳤을 때에도 오펠런이 미안해하며 나를 일으켜 주러 오지 않았다는 사실이었다. 혼자 남은 나는 흐물흐물한 오른팔을 왼손으로 감싸고 집으로 돌아올 수밖에 없었다. 그렇게 다치고도 눈물 하나 보이지 않으면서 나는 계단을 올라가 2층의 우리 셋방으로 들어섰다. 「엄마, 팔이 어떻게 된 것 같아.」 그 후로 나는, 다시는 스틱볼을 하지 않았다.

내 팔이 부러진 게 어쩔 수 없는 일이었다면 그래도 다행인 것은 그것이 적절한 시기에 일어난 사고였다는 사실이었다. 팔이 낫는 동안 나는 이제는 더 이상 말괄량이 노릇을 하며 떠들썩한 사내애들과 어울릴 수 없다는 것을 깨달았으며, 또한 늘 집 안에 있어야 했던 연유로 본의 아니게 이전엔 전혀 꿈꿔 보지도 못했던 책의 세계로 빠져들어 갔기 때문이었다. 나의 취향은 단순한 예닐곱 살 소녀의 취향이었고, 아직도 요정 이야기나 유치한 모험담을 좋아하였다. 따라서 여자애들이 사내애들에 대해 감상적인 흥미를 보이는 그 따위 이야기들은 모두 불쾌한 것이라 생각하고 거들떠보지도 않았다. 그러나 특별히 사내애들을 위해 쓰인 책들을 뒤적이면서 나는 직관적으로 나 자신이 여태 그릇된 방향의 길을 걸어왔음을 알 수 있었다. 내가 여자애라는 사실을 받아들이고, 나 같은 여자애들에 대한 책을 읽고 싶어 하기 시작한 것이 바로 그때, 내가 부러진 팔을 끌어안고 집 안에서 뒹굴던 열두 살 때였다.

그런 깨달음이 있기까지는 책을 사랑하는 양복장이 주다 삼촌의 도움이 컸었다. 내 내면의 변화를 눈치채셨던 삼촌이 말씀하셨다.「도서관에 가면 너 같은 여자애들을 위한 좋은 책들이 많이 있단다.」〈어떤 책들인데요?〉라고 묻자 삼촌은 자신의 대출 카드로 『빨강 머리 앤』이라는 책을 빌려 주시면서 말씀하셨다.「셜, 네 나이엔 이런 책이 좋을 거다. 아마 잊지 못할 거야.」

「삼촌, 절 셜이라고 부르면 싫어요.」

「그래, 미안하다. 다신 그렇게 부르지 않으마. 하지만 이건 좋은 책이란다, 셜리.」

책을 받은 나는 그 무게를 가늠하며 말했다.「삼촌, 너무 무겁고 길어 보여요. 별로 재미있을 것 같지도 않은데요.」

그러자 삼촌은 호통 치고 싶은 마음을 애써 참는 듯한 표정을 지으시더니 화가 잔뜩 담긴 목소리로 타일렀다.「셜리야. 넌 아직 어려서 무슨 책이 좋은지 알질 못해. 함부로 그런 말 하는 게 아니야. 읽어 봐라, 재미있을 거다.」

나는 웃었다.「삼촌도 꼭 엄마처럼 말씀하시네요. 〈이거 먹어, 맛있을 거다.〉 꼭 이런 식이잖아요.」

「그래그래, 알았다. 그래도 그때 엄마가 주던 음식이 맛있지 않던? 맛있었지?」

「네, 맛있었어요.」

「이 책도 아주 재미있을 거다.」

그렇게 해서 나는 부러진 오른팔로 책을 받치고 왼손으로 책장을 넘기면서 새로운 세계로 들어서게 되었다. 놀라운 것들이 가득 차 있는 세계였다. 나는 나 자신을 책 속에 나오는 쾌활한 캐나다의 고아 소녀로 상상하게 되었고, 그러는 가운데 캐나다라는 나라가 어디에 있는지, 또 소설 속에 나오는 하이디와 한스 브링커가 어디에 사는지 지도를 꺼내 열심히 찾아보았다. 이런 식으로 해서 내 정서의 영역이 확대되어 갔으며, 이와 동시에 물리적인 세계에 대한 지식도 넓어져 갔다. 물론 그러한 사실을 의식하지는 못한 채 나는 책을 사랑하게 되었던 것이다.

어느 오후, 주다 삼촌이 나를 공공 도서관으로 데리고 가 길게 늘어져 있는 아동용 도서의 서가를 보여 주었을 때 나의 지평은 사방으로 확대되기 시작했다. 나의 취향 역시 〈10대 초반의 아이들을 위한 도서〉라는 서가에 자연히 맴돌 정도로 어느 정도 성숙되어 있었다. 더욱이 나는 삼촌의 도움을 받기는 했지만, 처음으로 내 스스로 책을 고르기까지 했으니……. 내가 고른 책은 나보다 두 살 위인 한 소녀를 진지한 성인의 시각에서 바라본 『방학』이란 소설이었다. 여성 작가가 쓴 그 소설은 여름 방학을 숙모와 함께 메인 주의 시골에서 보내는 열네 살 먹은 어느 도시 소녀에 관한 이야기였는데, 망아지가 태어나고, 한 여자아이가 버려져 고아가 되고, 어느 소년이 그 소녀를 영화관에 데려가려 하지만 〈내년에〉라는 말을 듣고, 병을 앓던 숙모가 결국 죽게 된다는, 뭐 그런 식의 이야기였다. 그러나 가장 중요한 것은 그 소설이 대단한 현실 감각을 창조하고 있다는 점이었다. 주위 친구들이 토니라고 부르지만 그것을 달갑지 않게 여기는 안토니아라는 이름의 그 소녀는 우리 또래의 감정과 감수성을 지닌 생기발랄한 소녀였으며, 그녀가 여름 동안 같이 지내게 된 친척들은 내 가족만큼이나 실제 존재하는 인물들 같았다. 다른 사람들의 삶이 그렇게 가깝게 와 닿는다는 것은 너무도 놀라운 경험이어서 책을 반납하며 나는 사서에게 이렇게 묻지 않을 수가 없었다. 「이 모두가 실제로 일어난 얘긴가요?」 사서는 친절하게 설명해 주었다. 「그럼, 일어났었고말고. 그런데 작가의 마음속에서 일어난 일이야. 물론 네 마음속에서도 일어난 거지. 그게 바로 소설이란다. 서로의 꿈을 교환하는 것…….」

이렇게 해서 소설의 세계에 발을 들여놓은 나는 마치 책에 중독된 사람처럼 10대 초반의 아이들을 위한 많은 책들을 닥치는 대로 읽어 나가기 시작했다. 하지만 나의 진짜 모험은 주다 삼촌이 내게 한 가지 제안을 했을 때 비로소 시작되었다. 「셜. 아니, 그렇지 셜리야. 네가 이 서가의 책을 한 권씩 읽을 때마다 삼촌이 10센트씩 주면 어떨까? 한번 해볼래?」 그러면서 삼촌은 나를 〈고등학생용〉 서가로 데려갔던 것이다. 그곳에 있는 책들은 문체의 성숙도나 내용의 정서적 수준이 지금까지 읽은 책들과는 비교가 안 될 정도로 대단히 높은 것들이었다. 새로운 탐구의 길이 활짝 열리는 순간이었다. 게다가 주다 삼촌은 데스크의 여직원에게 이 껑충한 아이가 열네 살이라고 속여 내 열람 카드까지 만들어 주시는 것이 아닌가. 그런데 그날 내가 난생처음 거의 성인용이라 할 만한 내용의 책 두 권을 가지고 집으로 돌아왔을 때 엄마는 불같이 화를 내시는 것이었다. 「나이도 어린 계집애가 이런 책을 읽다니……. 이게 무슨 책인지 아니?」 그러고는 주다 삼촌더러 그 책들을 당장 도서관에 반납시키라고 이르셨다. 하지만 삼촌도 물러서지 않으셨다. 「아니, 얘가 언제까지나 소녀로만 있을 겁니까? 이제부터라도 숙녀가 될 준비를 해야 해요.」 결국 나는 주다 삼촌 덕택에 책을 다시 돌려받을 수 있게 되었다.

오른팔이 다 나아 깁스를 풀어 낼 즈음해서 나는 좋은 소설과 그렇지 못한 소설을 구분할 수 있는, 나름대로 주관이 뚜렷한 책벌레가 되어 있었다. 그리고 열세 살이 되어 가던 어느 날, 나는 주다 삼촌을 포함한 우리 가족 전원에게 이렇게 선언했다. 「저 이담에 크면 사서가 돼서 도서관의 책을 죄다 읽을 거예요.」

열아홉 살이 되던 해, 의류 산업의 불황으로 아버지는 경기가 다시 회복될 때까지 직장을 그만두셔야 했다. 아버지의 고용주는 〈일시적인 경기 후퇴〉니 그동안만 참아 달라고 했지만 불경기가 회복될 조짐이 영 보이지 않았다. 어느 날 아버지는 내게 말씀하셨다. 「얘야, 별 도리가 없구나. 잠시 동안만 학교를 쉬는 게 좋겠다. 돈도 없고, 그렇다고 어떻게 구해 볼 방도도 없구나.」

그때는 바로 내가 뉴욕 시립 대학에서 1학년을 마쳤을 때였다. 그 대학은 가난한 집 아이들을 받아서는 나라의 기둥으로 키워 배출하는 훌륭한 대학이었다. 그리고 내가 학교를 그만두는 데 대해 가장 아쉬운 점이 있었다면 그것은 바로 나를 가르치신 선생님들 때문이었다. 당신 자신이 뉴욕적 교육 체제하에서 공부하시고 또 바로 뉴욕 시립 대학에서 영문학으로 박사 학위를 받으신 파인슈라이버 교수님은 내가 학교를 떠나던 그 슬픈 날 이렇게 말씀하셨다. 「마멜스타인 양, 자네의 공부가 오늘로 끝나는 게 아닐세. 이제부터 시작이야, 암 그렇고말고. 일자리를 얻어 어느 정도 안정이 되면 적어도 일주일에 하루 저녁, 아니 이틀 저녁이면 더 좋고, 여러 박물관에서 개최하는 무료 콘서트, 무료 강연, 무료 좌담회 등을 다니는 게 좋을 거야.」 그리고 그 선생님은 계속 말을 이으셨다. 「자네의 가슴과 정신에 이 거대 도시가 무료로 제공하는 풍성함을 받아들이게. 그러면 결국에 가선 자네가 우리 모두들보다 더 훌륭한 교육을 받은 셈이 될걸.」

며칠 후 아버지는 나에게 고무적인 소식을 전해 주셨다. 「고용주들이 나 같은 늙은이들은 해고하면서도 젊은 여성들은 채용하려는 모양이더구나. 로렐손이 내게 약속했어. 불경기가 끝나 나를 다시 채용할 때까지 너를 쓰겠다고 말이다.」

어느 월요일 아침 일찍, 나는 도시간 고속 지하철을 타고 타임스 스퀘어가 있고 또 이 도시의 유명한 의류 산업 구역의 북단을 형성하고 있는 남쪽으로 향했다. 얼마 후 지하철에서 나와 7번가를 따라 남쪽으로 걸어가던 나는 아버지와 비슷한 연세의 노인들이 의류를 담은 수레를 이리저리 — 행인들과 부딪히고, 차량들을 요리조리 피하면서 — 운반하는 것을 보았다. 얼마나 불안정한 삶인가. 나는 인파 한가운데 멈춰 서서 중얼거렸다. 「내가 이런 식의 삶에 묻혀 버릴 순 없어. 책의 세계, 사상의 세계가 있잖아. 난 싸워서라도 그 세계로 가고 말 테야.」

나는 사람들이 붐비는 활기 가득한 그 지역에서 서둘러 빠져 나오기는 했지만 어디로 가서 일자리를 구해야 할지 정말 막막했다. 바로 그때, 언젠가 파인슈라이버 교수님이 초청했던 한 강연자가 우리 교실에서 했던 말이 어렴풋이 내 머릿속에 떠올랐다. 〈메디슨 거리에 이 나라의 지성을 정립하는 데 일조하는 출판업자들의 둥지가 있습니다……〉 이것이 내가 기억하는 전부였지만 이 말들은 내 정신 속에서 불꽃처럼 타오르기 시작했다. 이 나라 지성의 정립. 그래, 그게 바로 내가 하고 싶은 일이었어! 나는 얼른 42번가에서 동쪽으로 힘차게 발걸음을 옮겼고 — 그 순간 그 북적대던 길이 내 인생에서 얼마나 중요한 부분이 될 것인지 알지도 못한 채 — 메디슨 거리에서 북쪽으로 다시 방향을 틀었다. 그곳에서 나는 성 패트릭 대성당 바로 옆에 있는 랜덤 하우스 출판사의 웅장한 사옥을 보았고, 내가 그 이름을 들어 잘 알고 있는 다른 두 출판사를 연이어 보았다. 그리고 그보다 조금 떨어진 곳에 〈K〉자를 멋들어지게 휘갈겨 쓴 키네틱 출판사의 로고가 지나가는 사람들의 시선을 끄는 것도 보았다.

먼저 앞의 세 출판사마다 찾아간 나는 타자도 치고 받아쓰기도 할 수 있는 젊은 여자를 채용할 의사가 있는지 물어

보았지만 모조리 거절당하고 말았다. 마지막으로 키네틱 출판사로 발걸음을 옮긴 나는 엘리베이터를 타고 3층으로 올라가 친절하게 보이는 접수 계원에게 마찬가지로 일자리를 물었다. 「빈 자리가 없을걸요.」 이런 그녀의 말을 듣고 발길을 돌리려는 순간 그녀가 물었다. 「받아쓰기를 할 수 있다고 했죠?」 내가 고개를 끄덕이자 그녀는 잠깐 기다리라고 하고는 구내 전화의 다이얼을 돌리기 시작했다.

「폴린? 전에 속기할 줄 아는 여자가 있으면 하나 쓰겠다고 했죠?」 상대방이 뭐라고 말을 하는지 잠자코 듣고 있던 그녀는 다시 말을 이었다. 「그럼 지금 한 사람 올려 보낼게요. 괜찮아 보여요. 뉴욕 시립 대학을 한 1년 다녔다나 봐요.」

5층으로 올라간 나는 기관총처럼 질문을 쏟아 대는 미스 윌머딩이라는 나이 든 여자와 인터뷰를 했다. 그녀의 질문에 대해 나는 진지하게 열심히 대답을 했고, 이러한 나의 태도를 보고 미스 윌머딩은 내가 능력 있는 젊은 여성으로 성장할 수 있는 책임감 강한 여자라는 인상을 받은 듯했다. 「두 가지만 더 질문하죠. 당신은 계속 이 도시에 남아 있을 계획인가요?」 내가 그럴 작정이라고 하자 그녀가 다시 물었다. 「그리고 이건 대단히 중요한 질문인데요, 혹 당신에게 무슨 문제가 생겼을 때 의지할 만한 가족이 있나요?」 내가 대답했다. 「사실은 가족이 저에게 의지하고 있어요.」

「지금 당장은 자리가 없어요. 하지만 당신은 우리 회사에서 꼭 필요로 하는 그런 사람인 것 같아요. 수요일에 다시 들러 주시겠어요?」

그날 저녁 식사 시간에 나는 가족들에게 거짓말을 했다. 「지금 당장은 공장에 자리가 없대나 봐요. 나중에……」 그러나 아버지는 내 말이 끝나기도 전에 빽 소리를 내지르셨다. 「빌어먹을 로렐손 자식!」 당장 전화를 걸어 봐야겠다는 아버지를 나는 사정하듯 만류하지 않을 수가 없었다. 「아버지, 그러시다 싸우시겠어요. 그냥 내버려 두세요. 제가 수요일에 다시 가보면 되잖아요.」

화요일. 그날 하루를 나는 성인으로서의 삶을 준비하는 날로 보냈다. 공공 도서관으로 달려간 나는 여덟 시간 동안 줄곧 책의 출판, 편집, 판매에 관한 서적들을 뒤적이고, 또 키네틱 출판사에 관한 자료들을 찾아보았다. 여러 시간을 씨름한 끝에 나는 키네틱 출판사가 언제, 누구에 의해, 그리고 어떤 취지로 창립되었는지를 알 수 있었다. 또한 나는 그 출판사를 유명하게 만든 스물네 명의 작가들도 알게 되었다. 이미 고인이 된 열두 명의 작가들과 아직 생존해 있는 열두 명의 작가들 — 이미 각기 세 명씩 여섯 작가 정도는 그 이름을 알고 있던 터였지만 나는 참고 서적을 뒤져 스물네 명 모두의 약력을 일일이 살펴보았다. 때로는 그들의 사진을 보면서, 또 때로는 그들의 작품집을 보면서 나는 그들의 이름을 기억하였다.

그날 밤 나는 잠자리에 들면서 혼잣말로 중얼거렸다. 「난 정말 출판사에서 일을 할 테야. 바닥 닦는 일부터 시작해서라도 말이야.」

수요일. 키네틱 출판사의 3층 접수 계원은 금방 나를 알아보는 것 같았다. 「곧바로 5층으로 가세요. 당신을 기다리고 있어요.」 5층으로 올라가자 미스 윌머딩은 기다렸다는 듯이 말문을 열었다. 「전에 얘기했던 일자리가 하나 생겼어요. 그런데, 짐작했겠지만 완전히 밑바닥 일인데…… 괜찮겠어요?」

「요즘 같은 세상에 어디서든 일을 할 수 있다는 게 구원 아니에요? 더군다나 책과 함께 일한다면 그건 더더욱 은총이죠.」

나의 대답을 들은 미스 윌머딩은 무척 기뻐하는 기색이었다. 하기야 그녀로서는 나의 모습을 보고 자신의 옛날 모습을 떠올렸을 터이고 더욱이 옛날에는 꿈만 같아 보이던 자신의 야망이 오늘날 이렇게 결실을 맺은 것에 어느 정도 만족해했을는지도 모르는 일이었다. 「앞으로 어떤 사람이 되고 싶으세요?」

「편집자요. 작가들과 일하면서 제 도움으로 책들이 살아 움직이는 것을 보고 싶어요.」

미스 윌머딩은 상체를 뒤로 젖히면서 부드럽게 웃었다. 그러고는 키네틱에 처음 발을 들여놓는 젊은 여성들에게 으레 들려주던 말을 꺼내기 시작했다. 「미스 마멜스타인, 매년 우리 회사에서는 일류 여자 대학을 졸업하는 아주 똑똑한 젊은 여성들을 채용해요. 바사, 브린마, 스미스 대학 졸업생들 말이에요. 모두가 다 편집자가 꿈이죠. 또 모두 영문학에서 A를 받은 사람들이에요. 그러나 모두 예외 없이 비서나 심부름꾼 혹은 종이나 치우는 청소부 노릇부터 시작하죠. 편집하고는 아주 거리가 먼 일들이죠.」

내 야망이 이런 식으로 논파되는 것에 나는 실망을 금치 못했지만 그렇다고 그 실망의 빛을 겉으로 내보일 수는 없었다. 그녀는 계속 말을 이었다. 「하지만 내가 채용한 젊은 여성들 가운데 정말 편집자가 되길 원하는 사람들은 결국 다 되더군요.」

「어떻게요?」

「분명 하찮은 일부터 시작할 테지만 그러는 가운데서도 다른 사람들이 하는 일을 눈여겨봐 두세요. 스스로 배워야 해요. 그리고 책이 말하는 걸 들으세요. 또한 개성과 지성의 힘으로 당신이 매우 똑똑하고 능력 있는 사람이며, 책을 사랑하는 사람임을 높은 사람들에게 보여 주세요. 처음에는 행여나 편집부에 자리 하나 꿰차지 않을까 하는 가능성도 전혀 없어 보일 거예요. 하지만 그런 날이 반드시 올 테니 열심히 해야죠. 우리는 헌신적으로 일하는 사람들을 찾아요. 그렇지 않고서는 큰 출판사를 운영할 수 없거든요. 정말 열심히 공부하고 배우도록 하세요.」

그날 저녁, 집에 돌아온 나는 식사가 거의 끝날 무렵이 되어서야 말을 꺼냈다. 「저 오늘 일자리를 구했어요.」

아버지가 환성을 지르셨다. 「내가 뭐라든? 로렐손은 믿을 수 있다고 했지? 그래, 너를 어느 자리에다 앉힌다디? 직물부?」

「전 편집자가 될 거예요. 책 편집자 말이에요.」 온 가족이 놀라 입을 딱 벌렸다. 「키네틱 출판사에서 저를 쓰겠대요. 좋은 출판사예요.」

주다 삼촌이 큰 소리로 말했다. 「이 집에 은총이 내렸수다.」

나는 얼굴을 붉히며 말했다. 「저…… 아직은 편집자가 아니에요. 아직은…… 바닥에서 시작해서 제 길을 닦아 갈 테니 두고 보세요.」

「뭐 다른 길도 있다든?」 주다 삼촌이 나를 두둔해 주셨고, 어머니는 값싼 것이긴 하지만 포도주 한 병을 따셨다. 그리고 키네틱 출판사에서 출판인으로서 새로운 길을 걸어가게 된 나를 위해 가족 모두가 축배를 들었다.

나는 정말 바닥에서부터 출발하였다. 대개는 비서실 같은 곳에서 일을 했지만 일손이 모자랄 땐 이 사무실, 저 사무실을 왔다 갔다 하며 온갖 궂은 일을 다 하였다. 그러나 모든 일이 항상 책을 만드는 데 관련이 되는 일들이었다. 그러는 가운데 나는 두 가지 목표를 설정하였다. 하나는 나의 상사들로 하여금 여기 보통이 아닌 신참이 있다는 것을 깨닫게 하는 것이었고, 또 하나는 출판에 관해 가능한 한 많은 것을 그들에게서 배우는 일이었다. 날이 갈수록 많은 사람들이 나를 칭찬하기 시작했다. 「저 새로 온 친구는 정말 믿을 만해.」

한번은 약 일주일 동안 미스 케늘리의 비좁은 사무실에서 그녀의 보조자로 일을 한 적이 있었다. 〈제 계약 담당〉이라는 표시가 붙어 있는 사무실에서 그녀가 하는 일이란 어떻게 보면 이리저리 떠돌아다니며 물건을 파는 옛날 행상인들이 하는 일과 다름이 없었다. 다른 점이 있다면 키네틱으로부터 출판권을 사거나 키네틱의 책을 어떤 특수한 방법으로 사용할 권리를 사려는 사람들에게 사무실에 앉아 전화를 하는 것이다. 페이퍼백 제작자, 잡지사, 북 클럽, 신문 연재 등등 모두가 미스 케늘리의 감독 아래에 있었다. 그리고 그녀의 역할은 출판업계에 불어닥친 여러 가지 변화에 발맞춰 점점 더 그 중요성을 더해 가고 있었다.

닷새 동안 도와주는 과정에서 나는 미스 케늘리가 키네틱에서 간행한 한 로맨스 소설의 북 클럽 판매권을 놓고 입찰을 주도하고 있다는 사실을 알게 되었다. 그 소설은 19세기적 기교를 사용하여 20세기 이야기를 하는 소설로 능력 있는 현대 여성 둘과 멍청한 한 남자 그리고 열다섯 살 소녀 하나가 복잡한 관계 속에 뒤엉켜 있는 내용이었다. 쉴 새 없이 울려 대는 전화벨 소리 속에서도 미스 케늘리만이 평정을 유지하는 유일한 사람 같았다. 그런 와중에 그 소설을 페이퍼백으로 찍는 계약을 놓고 또 다른 경쟁이 시작되었다. 이 두 가지 일을 한꺼번에 처리해야 했던 미스 케늘리가 나를 불렀다. 「페이퍼백 사람들을 좀 맡아 줄래요? 그들에게 오늘 오후 4시 반이면 모든 결정이 날 거라고 말해 줘요.」

이내 나는 싸움판에 뛰어든 꼴이 되었으며, 온갖 법석을 떠는 입찰자들을 전화로 차근차근 주무르기 시작했다. 「작가 선생님도 당신네들이 지난번 소설 두 권을 계약했다는 사실을 잘 알고 계세요. 물론 그 사실을 매우 자랑스럽게 여기시죠. 그러니 그분이 당신네들이 계약했으면 하고 원하시는 건 당연한 일이 아니겠어요? 하지만 그분이 모르시는 사실들이 많아요. 아주 복잡한 문제죠. 아무튼 우리로서는 4시 30분에 그 문제를 매듭지을 예정이에요. 그리고 이건 중요한 문젠데…… 당신네들은 정말 최고 경매가를 제시했다고 생각하세요?」

네 개의 미끼가 달린 낚싯줄을 강물에 드리우고 있는 낚시꾼처럼 나는 미스 케늘리가 북 클럽 건을 끝내고 이 일에 관여할 때까지 네 명의 구매자들이 서로 입질을 하도록 유혹하였다. 마침내 미스 케늘리가 일을 마무리지었다. 「네 알겠어요, 미스 카스테인. 미스 마멜스타인이 당신에게 그런 액수를 제시했어요. 그런데 방금 다른 문제들이 생겼거든요. 아, 물론 미스 마멜스타인이 일부러 감춘 건 아무것도 없어요. 단지 방금 들어온 정보를 입수하지 못했다는 것뿐이죠. 우리 윗분이 모든 걸 다시 결정하셨거든요.」

이 민첩한 머리의 마술사가 교묘한 계약 처리 솜씨로 키네틱 출판사에 거의 25만 달러나 되는 금전상의 이득을 얻어주었던 바로 그날, 그녀의 사무실은 그녀의 냉철한 머리를 칭찬하는 회사 간부들로 발 디딜 틈도 없었다. 사장인 맥베인 씨가 말했다. 「미스 케늘리, 우리가 감탄하는 건 어떻게 많은 경쟁자 가운데 한 명의 승자를 고르면서도 탈락된 다른 사람들과도 계속 친교를 유지하며, 또 다음번에는 어떻게 그들과 거래를 재개할 수 있느냐 하는 겁니다.」

그 아일랜드계 여자는 얼굴에 미소를 함빡 띠며 말했다. 「정말 긴박한 순간에 이 젊은 아가씨, 셜리 마멜스타인의 도움이 없었더라면 저라도 별수 없었을 거예요. 사장님이 보셨으면 아마 굉장히 진득한 프로라고 생각하셨을걸요.」

편집자 이본 마멜 **187**

그러자 맥베인 씨가 미소를 지으며 나에게 물었다. 「무슨 부서에서 근무하지요?」 나는 기분 좋게 대답했다. 「지금은 뜨내기예요. 어떻게 좋은 책을 골라 팔릴 만한 책으로 만드는지, 그 비결을 배우고 있는 중이죠.」

「좋은 원고를 찾으면 내게 말해 주시오.」

파티가 끝나자 미스 케늘리는 들뜬 기분을 그냥 삭이기가 아까웠던 모양이었다. 「우리 같이 자축이나 하죠. 내가 한턱 낼게요.」 그래서 우리는 여러 출판사의 편집자들이 자주 드나드는 바로 들어섰고, 그곳에서 나는 난생처음 출판업에 종사하는 젊은 남녀들이 서로 잘난 체하는 이야기를 들을 수 있었다. 「미스 케늘리! 오늘 안타를 세 개나 때렸다면서요!」 『뉴욕 타임스』에서 출판계 취재를 담당한다는 어느 기자가 우리 곁에 다가오며 말했다. 「액수를 물어보진 않겠습니다. 단, 당신이 그리 썩 만족스럽게 생각하진 않지만 그래도 기분은 괜찮아 한다고 써도 되겠죠? 드디어 『삼각수의 근심들』이 베스트셀러의 위치를 확보한 셈이니 당연한 얘기 아닙니까?」 미스 케늘리는 환하게 웃었다. 「좋아요. 그렇게 말했다고 하세요.」 『타임스』 기자는 그녀에게 건배를 청하였다. 「당신은 크게 될 겁니다.」 그런데 그 기자가 자리를 뜨려는 순간 미스 케늘리는 그의 소매를 잡아끌었다. 「여기 이 똑똑한 셜리 마멜스타인 양이 흥미 있는 기사 거리가 될 거예요. 이 아가씬 우리 회사에 처음 발을 들여놓은 바로 첫 주에 그 광란의 도가니 한복판에 뛰어들었답니다. 그런데 바로 이 아가씨가 즉흥적으로 기지를 발휘해서 페이퍼백 판매권을 성사시켰다면 믿으시겠어요?」

그 기자는 몇 가지 사실을 더 묻더니 말했다. 「여기서 잠깐만 기다리세요. 제가 사진기자를 데려올 때까지 말입니다.」 이틀 후, 나는 우리 부모님께 내 사진이 함께 실린 〈신참이

거액 거래를 멋지게 돕다〉라는 극적인 기사를 보여 드릴 수가 있었다. 그 기사는 주로 뉴욕 출판업계에서 활약하고 있는 젊고 똑똑한 여성을 다룬 것이었는데 내가 바로 그 본보기로 뽑혔던 것이다.

그 흥분의 한 주가 지나고 내가 다시 다른 부서로 옮겨 가야 했을 때, 미스 케늘리가 말했다.「당신은 나를 도와준 사람들 가운데 최고였어요. 계속 같이 있으면 좋겠는데 예산이 안 되는 모양이에요. 나중에 혹 내가 자리를 옮기더라도 이 일에서 눈을 떼지 마세요.」

「그만두실 생각이세요?」

「난 지금까지 여러 가지 어려운 상황에서도 몇몇 엄청난 계약 건을 잘 처리해 왔어요. 다른 출판사에서도 누구의 능력인지 잘 알고 있어요.」 그녀는 이야기를 계속 풀었다.「뉴욕 전역에 있는 많은 출판사엔 나처럼 별 볼 일 없는 일부터 시작해서 부수적인 제 계약권과 관련된 기계적인 사무 처리를 담당하는 사람들이 많이 있어요. 처음에 난 그저 서류나 내밀고, 최종 계약서의 빈칸이나 메우는 그런 일을 했지요. 그 당시엔 내가 잘하든 못하든 회사는 겨우 4~5천 달러밖에 못 벌었을 때죠. 하지만 지난 주, 그날 액수를 들었지요? 대단한 거예요. 그래서 큰 출판사들도 이제는 여러 계약권을 다루는, 충충하게 보이는 쪼그만 여자들이 얼마나 중요한 일을 하고 있는지 다 알게 된 겁니다. 만일 이 사무실로 옮길 기회가 오거든 절대 놓치지 마세요. 출판사의 미래는 이곳에 달려 있어요.」

그러나 곧이어 찾아온 나의 미래는 그렇게 극적인 것도, 그렇게 중요한 의미를 지니는 것 같지도 않았다. 모든 출판사에는 우편으로 도착한 엄청난 양의 원고들이 미처 분류도 되지 못한 채 그대로 쌓이는 것이 다반사였다. 우편으로 도착하는 그런 원고 더미들을 출판계에서는 〈채광창 넘어〉 들어온다라고 부르는 것이 상례였다. 그리고 그런 원고들 대부분은 흔히 〈폐품 더미〉라 불리는 상자 속으로 내던져지는 것이 보통이었다. 모든 원고들이 다 책으로 꾸며지는 것은 아니었다. 사실 중견 편집자의 관심 범위 안에 드는 원고들은 극소수에 불과했다. 보수도 많이 받는 전문 편집자들이 가망 없는 원고들 때문에 귀중한 시간을 뺏길 수도 없는 노릇이었다. 평균적으로 따지면 대체로 각 출판사마다 〈채광창 넘어〉 들어온 9백 편의 원고 중 단 한 편만이 책으로 발간되는 것이 일반적인 통계였다. 그러나 여러 출판사에서 퇴짜맞은 원고들이라 해서 베스트셀러가 되지 말라는 법은 물론 없었다. 또 사실 그런 경우가 많았다.

이제는 내가 키네틱의 한 유대계 편집자가 〈쓰레기 산〉이라고 이름을 붙였다는 그 불쌍한 원고 뭉치들을 맡게 된 것이었다. 내가 해야 할 일이란 5층의 접수계 책상에 앉아 전화도 받고, 편집자들에게 전할 메모도 정리하고, 또 필요한 경우엔 타자도 치는 일이었다. 그러나 무엇보다도 중요한 일은 매일 아침 출근하여 누군가의 꿈을 담고 있는 그 원고 꾸러미들을 마주하는 일이었다. 즉, 한 꾸러미, 한 꾸러미씩 개봉하여 슬쩍 그 내용을 뒤적이면서 원고 뭉치를 털어 만일 반송 우표가 들어 있으면 형식적인 거절의 문구를 적어 발송인에게 반송시키는 것이 내 일이었다. 우표가 안 들어 있으면 그 원고 뭉치는 쓰레기통에 버려졌으며, 그 쓰레기통은 매일 밤 지하실에서 커다란 입을 벌리고 있는 쓰레기 수거함에 비워졌던 것이다.

굴착을 하듯 〈쓰레기 산〉을 뒤적였던 이전의 신참들처럼 나는 쓰레기 속에서 다이아몬드를 찾겠다는 신념으로 일을 시작했다. 나름대로 소중한 원고를 키네틱에 보낸 모든 무명의 작가들에게 정당한 출판의 기회를 주겠다고 맹세한 나는 멋진 원고를 발견하리라는 기대 속에 책상 오른쪽 바닥에 있는 상자에서 한 꾸러미씩 들어 올렸다. 그리고 가망이 없는 원고들은 즉시 왼쪽 아래 바닥에 쌓아 놓기 시작했다. 그렇게 왼쪽에 쌓이는 원고 뭉치들이 바로 다시 반송되거나 쓰레기통 속으로 던져질 운명의 것들이었다. 그러한 내 경험이 행복한 경험은 아니었다. 왜냐하면 대부분의 원고들이 너무나 엉망이어서 한 페이지만 읽어도 그 운명을 충분히 감지할 수 있었기 때문이었다. 정신이 맑은 아침이면 50편씩이나 되는 소설 원고들을 검토하기도 했지만 그 많은 원고들 역시 형편없기는 마찬가지였다. 그런 날, 정오가 되면 으레 나는 원고를 보낸 많은 사람들의 희망을 무너뜨린 데 대해 일종의 죄책감 같은 것이 들어 점심 후에는 더 이상 원고를 읽지 않았다. 실망과 좌절이 온 마음을 짓누르던 시절이었다.

나는 쓰레기 더미 같은 원고 뭉치들을 점검하면서 몇 가지 기술을 터득하게 되었다. 만일 첫 페이지부터 하나 이상의 오자가 발견되면 그 원고는 안 봐도 뻔했다. 물론 F. 스콧 피츠제럴드 같은 뛰어난 작가들도 철자가 엉망이었다는 것을 알고 있기는 했지만 경우가 달랐다. 또한 원고에 기묘한 구두점이나 유치한 표현이 나오면 그것 역시 거들떠보지도 않았다. 그런 문장의 전형적인 예가 바로 다음과 같은 글이었다.

> 그의 장모는 좋은 여자였다(!) 그는 장모를 정말 사랑했다(하 하!) 그러나 그녀는 하도 앙앙거리는 여자라 그는 가능하면 그녀를 집에서 내쫓으려고 했다.

종종 기교적인 면에서 뛰어난 원고도 있었으나 그런 경우라도 스토리 전개가 손도 못 댈 정도로 너무 엉망이고 졸렬해서 도저히 출판의 기회를 줄 수가 없었다.

그러나 때로는 〈나는 아무리 해도 이만큼은 못할 거야〉라는 생각이 들 정도로 정말 괜찮은 원고를 만나기도 했다. 그러면 나는 상급 편집자 아무에게나 이 원고는 꼭 보여 줘야겠다고 마음먹고는 서평 비슷한 짤막한 선정 이유서를 타자로 찍어 사환을 통해 보내기도 하였다. 혹 그 편집자가 전문가의 눈으로 그 원고를 쑥 훑어 본 다음 원고를 쓴 사람에게 출판 제의를 할지도 모른다는 생각에서였다. 그리고 다른 한편으로는 원고를 선택하고 책으로 출판하는 과정에 나 자신이 실제로 참여하고 있다는 기쁨을 만끽하고 싶어서였다.

이런 식으로 〈쓰레기 산〉을 맡은 지 수개월이 지난 1964년 말, 인사과의 미스 윌머딩이 나를 불렀다. 「마멜스타인, 우린 당신에 관해서는 최상의 보고만 들어요. 『타임스』에 실렸었던 그 일 생각나시죠? 당신이 훌륭하게 일을 처리했던 그 계약 담당 부서를 포함해서 당신이 근무했던 세 부서에서 모두 빈 자리가 생기면 당신을 다시 데려가고 싶다더군요. 우린 그 사실을 잘 기억해 둘 겁니다. 그런데 세 편집자가 이구동성으로 내뱉은 불만이 하나 있어요.」

나는 상급자들이 지적한 나의 결점이 무엇인지 잘 듣고 고치려는 진지한 마음에서 자세를 바로 했다. 미스 윌머딩은 말을 이었다. 「당신은 〈쓰레기 산〉의 원고들을 읽으면서 편집자들에게 보통 때보다도 세 배나 더 많은 원고들을 보내고 있는 모양이더군요. 내가 했던 말 기억해요? 〈9백 편의 원고 중 출판사에서 그나마 받아들일 수 있는 원고는 한 편 정도뿐이다〉라는 말 말이에요. 그런데 당신은 백 편에 하나 꼴로 보내고 있더군요.」

내가 질책과 그 질책의 원인을 듣고 다소 놀라는 표정을 짓자 미스 월머딩이 다시 말했다. 「그렇다고 열정을 잃지는 마세요. 당신이 해야 할 일은 당신의 비판적 판단력을 더욱 날카롭게 하는 거예요. 9백에 3편 정도로 조절해 보세요. 얼마 안 있어 좋은 작품 하나 찾아 낼 거예요. 그리고 그때면 편집자들도 당신의 판단력을 존중하게 될 테죠.」

충고를 귀담아듣고 사무실을 나서려는 나를 미스 월머딩이 다시 잡아 세웠다. 「다시 앉아 보세요.」 그녀의 웃는 모습에서 나는 이 여자가 그래도 나를 괜찮게 여기고 있구나 하는 느낌을 받았다. 「우리는 이 회사에서 당신이 밝은 미래를 보장받을 수 있으리라 생각하고 있어요. 맥베인 사장님이 이젠 당신을 고급 연구 프로그램에 입학시켜야 할 때가 됐다고 생각하시는 모양이에요. 여기, 뉴욕에서 매년 겨울마다 개설되는 출판 세미나 과정에 관한 목록이 있어요. 컬럼비아 대학, 뉴욕 대학, 뉴 스쿨. 여기 이 모든 강의들을 다 수강한다면 출판에 관해 어느 편집자보다도 더 많이 알게 될 거예요.」

나는 강의 제목을 자세히 들여다보았다. 적어도 7과목 정도는 들을 만했다. 「하지만 수강료들이 꽹장히 비싼 것 같은데요.」 그러자 미스 월머딩이 거들었다. 「수강료는 회사 측에서 부담할 거예요.」 그 순간 나는 말문이 딱 막히고 말았다.

그날 밤, 나는 지하철 출구에서 브롱크스에 있는 우리 아파트까지 거의 날아가다시피 달려갔다. 집에 도착하자마자 나는 쏜살같이 어머니 곁을 지나 주다 삼촌의 팔에 안겼다. 「삼촌이 말씀해 주신대로 모든 게 실현됐어요. 전에 팔이 부러졌을 때 삼촌이 빌려주신 책들을 읽고, 삼촌이 말씀하신 대로 공부했기 때문이에요. 키네틱에서 저를 진짜 편집자로 키우겠대요.」

「아니, 전에 벌써 편집 일을 본다고 안 했었나?」

「저, 그땐 거짓말을 했어요. 사실 지금은 비서예요. 하지만 칭찬을 많이 받고 있어요.」 나는 내가 〈쓰레기 산〉이나 뒤적이고 있다고 털어놓을 용기는 없었다.

「그래, 뭐 달라지는 게 있니?」

「절 야간 학교에 보내겠대요! 편집을 배우라고요.」

삼촌은 혼자 하던 카드 놀이를 멈추시며 물었다. 「그게 그렇게 중요한 거니?」 내가 대답했다. 「그럼요.」 삼촌이 물었다. 「그 수강료는 어떡하고?」 나는 큰 소리로 말했다. 「출판사에서 대준대요.」

주다 삼촌에겐 그 말이 또 다른 차원의 의미로 와 닿았던 모양이었다. 「이 세상에는 네 돈으로 네가 뭘 해야 하는지 쉽게 말해 줄 수 있는 사람들이 많단다. 충고가 돈 드는 일은 아니니까. 그렇지만 네게 뭘 해달라고 하면서 〈그 비용은 우리가 부담하겠습니다〉 하고 말하는 사람들이 있다면 그건 좀 다른 얘기란다.」 그러면서 삼촌의 키네틱의 위계 구조를 분석하며 내 운명을 누가 좌지우지할 것인지, 그리고 세월이 흐른 뒤 내가 어디까지 진급할 수 있을 것인지 한 30분 동안 꼼꼼하게 따져 보시는 것이었다. 그런 가운데서도 대여섯 번쯤은 다시 다짐을 받으시고 싶은 모양이었다. 「그래, 그들이 모든 비용을 부담하는 게 확실하단 말이지?」 내가 그렇다고 거듭 확인을 해드리자 삼촌은 의자에서 벌떡 일어나 내 손을 잡고 방을 빙빙 돌며 왈츠를 추시는 게 아닌가. 「이 녀석이 편집자가 된답니다!」

내가 편집자가 된다는 사실이 삼촌에게 많은 생각을 가져다준 것 같았다. 이제는 많이 늙으셨으니 가족에 대해 점점 더 감상적인 느낌이 드는 것이 어쩌면 당연한 일인지도 몰랐다.

「네가 내 친딸처럼 느껴지는구나. 들려줄 말이 하나 있다. 가끔 넌 아무런 가문의 배경도 없는 막돼먹은 유대인 계집애처럼 말을 하는데 마멜스타인 가문은 교육받은 집안이란다. 네 발음을 좀 고쳐야겠다.」

나는 삼촌이 무슨 말씀을 하시는지 몰랐다. 그러자 삼촌은 브롱크스 배경을 가진 사람들에게는 발음하기가 매우 까다로운 단어들을 나열하시며 내 발음을 흉내내시는 것이었다. 〈싱깅*singing*, 클링깅*clinging*, 윙깅*winging*, 브링깅*bringing*〉. 나는 내가 브롱크스의 다른 유대인 소녀들처럼 이들 단어 속의 〈응-*ng*〉을 〈링거*linger*〉라는 단어를 말할 때처럼 발음한다는 것을 알고 있었다. 사실 영어 알파벳을 사용해서는 어떻게 〈싱잉〉 같은 단어가 발음되는지를 정확히 보여 줄 수가 없다.

어쨌든 주다 삼촌은 그렇게 발음해서는 안 된다고 훈계하셨다. 「셜, 아참, 셜리야. 네가 그렇게 발음하면 듣는 사람들은 금방 안단다. 〈아, 쟤는 브롱크스 출신의 유대인 계집애구나〉 하고 말이야. 발음 하나 때문에 자신을 그 범주 속에 가두게 되는 셈이지.」

삼촌의 말을 들으니 겁이 나기 시작했다. 출판사에서의 출세를 꿈꾸는 내가 그런 식으로 멸시를 당하고 싶지는 않았던 것이다. 「어떻게 그걸 고치죠?」

「이 삼촌이 말이야, 네 아버지를 도와 큰 상점들을 찾아 물건을 팔러 다녔을 때도 그런 문제가 있었단다. 마멜스타인이란 이름으로도 내가 유대인이고 브롱크스 출신이라는 것이 분명하게 드러났는데 발음까지 〈싱깅〉, 이런 식으로 할 수 있겠니?」

「그래서 어떻게 하셨어요?」

「남들이 알았으면 웃었겠지만, 난 내 나름대로 공식을 만들어 지하철을 타고 일터에 나갈 때마다 그걸 반복해서 외웠단다. 〈새들은 노래하며 날아갔네, 꼬불꼬불 감겨 있는 넝쿨에 음악을 들려주면서 *The birds were singing and they went winging, bringing music to the clinging vines.*〉 너도 한 5천 번쯤 불러 봐라. 그러면 그 문장의 단어들을 함부로 발음 못 할 거다. 정확하게 발음하게 되지.」

다음에는 표현에 관한 지적이 있었다. 「그리고 말이다, 〈이미 좋습니다 *all right already*〉라는 말을 쓰지 마라. 정확한 표현이 아냐.」 그리고 다른 많은 유대적 관용어들도 사용하지 말도록 충고하셨다.

「하지만 전 유대인이잖아요.」 나는 삐죽거렸다. 「그리고 전 그 사실이 자랑스럽기까지 하단 말이에요.」

「나도 마찬가지다. 하지만 이 삼촌이 상대했던 구매자들의 절반은 그렇게 생각하질 않더구나. 그 사람들이 〈안 됩니다〉라고 말할 빌미를 줘서는 안 되는 거다. 하나 더, 우리가 단어를 주제로 삼고 있으니 말인데, 이제부터라도 새 단어들을 많이 배워야 한다. 거창한 단어들, 그리고 낯설긴 하지만 그때그때 유행하는 단어들 말이다. 가령 〈마비〉, 〈매개 변수〉, 〈주변적〉 등의 어려운 단어들도 알아 두는 것이 좋을 거다. 거창하게 얘기해라. 그래야 사람들이 너를 간단히 보지 않을 테니.」

또한 삼촌은 내가 나 자신의 위치에 어울리는 옷을 입어야 한다고 생각하셨다. 그 방면의 전문가였던 삼촌은 사무직 여성의 의상을 특집으로 다룬 화려한 여성 잡지 몇 권을 꺼내셨다. 그중 내 눈을 끈 것은, 그리고 여러 번 언급하시는 것으로 보아 삼촌도 관심을 가지셨던 잡지는 〈관리자 풍의 인상〉을 풍기는 멋진 의상들을 대대적으로 취급한 잡지였다. 그 잡지를 뒤적이던 나는 삼촌이 의중에 품고 있는 것이 무엇인지 대충 짐작할 수가 있었다. 「눈을 똑바로 뜨고 머리를 조금만 쓰면 직장에 다니는 여성들도 돈 많이 들이지 않고 멋진 모습을 연출할 수 있지.」

3주 동안 계속해서 토요일마다 삼촌은 당신의 옛날 고객들이 여성 의류를 파는 곳으로 데리고 가서는 그 주인들더러 옷감과 디자인에 대해, 그리고 우아한 멋을 낼 수 있는 정장에 대해 나에게 좀 가르쳐 주라고 부탁하셨다. 그러면서도 옷은 사지 못하게 하시는 것이었다. 그렇게 3주가 지난 어느 토요일, 삼촌은 식구들한테 할 말이 있으니 그날 저녁 식사를 특별히 준비하도록 어머니에게 말씀하셨다. 「이제 우리 가족 중에도 괜찮은 자리에 오른 사람이 생겼으니…… 난 저 애가 회사에서 근무하면서 한 단계, 한 단계씩 오르는 동안 옷 하나만이라도 잘 입혔으면 합니다.」 나는 내가 그저 〈쓰레기 산〉이나 맡고 있는 평범한 직원에 불과하다고 말하고 싶었으나 계속 입을 다물고 있을 수밖에 없었다. 삼촌은 계속 말을 이으셨다. 「오늘 밤, 전 이런 때를 위해 모아 두었던 돈을 우리 집안의 젊고 똑똑한 아이에게 전해 주려고 합니다. 월요일에 일이 끝나고 나면 저 애를 데리고 가서 흔히 우리 같은 사람들이 〈회사 임원용 복장〉이라 부르는 그런 옷을 사 입힐 작정입니다. 값은 저렴하지만 품질만은 최고죠.」 곧이어 삼촌은 3백 달러짜리 수표를 나에게 건네주시는 것이 아닌가.

지금 내 눈에는 아직도 나를 옷가게마다 데리고 다니시면서 이렇게 말씀하시던 삼촌의 모습이 선하다. 「내 질녀가 곧 있으면 큰 회사의 중역이 될 겁니다. 이 애에게 값은 저렴하고 품질은 최고인 정장으로 한 두세 벌을 보여 주었으면 좋겠소.」 그리고 주말에 나는 존 크로포드도 샘낼 만한 멋진 옷을 한 벌 구입하였다. 그러고도 60달러가 남았었다. 「그건 나중에 웨딩드레스를 위해 남겨 두어라.」

그로부터 2주 후, 내 인생에 극적인 계기를 마련해 주셨던 사랑하는 삼촌이 돌아가셨다. 삼촌은 몇 벌의 옷 — 저가이면서 최고 품질의 옷 — 책장 하나 가득한 책들, 그리고 50달러쯤 되는 돈을 유산으로 남기셨다. 그리고 삼촌이 사주신, 말끔하게 재단되고 최고의 감으로 된 매력적인 옷을 입고 다니는 나를 사람들은 더욱 진지한 태도로 대하기 시작했다.

돌이켜 보면, 1965년 겨울은 내 인생에 중대한 변화를 가져다 준 시기였다. 드디어 키네틱 출판사가 나에게서 어떤 가능성을 발견했는지 컬럼비아 대학과 뉴욕 대학에서 개설하는 두 개 강좌의 수강료를 자체에서 부담하기로 결정했던 것이다.

첫 번째 강의에서 나는 전반적인 편집의 원칙들, 기획, 계약, 광고, 명예 훼손, 그리고 북 클럽이나 페이퍼백 출판사, 혹은 서점과의 관계 등 잡다한 지식들을 배웠다. 깊이 있는 강의는 아니었지만 모든 것이 바로 내가 하는 일에 직접 관련되는 것들이었다.

〈원고 편집〉이라는 제목의 두 번째 강의는 사이먼 앤드 슈스터 출판사의 한 노련한 여자 편집자가 담당하였다. 강의 처음에 그녀는 어떤 가상 소설의 한 장(章)을 32페이지 복사본으로 만들어 나누어 주었다. 편집 지도용이기 때문에 그 안에는 일부러 집어넣은 많은 오류들이 있었다. 절반 정도는 나 같은 애송이가 한 번 읽어서는 찾아낼 수 없는 그런 종류의 오류들이었다. 그러나 나는 그녀의 지도로 편집의 기본 원칙들을 많이 배울 수 있었고, 그러한 원칙들에 따라 견본으로 받은 복사본의 오류들도 쉽게 교정할 수가 있었다.

그 여자 편집자는 나름대로 단호한 몇 가지 원칙들을 지니고 있었다. 「문장은 문법적 구조를 가져야 합니다. 물론 대구(對句)도 유지해야 합니다. 한번 시제가 설정되면 그것이 끝날 때까지 지켜져야 해요. 대명사는 미숙한 독자라도 쉽게 알아볼 수 있도록 분명한 선행사를 가져야 합니다.」 각 문장들이 각기 적절한 위치에 놓여 있고, 또 문장 안의 단어들도 올바른 쓰임으로 사용될 때 문장의 단락들이 잘 구성되는 것이며, 그것이 곧 아름다움의 창조라고 그녀는 주장했다. 「그것이 인간 사고의 기본 단위예요. 작가의 고양된 사상이나 인간관계의 힘있는 묘사들이 흠뻑 담겨 있는 기본 형태죠.」

어느 나이 많은 학생이 특정 구절에 너무 많은 시간을 허비한다고 불평을 늘어놓자 그녀는 단호한 어조로 말했다. 「그게 이 강의의 핵심이에요. 작가들이 쓴 부적절한 구절들을 찾아내어 올바른 것으로 만드는 것. 대구, 일관성, 동사의 일치, 대명사 관계, 불필요한 형용사나 동사의 생략, 이런 것들이 바로 내가 겨울 내내 이야기할 것들이죠.」

그녀는 철자에 관해서는 별로 신경을 쓰는 것 같지 않았다. 「철자라면 그걸 다룰 기계와 좋은 책들이 많이 있으니까요.」 그녀는 또한 표준 어법의 사용에 대해서도 그리 고집스럽게 집착하지도 않았다. 그러나 젊은 편집자들이 사용하는 뉴욕 관용어들에 대해서는 불쾌한 기색을 역력히 드러내었다. 한 번은 내가 동료 학생에게 〈이걸 그녀에게 갖다 주실래요 *Can you bring this to her*〉라고 말하자 그녀는 불만을 일시에 폭발했다.

「이보세요. 사물을 여기에서 저기로는 〈가져가는 *take*〉 것이고, 저기에서 여기로는 〈가져오는 *bring*〉 거예요. 대화에서 그 단어들을 잘못 쓰면 무식하다는 소리 듣게 돼요. 만일 그런 표현을 아가씨가 편집하던 원고에서도 고치지 않고 그대로 놔 둔다면 일류 편집자가 될 꿈이 요원한 겁니다.」

내가 선택한 직업에 관계되는 것이라면 쪼가리 지식이나마 하나도 놓치지 않겠다고 마음먹은 나는 그녀가 제공해 주는 모든 것을 다 받아들였다. 어느 날, 공부가 끝난 뒤 나는 미스 윌머딩의 사무실에 들렀다. 「그 강의들 대단하던데요!」

「그래서 우리 키네틱이 출판계에서 그나마 최고라는 소릴 듣고 있는 거예요.」

「어쨌든 그런 강의를 소개해 주셔서 정말 감사합니다.」 그러자 그녀가 말했다. 「당신이 다 잘해서 그런 거지요.」 그런데 어느 주말, 그동안 내가 배운 것들을 곰곰 생각하고 있던 중에 나는 한 가지 사실에 눈이 번쩍 뜨였다. 지금 내가 배우고 있는 것들은 죄다 기계적인 것들뿐이야……, 어떻게 해서 원고가 이루어지는지, 난 그걸 알고 싶어. 나는 곧 컬럼비아 대학과 뉴욕 대학에 다니는 두 친구에게 내 생각을 말하고 자문을 구하였다. 친구들의 대답은 똑같았다. 「에반 케이터라는 귀재가 뉴 스쿨에서 집중 강의를 하고 있다나 봐. 토요일엔 여섯 시간, 일요일엔 네 시간씩 4주 동안 말이야.」

「그 사람이 누군데?」

「흔히 뉴욕에는 진정한 편집자가 한 네 명 있다고들 해. 그중 하이럼 헤이든이라는 사람이 정말 뛰어난 강의를 했다지 아마. 뉴욕 출신의 유명 작가들 가운데 절반은 그 사람한테서 배웠다는 거야. 그런데 케이터가 그 자릴 대신할 거래. 나도 한번 가보려고.」

나는 2월에 한다는 그 강좌에 수강료를 내가 부담해서라도 꼭 참가해야겠다고 결심하였다. 그래서 4주 동안 나는 그 차분한 인상의 환갑의 노인이 들려주는 멋진 강의, 소설을 구성하는 데 개입되는 심리적, 정신적 과정에 관한 이야기들에 열심히 귀를 기울였다. 뉴욕 대학의 강의에서 철자 상의 오류를 크게 문제 삼지 않았던 그 여자 편집자처럼 그도 글쓰기의 기계적인 측면은 무시하는 것 같았다. 글쓰기는 근본적으로 두뇌에서 나오는 것이 아니라 영혼에서 발산되어 나오는 지적인 과정이었다. 그리고 글쓰기의 목표는 작가의 영혼이 독자의 영혼과 한데 교감하는 데 있었고, 그 예술적 성취도는 독자의 영혼에 불을 붙일 수 있는 상징들을 얼마만큼 효과적으로 사용하는가 하는 능력에 있었다. 그 정도로 숭고한 야망도 없으면 그의 경멸거리도 되지 못했던 것이다.

토요일과 일요일, 그는 도스토옙스키의 『백치』, 토마스 만의 『마의 산』, 플로베르의 『보바리 부인』, 그리고 포크너의 『음향과 분노』를 참조하여 우리들에게 들려줄 교훈들을 이끌어 내었다. 그러면 월요일부터 금요일까지 나는 그 대작들이 내 영혼의 양식이라도 되듯 밤늦게까지 불을 밝혀 독서를 하였다.

케이터는 또한 우리의 무기력을 깨뜨리기 위해 기발한 방법을 동원하기도 했다. 42번가에 있는 유명한 아폴로 영화관의 도움을 받아 고전적인 영화의 관람을 주선하면서 그 영화들 가운데 여섯 편은 꼭 보아야 한다는 것이었다. 「아폴로에서 그 영화들을 동시 상영하고 있으니 사흘 동안만 오후 시간과 저녁 시간을 할애하면 될 겁니다.」 그는 특히 우리가 맨 처음 보기로 되어 있던 영화인 「잔 다르크의 수난」에 관심이 많은 모양이었다. 그의 말은 이러했다. 「칼 드레이어라는 덴마크 감독이 1928년에 만든 작품이죠. 그 영화로 인해 비로소 영화라는 장르가 예술의 세계로 진입할 수 있는 주춧돌을 마련한 셈이 되었습니다. 그 감독은 유명한 팔코네티를 잔 다르크로 등장시켰습니다. 섬세하게 클로즈업시키며 공포와 환희가 얼굴에 교차하도록 표현하면서 말입니다. 잔의 그런 얼굴과 그녀를 박해했던 프랑스인과 영국인들의 돼지 같은 얼굴이 스크린 위에서 선명하게 대비되었습니다……. 과도한 표정 변화를 억제하고 히스테리적인 요소도 배제한 그런 장엄한 얼굴들이 바로 10여 세기 동안의 교회의 역사와 박해의 역사를 축도해서 보여 주는 얼굴들입니다.」

세 번째 영화에 대해서도 그는 똑같이 그 중요성을 강조하였다. 그가 〈어쩌면 여태까지 만들어진 영화 중 최고〉일 거라고 치켜세운 그 영화는 「인생 유전(人生流轉)」이라는 영화였다. 제2차 세계 대전 중 나치가 점령하였던 파리에서 비밀리에 찍었다는 그 영화는 혁명 초기의 파리 보드빌 극장에 관련된 여러 무리의 사람들, 특히 〈천국〉이라 불리는 극장 위층의 싸구려 관람석을 차지하고 있는 떠들썩한 아이들을 묘사하고 있었다. 또한 그 영화에는 중요한 세 인물들이 등장하는데, 아를레티가 연기한 야하게 아름다우면서도 까다로운 여성, 떠오르는 스타인 장 루이 바로가 연기한 흰 얼굴의 광대, 그리고 피에르 브라쇠르가 연기한 거만한 배우가 그들이었다. 어느 비련의 귀족을 포함해서 이들 세 인물들이 내보이는 뒤엉킨 관계가 그 영화의 골격을 이루고 있었다. 케이터는 그 영화에 대해 이런저런 얘기를 하면서 다음과 같은 중요한 지적을 잊지 않았다. 「내가 그 영활 최고라고 했는데 그 말을 잘 기억하십시오. 내 정신에 일격을 가한 영화였습니다. 물론 여러분 가운데는 내 말에 동의하지 않을 분도 있을 겁니다. 그렇지만 미래의 작가로서 여러분이 해야 할 일은 바로 〈여러분〉의 정신에 일격을 가하는 그런 영화나 연극이나 오페라를 보는 일입니다. 자기 자신보다 더 똑똑한 사람들과 어울려야 하고, 자신의 감수성을 폭발시켜 줄 그런 일을 찾아야 하는 겁니다.」 그는 또한 적절한 배경 설정을 통해서도 인간 심리를 진하게 묘사할 수 있다고 하면서 그 대표적인 예로 「밀고자」라는 영화를 추천하기도 했다.

그제야 나는 뉴욕 시립 대학의 파인슈라이버 교수가 뉴욕 거리에서도 교육을 받을 수 있다고 한 말이 무슨 의미인지 알게 되었다. 왜냐하면 7번가와 8번가 사이에 있는 입장료가

싸면서도 수준급의 영화를 상영하는 많은 영화관들과 필요한 거의 모든 책을 다 구비해 놓고 있는 무료 공공 도서관을 내가 자주 드나들게 된 것이 바로 그 무렵이었기 때문이다. 거리는 누구든지 마음껏 이용할 수 있는 개방된 대학이었고, 나는 물릴 줄 모르는 탐구욕을 지닌 학생이었다. 나는 케이터가 추천했던 영화들뿐만 아니라 뛰어난 유럽 영화감독들의 회고작도 보았다. 그 결과, 즉 영화 산업의 최고 두뇌들이 어떻게 마술을 부리는지 보았기 때문에 내가 서사에 대해 어느 정도 뛰어난 감각을 지니게 된 것인지도 몰랐다. 그러나 어느 날, 강의가 끝난 다음 내가 케이터 씨에게 다가가 나의 관심을 거리로 이끌어 준 데 감사하자 그는 이렇게 말하는 것이었다. 「영화와 책 둘 다 중요합니다. 예, 중요하지요. 그렇지만 위대한 창작의 비밀을 파헤치려면 음악과 그림에도 관심을 쏟아야 할 겁니다.」

「인생이 길지도 않은데 어떻게 그 많은 걸……」

「인간 노력의 최고 진수를 탐구하는 것, 그것 말고 삶의 진정한 의미가 어디에 있겠습니까?」

그가 소설이라는 허구의 창조에 있어서 최고의 목표라고 설파한 것은 참다우면서도 온당한 인물의 창조였다. 그리고 그러한 인물의 창조란 온갖 역경 속에서 그 인물이 겪게 되는 정신적 변화를 여실하게 그림으로써 달성된다고 그는 믿었다. 「소설은 곧 성장을 보여 주는 겁니다.」 그는 몇 번이고 이 말을 강조하였다.

2월의 마지막 일요일, 마지막 강의가 끝났을 때 나는 교실에 남았다. 「저는 키네틱 출판사에서 편집일을 배우고 있는 중이에요. 선생님은 제게 원고에서 무엇을 찾아야 하는지를 가르쳐 주셨어요.」

「그래, 그게 뭔지 한 단어로 표현하실 수 있겠습니까?」

「강렬함.」

「예, 맞습니다. 그런데 당신은 지금 키네틱에서 어떤 책을 편집하고 계십니까?」

「채 검토되지 않은 원고 뭉치들을 취급하고 있어요. 키네틱에선 그걸 〈쓰레기 산〉이라 부르죠. 높이 산처럼 쌓인다고 해서……」

「어디나 마찬가집니다. 마멜스타인 양, 당신이나 나 같은 사람이 해야 할 일은 엉터리 원고들이 출판사 바닥에 뿌리를 내리지 못하게 하는 일입니다. 아시죠?」

「예, 알아요.」 그래서 3월부터 나는 상급 편집자들에게 좀 더 검토해 주십사 하고 보내는 채광창의 소설 원고의 추천 비율을 9백 편에 3편 꼴로 줄이기 시작했다.

내가 스물세 살이었던 1967년 겨울, 상급자들의 많은 칭찬으로 보아 조만간 더 좋은 자리로 승진될 것 같은 예감이 들었던 어느 날 아침, 회사에 출근한 나는 여느 때와 다름없이 원고 꾸러미를 하나 들어 올렸다. 깨끗이 타자된 원고들이었다. 세 페이지 정도 읽어 내려가던 나는 채용된 지 얼마 안 되어 각 사무실로 우편물을 전달하는 일을 맡고 있었던 재니스에게 소릴 질렀다. 「이 원고 괜찮은데.」 내가 읽은 몇 장의 원고를 그녀에게 읽어 보라고 건네주고, 곧 우리는 함께 그 원고의 장점이 무엇인지 찾아내기 시작했다. 재니스는 대학을 2학년까지 마친 상태였고 또 책이란 어때야 하는가에 대한 나름대로의 감각도 있는 여성이었다.

「이 사람은 자신이 무엇을 하고 있는지 알고 있는 것 같아요.」 재니스의 말이었다. 나는 〈누굴까?〉 하며 원고가 들어 있던 상자를 살펴보았다. 〈루카스 요더, 펜실베이니아 주 로스톡.〉

재니스가 다른 사무실로 간 뒤에도 나는 계속 그 원고를 읽었고, 그날 저녁 퇴근하기 전에 우편물 접수계로 전화를 걸었다. 「재니스에게 지금 곧 5층 접수계로 오라고 전해 주시겠어요?」 곧이어 자신이 뭐 잘못했나 걱정스러운 얼굴로 나타난 재니스에게 내가 말했다. 「편집자들은 내가 쓰레기 같은 원고 더미에서 너무 많은 원고들을 보낸다고 야단들이야. 이 원고 한 서너 장(章) 읽어 보고 내용이 어떤지 내일 아침 얘기 좀 해줄래?」

이제야 책을 접하게 됐다는 기쁨에서인지 재니스는 기꺼이 승낙하며 원고 일부를 받았다. 다음 날 아침, 재니스는 상기된 얼굴을 하고 내 책상에서 나를 기다리고 있었다. 「감동적이에요. 그렌즐러 지역을 어찌나 잘 묘사했는지 그곳 독일인들이 하는 말이 귀에 들리는 듯해요. 그리고 그들의 곳간도 눈앞에 바로 보일 것 같았어요.」

「나도 바로 그 얘길 하고 싶었어.」 나는 그녀에게 고맙다는 말을 하였다. 「너는 날 참 많이 도와주었어. 한 시간쯤 후에 다시 와 줄래? 이걸 이해할 만한 편집자에게 직접 갖다 줬으면 좋겠어.」 재니스는 엘리베이터를 타고 위층으로 올라갔고 나는 책상에 앉아 후에 키네틱 출판사의 그 유명한 〈그렌즐러 8부작〉의 일부가 될 그 원고에 대해 다음과 같은 보고서를 작성하기 시작했다.

클라리스, 오랫동안 당신을 괴롭히지 않았죠? 마침내 당신의 주의를 요하는 그런 원고를 발견했어요. 펜실베이니아의 한 구석에 있는 독일인 동네에 관한 이야기예요. 그림처럼 아름다우면서도 감동적인 삶의 모습을 멋지게 묘사했어요. 대화도 훌륭하고 — 방언이 좀 섞이긴 했지만 그리 과도하게 노출된 것은 아니고 — 인물들도 매력적이에요. 아마 쭉 빨려 들어가실 거예요.

작가에 대해선 아무것도 모르는 상태예요. 하지만 그가 점잖은 영어를 쓸 줄 안다는 것, 그리고 소설의 구성에 대해 탄탄한 이해를 지니고 있는 것으로 여겨져요. 이번엔 제발 저를 봐서라도 이 원고 잘 좀 살펴 주세요.
〈쓰레기 산〉의 셜리 마멜스타인

3일 후, 재니스가 다시 원고를 가지고 왔을 때 그 안에는 짤막한 메모가 붙어 있었다. 〈이 작품 안 되겠어요.〉 이 분명한 거부 의사에 화가 난 나는 재니스에게 말했다. 「잠깐만 기다려.」 그러고는 급히 처음 그 원고를 보낼 때 동봉한 편지와 똑같은 내용을 다시 타자기로 두들겼다. 「이걸 바로 줄리아에게 전해 줄래?」

내 원고(난 그렇게 부르기로 이미 작정을 했다)가 세 번씩이나 퇴짜를 맞고 난 뒤에도 나는 다시 한 번 다른 편집자에게 돌릴 준비를 하고 있었다. 그때 미스 윌머딩으로부터 전화가 걸려 왔다. 「마멜스타인? 곧 이리로 와 주실래요?」 나는 네 번째 편지를 미처 끝내지 못한 채 미스 윌머딩의 사무실로 발걸음을 옮겼다. 그곳에는 미스 윌머딩과 상급 편집자 가운데 한 사람인 미스 데넘이 기다리고 있었다. 데넘은 편집을 배우는 예비 편집자들을 지도, 감독하는 여자였.

미스 윌머딩은 단도직입적으로 말문을 열었다. 「미스 데넘이 그러는데, 당신이 매우 완강하게 쓰레기 같은 원고 하나를 벌써 세 번이나 여기저기 돌리고 있다면서요? 능력 있는 편집자들이 안 된다고 하는데도 말이에요.」

「전 그 작품이 대작이라는 확신이 들어서 그랬어요. 그 속엔 소설이 요구하는 모든 것이 다 들어 있거든요.」 「그래요? 그게 뭔데요?」 두 여자가 동시에 물었다. 나는 지난 2월 뉴 스쿨의 에반 케이터에게서 배운 것을 토대로 열심히 답변하였다. 얼굴이 상기된 채 내가 말을 마치자 미스 데넘이 입을 열었다. 「동감이에요. 당신이 보낸 원고를 마지막으로 받았던 미스 로저스가 얘기해서 내가 직접 그 원고를 봤어요. 당신 말이 맞아요. 보완해야 할 점이 많긴 하지만 장래성이 있는 작품이더군요. 그래서 우리가 여기 있는 거예요.」 그러더니 그녀는 미스 윌머딩을 바라보며 말했다. 「폴린, 이젠 말해 줘요.」 알았다는 듯이 인사 담당 매니저인 미스 윌머딩이 입을 열었다. 「마멜스타인 양, 당신이 날로 성장하고 있다는 사실에 정말 기뻐요. 얼마 전에 당신이 들었던 강의의 평가 보고서가 왔어요. 그 보고서를 보고 맥베인 사장님이 당신을 편집부로 옮기라는 승인을 했어요. 그래서 지금 당신이 하는 일을 대신 맡을 사람을 정하는 대로 바로······.」

나는 자리에서 벌떡 일어나 〈와아!〉 하고 소릴 지르고 싶은 마음이 굴뚝같았지만 나보다 나이가 훨씬 많은 다소 근엄한 표정의 두 여자를 바라보면서 감정을 억제하였다. 너무 경박하게 보여서는 안 된다고 생각한 나는 약간 쑥스러운 듯 얌전하게 말했다. 「정말 굉장한 소식이에요. 이제야 제가 추구하는 목표가 이루어지려나 봐요.」 순간 재니스가 떠오른 나는 다시 말문을 열었다. 「저······, 제가 제안을 하나 해도 될까요? 새로 온 우편물 전달 아가씨 재니스 있잖아요, 책임감도 강하고 제가 하는 일에 관심도 많았어요.」

「어떤 식으로 관심을 보였죠?」 미스 윌머딩이 묻자 내가 대답했다. 「자신이 한가한 시간이면 제 책상 곁을 떠나지 않았어요. 제가 하는 일을 배우려고 열성적이었고요. 원고를 보려고 말이에요.」

서류철을 뒤적이던 미스 윌머딩이 말했다. 「괜찮겠네요. 하지만 그녀에겐 아무 말 하지 마세요. 그리고 당신의 자리 이동에 관해서도 그녀에게 아무 말 하지 마세요. 그리고 당신의 자리 이동에 관해선 미스 데넘이 말할 겁니다.」 그러자 미스 데넘이 밤하늘의 불꽃놀이처럼 방 안을 환하게 밝혀 주는 말을 꺼내는 것이었다. 「당신이 그렇게 그 펜실베이니아 독일인의 작품을 좋아하니 내가 있는 곳으로 옮겨서 한 번 해보세요. 작품의 모양을 완전히 갖출 수 있게끔 작가를 독려하는 거예요. 그게 가능하면 편집자 회의에 제출해서 승인을 받아야 할 테고, 그다음엔 영업부원들에게 보여 독자들의 반응이 어떨지 알아봐야 해요. 그러면 그 건이 성공을 하든 못 하든 당신은 편집자로서 첫발을 내디딘 셈이 되는 겁니다.」

한동안 나는 아무 말도 할 수가 없었다. 무슨 말을 해야 했지만 과연 내 입에서 이 상황에 적절한 말이 튀어나올지 자신이 없었기 때문이었다. 아까와 마찬가지로 자리에서 벌떡 일어나 환호성을 내지르고 싶었지만 다시 한 번 나는 기쁨을 억누르며, 그러나 얼굴엔 환한 미소를 머금은 채 내 앞의 두 여자를 바라보았다. 「오늘 같은 날이 오기를 얼마나 고대했는지 몰라요. 마음의 준비는 다 되어 있어요. 두 분 실망시키지 않도록 열심히 일하겠습니다.」

「그런데 한 가지 주의해야 할 점은……」 미스 데넘이 조심스럽게 입을 열었다. 「원고나 그 원고를 쓴 작가와 사랑에 빠지면 안 된다는 거예요. 항상 팔 하나의 거리를 유지해야 해요. 그들은 당신을 사랑하지 않아요. 결국 당신의 성공은 당신이 비판적 거리를 유지하면서 얼마만큼 올바르게 그들을 판단하느냐 하는 능력에 달려 있다고 볼 수 있어요.」

내 책상으로 되돌아온 나는 요더라는 작가에 관한 네 번째 보고서를 타자기에서 살며시 빼낸 다음, 원고를 다시 상자에 담고 책상을 치우기 시작했다. 그러고는 우편물 접수계에 전화를 걸어 재니스에게 좀 와달라고 부탁하였다. 그녀가 나타나자 나는 불쑥 말을 꺼냈다. 「한잔, 어때?」 갑작스러운 제의에 당황했는지 재니스가 조심스럽게 물었다. 「무슨 안 좋은 소식이라도 있어요?」 나는 웃으며 안심시켰다. 「아니.」

바에서 자리를 잡고 앉자 내가 말을 꺼냈다. 「재니스, 내가 하는 얘기 한마디라도 다른 사람한테 해선 안 돼, 절대로. 아마 너 곧 그 우편물에서 손을 떼고 내 자리로 올라올 것 같아. 이제 첫발을 들어 올린 거야.」

「정말이에요?」 깜짝 놀라는 그녀에게 나는 다시 한 번 비밀을 다짐받고, 마치 신참자에게 훈계나 들려주는 노련한 선배인 양 말을 늘어놓았다. 「내가 지금까지 하던 일은 굉장히 재미있는 일이야. 이젠 네가 이 출판사에서 제일 먼저 원고를 검토하는 사람이 되는 거야. 채광창을 넘어 오는 9백 편의 원고 중 큰 출판사라도 두세 개밖에 신경 쓸 게 없어.」 나는 또한 그런 원고 뭉치 가운데 숨어 있는 훌륭한 원고 한 편을 어떻게 알아보느냐 하는 게 중요하다고 일러 주었다. 또 키네틱의 편집자 중 누가 신인 작가들에게 가장 많이 마음을 쓰는지도 가르쳐 주었다.

재니스는 눈빛을 반짝이며 물었다. 「당신은 어디로 가고요?」 이제나 저제나 그런 질문이 나오길 기다렸던 나는 짐짓 겸손한 태도로 대답했다. 「나를 편집자로 임명한대. 물론 시작 단계이긴 하지만 금방 정식 편집자가 될 것 같아. 너도 평생 동안 〈쓰레기 산〉에 있지는 않을 거야.」

「셜, 우리 건배해요.」

「제바알, 나를 셜이라고 부르지 마. 멍청한 사람처럼 들리잖아. 더군다나 이젠 편집자의 대열에 들어섰는데 말이야.」

「아, 미안해요.」 우리는 서로의 밝은 미래를 위해 잔을 높이 들었다.

〈쓰레기 산〉에서 처음 『그렌즐러』 원고를 보냈을 때 탐탁지 않게 생각했던 편집자들은 내가 그들의 대열에 같이 끼게 되었을 때에도 여전히 회의적인 반응들이었다. 편집자로서 내 첫 번째 시도가 그리 순탄치 않음을 보여 주는 징조였다. 허나 나는 나의 앞길에 어떠한 역경이 닥치더라도 용기를 잃지 말자고 다짐했고, 또 결국엔 내가 성공을 거두리라는 확신도 있었다.

　그러나 내가 당연한 절차를 거쳐 내 작가에게 지급할 선지급금을 신청했을 때 결국 나는 정면 반대에 부딪히고 말았다. 「당신이 신청한 천5백 달러는 우리 기준에서 완전히 벗어나는 불합리한 액수입니다. 그 정도의 액수는 경력이 있는 작가에게나 가능한 거죠.」

　「그럼, 그 사람한테 얼마라고 얘기해야 되죠? 그 정도는 돼야 한다고 생각하는데요, 저는.」

　「우리도 생각은 그렇게 할 수 있어요. 그렇지만 당신은 5백 달러까지만 권한이 있어요. 그것도 당신이 최종 원고를 받을 수 있다는 확신이 섰을 때 가능한 거랍니다.」

　「하지만 우린 이미 원고를 갖고 있잖아요.」

　「난 〈최종〉 원고라고 했습니다.」

　비로소 나는 내가 어느 위치에 있는지를 알게 되었다. 다른 사람들이 떠나고 난 뒤 나는 일의 순서가 어떻게 되는지 곰곰 생각했다. 이미 그 원고가 훌륭한 것임은 확신했지만, 다른 사람들을 설득시키기 전에 우선 그 원고를 가능한 한 정교하게 다듬어야 했던 것이다. 그전까지는 작가에게 계약이 성사되었다고 확답을 주어서도, 선지급금을 지불하겠다고 언질을 주어서도 안 되었다. 그저 작가에게 전화로 개인적인 고무와 격려만을 해줄 수 있을 뿐이었다.

　전혀 본 적도 없고 알지도 못하는 남자가 나의 모든 제의를 차분하고 점잖은 목소리로 수락했을 때 나는 〈이 사람과 나는 이제 한 팀이다〉라는 생각이 문득 들었다. 나는 용기를 얻어 그에게 말했다. 「요더 씨, 방금 저희 둘이 약속했던 그 계획을 다 이루고 나면 제가 두 가지는 약속드릴 수 있을 것 같아요. 첫째는 당신이 이제 키네틱과 정식 계약을 맺게 되리라는 것이죠. 그리고 두 번째는 저에게 당신이 약속을 지키리라는 확신만 서게 되면 저희 키네틱에서 현금으로 선지급금을 지불하게 될 거예요. 그리고 우린 한 배를 탄 사람들이 되는 셈이죠.」

수화기를 통해 기쁨의 탄성이 들리자 나는 얼른 충고 조의 말을 뱉지 않을 수 없었다. 「선지급금이라 하지만 포르셰를 한 대 살 수 있는 정도는 아니에요. 그리고 절 만나실 땐 너무 그렇게 탄성을 내지르진 마세요. 저, 굉장히 젊은 여자예요.」 그러자 껄껄거리는 웃음소리가 들려왔고, 난 다소 안심이 되었다. 「그래도 당신과 제가 함께 훌륭한 책을 출판하게 될 거라고 확신은 하고 있으니 걱정하지 않으셔도 될 거예요.」 그는 자신도 그런 확신이 든다고 응수해 왔고, 나는 이렇게 말하며 통화를 끝냈다. 「조만간 한번 들러 주세요.」

1967년 3월 어느 월요일 아침, 그가 출판사에 나타났다. 조그만 내 사무실로 들어서던 그는 깜짝 놀라는 눈치였다. 자신이 생각했던 것보다도 내가 더 젊은 여자라서 그런 것 같았다. 여러 해가 지난 뒤 그는 이렇게 털어놓았다. 「그때 나는 당신이 내 촌스러운 모습을 보고 경멸할지도 모른다고 생각했었지요. 분명 뉴욕 출신의 거만한 여자일 거라고 예상했었거든요.」 그러나 내가 점심때가 되어 그리 비싸지 않은 레스토랑으로 식사 초대를 할 때쯤에 장차 키네틱 연감에서 유명한 짝을 이루게 된 그런 관계를 이루게 되었다. 긴 하루가 지나고, 그가 계약이 성사되고 선지급금이 지불되기 전에

편집자 이본 마멜 211

필수적으로 해야 할 일들을 다 수락하고 난 뒤, 나는 그를 출판사 입구까지 배웅하였다. 그는 나의 첫 번째 작가이고, 그러니 나에게는 소중한 사람이었기 때문이었다. 「요더 씨, 처음 네 장(章)을 빨리 보내 주세요. 이미 보장된 거나 다름없어요.」 그가 대답했다. 「난 당신이 좀 까다롭고, 격식을 차린 딱딱한 언어나 구사하는 그런 여자일 거라 예상했었어요. 사실 그런 여자라면 당신의 정열과 활력에 10분의 1도 못 좇아갈 테지만.」

9일 후, 아침 10시에 네 장의 원고가 도착하였다. 날수에 비해 엄청난 양이었는데도⋯⋯. 어쨌든 나는 다음 날 아침 10시 30분에 미스 데넘에게 보고서를 올렸다.

『그렌즐러』의 루카스 요더 씨가 처음 네 장을 꼼꼼히 고쳐서 다시 보내왔습니다. 선지급금 5백 달러를 곧 지불할 수 있도록 정식 계약서를 내주세요.

나의 서명이 들어갈 서류가 도착했을 때 나는 그 서류와 수표를 내가 보내는 것이 아니라는 사실을 알고 깜짝 놀랐다. 미스 데넘 밑에서 일하는 사람이 그건 자신이 보내야 한다면서 이렇게 설명해 주었다. 「콜리어 출판사에서 있었던 이야기를 듣곤 우리 모두 깜짝 놀랐어요. 여러 해 전의 일인데, 어떤 한 편집자가 작가들에게 보낼 수표를 보내지 않았던 모양이에요. 아마 급히 돈이 필요했다나 봐요. 그런데 거기에서 그친 것이 아니라 굉장히 뛰어난 글을 쓰는 작가들이 있다고 거짓으로 꾸며 대서는 그 작가들에게 돈을 지급한다고 하면서 돈을 유용했다는군요. 그 출판사에서는 나중에야 그 사기 행각을 알았답니다.」

「그렇담 요더 씨에게 계약서와 수표가 곧 전달될 것이라고 전화는 해도 되겠죠?」

「그럼요. 미스 데넘은 그런 서류와 돈이 제때 전달되는지 아닌지 무척 신경을 쓰거든요.」

나는 요더 씨에게 전화를 걸었다. 「놀라실 소식이 있어요. 방금 당신에게 보낼 계약서를 제 눈으로 확인했고 또 선지급금으로 보내는 수표에 담당자로서 제 서명까지 했어요. 지금쯤이면 우편으로 우송되고 있을 겁니다.」 이렇게 해서 우리의 관계는 시작되었다.

1968년 겨울. 나는 뉴 스쿨에서 개설하는 〈소설의 양상들〉이라는 강의를 수강하기 위해 회사의 지원을 바란다는 신청서를 미스 윌머딩에게 제출했다. 그러자 그녀가 물었다. 「아니, 전에 그 케이터라는 사람에게서 강의를 듣지 않았나요?」

「들었어요. 그래서 제가 지금 이 위치까지 왔겠죠.」

「기꺼이 도와드리죠. 가만 있자……. 그런데 뉴욕 대학에서 개설하는 〈편집자와 인쇄인: 하나의 팀워크〉란 강의도 신청하셨군요.」

「예. 편집된 원고가 어떻게 책으로 완성되는지 알고 싶어서요.」

「허락하죠. 우리 키네틱의 숨은 일꾼이에요, 당신은. 행여 맨 처음 맡았던 그 펜실베이니아 독일인들에 대한 소설이 잘 안 팔린다고 해서 기죽진 마세요. 편집자나 작가나 출발이 더딘 경우가 많아요.」

「이렇게까지 절 믿어 주셔서 정말 감사해요. 하지만 그 살인 미스터리 소설이 그렇게 부진하지 않았잖아요. 게다가 요더 씨는 지난번 부진을 보충한다고 다시 후속 편에 열중이고요. 이번엔 분명 대성공을 거둘 거예요.」

나는 올해 키네틱이 나를 위해 지불한 수강료의 대가나 회수했는지 걱정이 앞섰다. 그렇다고 나를 가르친 선생의 잘못은 아니었다. 모든 것이 내 잘못이라는 느낌이었다. 첫날 야간 강의가 끝난 뒤 지하철을 타고 집으로 돌아가던 중 문득 이런 생각이 떠올랐기 때문이었다. 맞아. 난 다른 사람들의 문제는 해결해 주면서 나 자신의 문제는 여태 해결하질 못하고 있어. 미스 케늘리를 도와 페이퍼백 판매권도 해결했고, 재니스를 승진시켜 주기도 했고, 그리고 루카스 요더 씨의 출판 계약 건도 처리했어. 게다가 시작은 좋았지만 결말이 영 형편없었던 어느 여자의 미스터리 소설도 어찌됐건 제대로 되도록 도와주었어. 그런데 난 뭐야? 대체 내가 나 자신을 위해서 한 일이 뭐야?

서서히 나 자신에 관한 근심이 고개를 내밀기 시작했다. 스물네 살에 아무런 전망도 없어 보이고, 아니 낚싯줄에 입질 한 번 못 해본 여자. 문제는 내가 아는 젊은 남자가 한 명도 없다는 사실이었다. 내가 어떤 남자의 관심도 끌지 못하는 동안 주다 삼촌이 내 웨딩드레스를 위해 남겨 둔 60달러가 어느 구석엔가 처박혀 이자나 불리고 있는 것은 아닌지……. 사실 우리 출판사의 한 남자 편집자에게 마음이 끌린 적이 있었다. 비소설을 전문으로 하는 20대 후반의 전도가 유망한 청년으로 그의 이름은 시거드 젭슨이었다. 그러나 그에 대한 나의 희망은 우리 출판사의 로비에서 그 남자를 기다리고 있던 『하퍼스』의 어느 똑똑한 젊은 여자 편집자가 그를 만나 정열적으로 포옹을 하던 어느 날 밤에 산산이 부서지고 말았다. 여기저기 미친 듯이 전화를 건 나는 그녀가 스미스 대학 출신이며, 영문과를 우등생으로 졸업했고, 부모로부터 지원도 많이 받고, 또 버몬트에 여름 별장까지 있다는 사실을 알아내었다. 그리고 그 순간 그를 향해 열어 놓았던 내 마음의 문이 꽝 닫혀 버렸던 것이다.

그런데 그해 겨울의 두 번째 야간 강좌 시간에 나는 드디어 한 남자를 발견하였다! 그 남자가 내 앞줄의 한쪽 구석에 앉아 있었기 때문에 나는 그의 잘생긴 얼굴과 검은 머리, 그리고 강의에 집중하는 그의 태도까지 하나도 놓치지 않고 감상할 수가 있었다. 드디어 쉬는 시간이 되어 나는 그에게 다가가 말을 걸었다. 난 그가 나보다 세 살이 많지만 삶과 글쓰기의 실제 문제에 있어서는 20년이나 더 세련되고 앞서 있는 사람이라는 것을 알게 되었다. 그의 이름은 베노 래트너였으며, 나와 비슷하게 컬럼비아 대학을 2학년까지 다니다가 중간에 그만둔 사람이었다. 그러나 보기와는 달리 그가 베트남 전쟁 초기에 전장에 뛰어든 용사였다는 사실도 드러났다.

나는 혼자 중얼거렸다. 그래 바로 이 사람이야! 강의가 끝나고 나는 무슨 자유 토론회 같은 것이라도 있었으면 하고 바랐는데, 다행히도 누군가가 내 소원을 알아차리기라도 한 듯 정말 자유 토론회가 열리게 되었다. 그의 목소리는 차분하고 절제된 목소리였다. 더구나 바이런 풍의 비장하면서도 낭만적인 표정으로 보나 권위 있는 어조로 보나 그는 토론을 주도할 유일한 인물이었지만 전혀 나서려고 하질 않았다.

나는 그의 가장 큰 매력이 어디에 있는지 쉽게 찾아낼 수가 있었다. 그는 사람들이 하는 말에 진지하게 귀 기울이고, 또 설혹 의견이 다르더라도 고른 치아를 반짝이며 부드럽고 따뜻한 미소로 상대방을 대하였다. 그러면 상대방은 반대 의견을 내놓고 논쟁을 벌이려고 하다가도 그의 미소와 부드러운 표정을 보고는 그만 무장 해제되어 버리고 마는 것이었다. 그런데 그의 상대가 나 같은 여자라면 더 이상 무슨 말이 필요하겠는가.

그는 항상 참신한 의견을 개진하는 사람이었다. 케이터가 더 이상 나가지 못하고 멈추게 되면 항상 새로운 출발을 주도하는 사람이 바로 그였다. 소설에서 자신이 추구하는 것은 궁극적인 설명, 초자연적인 행위, 복잡다단하게 얽혀 있는 동기라고 하면서 그는 이렇게 말하였다. 「이제는 더 이상 이솝 우화 같은 얘기만 늘어놓을 수는 없잖아요, 안 그래요?」

그는 특히 당시 유행하던 전쟁 소설들을 경멸하였다. 「이젠 더 이상, 가령 전형적인 전쟁 소설에 단골로 등장하는 흑인 사병 하나, 브루클린 출신 사병 하나, 예민한 성격의 사병 하나, 그리고 의지가 박약한 소위와 비정한 성격의 중사 등으로 구성된 한 소대가 보 제스트라는 요새를 죽기 살기로 공격한다는 식의 이야기로는 안 됩니다. 그리고 외인부대라는 것도 이젠 존재하지 않잖아요?」

「그러면 어떤 식의 이야기가 필요합니까?」 뉴저지에 있는 대학에서 왔다는 한 젊은 교수의 질문에 그는 다음과 같이 대답을 하였고 나는 눈이 휘둥그레질 수밖에 없었다. 「우리에게 필요한 것은 하루에 다음의 여섯 가지 일을 하면서 정신적으로 수없이 난도질을 당하는 그런 인물들을 다룬 소설입니다. 첫째는 가령 고향인 미네소타로 돌아가는 죽은 병사의 관 위에 그럴싸한 말을 늘어놓는 가톨릭 군목의 기도를 듣는 일. 둘째는 정글에 있는 적의 진지로 공격을 떠나는, 대부분이 흑인 사병들로 구성된 부대원들에게 남부 출신의 한 대령이 훈시를 하는 동안 차려 자세로 듣고 서 있는 일. 셋째는 미국 병사를 저격했다고 해서 열한 살짜리 동양인 소년을 나무에서 끌어내려 쏘아 죽이는 일. 넷째는 공산군 편을 드는 농부들을 굶겨 죽이려는 방편으로 논 위에 휘발유를 뿌려 불지르는 일. 다섯째는 공군기들이 한 마을에 네이팜탄을 퍼붓는 동안 그 마을 둘레에서 포진하고 있다가 도망치는 주민들에게 남녀노소 불문하고 마구 총알 세례를 퍼붓는 일. 그리고 마지막으로 밤에 군 막사에서 고국 고향에 있는 친지들에게 편지를 쓰는 일……. 소설에선 이 모든 유형의 인물들을 1968년에 실제 존재했던 인물들로 만들어야 하는 겁니다. 나무 위의 소년, 대령, 불길을 피해 도망가는 늙은 아낙네, 네이팜탄을 떨어뜨리는 젊은 조종사, 그리고 무엇보다도 당신 자신을 화자로 해서 말입니다.」

「그렇다면 당신은 그 모든 것들을 소설 속에 다 담을 수 있다는 말입니까?」 그 젊은 교수가 묻자 래트너는 기다렸다는 듯이 대답했다. 「반드시 그렇게 해야 합니다. 만일 당신 학생들 가운데 그렇게 할 학생이 없다면 나라도 해야죠.」

그들의 이야기가 끝나자 나는 그에게 다가가 말을 붙였다. 「당신 말이 맞는 것 같아요. 전 편집자인데요, 저 같은 사람들이 밤낮으로 찾고 있는 사람이 바로 당신 같은 작가들이에요.」

그는 나를 흘끗 쳐다보더니 입을 열었다. 「저는 〈당신 같은 작가〉가 아닙니다. 어떤 범주 속에 저를 집어넣는 것이 제일 싫습니다. 제가 이 세미나에 참석한 것은 저같이 이야기할 것이 엄청나게 많은 사람이 어떻게 그 많은 얘깃거리를 추슬러 가는지 그것을 보려는 생각에서였습니다.」

「제 말의 의미는 모든 출판사들이 바로 당신 같은 독특한 사람들을 찾고 있다는 것이었어요. 그렇지 않은 사람들은 출판사 측에서 볼 때 일고의 가치도 없는 존재들이거든요.」

「당신 말이 사실이라면, 당신은 어디서 편집일을 보시는데요?」

「키네틱 출판사요.」

이 말을 들은 그는 처음에는 미소를 빙긋 짓더니 곧이어 커다란 웃음을 터뜨렸다. 「하하, 이거 정말 우연이로군요.」

「그게 무슨 소리죠?」

「제가 이틀 전에 제 소설의 처음 다섯 장하고 소설 개요를 키네틱에 보냈거든요.」

「누구 앞으로요?」

「키네틱 출판사로요. 우편으로 보냈습니다.」

「아니, 정말이세요? 똑똑하게 생기신 분이 어떻게 일을 그렇게 처리하세요? 그렇게 우편으로 들어오는 원고들이 어떤 운명에 처하는지 모르고 계셨던 모양이죠?」 케이터의 강의를 듣는 예닐곱 학생들이 우리의 말에 귀를 솔깃 세운 가운데 나는 우편으로 들어온 원고들이 큰 출판사에서 어떻게 취급되고 있는지 설명하기 시작했다. 「그런 원고들을 우리 키네틱에선 〈쓰레기 산〉이라고 불러요. 맞는 말이에요. 어림잡아 9백 편의 원고 중 한 3편 정도만이 진짜 편집자의 손에 들어가게 되거든요.」

「그럼 당신은 진짜 편집자가 아니었단 말입니까?」

「〈쓰레기 산〉을 취급할 때요? 그땐 아니었어요. 뉴욕 시립 대학에서 막 1학년을 마친 열아홉 살의 처녀였죠.」

「그럼 내 웅대한 노력도 빛을 볼 기회가 없겠군요, 그렇습니까?」

「그런 셈이죠. 그런데…… 당신 성함이 어떻게 된다고 하셨죠? 베노 래트너? 이틀 전에 우편으로 보내셨다고요? 그게 아직 원고 뭉치들 속에 숨어 있는가 찾아봐야겠어요.」

다른 학생들이 하나둘씩 자리를 뜨자 그가 입을 열었다. 「당신이 키네틱 출판사에서 근무한다고 말하지만 않았더라도 한잔하자고 초대하고 싶었습니다. 하지만 이젠 그렇게 하면 안 되겠죠? 잘 봐달라고 아부하는 것처럼 보일 테니 말입니다.」

「전 환심 사는 것 따위엔 이젠 면역이 됐어요.」 이 재미있는 남자와 그의 따뜻한 미소를 잃을까 조바심이 났던 나는 얼른 이렇게 대꾸하지 않을 수가 없었다. 「그리고 당신 생각을 더 듣는 것이 저로서는 더없이 재미있을 것 같은데요.」 그래서 우리는 차가운 밤공기를 뚫고 5번가 남쪽으로 경쾌한 발걸음을 옮기게 되었다. 내가 다시 입을 열었다. 「그런데 당신은 참 이상한 단어를 쓰더군요. 〈아부〉라니…….」 그러자 그는 되묻는 것이었다. 「〈환심〉이라는 말은 어떻고요?」 내가 내 일에 열중하다 보니까 자연히 그런 단어들이 튀어나온다고 설명하자 그도 자기 변명을 늘어놓았다. 「저는 태어날 때부터 제가 쓰는 단어들을 안고 태어난 셈입니다. 잠시도 이야기를 그치지 않는 교육받은 유대인 가정이었죠. 제 삼촌이나 고모들도 마찬가지였습니다.」 그의 말에 내가 아무 대꾸도 하지 않자 그는 화제를 다른 데로 돌렸다. 「당신, 가만히 보니까 바에 들어서자마자 〈베트남에 관해 아시는 것 있으면 죄다 해주세요〉 하고 붙들고 늘어질 것 같은데요.」

「아니에요.」 나는 다소 쌀쌀한 어투로 말을 꺼냈다. 「만일 물을 것이 있다면 직업 편집자로서 이런 것을 묻겠죠. 〈제한된 공간 속에 어떻게 당신이 생각하는 그 각각의 인물을 그립니까?〉 뭐 이런 식으로 물어야 출발이 제대로 되지 않겠어요? 나무 위의 소년, 마을 주민들에게 사격하기를 거부한 흑인 병사…….」

이런 식으로 말을 튼 우리는 서로의 생각을 개진하며 밤 2시까지 이야기를 나누었다. 물론 대화를 나누는 동안 60년대 이전에 유행했던 개념들은 죄다 떨쳐 버리는 한편, 에반 케이터가 분명히 했던 소설의 원칙들을 잠정적으로 적용시켜 보기도 하였다. 혹 누군가가 우리의 대화를 듣고 있었다면 그 사람은 분명 래트너가 심리적인 요소들에 관해 더 깊은 이해를 갖고 있는 반면 나는 그런 요소들을 소설에 어떻게 적용시킬 것인지에 관해 더 깊은 관심을 가지고 있다는 것을 쉽게 알아차렸을 것이다. 그러나 우리가 무슨 얘기를 하든 서로를 존중한다는 것은 의문의 여지도 없었다.

이야기가 끝나고 래트너가 계산을 하려고 일어섰을 때 내가 말했다. 「각자 내죠, 뭐.」 그가 이렇게 물었다. 「나야 고향에서 돈을 갖다 쓰니 별문제지만 당신은 여유 있으세요?」 그래서 내가 대답했다. 「그러지 마세요. 저는 키네틱에서 월급 받고 있어요.」 곧이어 헤어질 때가 되자 래트너는 아쉬운 표정으로 다시 말을 꺼냈다. 「브롱크스까지 같이 타고 가지 못해 정말 섭섭합니다. 하지만 오늘 저녁은 정말 의미 있었습니다. 베트남에 관한 공허한 상념에서 잠시 벗어날 수가 있었으니까요.」

「전혀 공허하게 들리지 않던데요.」 이런 말과 함께 나는 지하철로 발걸음을 옮겼다. 그러자 그도 어둠에 휩싸인 워싱턴 광장을 어떻게 여자 혼자 지나가도록 내버려 둘 수 있냐며 내 뒤를 따라왔다. 8번가에서 지하로 내려가기 직전 나는 다시 한 번 원고에 관한 얘기를 꺼냈다. 「우리 〈쓰레기 산〉에서 당신 원고를 찾아보겠어요. 참, 반송 우표도 동봉했나요?」

대답하는 그의 목소리에는 다소 성난 어조가 섞여 있었다. 「마치 보호자라도 되신 양 말씀하시는군요. 물론 동봉했어요. 그런 것쯤은 다 알고 있습니다.」

「언제 보내셨다고 하셨죠?」

「사흘 전에 직접 갖다 주었습니다.」

「이틀 전이라고 하셨잖아요.」

「그건 어젯밤에 한 얘기고요.」

보통 나는 지하철을 타고 집으로 가는 동안 다음 날 『타임스』를 사서 읽는 것이 상례였다. 그러나 그날 밤은 달랐다. 나는 책을 아는 활발한 성격의 남자를 만난 것이 얼마나 가슴 떨리는 일이었는지 깍지를 끼고 앉아 되새기기 시작했다. 그리곤 갑자기 자세를 바로 했다. 그가 내 현실의 남자가 될 수도 있어! 어쩌면 내가 기다리던 사람이 바로 그 남자일 수도 있잖아! 이런 행복한 공상에 뒤이어 겨울 내내 내 머리를 뒤흔든 헛된 망상이 기억으로 떠올랐다. 에반 케이터를 부인 몰래 꼬여 내어 정열적인 로맨스를 즐기면 어떨까 생각했으니. 그리고 그가 결혼하지 않았다는 사실과 앞으로도 결혼 같은 건 하지 않을 사람이라는 사실을 알았을 때의 내 감정의 동요는 또 어떠했는지……. 나는 나오는 웃음을 애써 참았다. 실성한 사람처럼 복잡한 지하철에서 웃음을 터뜨릴 수는 없는 노릇이었다.

나는 계속 생각에 잠겼다. 그러나 베노 그 사람은 다른 것 같아. 사리 판단이 분명해. 얘기할 것이 많은 작가 지망생이잖아. 내가 내릴 지하철역이 다가오고 있었다. 원고를 직접 갖다 준 게 사실이라면 아직도 출판사에 있는지 알아봐야겠어. 불현듯 나 대신 〈쓰레기 산〉을 맡은 재니스와 최근에 나눈 대화가 생각나자 걱정이 앞서기 시작했다. 내가 요즘 일이 어떠냐고 물었을 때 재니스가 〈밤이 되기 전에 그날 도착한 원고들을 다 치워 버려요〉라고 자랑스레 대답했기 때문이었다. 제발 재니스가 지난 며칠만이라도 그런 부지런을 떨지 말았어야 하는데…….

다음 날 아침 나는 출근하자마자 7층 내 사무실에 잠깐 들른 다음 곧장 재니스가 있는 4층으로 내려갔다. 「어젯밤 뉴스쿨에서 한 젊은 작가를 만났는데 말이야, 그 사람이 내가 여기서 일한다는 얘길 듣더니 이틀 전에 우리 출판사로 원고를 보냈다고 하더라고. 반송 우표도 동봉했다는가 봐. 아직 치우지나 않았는지 모르겠어.」

「이름이 뭐래요?」

「응, 베노 래트너라고 하던가…….」

내가 그의 이름을 천천히 반복하자 재니스는 반색을 하며 소리를 내질렀다. 「그래요? 이 메모 좀 보세요!」 그러고는 내가 옛날에 가끔 타자로 찍었던 것과 같은 종류의 쪽지를 보여 주었다.

미스 마멜스타인. 당신은 젊은이들의 문제에 관심이 많으신 분이니 방금 채광창을 넘어온 이 원고를 기꺼이 검토해 주시리라 믿어요. 시간 낭비하시는 건 아닐 거예요. 물론 완성된 원고는 아니에요. 재니스 크룹.

「원고 지금 어디에 있지?」 내가 묻자 그녀가 말했다. 「지금쯤 당신 책상에 있을지 몰라요. 레이첼이 오늘 아침 제일 먼저 집어 들었으니까요.」

얼른 내 사무실로 돌아왔지만 원고는 없었다. 나는 태연히 일상적인 어투로 물었다. 「레이첼이 아직 우편물을 안 돌린 모양이죠?」 그런데 모두가 잘 모르겠다는 표정으로 나를 바라보는 순간 레이첼이 내가 편집하고 있던 현대 로맨스 소설의 교정쇄와 재니스의 메모가 붙어 있는 래트너의 원고를 들고 사무실로 들어서는 것이 아닌가.

예전에 내가 다뤘던 수백 개의 상자들과 너무도 비슷한 그 상자를 집어 든 나는 다른 원고들을 한쪽으로 치우고 내 바로 앞에 그 상자를 조심스럽게 내려놓았다. 그러고는 상자를 물끄러미 바라보며, 원고를 검토하기 전에 편집자들이 자기가 잘 아는 작가들의 원고를 대할 때마다 으레 기도하듯 내뱉는 말을 던졌다. 「부디 훌륭하길.」

무슨 의식을 치르듯 메모를 한쪽으로 치운 나는 상자의 윗뚜껑을 들어 책상 위에 반듯하게 내려놓았다. 나중에 혹 반송하게 될 경우 그 뚜껑을 잃어버려선 안 되기 때문이었다. 그런 다음 나는 상자 속의 원고를 집어 들었다. 우선 두

가지가 눈에 띄었다. 하나는 반송 우표가 들어 있는 조그만 글라신 봉투가 상자 뚜껑 안쪽에 스카치 테이프로 붙여져 있다는 것이었고, 또 하나는 보낸 원고가 일부에 지나지 않기 때문인지 상자의 나머지 빈 공간에 휴지를 구겨 채워 넣었다는 사실이었다.

첫 단락을 읽어 내려가던 나는 왜 재니스가 이 원고를 검토하라고 추천했는지 그 이유를 알 것 같았다. 생생한 이미지의 연속이었다. 현실감 있는 배경 설정 — 베트남의 농경지 — 그리고 머리엔 고깔 모양의 밀짚모자를 쓰고 무릎을 꿇은 채 일을 하는 깡마른 여인. 그러나 물론 편집자의 눈으로 볼 땐 재니스가 미처 발견하지 못한 결점이 눈에 띄기도 했다. 한 단락의 의미나 행위, 혹은 그 분위기를 주도할 주제 문장이 결여되어 있었기에 단락의 구성이 어딘가 조밀하지 못한 구석이 있었던 것이다.

그는 이미지를 사용하여 최대 효과를 불러일으키는 방법은 알고 있는 것 같았지만 그것을 계속 이끌어 나가는 방법은 모르는 듯했다. 어쨌건 만화경 같은 배경 설정에 뒤이어 플롯의 전개가 제대로 이루어지겠지 하는 희망을 품고 있던 나로서는 원고를 계속 붙잡고 있을 수밖에 없었다. 그러나 희망은 희망일 뿐, 점심 시간 전 나는 미스 데넘에게 보낼 다음의 보고서를 타자로 치기 시작했다.

래트너 베노. 『녹색 습지』. 베트남 전쟁에 관한 시의 적절한 이야기. 매우 힘차고 독특한 시각을 지니고 있음. 훌륭한 이미지와 뛰어난 언어 구사력이 돋보임. 그러나 구성이 약하고 전개시키는 힘이 부족함. 구성을 더 단단하게 할 수 있다는 확신이 서면 분발을 촉구하는 편지를 요함. 그리고 그가 원한다면 더 자세한 논의를 위해 개인적인 면담을 제안하기 바람.

12시 30분에 여섯 단락의 분석을 끝낸 나는 만일 이 중요한 시점에서 작가가 우리들의 충고를 받아들인다면 이 미완성의 원고가 나중에 키네틱 출판사에서 완성된 책으로 빛을 볼 수도 있으리라는 결론을 내렸다. 일을 마쳤다는 만족감에 나는 다시 원고를 꾸리고 그 위에 보고서를 얹어 넣은 다음 시계를 바라보았다. 「이런! 벌써 한시 반이잖아. 점심은 다 먹었네.」 그러나 서둘러 자리에서 일어나 밖으로 나서려던 나는 잠시 머뭇거리지 않을 수 없었다. 맨해튼 전화번호부가 눈에 띄었기 때문이었다. 전화번호부 책장을 이리저리 뒤적이던 나는 방금 책상 한쪽에 치워 두었던 상자를 다시 열어 주소를 찾았다. 블리커 가는 생각이 나는데 번지수를 몰랐기 때문이었다. 하지만 전화번호부에 블리커 가의 래트너라는 사람은 나와 있질 않았다. 베노가 부모와 함께 살고 있을지도 모른다는 생각에 래트너라는 이름의 명단을 꼼꼼히 살펴 보았지만 그것 역시 확인할 수가 없었다. 현재로서는 그에게 전화를 건다는 것이 불가능한 일이었다. 별수 없이 나는 책상에 앉아 타자기를 두드렸다. 그 재미있는 원고를 쓰레기 더미에서 구했다는 짤막한 편지를 그에게 보내기 위함이었다. 다음번 에반 케이터의 강의가 끝난 다음에 얘기 좀 나누자는 말도 물론 잊지 않았다.

1968년부터 1970년까지의 몇 해 동안은 내가 직업적인 삶에 있어서나 개인적인 삶에 있어서나 감정의 폭풍 속에서 헤어나지 못하던 시절이었다. 그렇다고 그 기간이 내 인생에 악영향을 끼칠 만큼 부정적인 것은 아니었다. 폭풍이 이따금씩 나를 진흙 구렁텅이 속으로 처박기도 했지만 대개의 경우는 나를 아스라이 저 높은 환희의 구름 위로 올려놓기도 했기 때문이었다.

편집자로서 나는 루카스 요더 씨와 긴밀한 관계를 유지하며 그의 두 번째 소설 『농장』을 세련되게 마무리하기 시작하였다. 즐거우면서도 보람 있는 경험이었다. 동시에 나는 베노 래트너와 그의 베트남 전쟁 원고를 놓고 씨름을 하였다. 그러나 그 일은 정말 비생산적인 일이었다. 독일인 요더 씨는 인내심이 강하고 꾸준히 작업을 하는 작가로, 일단 목표가 설정되면 어떤 유혹이나 방해에도 한눈을 팔지 않았다. 반면에 베트남 참전 용사인 베노 래트너는 너무 변덕스럽고 감정의 변화가 죽 끓듯 하는 사람으로 빛을 발하는 어떤 한 지점을 추구하는 것이 아니라 하늘의 모든 영역에서 빛나는 북극의 오로라를 따라가듯 자기 방향을 잡지 못하였다. 그리고 요더 씨는 내가 한마디만 해도 제대로 방향을 잡고 그 힘든 수정 작업을 공들여 하는 데 반해, 래트너는 나의 말에 조금이라도 비평적인 언사가 섞이기만 해도 한 일주일 동안은 활기를 잃고 타자기를 피하는 것이었다. 결국 그 독일인 농부는 매달 목표 의식을 갖고 소설의 완성을 위해 꾸준히 매진하였지만, 베트남 참전 용사는 동남아시아의 정글에서 길을 잃고 이리저리 손을 뻗쳐 누가 구해 주기만을 기다리는 꼴이 되고 말았다.

글쓰기에 대한 두 가지 접근 방법 사이의 이러한 대조 — 오랜 훈련에서 터득한 직업적인 전문성과 이에 대조되는, 즉 한순간 번쩍이는 통찰에 의존하는 아마추어적 즉흥성 — 를 래트너가 특히 더 고통스럽게 의식하는 것 같았다. 그는 내가 요더 씨의 이름을 자주 언급하기만 해도 그것이 곧 자신의 자존심을 상하게 하는 것이라고 여기는 사람이었다. 의도적인 것은 아니었지만 나는 요더 씨가 곧 나올 소설의 교정쇄를 읽고 있다는 말을 자주 함으로써 래트너의 마음에 상처를 주기도 했던 것이다. 하지만 사실 레트너의 원고는 인쇄소로 넘길 정도로 충분한 형태를 갖추기에는 아직도 멀었다. 그러니 내가 요더 씨에 관해 무슨 말을 하든 그것이 래트너에게는 분명 약점 잡히는 일이었다. 어느 날 그는 이렇게 쏘아붙였다. 「나는 이제 당신의 그 빌어먹을 독일인이나 그 작자가 내놓는다는 쓰레기 같은 글에 대해 더 이상 듣고 싶지 않아요.」 나는 화가 나 〈당신이 그 사람 반만큼만 되어도 다행이지요〉라고 대꾸해 주고 싶었지만 나름으로 정직하게, 비록 비효율적이긴 하지만, 자신의 문제를 해결하려 애쓰는 이 잘생기고 재능 있는 남자에게 차마 그럴 수가 없었다.

차분한 성격의 중년의 요더 씨와 폭풍처럼 격렬한 성격의 젊은 래트너 사이의 이러한 차이는 내가 베노 래트너와 제정신을 차릴 수 없을 정도의 깊은 사랑에 빠졌다는 사실 때문에 더욱 두드러지게 부각되게 되었다. 물론 시거드 젭슨이나 케이터 교수에 대해서 이전에 내가 느꼈던 낭만적인 연정과도 완전히 성격이 다른 경험이었다. 바로 모든 면에서 훌륭하게만 느껴지는 한 젊은 청년에게 완전한 몰입이었다. 그는 미남이고 지적인 데다 헌신적이고 또 같이 있으면 자극이 되는, 게다가 어느 집단에서고 출중한 면을 보이는 사람이었다. 그런 사람이 나 같은 존재에게 관심을 가지리라곤 상상도 못 했기에 나는 때때로 강의 중에 다른 젊은 여자 편집자들을 훔쳐보며 — 모두가 눈이 부실 정도로 빼어나게 아름답고 공부도 많이 한 여자들이었다 — 혹 이 미인들 중 누가 그 사람을 빼앗아 가면 어쩌나 하는 쓸데없는 걱정을 하기도 했었다.

나는 우리의 첫 번째 키스를 어제 일인 듯 생생하게 기억한다. 어느 날 우리는 케이터의 훌륭한 강의를 듣고 워싱턴 광장의 한 술집에서 세미나를 한답시고 모임을 가지게 되었다. 그곳에서 베노는 그의 우상 중의 한 사람인 스탕달에 관해, 그리고 그 고통받은 프랑스인이 다양한 감정에 사로잡힌 여러 인물들을 어떻게 그리고 있는지 장황하게 늘어놓기 시작했다. 그의 그런 모습은 정말 훌륭하다 못해 화려하기까지 했다. 그런데 모임이 끝난 뒤 나와 함께 8번가의 지하철역까지 걸어가던 베노는 헤어지기가 섭섭한 듯 몇 번이고 사과의 말을 건네는 것이었다. 「이 요술쟁이 같은 아가씨, 당신을 바래다주기 위해 그렇게 먼 곳까지 갔다 나 혼자 되돌아올 순 없단 말이오. 물론 당신은 충분히 바래다줄 만한 가치가 있는 존재지요. 하지만 난 아직 그런 정도까지 올라가지 못한 것 같소. 이 래트너가 유감의 뜻을 전합니다.」 그러더니 그는 마치 길 가는 사람에게 희롱을 하듯 갑자기 나에게 와락 달려들어 정열적인 키스를 퍼붓는 것이 아닌가. 「당신은 정말 내가 이럴 만한 귀중한 존재요! 정말 뭔가 황홀하고 특별한 데가 있는 여자란 말이죠.」 나도 그가 내게 얼마나 소중한 존재인지 말하고 싶었으나 숨막힐 정도로 꼭 껴안은 그의 포옹 때문에 그저 그의 품 안에 안겨 있을 뿐이었다.

꿈같은 귀갓길. 그러나 그 들뜬 기분에 불현듯 불안과 의혹이 찾아들기 시작했다. 그가 왜 나에게 관심을 가지는 걸까? 그처럼 세련된 사람이 더 공부도 많이 하고 세상 물정 밝은 여자들을 제쳐 두고 나하고 계속 만나 대화를 나누게나 될까? 나 자신에 대한 비하가 고개를 쳐들기 시작하자 난 견딜 수가 없었다. 다음 날 아침 나는 미스 윌머딩에게 전화를 걸어 중요한 내 개인적인 문제로 좀 만나 뵈어도 되겠냐고 물었다. 그녀의 목소리가 예전에 비해서 다소 쾌활하게 들렸다. 「그게 바로 내가 해야 할 일이죠. 내려와요.」 내 걱정거리가 얼마나 진부한 것인지 그녀는 틀림없이 좀 뜻밖이라고 생각했었을 것이다. 「저는 대학을 졸업하지 못한 데 대해 열등의식이랄까, 아무튼 그런 자의식을 지니고 있어요. 잘 알고 계시겠지만, 전 따라가려고 많은 노력을 했어요. 하지만 제가 잘 배우고 있는 건지……. 제 말은 제가 편집을 제 평생 직업으로 정한 만큼 잘 공부하고 있는 건지 모르겠다는 거예요.」

그녀가 웃음을 터뜨렸다. 「미스 마멜스타인! 회사의 보조로 당신이 들은 야간 강의, 그리고 당신 나름으로 행하고 있는 독서의 양, 아니, 그거면 충분하지……. 내 생각엔 보통의 문학 석사 학위 소지자보다 당신이 더 많이 공부한 것 같아요. 내 말을 믿어요. 당신은 여기 뉴욕에서 가장 성공했다는 몇몇 편집자들보다도 몇 마일이나 앞선 사람이에요.」 그녀는 따뜻한 미소를 짓더니 말을 이었다. 「그리고 우리 간부진의 몇몇 남자나 여자들보다도 당신이 더 뛰어나요. 당신은 명석한 두뇌를 가졌어요. 정말이에요. 어려웠던 시절에 대한 보상은 나중에 다 이루어질 거예요.」

위로받은 느낌 그 이상의 기분으로 내가 자리에서 일어서자 미스 윌머딩은 문까지 나를 바래다주었다. 「내가 할 얘기는 아니지만, 당신은 날로 예뻐 보이는 그 용모 때문에라도 잘될 거예요. 나도 당신처럼 좋은 평가받고 또 그렇게 예뻐 보였으면 좋겠어요.」 그녀는 어머니의 손길처럼 부드럽게 내 등을 다독거려 주며 아무 걱정 말고 어서 가서 일이나 잘하라고 일러 주었다. 그리고 그날 내내 나는 유리가 달려 내 모습을 비춰 볼 수 있는 문이나 벽을 지나칠 때마다 흘끗흘끗 나 자신의 모양새를 훔쳐보았다. 내가 보기에도 괜찮은 모습이었다.

바로 그 금요일 밤, 에반 케이터 교수는 강의가 끝나자 나보고 잠시 남아 달라고 하였다. 「아가씨가 이젠 키네틱 출판사에서 날개를 완전히 다 펼친 노련한 편집자가 되었다지요? 젊은 나이에 정말 대단한 일이오.」

「그래도 전 아직 너무 어리다는 느낌이에요. 정말 격에 맞지 않는 것 같아요. 선생님도 아시겠지만 전 대학을 한 학년 밖에 마치지 못했잖아요.」

「이봐요, 젊은 아가씨. 내 수업 중에 당신이 내보인 학구열이나 태도로 보아 정말 중요한 부분에 있어선 벌써 박사를 받고도 남을 정도요. 가장 우수한 학생이지, 아암.」

그리고 곧 그가 이렇게 말한 기억으로 보아 당시 내 얼굴이 홍당무가 되었던 것이 틀림없었다. 「어이구 이런! 사전에 양해를 구하고 그런 말을 했어야 하는 건데, 내가 주책이로군. 어쨌거나 말이오, 왜 당신도 들었던 그 초보자를 위한 강의 있잖소. 그 강의를 듣는 학생 중에 뛰어난 재능을 지닌 젊은 여학생이 하나 있어요. 내 판단으로는 그래요. 그 사람 원고를 당신이 좀 봐줬으면 해서……. 아마 원고가 90퍼센트는 완성된 것 같던데, 당신네 출판사에서 얘기하는 그 쓰레기 더미 같은 운명을 좀 피하도록 도와줬으면 고맙겠소.」

「케이터 교수님, 제가 선생님을 돕게 되다니 그것만으로도 제겐 영광이에요. 선생님의 강의가 제겐 구세주였어요. 그리고 전 선생님의 판단을 믿어요.」

「그런 말이 나오길 바랐어요. 그래서 이렇게 원고도 가져왔고…….」 그 젊은 여자는 실비아 플라스[6]만큼이나 출중한 재능의 소유자였으며 그해 내가 발견한 작가가 되었다.

아무튼 케이터 교수에게서 뜻하지 않은 찬사를 들은 나는 나를 기다리고 있던 베노 래트너에게 전에 없던 자신감 넘친 태도로 다가갈 수가 있었다. 능력도 있고, 공부도 많이 했고,

---

6 Sylvia Plath(1932~1963). 미국의 대표적인 현대 시인. 고백적인 경향을 지닌 정열의 시를 쓴 시인으로 자살로 생을 마감하였다.

안정된 직장도 있고, 또 살짝 나 혼자서 하는 얘긴데, 외모도 괜찮다니 그럴 수밖에. 게다가 나이는 스물넷밖에 안 되었고, 더욱이 뉴욕 지성의 심장부에 있으니 이 얼마나 굉장한 경험인가. 특히 한 젊은 남자가 나에게 각별한 관심마저 가지고 있다…….

그날 밤 평소와 다름없이 8번가 지하철역까지 함께 걸어간 우리는 입구에서 거의 30분가량을 서성였다. 마침내 더 이상 못 참겠다는 듯이, 그러나 짐짓 태연한 투로 그가 말을 꺼냈다. 「내 아파트가 바로 저기요.」 물론 그도 그날 밤에는 내가 그를 따라가지 않을 것이라는 사실을 잘 알고 있었다. 하지만 오래지 않아 어느 금요일 밤이 되면 내가 그를 따라 그의 아파트까지 갈 것을 그나 나나 이심전심으로 다 느끼고는 있었다.

세 번의 금요일이 지나자 베노에 대한 나의 애정은 여태 내가 경험해 보지 못한, 아니 생각조차 못 했던 방향으로 마구 폭발하기 시작했다. 그러니 마음의 결정도 쉽게 내려질 수가 있었다. 평소와 다름없이 베노는 케이터 교수의 개념이나 생각을 실제 적용하는 데 뛰어났고, 또 강의 후 모임에서의 활약상도 예전과 다름없었다. 밤 2시에 모임이 끝나자 그는 으레 그랬듯 지하철역까지 같이 걸어가자고 하였다. 「이 늦은 밤에 브롱크스까지 지하철을 타고 가다니 멍청한 짓이란 생각이 안 들어요? 내 아파트에 가서 편히 쉬다가 아침에 가는 게 어때요? 싫어요?」

사전에 연습이라도 한 듯 금방 나의 대답이 튀어나왔다. 「좋은 생각이에요. 오늘은 당신 사는 곳이 어떤지 검사해 보고 다음 주에나 한번 생각해 보죠 뭐.」 지하철 입구를 지나 우리는 블리커 가까지 걸었다. 그곳의 새로 지은 건물에 그의 부모님이 마련해 준 그의 아파트가 있었다. 아파트에 들어서자마자 흰색과 푸른색과 금색이 수놓아진 화려한 페르시아 양탄자, 수려한 감각의 현대식 부엌 세간, 책으로 가득 찬 두 개의 책장, 피셔 전축, 그리고 세 점의 큼직한 모네 그림 복제화가 내 눈을 어지럽혔다. 어쩜 그렇게 취향이 나와 비슷한지…….

베노의 팔에 안긴 나는 집에 갈 생각도 하지 않았다. 그런데다 이제는 정말 집에 가야겠다고 일어섰을 때 이상한 일까지 일어나고 말았으니……. 문고리를 잡으려는 내 손을 어떤 강력한 힘이 제지하고 있다는 느낌이 드는 순간 나는 베노를 향해 다시 돌아서 속삭이듯 이렇게 말했던 것이다. 「오, 베노, 당신과 이곳에 함께 있다니 정말 꿈만 같아요. 집에 가기가 싫어요.」 그리고 나는 다시 그의 품 안으로 달려들었고, 그 힘에 베노는 침대로 쓰러지며 내 팔을 잡아끌었다. 그날 밤 더 이상 집에 간다는 생각이 나지 않은 것은 당연했다.

다음 금요일 아침. 나는 커다란 가방 두 개를 들고 출근했으며, 케이터 교수의 강의에 참석할 때도 마찬가지였다. 강의실에 들어서는 나를 보고 의외라는 듯 눈썹을 추켜올리는 베노를 보고 나는 고개를 끄덕여 주었다. 그와 함께 살겠다는 그날의 결심은 내 평생 가장 만족스러운 결심 중의 하나였다.

1970년은 그 자체로 볼 땐 그리 중대하지 않지만 한데 합치면 불길한 전조일 수도 있는 몇몇 사소한 문젯거리가 발생한 해였다. 나는 세 권의 책을 제때에 발행하기 위해 피치를 올려 일하고 있었고, 그런 와중에서도 요더 씨의 마지막 교정을 돕기 위해 틈틈이 과외의 시간을 내야만 했다. 그의 책이 어떻게 잘 마무리되느냐 하는 것이 요더 씨뿐만 아니라 나에게도 굉장히 중요한 문제였기 때문이었다. 한편, 베노 역시 자신의 소설을 완전히 다시 쓰느라고 끙끙대고 있었다.

나의 제안에 따라 소설 제목도 『녹색 지옥』으로 바꾼 뒤였다. 사실 따지고 보면, 한 번 썼던 소설을 다시 쓴다는 것은 고난의 땅, 아니 지옥의 게헤나에 들어서는 것과 다를 바 없는 일이다. 특히 아무리 노력을 해도 일이 자꾸 꼬이기만 해서 그렇지 않아도 뒤쳐진다는 느낌을 떨쳐 버릴 수 없는 상황인데 설상가상으로 어떤 무시무시한 악마가 억센 힘으로 잡아당기고 있다는 느낌을 받는 작가들의 경우는 더욱 그러할 것이다. 때때로 맨 처음 글을 쓸 때는 하늘로 비상하는 느낌이 들기도 한다. 온갖 천상의 새들이 함께 날면서 아름다운 노래를 지저귀고 있다는 느낌, 그것이 바로 그때의 경험이다. 반면에 방향도 없이 글을 다시 쓴다는 것은 어디 목적지도 설정해 놓지 않고 진흙탕 속에서 이리저리 헤매는 것과 다를 바 없다. 또 그런 경우, 십중팔구는 아무런 결실도 맺지 못하고 끝나 버린다.

그러나 베노와 나는 금요일마다 찾아오는 기쁨의 밤을 마음껏 즐겼다. 에반 케이터 교수가 관대하게 나누어 주는 성스러운 불길을 잡는 즐거움이 한 주일의 고난을 말끔히 씻어 주었기 때문이었다. 케이터 교수의 강의가 끝나면 우리는 몇몇 학생들을 아파트로 초대하여 술도 마시고 토론도 계속하였다. 케이터 교수도 두 번이나 우리 집에 오셔서는 밤 한두 시까지 소설에서 중요한 문제로 등장하는 것을 공들여 설명해 주시기도 했다. 한번은, 베노와 케이터 교수가 나란히 앉아 있는 모습을 보고는 한때의 우스꽝스러운 기억이 번뜩 떠올라 웃음이 터져 나올 뻔하였다. 케이터 교수를 내 침대로 유혹하면 어떨까 하고 상상했던 그 겨울의 기억. 케이터 교수를 보자. 명석한 두뇌의 소유자이긴 하지만 점점 시들어 가는 노인. 그럼 이번엔 베노를 보자. 창창한 미래가 있는 젊은 호랑이. 그래, 계집애들은 커야 돼. 하지만 성숙해 가는 동안에

간혹 미친 듯이 빠져들어 가는 엉뚱한 길도 재미있잖아?

금요일이 아닌 다음 날 밤에 나는 출판에 관계된 기술적인 문제들을 배우러 뉴욕 대학에 나갔었다. 그리고 강의가 끝나면 베노가 차가운 음료수와 뜨거운 애정을 갖고 기다리고 있는 집으로 곧장 쏜살같이 달려가곤 하였다. 그럴 때면 잠자리에 든다는 것이 진정한 즐거움으로 느껴졌다. 행여 다른 사람과 같이 있다는 건 상상조차 못 하였다. 그렇게 우리 둘의 관계는 완벽했던 것이다.

그런데 지금에 와서도 그때 왜 우리가 결혼을 안 했는지 나로서는 설명하기가 무척 힘들다. 살아오면서 나는 내 나름대로 〈해방된 여성〉이라는 상상의 초상을 지니게 되었고, 이따금씩은 베노보다는 내가 현대 세계에 더 잘 적응하는 사람이라는 것을 막연하게나마 인식하고 있었다. 그러니 만일 그와 결혼한다면 언젠가는 짜증스럽고, 아니 내 삶마저 파괴해 버릴지 모르는 커다란 짐을 지게 될 것이라 생각한 것도 무리는 아니었다. 간단히 말하자면, 나는 그보다 강했고, 또 여성 특유의 본능에서 〈그런 남자를 조심하라〉는 경계심도 지니게 되었던 것이다.

그렇다면 그는 왜 나와의 결혼을 고집하지 않았는가? 그것은 더욱더 설명하기가 어렵다. 그러나 나는 그가 무언가 두려워하는 기미를 읽을 수 있었다. 나야 기반을 잡았지만 그는 그렇지 못했기 때문일 수도 있었다. 사실 그가 소설을 성공적으로 써서 출판할 때까지 동등한 조건에서 그와 나의 경쟁이란 불가능한 일이었다. 더욱이 그가 일을 끝낼 수 있도록 도와주어야 하는 사람이 그에게 위협적인 사람이었으니, 이 얼마나 고통스러운 아이러니인가. 이것이 바로 우리가 결혼을 통해 서로의 관계를 확실히 하는 데 장애가 되는 것이었다.

그렇다고 우리가 서로 같이 어울리지 못하는 것도 결코 아니었다. 우리는 기꺼운 마음으로 책에 관한 논쟁을 즐겼고, 또 케이터 교수가 강의 시간에 한 말들을 서로 분석해 가며 토론을 하기도 하였다. 우리는 또한 좋은 책이 독자들에게 끼칠 수 있는 영향에 관해 똑같이 나름대로의 견해들을 내놓기도 했었다. 그리고 우리가 똑같이 고대했던 것은 같이 침대로 뛰어드는 것이었다. 정말 행복한 한 쌍이었다. 단 한 가지 어려움이 있었다면 그것은 우리 부모나 베노의 부모 모두 우리가 동거하는 것을 인정하지 않으시려는 것이었다.

미리 계산을 하고 조심스럽게 하나씩 하나씩 모든 것을 털어놓기 시작하던 나는 우리 부모님들이 알면 분명 〈끔찍한 일〉이라고 했을 사실, 즉 내가 내 아파트에서 사는 것이 아니라 베노의 아파트에서 산다는 사실을 고백하기 위해 마음의 준비를 단단히 하고 있었다. 우리 부모님들은 그때까지만 하더라도 베노를 만나 보신 적이 없었다. 그러던 어느 날 마침내 베노를 만나 보신 우리 부모님은 정말 엄한 목소리로 이렇게 물으시는 것이었다. 「아니, 그 사람이 정말 훌륭하고 또 네가 말한 대로 〈천부적인 재능〉을 타고난 사람이라면 결혼은 왜 안 하는 거냐?」 나는 궁색하게 대답하였다. 「우선 제 자신이 먼저 기반을 잡아야겠다고 생각했기 때문이에요.」

그리고 베노 집 얘기를 하자면, 베노가 그의 부모님들에게 셜리 마멜스타인이라는 여자와 아파트에서 같이 살고 있다고 설명하자 그의 어머니가 이렇게 말했다고 한다. 「네 그 멋진 아파트에 참 잘 어울리는 이름이구나. 아니 꼭 블루밍데일 백화점의 점원 이름 같지 않아요, 여보?」 베노는 내가 뉴욕에서 가장 능력 있는 젊은 편집자 중의 하나이며 천재에 가깝다고 거듭 설명했다지만 그의 어머니의 반응은 고작 이런 것이었다고 한다. 「그래, 좋겠구나. 그럼 그 여자와 결혼

해서 천재 아이들이나 낳으렴.」그래서 그는 그렇게 하겠다고 약속했다면서도 나를 그의 부모님에게 소개시키려는 노력은 전혀 하질 않았던 것이다.

우리들의 사랑이 아무리 아름답고 낭만적이었다지만 한 달에 한 번씩은 폭풍이 몰아치듯 격렬한 순간을 연출하기도 했었다. 가령, 루카스 요더 씨의 『농장』이라는 소설이 유력 평론지에서 완전히 무시되고 겨우 몇몇 일간지에서 미미한 관심밖에 끌지 못했을 때도 그랬다. 그때 베노는 퉁명스럽게 말했다. 「어이구, 당신의 그 세계적으로 유명하다는 독일인이 또다시 엉덩방아를 찧고 말았군.」그 소리를 듣고 나는 고함을 빽 내질렀다. 「그래도 그 사람은 적어도 엉덩방아라도 찧을 책이라도 있지.」아니나 다를까 심한 말다툼이 벌어졌고, 이틀 동안 우리는 서로 한마디도 하지 않았다. 그러나 사흘 후 아침 나는 조심스럽게 입을 열지 않을 수 없었다. 「제발, 내 말 좀 들어줘. 요더 씨의 실패를 조롱하는 건 바로 나를 조롱하는 것과 다를 바 없어. 그 책은 그의 책이면서 동시에 내 책이기도 해. 그러니 내 심정이 지금 어떻겠어?」

내가 복받치는 감정을 어렵게 추스르며 말을 꺼내자 그는 내게 다가와 내 손에 키스를 하였다. 「미안해. 내가 나쁜 놈이야……」그러면서 다시 그 백만 달러짜리 미소를 짓는 것이었다. 출근을 하기 위해 아파트 엘리베이터를 타고 내려가며 나는 생각했다. 그래, 적어도 우리는 책을 사랑하는 사람들이야. 그리고 베노도 세상 물정 다 알고 있으니 언젠가는 자신의 문제를 다 해결할 거야. 그러나 베노의 문제는 계속 우리 곁을 떠나지 않았다.

1971년부터 1973년까지의 3년은 내가 개인적으로 발굴해서 잘 마무리시킨 책들이 여러 차례 성공을 거둠으로써 키네틱 출판사에서의 내 위치가 더욱 확고히 다져진 시기였다. 키네틱에서는 이런 말까지 떠돌았다.〈마멜스타인은 훌륭한 편집자로서 세 가지 자질을 지닌 여자야. 첫째는, 독자들이 읽고 싶어 하는 멋진 소설을 찾아내는 능력. 둘째는, 시류에 적합한 주제들을 찾아내고 또 그것을 논픽션 책으로 엮어 낼 적절한 작가를 발굴하는 능력. 그리고 마지막으로 가장 중요한 것은, 독자들이 15년이 지나도 읽고 싶어 하는 그런 책을 만들어 내는 능력이지.〉1972년 어느 오후, 맥베인 사장이 지나는 길에 내 사무실에 들른 적이 있었다.「마멜스타인 양, 당신 책 몇 권이 벌써 가능성을 보이고 있어요. 꾸준히 팔리는 스테디셀러가 바로 우리 회사를 살리는 겁니다. 계속 이 곳저곳에 관심을 기울여 주기 바랍니다.」

회사 최고 경영자가 내보인 두터운 신임. 바로 이것 때문에 요더 씨가 두 번이나 실패를 거듭했으니 이젠 그 작가와의 더 이상의 계약 체결에 반대한다는 편집부 전체의 분위기에 내가 혼자라도 맞서겠다는 용기가 생겨난 것인지도 모른다. 나는 이렇게 큰소리를 쳤다.「제가 발굴해서 출판한 책들이 대부분 성공을 거두었죠? 그건 제가 어떤 책이 좋은 책인가에 대한 어느 정도의 감각이 있다는 증거가 아닌가요? 절 믿어 주세요. 내 작가는 꾸준히 작업을 하는 사람이니 머잖아 반드시 성공할 테니까요.」

「둔감하다는 얘기겠지요.」

「그래요.」나는 억지로 미소를 지어 보였다.「그 사람은 드라이저처럼 둔감해요. 하지만 언젠가는 자신의『아메리카의 비극』을 쓸 사람입니다.」

「백 년이 지나도 안 될 겁니다.」

원한이 있었던 것은 아니지만 나는 계속 버텼고, 나름대로 이 분야에서 터득한 지식과 또 옹고집과도 같은 의지로 요더 씨에게 또 한 번의 기회를 주도록, 그리고 출판사 측이 그에게 믿음을 갖고 있다는 점을 증명하기 위해 한 번 더 선지급금을 지불하도록 동료들을 설득하였다. 그러나 내가 받아 낸 돈은 겨우 8백 달러뿐이었다. 불만스럽긴 했지만 그것이 나마 다행이라고 생각한 나는 마지막으로 이런 말을 덧붙였다. 「언젠가 우리는 우리가 투자한 액수 중에서 이 8백 달러가 최고의 투자였다는 것을 알게 될 거예요.」

베노 래트너와 나와의 관계는 이미 키네틱에서도 다 알려진 공공연한 사실이었다. 따라서 동료 편집자들이 베노가 작가로서 아무런 결실을 맺지 못했다는 사실을 지적해 나를 난처하게 하는 경우는 없었다. 또한 회사에서 지급한 적은 액수의 선지급금을 그가 돌려주겠다고 하지 않느냐는 말도 물어보지 않았다.

나와의 관계 때문에 아무도 베노에 대해 이러쿵저러쿵하지 않는 가운데서도 시거드 젭슨은 좀 달랐다. 자신이 베트남전에 참전을 했고 또 그 전쟁의 추이를 면밀히 지켜보고 있던 그는 베노에게 도움이 될지도 모르는 여러 생각들을 지니고 있는 사람이었다. 그는 한때, 반전 운동이 한창이던 켄트 주립 대학에서 방위군의 젊은 병사들이, 그의 격렬한 용어를 빌어 말하면, 〈무고한 우리 학생들을 무참히 살해한〉 끔찍한 사건에 대해 몹시 분노한 적이 있었다. 한 편집 회의에서 그는 이렇게 말했다. 「전 이제 베트남전에서 우리 정부의 의도가 완전히 실패로 끝나 버리고 말았다는 사실을 단호하게 폭로해야 한다고 믿고 있으며, 또 우리 국민들도 그러한 폭로를 받아들일 준비가 되어 있다고 봅니다. 방향은 두 가진데 어느 쪽도 괜찮을 것 같습니다. 하나는 야전 전투의 공포를 적나라하게 묘사하는 것이고 또 하나는 도스 패서스의 『북위 42도』에서처럼 부끄러운 전쟁이 미국 도시에 끼친 영향을 살펴보고 결말은 베트남의 네 마을의 이야기로 마무리하는 겁니다.」

다른 편집자들은 모두 어느 쪽이든 다 시장에 먼저 내놓으면 성공을 거둘 것이라 점치면서 대환영을 하였다. 그러자 다시 젭슨이 나섰다. 「미스 마멜스타인, 전 당신의 작가와 얘기 좀 하고 싶습니다. 그 사람한테는 흥미 있는 얘기일 것 같은데요.」

나는 머뭇머뭇 대답했다. 「래트너 씨는 〈흥미 있는〉 것들을 구하는 사람이 아니에요. 아주 활기 찬 상상력을 지닌 사람이죠. 대부분의 훌륭한 작가들이 그렇듯이 말이에요.」

나의 이런 거절에도 젭슨은 물러서지 않았다. 자신이 직접 베트남전에 참전을 했고 또 전장이 어떠한지 그리고 그 결과가 어떠한지 잘 알고 있었던 그로서는 당연한 일인지도 몰랐다. 「제 생각엔 말입니다, 만일 그 양반이 한쪽 길에서 방향을 잃고 헤어나지 못하고 있다면 새롭게 시작하는 것이 어떤 해방감 같은 것을 줄 수도 있다고 봐요. 구속에서 풀려나는 거지요.」

「그 사람은 자기가 구상한 길로 힘차게 걸어가고 있는 중이에요. 제가 최근에 관찰한 그의 발전 속도로 볼 때 적어도 그래요.」

「좋습니다. 그러나 그가 우리 출판사에 들를 길이 있으면 한번 같이 얘기 좀 했으면 좋겠습니다.」 젭슨의 이 말은 정말 진심에서 우러나온 것이었으며, 따라서 집에 돌아온 나는 베노에게 그 사실을 말해 주었다. 「그 사람 얘기 한번 들어 봐. 당신도 듣고 싶어 하는 얘길 거야. 전쟁에 관한 당신의 견해하고는 또 다른 시각이야.」 그러나 나의 이 단순한 제안에도 베노는 몹시 화를 냈으며, 정말이지 난생처음으로 나는 그의 성격의 어두운 면 아니 무시무시한 면을 보게 되었다. 그는 마치 으르렁거리며 싸움이라도 하듯 마구 말을 쏟아 냈다. 「내가 어려움에 처해 있다고 동정하는 거야? 내가 키네틱에 왜 가? 당신 친구들한테 동정이나 받으라 이거야? 그 사람더러 이리 오라고 해.」

나는 정말 젭슨을 우리 집에 데리고 왔다. 그리고 그날 저녁 베노에게 도움을 주려는 젭슨의 진심 어린 마음과 결의가 없었다면 인간관계에 커다란 금이 갈 뻔하였다. 하지만 냉정하게 볼 때 그날 저녁의 모임은 엄청난 재난과 다를 바 없었다. 베노와는 달리 젭슨은 해외 전쟁에서 돌아온 미국 참전 용사의 또 다른 유형이었기 때문이다. 그는 베트남 참전 용사들에 대한 사회의 일반적인 경멸에 몹시 고통스러워하면서 또한 그가 말하는 대로 〈그러한 재난이 일어나도록 방치한〉 정치가들에 대해서는 억제할 수 없는 분개심을 내보였던 것이다. 그는 세월이 지난 뒤 베트남 참전 용사들이 목소리 높여 내뱉을 불만과 고발을 자기가 한꺼번에 토로한다는 식으로 열을 내어 말했으며, 그러고는 자신과 베노가 〈우리 역사에서 이 수치스러운 에피소드〉를 소설로 폭로해야 한다고 혼자 뜨거운 결의를 다짐하기도 하였다.

그러나 베노는 젭슨이 무슨 얘기를 하는지 못 알아듣겠다는 태도를 취하였다. 「당신은 너무 어렵게 얘길 하는군요······. 무슨 음모나 반역의 낌새에 흠뻑 젖어 있는 것 같기도 하고······. 전 전혀 그렇게 보질 않습니다. 우린 빨갱이들에 대항하기 위해 해외로 파병된 것이고, 또 살기 어린 눈들이 우릴 죽이기 전에 그들을 죽였던 겁니다. 다만 수적으로 열세였던 데다가 그 빌어먹을 잘난 체만 하는 멍청한 놈들의 지휘를 받아 이렇게 똥줄이 터져 고향으로 돌아온 거죠.」

젭슨은 자신과는 완전히 다른 시각에서 전쟁을 분석하는 베노의 말을 듣고 다소 놀랐다는 눈치를 보이더니 거만한 미소를 지으며 이렇게 묻는 것이었다. 「당신이 쓰고 있는 것이 그런 종류의 책입니까?」

「제가 쓰고 있는 건 무슨 이런저런 〈종류의 책〉이 아닙니다. 그저 경험을 글로 나타내려고 애쓸 뿐이죠.」

「그럼 경험을 해석하는 방식이 그렇다는 것입니까? 우리의 선한 자식들이 사악한 동양인을 죽인다는?」

「그게 옳은 얘기 아닐까요?」

「그러면 그런 원칙들 위에서 어떻게 책을 구성하고 계십니까?」

「전 책을 구성하지 않습니다. 책이란 저절로, 스스로 쓰여지는 것이니까요.」

「책을 한 권이라도 끝내 보신 적이 있습니까?」

「좋은 책들 많이 읽었죠.」

「아니, 제 말은 그게 아니라 책을 쓰신 적이 있냐는 겁니다. 끝까지 말이오.」

「끝이라는 말을 전 잘 모르겠습니다. 삶이란 연속적이고 계속 흐르는 것 아닙니까? 베트남에서 멍청했던 그 장군은 돌아와서도 계속 멍청이일 거고……. 그런데 그가 지금은 상원 의원이 되어 있으니…….」

「그럼 당신은 제가 제안한 두 구상 가운데 어떤 것에도 매력을 못 느끼시겠군요. 그렇죠?」

「그렇습니다. 그런 건 제1차 세계 대전 후의 1919년이나 제2차 대전 후의 1946년에나 가능한 얘기 아닐까요? 그런데 1976년에요? 더욱이 베트남과 연관해서 말이오? 진정한 작가라면 당신을 비웃으며 책방에서 내쫓고 말 겁니다.」

「당신 책은 책방에 들어갈 수 있을 것 같습니까? 당신이 추구하는 그 방식대로 씌어진 글 말입니다.」

이 말이 바로 문제의 발단이었다. 갑자기 자리에서 벌떡 일어난 베노가 문을 가리키며 떨리는 목소리로 이렇게 내뱉었기 때문이었다. 「아니, 어디서 그런 모욕적인 말을 할 수가 있습니까? 이제 당신이 할 일은 두 가지밖에 없군요. 목을 자르고 죽던가 아니면 어서 썩 내 눈앞에서 사라지시오.」

직장 동료가 그렇게 푸대접을 받고 쫓겨나는 것을 그냥 두고 볼 수가 없었던 나는 엘리베이터까지 젭슨을 바래다주었다. 「당신은 황제 같은 사람에게 간청을 하려 했어요. 아무튼 잘 참아 주셔서 고마워요. 제가 대신 사과드릴게요, 시거드.」 그러자 젭슨이 말했다. 「정신차려요, 셜리. 당신 남잔 결코 소설을 끝낼 수 없을 겁니다. 나 같은 사람은 그런 사람하고 3분만 얘기해 봐도 알 수가 있어요. 영락없는 실패잡니다.」 나는 너무도 분통이 터져 옛날 야구하던 내 팔을 흔들어 젭슨의 뺨을 한 대 갈기고 말았다. 베노는 별 골 빈 놈을 다 보겠다고 중얼거리며 혼자 술을 마시고 있었다.

1973년. 나는 루카스 요더 씨가 그의 세 번째 소설인 『학교』를 출판하도록 도와주었다. 하지만 그것 역시 형편없는 실패작으로 끝나고 말았으며, 그러자 베노까지도 나를 위로하고 나섰다. 「나도 읽어 봤는데 아주 훌륭한 부분들이 많더군. 그가 무슨 얘길 하려는지는 알겠는데 제대로 못한 것 같아.」

「다음번 소설에 써먹을 멋진 구상이 있나 봐.」

「아니 그럼 출판사에서 그 사람에게 계속 글을 쓰도록 허락했단 말이야? 당신 회사엔 마조히스트들이 많은 모양이로군.」

「베노, 출판사에선 당신이 원고에 매달려 완성하기만 하면 당신에게도 똑같은 호의를 베풀 거야.」

「한 작가가 정신을 쏟아서 얻은 것이 고작 요더 식의 그런 엉터리 이야기라면 집어치워야지. 독수리는 하늘로 높이 치솟지 땅바닥에서 지방색이나 점잔 빼는 사투리를 파헤치지는 않아.」

나는 이제 요더 씨를 옹호해서 베노와 싸울 수도, 키네틱의 어느 편집자와도 싸울 수가 없었다. 나 자신의 위치가 어려운 지경에 놓여 있었기 때문이었다. 내가 고무하고 격려를 아끼지 않았던 그런 종류의 책을 쓰다가 형편없는 실패작을 낸 요더 씨. 그러니 그에게 한 번만 더 기회를 주자고 경영진을 설득하려 나섰다가는 나 자신의 위치마저 흔들릴 것 같은 예감이 들었던 것이다. 편집 회의가 열렸을 때 사람들은 나에게 두 가지 것을 강요하는 발언들을 하였다.

첫째는 이런 것이었다. 「래트너 씨를 더 이상 붙잡고 있다는 것은 정말 어리석은 짓입니다. 그를 우리 작가 명단에서 삭제해야 합니다. 만일 당신이 그런 통보의 편지를 쓰지 못하겠다면 잽슨 씨가 대신할 겁니다.」 나는 아무 말도 할 수가 없었다. 원고를 출판 가능하도록 만들어 낼 가능성이 점점 줄어들고 있는 래트너나 글은 훌륭하게 쓰지만 책이 전혀 팔리지 않는 요더 씨. 이 두 사람을 이런 분위기에서 옹호한다는 것은 누가 봐도 우스운 일이었다. 아무튼 베노에 관해선 나는 아무런 변호도 하지 못했다.

다음은 이런 얘기였다. 「자, 이제 요더 씨에 관해서 얘기해 봅시다. 장애물 경기에 한번 비유해 볼까요? 그 사람은 첫 번째 도약도 못 했는데 이미 경기가 끝나 버린 꼴입니다. 현명한 방법은 딱 한 가지죠. 이젠 그 작가와의 관계도 끊어 버리는 것입니다.」

편집자 가운데 누군가가 물었다. 「에이전트도 그 양반하고 결별했지요?」

「네, 그래요. 두 사람이나요. 조만간 그 사람들은 무척 당황하게 될 거예요.」

「마멜스타인 양, 그 사람은 다정다감하지만 희망이 없습니다. 글이 무엇인지 아는 사람이지만 독자들이 원하는 책이 어떤 책인지는 전혀 갈피를 못 잡는 작가인 것 같습니다.」

내가 아무리 변호를 하고 호소를 하여도 요더 씨가 출판사 작가 명단에서 삭제되는 것은 기정사실인 듯했다. 그런데 그때, 예기치 않은 곳에서 나를 지지하는 지원 사격이 있었다. 요더 씨를 계속 작가 명단에 존속시킬 것인가의 여부를 묻는 투표가 있기 직전 젭슨이 이런 말을 하며 나섰던 것이다.「전 미스 마멜스타인의 생각이 맞다고 믿습니다. 요더 씨는 글쓰는 방법을 아는 작가입니다. 언젠가는 그의 시대가 올 것입니다. 확신합니다.」

얘기가 이렇게 되면 투표 결과는 반대 아홉에 찬성 둘로 요더 씨는 이제 끝장날 판이었다. 그런데 또 한 번 나를 살려주는 사람이 있었다. 맥베인 사장이 자신도 한마디하겠다는 듯 헛기침을 하고는 조용히 입을 열었던 것이다.「내가 그 양반이 쓴『학교』를 다 읽고 받은 느낌은 바로 앞으로 15년 후면 선풍적인 인기를 얻을 수 있는 그런 종류의 책이라는 것이었소. 젭슨 씨의 말이 사실이라고 믿습니다. 분명 그의 시대가 올 것입니다.」바로 이 예상치 못했던 지원 덕택에 요더 씨는 내 소원대로 우리 출판사 작가 명단에 계속 남아 있을 수 있게 된 것이었다.

편집 회의가 끝나자 나는 젭슨에게 다가갔다.「당신, 오늘 정말 용감 그 이상이었어요. 감사해요.」그러자 그가 말했다.「래트너 씨 문제 때문에 굉장히 우울하시겠습니다. 그 편지는 제가 쓸까요?」나는 쓸쓸한 미소를 지으며 대답했다.「그 사람은 또 한 번 모욕을 받는다고 생각할 거예요. 제가 해야지요.」

「그 사람의 미소에 현혹되지 마십시오.」

그날 밤 나는 베노와 함께 피자도 먹고 맥주도 마시고, 그리고 쇼팽의 스케르초를 들으며 이제나저제나 기회를 엿보았다. 마침내 나는 중요한 얘기이기는 하지만 그리 크게 신경 쓸 것은 없다는 투로 입을 열었다. 「조금 안 좋은 소식이야, 베노. 키네틱 출판사에선 이제 더 이상 당신을 지원하지 않겠대. 받은 선지급금은 돌려주지 않아도 되지만 계약은 이제 끝이야.」

「내 원고가 희망이 없다는 거로군······.」 축 처진 목소리였다.

「그럼, 어떻게 끝낼 수 있겠어? 인쇄할 수 있는 모양으로?」

「내 말은 그들이 그런 희망을 포기했다는 거지······.」

「베노, 이제 그쪽 길은 다 끝났어. 하지만 다른 길이 또 있어. 회의가 끝나고 계약 담당 부서의 수지 젠킨스하고 의논했는데, 그녀는 아는 사람이 많거든. 금요일까지 다른 출판사를 한번 알아봐 주겠다고 했단 말이야.」

「그게 잘 될까?」 떨리는 목소리로 보아 그는 분명히 상처받았고, 그래서 나는 몹시 글을 쓰고 싶어 하는 이 재능 있는 남자를 지금은 버릴 때가 아니라고 생각했다. 「물론 잘될 거야. 당신의 『녹색 지옥』을 새로운 시각에서 바라볼 새 출판사와 당신에게 더욱 분명하게 방향을 제시해 줄 신선한 감각의 편집자가 있을 거야. 분명 달라질 거야.」

그날 밤 침대에 누운 우리는 어느 때보다도 더 가까운 사이가 되었다. 나의 성공과 그의 패배를 동시에 맛보는 묘한 처지의 뉴욕의 두 젊은 연인······. 약속된 날보다 사흘 전인 그다음 날 아침 젠킨스가 내 책상으로 달려왔다. 사이먼 앤드 슈스터 출판사에 있는 한 친구가 베노와 그의 베트남 소설을 맡아보겠다고 자원했다는 것이다. 「그 친구 말이 자기네 출판사에선 베트남 책에 대해 정말 열광적이래요. 기회가 왔다고 생각하는 모양이야.」

「그 사람한테 미리 알려도 될까?」

「그래. 미스 크리펜이라고 하는 여자인데 아마 기다리고 있을 거예요.」

나는 바로 아파트로 전화를 걸어 베노에게 이 반가운 소식을 전하였다. 그러나 그는 얼른 내 말을 가로막았다. 「사이먼 앤드 슈스터는 내가 하려는 걸 이해하지 못할 거야. 그쪽 사람들은 그저 베스트셀러에만 눈독 들이는 사람들이라고.」

「베노, 한 번만 더 얘기하면 벌써 백 번쯤 하는 셈일 거야. 당신이 그 베트남 소설을 지금 당장이라도 끝내기만 한다면 금방 베스트셀러에 오를 거란 말이야. 온 나라가 진짜 내용이 충실한 얘기에 굶주려 있어. 할리우드, 텔레비전 할 것 없이 모두……」 분명 내가 얘기를 잘못한 게 틀림없었다.

「난 그 따위 속임수 같은 것들엔 관심이 없어. 위대한 소설을 쓰는 데만 관심이 있단 말이야. 그런 출판사의 보증 같은 거 다 필요 없어.」 그는 수화기를 꽝 내려놓았다.

선의에서 도와주려는 모든 사람들의 노력을 어린아이처럼 불퉁해서 다 거절해 버리는 그의 태도에 나는 실망하지 않을 수 없었다. 지하철에서 나와 아파트로 발걸음을 옮기던 나는 사춘기 소년처럼 찔끔거리고 있을 그를 어떻게 마주할까 걱정이 앞섰다. 나는 다시 발걸음을 옮겨 멍한 시선으로 지나가는 사람들의 얼굴을 쳐다보며 빌리지 가를 헤매었다. 그는 고통의 바다에 홀연히 맞서 싸우고 있는 걸까, 아니면 그저 주눅이 든 겁쟁이일까? 이런 상념에 사로잡혀 있는 나를 경관이 세웠다. 「실례합니다. 이렇게 늦은 밤에 거리를 헤맬 사람 같지 않은데, 무슨 문제라도 있으십니까?」 내가 〈모든 게 다 잘못됐어요〉라고 말하자 그 경관은 나를 집까지 데려다 주며 말했다. 「안으로 들어가세요. 뭔지 모르지만 잘 해결되겠지요.」

 절망감에 빠진 나는 도저히 베노의 얼굴을 쳐다볼 수가 없을 것 같았다. 나는 집 안으로 들어가는 대신 아파트 건물 로비 밖의 불빛이 환하게 비치는 곳을 한 30분 동안 서성였다. 아파트 수위가 이상하다는 듯 나를 지켜보고 있었지만 그게 무슨 상관인가. 나는 내 스스로에게 이렇게 묻지 않을 수 없었다. 스물아홉의 나이. 내가 하고자 하는 일은 대부분이 다 성공이었어. 하지만 잘해 내지 못하는 두 사람을 어린애 돌보듯 봐주고 있는 지금 내 꼴은 뭐람. 어떻게 해보려고 애도 쓰지 않는 미숙한 젊은 남자, 그리고 끊임없이 노력은 하지만 돈벌이는 못하는 중년의 괴짜 요더 씨. 정말 우스워. 그러고는 갑자기 밤하늘을 향해 냅다 소리를 질렀다. 「마멜스타인, 도대체 넌 어디가 잘못된 거야? 항상 패배자들하고 어울리니 말이야. 네가 무슨 알코올 중독된 남편의 중독증을 풀어 줄 수 있다고 또는 불운한 시인에게 축복을 가져다주는 뮤즈가 될 수 있다고 확신하는 그런 구닥다리 소설 속의 여주인공이냐? 이것도 무슨 유전적인 결함인가?」 나는 혼자씩 웃으며 내가 이래선 안 된다고 거듭 다짐을 하였다. 베노 래트너는 자신의 병에서 헤어나기만 한다면 글을 잘 쓸 수 있어. 루카스 요더 씨는 아무리 어려운 장애도 다 극복하게 될 거야. 내가 그 사람들을 돕지 않으면 누가 돕는단 말이야? 나는 계단을 뛰어올라 아파트로 들어갔다. 어서 가서 베노를 껴안고 또 그가 자신의 병에서 벗어나도록 도와주고 싶은 바람이었다.

 내가 키네틱의 미스 젠킨스와 사이먼 앤드 슈스터의 미스 크리펜에게 없던 일로 하자며 사과한 뒤 몇 주 동안 베노와 나는 예전과 다름없이 케이터 교수의 금요일 강의에 참석하였다. 날이 갈수록 흥미를 더해 가는 강의였다. 그리고 계속

되는 토론에서 래트너보다 뛰어난 학생은 찾아보기가 힘들었다. 가끔은 우리 아파트로 장소를 옮겨 강의가 계속되기도 했는데, 그럴 때 포도 주스를 마시며 그 명석한 비평가인 케이터 교수가 입 밖에 꺼내는 칭찬에 베노는 무척 기분이 좋은 모양이었다. 「래트너 군, 자네도 나만큼 강의를 잘할 거라고 믿네.」 물론 그럴 때마다 여기저기서 박수 소리가 터져 나오는 것은 당연한 일이었다.

그해 케이터 교수가 아주 체계적으로 가르친 것은 에리히 아우어바흐의 글쓰기의 기교에 관한 유명한 저서 『미메시스』였다. 아우어바흐는 〈미메시스〉를 리얼리티를 모사 혹은 재현하는 기술이라고 하면서 자기 주장의 핵심을 더욱더 분명히 하기 위해 거의 스물네 명에 가까운 위대한 작가들을 예로 들어 설명하고 있었다. 호메로스와 페트로니우스, 라블레와 세르반테스, 스탕달과 버지니아 울프....... 한 학생은 그를 〈굉장히 총명한 사람〉이라고 부르기까지 했다. 비록 몇몇 학생들은 아우어바흐의 치밀한 논리 전개나 케이터 교수의 설명을 좇아가지 못했지만 베노와 나는 우리 정신의 날카로운 지적 감각을 시험하는 그 책의 엄밀성과 정연성에 흠뻑 매료되기도 했었다. 때문에 우리는 비슷한 감각의 소유자들끼리 우리 아파트에 모여 금요일 밤의 모임을 계속해 나가기도 하였다. 그럴 때마다 베노는 음료수와 스낵을 준비하였고, 또 얼굴이 붉어질 정도로 열을 내며 자신이 첨예한 사상의 언저리에서 살고 있다는 서사의 근본적인 문제와 씨름 중에 있다는 증거를 유감 없이 보여 주었다.

한번은 강의 시간에 발자크와 스탕달에 관한 아우어바흐의 견해를 살펴본 적이 있었다. 그때 나는 베노가 그 유명한 프랑스 작가들을 어떻게 그렇게 깊이 이해하고 있는지 놀라지 않을 수 없었다. 그런데 케이터 교수가 〈당신은 어떻게 그 작가들을 잘 알게 되었소?〉라고 물었을 때 베노의 대답은 정말 뜻밖이었다. 「베트남에선 뭔가 읽을 거리가 있어야 했어요. 군대에서 제공하는 만화책들이 금방 바닥이 났거든요.」 그러자 자기도 베트남전에 참전한 경력이 있다는 어느 학생이 군대에선 글을 못 읽는 병사들을 위해 만화책을 공급하는 한편 어느 정도 지식이 있는 병사들을 위해선 양서들을 제공해 준다고 설명하면서 이렇게 말하는 것이었다. 「저도 베트남에서 그 프랑스 작가들의 작품을 읽긴 했지만 아우어바흐가 지적한 점들을 찾아내진 못했습니다. 아마 래트너도 마찬가지일 겁니다. 이 독일 학자가 제시를 했으니 알게 된 거지요.」

불행한 사실은 베노가 이 말을 귀담아듣고 속으로 칼을 갈았다는 점이었다. 다음 세미나 모임에서 그는 바로 그 동료 참전 용사에게 대들 듯이 덤벼들었던 것이다. 「지금 당장 필기 시험을 봐서라도 당신과 나, 두 사람 중에서 누가 뭘 이해하고 있는지 한번 판가름해 봅시다.」 베노는 터무니없이 호전적인 태도를 취하였고, 그 사람은 아차 싶어 슬슬 뒷걸음쳤다.

이런 베노의 태도는 날이 갈수록 심하면 심했지 전혀 나아지는 기미를 보이지 않았다. 또 한번은 베노보다 나이가 좀 더 들어 보이고 아방가르드적 실험 소설들을 취급하는 작은 출판사의 편집자로 있다는 한 사람이 토론이 끝난 뒤 베노와 나를 보자고 했을 때도 마찬가지였다. 「래트너 씨, 당신 이야기를 듣고 있으면 당신은 글쓰기에 관해서만은 정말 뛰어난 감수성을 지니고 있다는 생각이 들어요. 베트남 전쟁에 관한 원고를 갖고 있다고 들었는데 그 원고를 한번 검토해 볼 기회를 얻는다면 우리 갤런트리 출판사로서는 큰 영광일 것 같아요. 어떠세요?」

「아직 모양이 제대로 갖춰지지 않아서⋯⋯.」

「맨 처음 원고대로 책이 나오는 건 아니잖아요. 원고를 추슬러 제대로 모양을 갖추게 하는 것이 저희들이 할 일이죠. 그 부분을 당신이 이해해 주신다면⋯⋯.」

「아직 준비가 안 됐습니다.」 베노는 필요 이상으로 큰 소리로 말했고, 또 내가 말리지 않았더라면 그냥 아무 말 없이 뚜벅뚜벅 걸어 나갔을 것이다. 「베노, 어느 정도 준비가 됐잖아. 갤런트리에서 한번 검토해 주면 얼마나 좋은 일이겠어. 그런 출판사에서 책이 나온다면 그것 나름대로도 각별한 의미가 있잖아.」 그리고 그를 혼자 내버려 두면 원고를 가지고 무슨 일을 할까 봐 두려웠던 나는 그 갤런트리 출판사의 편집자에게 얼른 말을 던졌다. 「지금 저희 집으로 같이 가시지 않겠어요? 원고를 꾸려 드릴게요.」

이렇게 해서 『녹색 지옥』은 한 출판사로 넘어가게 되었고, 그럼으로써 혼돈에 질서를 부여하는 최고의 자격을 갖춘 편집자들 손에 쥐어지게 되었다. 편집도 착착 잘 진행되어 베노와 나는 이제야 우리의 문제가 풀리는 모양이라는 느낌까지 받았었다. 그러나 더 숙련된 편집자들이 그 원고를 파헤치면서 독자들에게 책으로 내보이기에는 앞으로 상당한 작업이 선행되어야 한다고 결론을 내렸던 모양이었다.

그래서 편집 회의가 열렸고, 결국 그 원고는 열정만 앞세운 젊은 편집자에게서 허튼소리를 질색으로 여기고 실험적인 작품들을 어떻게 손봐야 하는지에 익숙한 다른 편집자의 손으로 넘어가게 되었다. 그런데 그가 베노를 자기 사무실로 불러 〈내용은 가능하나 형식은 불가능한〉 그 원고를 어떻게 구할 것인지 자신의 구상을 펼쳐 보였던 모양이었다. 하지만 그의 제안이 베노에게는 강요로 들렸고, 또 나름대로 주관이 뚜렷한 작가인 자신에게는 일종의 모욕이라고 여겼던 것 같앉다. 베노는 그 편집자의 책상에서 자신의 원고를 빼앗고는 이렇게 소리쳤다. 「이 원고로 무슨 과자를 만드는 겁니까? 우린 소설을 만드는 것 아닙니까?」 그리고 베노는 원고를 팔에 끼고 스톰프 춤을 추듯 그 출판사를 뛰쳐나오고 말았다.

그다음 주 강의가 끝난 뒤 맨 처음 베노를 갤런트리 출판사에 소개하였던 젊은 편집자가 우리에게 사과를 하였다. 「죄송합니다. 피터슨 씨가 너무 무례한 태도를 보이셨던 모양인데……. 그런 일을 하다 보니까 자기도 모르게 그런 태도가 몸에 밴 모양이에요. 저, 괜찮으시다면 다시 한 번 시도해 보는 게 어떨까 해서요.」 그러나 베노는 단호하게 거절하였다. 「똑같은 일이 또다시 반복될 겁니다. 허섭스레기 같은 책들을 출판하는 출판사마다 다 그런 것 아닌가요?」 많은 업적을 쌓은 갤런트리 출판사를 경멸하는 이러한 언사와 비웃음에 그 편집자는 놀란 나머지 어이가 없다는 듯 웃음을 터뜨렸다. 「래트너 씨, 당신은 우리 도서 목록을 읽지도 마세요.」 또 한 번 우리의 탈출구가 꽝 하고 닫히는 순간이었다.

아마도 내가 내 일생 중 가장 훌륭한 편집 작업을 했다고 할 수 있는 몇 달 동안의 기간이 — 난 그때 루카스 요더 씨가 그의 최고의 소설인 『파문』에 마지막 손질하는 것을 도와주고 있었다 — 나와 베노에게는 심한 갈등의 기간이기도 했다. 베노는 정신이 나약해질 대로 나약해지고, 또 몇몇 전문가들마저 뛰어난 것이라 평가했던 자신의 노트들을 일관된 이야기로 만들어 내려고 노력조차 하지 않았다. 그저, 오후 1시가 될 때까지 침대에서 일어날 줄을 몰랐고, 또 일어난다고 하더라도 만취할 정도는 아니지만 마구 술을 퍼마시는 것이 일상사가 되다시피 하였다. 그리고 저녁때가 가까워질 무렵이면 『타임스』를 뒤적이고, 낱말 맞추기 퍼즐을 하고, 또

브람스나 쇼팽의 음악을 듣는 것이 고작이었다. 그가 특히 좋아했던 레코드 판은 「아이다」, 「돈 카를로」, 그리고 바그너의 「반지」였으며, 그는 판들을 번갈아 가며 틀었던 것이다. 그런 음악을 들으며 그는 이따금씩 자기 머릿속에 들어 있는 웅장한 사상을 언어로 전환시키지 못하는 데서 느끼는 좌절감을 잊어버리고, 대신 불꽃처럼 일어나는 희열의 순간을 맛보는 모양이었다. 언젠가 그는 이렇게 소리치기도 했다. 「그들도 똑같은 문제를 지니고 있었다. 그들 머릿속에 울려 퍼지는 장엄한 음들을 악보에 옮기는 일 말이야. 그들은 어떻게 그런 일을 했을까? 왜 나는 그렇게 못 하는 것일까?」

그는 자신이 내게 의지함으로써 처하게 된 위험한 상황을 잘 인식하고 있었다. 어느 날 아침 그는 내가 아침 식사를 준비하고 있는 동안 가운을 입고 떨고 있었노라고 고백하듯 자신의 심정을 토로하였다. 「악몽을 꾸었어. 제정신이 아니었단 말이야. 야수처럼 변해 버린 거야. 소리내어 욕도 퍼부었지. 당신이 없이는 살 수 없다는 것을 알면서도 난 당신을 위협했어. 당신이 내게 얼마나 소중한 사람인지 난 알아. 우리 사랑을 위태롭게 하는 일은 절대 안 할 거야.」 나는 우리의 현재 상황을 너무도 정확히 묘사한 그의 말에 가슴이 찡하여 아침 식사가 끝난 뒤에도 우리의 삶에 관해 이런저런 이야기를 하며, 나 역시도 그를 몹시 필요로 한다는 말로 그를 안심시키며 늑장을 부렸다. 그날 아침 나는 늦게 출근하였다.

내가 저녁때 퇴근해서 식사를 준비하는 동안 그는 거의 떨리는 듯한 목소리로 다시 아침의 대화를 계속 이었다. 「셜리, 우리는 지금 위험한 지경에 처해 있어. 그래서 난 오늘 오후에 맹세를 했단 말이야. 죽음의 고통이 닥치더라도 당신에 대한 나의 사랑 변치 않겠다고. 내가 당신을 잃는다면 남는 건 아무것도 없어……. 어둠만이 있을 뿐야…….」

그는 내 손을 잡더니 손등에다 키스를 퍼부었다. 나는 그래도 그가 상황을 제대로 인식하고 있다는 사실에 그나마 안심이 되어 그와 함께 치즈 요리를 준비하고 콩 껍질을 까면서 노래를 부르기도 했다. 그런데 불쑥 이런 말을 꺼내 그 좋던 분위기를 망쳐 버리고 말았다. 「이제 요더 씨는 마지막 장애물을 넘은 셈이야. 분명히 이번엔 실패하지 않을 테니 두고 봐.」

베노의 거친 숨소리가 들려왔다. 우리의 관계에서 자주 등장하는 그 이름이 듣기 싫었는지 그가 버럭 화를 내기 시작했던 것이다. 「그 빌어먹을 독일인 얘긴 두 번 다시 하지 마!」 그러고는 내 얼굴을 향해 주먹을 뻗는 것이 아닌가. 그의 부르르 떨리는 주먹이 뺨에 닿으려는 순간 나는 손에 잡고 있던 식칼을 들어 그의 목을 겨냥하였다. 만일 그가 한 걸음만 더 가까운 곳에서 주먹을 뻗었다면 분명 내가 든 칼에 찔리고 말았을 것이다. 이 위험천만한 순간, 대체 무슨 짓을 하고 있는 건지 번득 정신을 차린 우리는 두려움에 떨며 서로를 쳐다보기만 하였다. 이윽고 우리 두 사람은 각자의 무기를 거두었다. 그는 자신의 불끈 쥔 주먹을 힘없이 떨구었고, 나 역시 칼을 바닥에 떨어뜨렸다. 그리고 그날 밤 불 꺼진 아파트로 어둠이 스며들기 시작했을 때, 우리는 우리의 삶에 대해, 우리가 서로에게 느꼈던 그 강렬한 사랑에 대해 속삭이듯 이야기를 주고받았다. 자정이 가까워 올 무렵 그가 물었다. 「만일 우리가 결혼하면 더 편안한 느낌이 들 것 같아?」 내가 대답하기도 전에 그가 다시 말을 이었다. 「난 당신을 먹여 살릴 수 있어. 쓰고도 남을 만큼 투자한 돈이 있어. 아무 일 하지 않아도 돼.」

「나도 그러고 싶어.」 나는 주저하지 않고 대답했다. 「하지만 난 책들이 태어나는 걸 보고 싶어.」

「나도 마찬가지야. 그런데 난 그 일은 아무래도 안 될 것 같아.」

「내가 우리 두 사람을 위해 창조적인 일을 할게.」

「그렇담 당신은 결혼을 굳이 고집하지 않는 게로군.」

「서른한 살엔 안 돼. 서른일곱이 되어 모든 걸 잃을까 두려워하는 마음이 들 때면, 할 수 있을지도 모르겠어. 마흔이 되어 모든 게 다 떠나 버리고 나면 그땐 확실히 결혼할 수 있어!」 나는 고함을 치듯 내 심정을 털어놓으며 그에게 키스를 퍼부었다. 「이 순간을 우리 감상적인 눈물로 적시지 말자. 베노, 당신이 오늘 밤 날 쳤다면 난 당신을 죽였을지도 몰라. 우리 집안은 명예밖에 남은 게 없어. 우리 아버지는 목숨을 희생할 각오로 나치 독일에서 탈출하신 분이야.」 나는 손가락 마디마디를 톡톡 꺾었다. 「아버지는 기본적인 인간 존엄성만은 지키신 분이지.」

그는 아무 대답도 없었고, 나는 이번에는 태도를 바꾸어 쌀쌀한 어조로 말을 이었다. 「당신 이제 생활 좀 정리해. 난 당신을 사랑하고, 당신과 같이 있고 싶단 말이야.」

내가 전에 없이 차갑게 그런 말을 내뱉었던 것은 베노가 주먹을 불끈 쥐고 내 얼굴을 치려고 했었다는 사실에 두려움과 혼란스러움이 찾아들었기 때문이었다. 전혀 그런 일을 당해 본 적이 없었던 나로서는 그 일을 어떻게 평가해야 할지 알 수가 없었다. 언젠가 주다 삼촌은 아내를 때리는 남편들을 이렇게 욕한 적이 있었다. 「유대 남자들은 여자들을 때리는 법이 없단다. 생각조차 해볼 수 없는 일이야. 술 취한 아일랜드 남자들이 가끔 그런 짓을 저지른다는 말은 들었지만 말이다.」 하지만 삼촌이 틀렸다. 우리의 경우는 베노 래트너라는 남자가 셜리 마멜스타인이라는 여자를 주먹으로 치려고 했고, 그래서 마멜스타인은 그 생각만 해도 치가 떨리는 것이었다.

왜 그날 밤 나는 뛰쳐나가지 않았을까? 그 사람하고 결혼한 것도 아닌데 왜 그랬을까? 그 사람에 대한 나의 사랑 때문이라고, 그리고 나를 향한 그의 미소 때문이라고밖에는 달리 설명을 할 수가 없다.

그리고 내가 마지막으로 위협조로 했던 말들도 어느 정도 효과가 있었던 모양이었다. 어느 날 내가 불쑥 떠나 버릴지도 모른다는 생각에 그가 이제는 더 이상 날 위협하지 않았던 것이다. 그러나 그의 그러한 감정의 절제는 다른 곳에서 그 출구를 찾았다. 왜냐하면, 며칠 지나지 않아 그는 또 다른 분규에 휘말렸으며, 그 분규의 원인이 그에게 있었기 때문이었다. 베트남전에 대해 나름대로 강한 의식을 지니고 있었던 키네틱의 젊은 편집자 젭슨이 한번은 『뉴욕 타임스』에 편지를 보내 베트남전 참전 용사들에 대한 무관심과 불공평한 대우를 한탄한 적이 있었다. 그런데 그 글을 읽은 베노는 자신이 젭슨과 의견을 달리한다며 그를 혹평하는 편지를 보낸 것이었다. 베노는 젭슨이나 그 밖의 다른 베트남 참전 용사들을 징징 짜는 어린아이에 비유하고, 그 사람들의 편견에 사로잡힌 군대에 대한 비판은 거의 반역에 가까운 행위라고 비난하면서 이렇게 썼다.

역사를 살펴보면 진정한 남자는 다 전쟁에 참가하였습니다. 그들이라고 해서 누가 가족과 함께 있고 싶지 않았겠습니까. 하지만 그들은 전쟁터로 나갔습니다. 그들이 소중히 여기는 것들을 지키기 위해서입니다. 그들은 웃으며 그들의 고난을 견디어 냈습니다. 그들은 전쟁을 인생의 가장 위대한 모험으로 생각하며 또 그것으로 인해 더욱 성장해 간다고 믿습니다. 전 베트남 참전 용사들이 우울한 소리를 지껄이는 것이 혐오스러울 정도입니다. 그리고 나머지 국민들도 그럴 것이라 장담합니다.

그리고 그는 편지 말미에 그의 성과 이름을 다 적어 놓고 게다가 〈진정한 베트남 참전 용사로부터〉라는 말을 자랑스레 덧붙였다.

사무실의 동료들이 그의 글을 보여 주었을 때 나는 분을 삭이지 못해 안절부절못하였으며, 그래서 집으로 돌아오자마자 곧장 그에게 퍼부었다. 「당신은 생각도 없는 멍청이야. 젭슨은 당신을 도와주려고 했던 사람이야. 나중에 내가 곤란한 입장에 있었을 때도 나를 도와준 사람이 바로 그 사람이라고. 그런데 당신은 그 사람을 조롱한 거야. 베노, 당신이 남자라면 그 사람도 남자라는 사실을 명심해.」

베노는 또다시 두 주먹을 불끈 쥐고 나에게 달려들었지만 내가 옆으로 살짝 피하는 바람에 벽에 부딪히고 말았다. 나는 목소리를 가라앉히며 입을 열었다. 「더 이상 이러지 않겠다고 했었지.」 그러자 그는 그제야 자신을 변명하고 나섰다. 「용서해 줘. 술을 마셔서 그랬어.」

그가 안고 있는 심각한 문제를 상징화하는 그 불행한 말들을 듣는 순간 내 머릿속에서는 불현듯 옛날의 기억이 하나 떠올랐다. 그것은 주다 삼촌이 내 웨딩드레스 몫이라며 돈을 건네주던 날 밤 나에게 해주셨던 말이었다. 「셜, 네가 결혼하는 모습을 보고 싶구나. 남편감을 고를 때는 말이다, 네가 네 자신의 감각을 완전히 추스를 수 있다고 확신이 설 때 얼른 골라야 한다. 내가 왜 이런 말을 하냐 하면 네가 감상적인 유대 여자들처럼 될까 봐 겁이 나서 그렇다. 그런 여자들은 자기네들과 결혼을 원하는 좋은 남자들이 다 떠나고 난 뒤에야

뒤늦게 남아 있는 사람이라도 없나 하고 잡초 더미를 뒤적이는 여자들이야. 그렇게 해서 고른 남자들은 또 어떻고……. 죄다 직장도 없는, 그러면서 마누라들이나 패는 술꾼 아니면 정신병자들이란다. 그런 여자들은 아무도 이해해 주지 않는 그런 남자들을 자신들이 구할 수 있다고 자신하지. 그렇지만 결국엔 그런 헛된 노력에 자신들의 인생마저 망쳐 버리고 마는 법이란다.」

이 대목에서 삼촌은 잠시 말을 끊으시더니 곧 쓸쓸한 웃음을 지으셨다. 「나는 세 명의 훌륭한 여성들이 그런 길로 접어드는 것을 직접 보았단다. 그들은 술꾼들을 구하려고 애를 썼고, 그런 와중에 쓸모 있고, 착실하고, 괜찮은 봉급에 아무런 구조 사업도 필요 없는 이 삼촌이 있었지만 그 여자들은 나를 못 본 모양이더구나. 나는 이미 구원되었으니 다른 사람을 구원해야겠다고 결심한 게지.」

내가 삼촌에게 왜 결혼을 하지 않으셨냐고 묻자 삼촌은 더욱 침통한 어조로 말씀을 이으셨다. 「내가 눈에 안 띈 거지. 그 여자들은 신성한 삶의 소명을 발휘하기 위해 비틀거리는 술꾼들만을 찾아다녔어……..」 그리고 삼촌은 내 손을 꼭 잡으시더니 다음과 같은 말로 당신의 외로운 삶의 이야기를 마감하셨던 것이다. 「셜, 이 삼촌은 네가 그런 여자들처럼 될 수도 있다는 조짐을 너한테서 어렴풋이 발견했단다. 내가 한 가지만 얘기해 주겠다. 지금 뉴욕에는 5백 명의 젊은이들이 있다. 유대인, 가톨릭교도, 신교도, 공화당원 등 너같이 훌륭한 여자와 결혼하겠다고 왼손의 두 손가락을 내밀 남자가 말이다. 셜, 제발, 그 젊은이들 중 한 사람을 골라야 한다. 네가 구원하지 않아도 될 사람을 말이다.」 나는 삼촌의 말을 듣지 않은 셈이었다.

어느 날 마침내 우리에게도 구원의 손길이 미치게 되었다. 우리 아파트에 들른 에반 케이터 교수가 이런 말을 하는 것이었다. 「내가 뉴욕 대학에서 한 강좌를 가르치고 있는데 다음 두 주 동안 시카고에 갈 일이 있어서……. 강의는 일주일에 세 시간인데 내가 아는 사람 중엔 베노, 당신이 제일 나을 것 같아서 이렇게 부탁하는 거요. 어때요, 관심 있어요?」

베노 대신에 내가 먼저 반색을 하며 〈네!〉 하고 대답할 뻔하였다. 어쨌거나 베노가 〈영광입니다〉 하며 케이터 교수의 제안을 받아들이자 나는 얼마나 기뻤는지 모른다. 케이터 교수의 설명이 계속 이어졌다. 「두 주니까 한 학기의 6분의 1이 되는 셈이니 내가 그만큼의 강의료를 주겠소. 내용요? 한 번에 한 작품씩 여섯 편의 소설을 다루면 되오. 당신도 다 읽은 소설일 거요. 『인도로 가는 길』, 『양철북』……, 아참, 『맥티그』에 관한 내 노트들을 포함시키면 좋겠소. 강의 시간은 딱 한 시간인데 마지막 20분 동안 학생들에게 질문과 답변을 시키면 좋아들 해요.」

합의가 이루어지자 곧 베노는 여섯 편의 소설을 파고들기 시작했다. 특히 처음 읽어 본다는 『맥티그』란 작품을 좋아하는 것 같았다. 다음 월요일 오후, 첫 수업 시간이 다가오자 그가 약간 초조해한다는 사실을 간파한 나는 이렇게 물어보았다. 「내가 같이 갈까?」 그러자 그는 대뜸 내 말을 가로막았다. 「아니, 내가 무슨 어린앤 줄 알아?」 첫날 강의가 끝난 뒤 그는 집으로 다섯 학생들을 데리고 왔다. 강의가 끝난 지 여러 시간이 흘렀는데도 그 학생들은 베노가 여러 가지 주제를 놓고 길게 이야기를 늘어놓는 동안 아무 말 없이 귀를 기울이고 있었다. 나는 신이 나서 레모네이드를 크리스털 잔에 담아 내놓았고, 6시 45분경 우리 집을 나서던 학생 중 하나가 〈굉장한 선생이야!〉 하는 소리를 듣고는 뛸 듯이 기뻤다.

베노 역시 자신의 강의에 흥이 나 있었고, 나는 그가 어떻게 가르치는지 구경하고 싶은 생각이 굴뚝같았다. 수요일에 나는 직장에서 빠져나와 그의 강의실 뒤쪽에 살며시 자리를 잡고 앉았다. 그는 피카레스크 소설의 원형이라고도 할 수 있는 『톰 존스』를 가르치고 있었다. 뛰어난 설명이었다. 매우 자신감에 넘쳐, 다른 사람들 같았으면 놓치고 지나갔을 소설의 미묘한 맛을 조목조목 찾아내는 그의 모습이 대견스럽기까지 했다. 단어들을 그렇게 효과적으로 구사하는 것도 들어본 적이 없었다. 학생들이 말하는 것에 세심한 주의를 기울이다가는 곧 학생들이 전혀 생각하지 못했던 결론으로 그들을 이끌어 가는 솜씨 또한 일품이었다. 남자다운 모습, 학생들을 편안하게 해주는 그의 미소. 나는 내가 저 멋진 남자를 사랑하는 것은 지극히 당연한 일이라는 생각이 들었고, 누구 다른 사람이라도 있었다면 여학생들 중 절반은 그에게 연정을 품게 될 것이라고 내기라도 걸고 싶은 심정이었다.

그날 밤, 학생들이 우리 아파트를 떠나고 난 뒤 나는 기쁨에 겨워 베노에게 말했다. 「베노, 이젠 우리가 해낸 거야! 당신은 정말 가르치는 일에 뛰어난 사람이야. 아마 학생들이 케이터 교수에게 말할 테지. 당신도 안정된 직업을 가질 수 있단 말이야. 당신은 학생들에게 베풀어 줄 것이 너무나 많은 사람이야.」

그러나 나의 이러한 말에도 베노는 별로 시답지 않은 모양이었다. 그러더니 금요일 강의가 시작될 무렵에는 열의마저 식은 듯한 태도를 보이는 것이었다. 물론 나는 그 금요일 강의에는 참석하지 못했었다. 그날 오후 그는 학생들을 아파트로 초대하지 않았는지 내가 돌아왔을 때 혼자서 술을 마시고 있었다. 내가 『보바리 부인』에 관한 강의를 어떻게 했는지 묻자 그는 소리를 내질렀다. 「나는 글을 어떻게 쓰는지, 그런

걸 가르치고 싶지 않아. 난 날 가르쳐 줄 사람이 필요하단 말이야.」 그러고는 다음 월요일부터는 그런 멍청한 강의를 결단코 하지 않겠다고 선언하는 것이었다.

나는 주말 내내 그의 마음을 바꿔 보려고 애를 썼지만 그에게 그가 지금 무슨 일을 저지르고 있는지, 특히 케이터 교수의 신임을 저버리면 어떻게 되는지 깨닫게 하는 데 실패하고 말았다. 대신 내가 얻은 것이라곤 내가 편집하는 책이라면 어떤 책에서건 묵과하지 못했을 그런 모독뿐이었다. 나는 에반 케이터 교수를 찾아가 상의해 보려고 했으나 허사였고, 그저 키네틱 출판사에 월요일과 수요일과 금요일, 이렇게 3일 동안 2시부터 4시까지 강의를 맡은 것이 있어서 출근을 못 하겠다는 통보만 했을 뿐 아무런 해결책도 찾아내지 못하였다.

월요일 수업 시간에 베노 대신 나간 나는 래트너 씨가 이 강의를 계속 이끌어 나갈 관심이 없는 것 같다는 얘기를 하지 않을 수 없었다. 여기저기서 불평의 소리가 터져 나왔고, 난처한 입장에 놓인 나는 별수 없이 정규 강의를 학생들보다 나이가 어느 정도 많은 사람들이 어떻게 책을 쓰고 출판하는지에 관한 비공식 세미나로 바꾸어 버렸다. 그 방면에 관한 뒷이야기를 많이 알고 있었던 나는 곧 학생들의 흥미를 이끌어 내는 데 성공하였다. 그다음 시간에는 문법을 다루었다. 물론 나는 그 분야에 정통해 있었다. 그리고 마지막 금요일 강의는 수지 젠킨스의 도움을 받아 키네틱 출판사가 겪은 여러 가지 계약권에 관한 흥미진진한 이야기들을 들려주었다.

두 번째 주의 강의가 완전히 엉망이었던 것은 아니었다. 그러나 그것이 에반 케이터 교수가 원했던 것은 아니었고, 그래서 그 교수가 베노의 어린애 같은 무책임한 행동에 대해 알게 되었을 때 두 사람의 관계에 한랭전선이 생기게 된 것은 어쩌면 당연한 일이었다. 그 이후로 케이터 교수는 더 이상 우리 아파트에 들르는 적이 없었다.

이런 불행 속에 또 몇 년이 흘렀다. 그동안 나는 키네틱에서 꾸준히 성장해 갔고, 베노는 오후에는 아파트를 어슬렁거리다 밤만 되면 이런저런 강의를 들으러 밖으로 나가곤 하였다. 1976년, 그해는 요더 씨의 『파문』이 또 한 차례의 상업적인 실패를 맛보았던 해였으며, 그래서 나는 나의 귀중한 독일인과의 계약을 출판사가 연장해 주지 않으면 내 담당 작가들을 다 데리고 다른 출판사로 옮기겠다고 으름장을 놓기도 하였다. 그런데 베노가 그의 소설을 완성하려고 전심의 노력을 기울인 것도 바로 그해였다. 그는 그 자신이 개발한 묘한 논리로 작가로서의 곤경에서 헤어나 있었다. 나의 도움이 있었던 것은 결코 아니었다. 왜냐하면 그의 논리라는 것이 내가 편집에 관해 믿는 모든 사항들과 전면 배치되는 것이었기 때문이었다. 「이제야 난 모든 것을 분명하게 볼 수 있게 되었어. 여태 잘못된 길을 걸어온 거라고. 처음엔 이렇게 이렇게 책을 쓰라는 당신 말을 들었었고, 그다음엔 케이터 교수의 말, 그다음엔 갤런트리 사람들의 수다. 그리고 만일 내가 사이먼 앤드 슈스터 출판사의 제안을 받아들였다면 아마 그 사람들은 내게 치명적인 말을 했을걸. 역시 작가는 자신의 문제를 자신의 힘으로 풀어야 하는 거야. 자신이 어디로 향하고 있는지, 그리고 그곳엔 어떻게 도달해야 하는지 스스로가 분명한 자각을 가지고 있어야 해. 편집자들의 성의 없는 말은 깨끗한 물을 흙탕물로 만들어 놓을 뿐이라고.」

나는 훌륭한 편집자들이 작가들에게 얼마나 많은 도움을 주었는지 그 역사적인 사례들을 하나하나 꼽을 수도 있었지만 꾹 참았다. 그는 계속 떠벌렸다. 「그래서 지금 나는 나 자신의 사람이 된 거야. 나를 인도하는 별을 지니게 된 거라고.

이 소설은 내 식으로 끝낼 테니 두고 봐. 그리고 사이먼 앤드 슈스터의 그 건방진 자식들은 다 지옥에나 빠지라고 해.」 나는 그가 사이먼 앤드 슈스터의 누구하고도 말 한마디 하지 않았고 또 그쪽에서도 역시 그와 얘기 한번 해본 적이 없다는 사실을 잘 알고 있었지만 내내 입을 다물었다.

그런데 참 묘하게도 아침에 내가 일어날 때면 그도 무슨 영감을 받았는지 자리에서 벌떡 일어나 하루 종일 타자기 앞에 앉아 있는 것이었다. 더욱이 그가 자신의 이야기 줄기를 바꿨다며 나에게 들려준 몇몇 생각들은 정말 그럴싸하게 들렸으며, 또 솔직히 말하자면 내가 여러 달 전에 제안했던 생각들보다도 훨씬 더 독창적인 데가 있었다. 깨끗이 타자로 친 원고가 쌓이는 것을 보고 나는 이렇게 생각하지 않을 수 없었다. 이제는 정말 마음 단단히 먹은 모양이야! 나보다도 자기 자신을 더 잘 알았던 거야.

그러나 또다시 일이 지체되기 시작했다. 내가 출근을 할 때까지도 일어나지 않는 때가 많았으며, 내가 밤에 돌아와서 봐도 — 당시 키네틱에서는 늦게까지 일을 했다 — 원고는 좀처럼 늘어나지 않았다. 『뉴욕 타임스』의 낱말 맞추기 퍼즐 부분이 접혀 있는 것으로 보아 몇 시간이고 신문의 퍼즐만 풀고 있었던 것 같았다. 가장 거슬리는 것은 술잔들이 널려 있는 모습이었다. 그는 매번 한 번씩 움직일 때마다 새 잔을 꺼내어 사용하였다.

마침내 그가 전혀 침대에서 일어나지도 않고 술 취한 상태로 멍하게 몇 시간이고 누워 있는 날이 찾아왔다. 출판사에서 어떻게 하면 비용을 줄여 회사 관리자들을 기쁘게 할 수 있을까 하는 별 시답지 않은 문제를 놓고 여러 차례의 논의를 거듭한 뒤라 정말 짜증도 나고 완전 파김치가 되어 퇴근했던 어느 날 저녁, 그는 여전히 이불 속에 파묻혀 있었다. 그날 나는 어린아이처럼 행동하는 다 큰 어른의 비위나 맞춰 줄 기분이 아니었다. 나는 정신 좀 차리라고 그를 때리면서 그에게 젖은 수건을 내던졌다. 「얼굴도 닦고 눈도 좀 닦아. 얘기할 게 있어.」 나는 베개 위로 그를 일으켜 세우며 말했다. 「존재하지도 않고 존재하지도 않을 당신의 소설에 대해서 앞으로는 한마디 말도 꺼내지 마. 다 헛소리에 불과하니까.」 톡 쏘아붙인 이 말에 깜짝 놀랐는지 그는 또다시 구차한 변명을 주접스럽게 늘어놓기 시작했다. 「그만둬.」 나는 그의 말을 다 듣지도 않고 잘라 말했다. 「그런 얘긴 이미 많이 들었으니까.」

그러자 그는 왼쪽 팔꿈치로 기대고 누워 오른손을 막 흔들어 가며 소설이란 어때야 하는가에 대한 매우 시적인 설명을 하기 시작했다. 나는 깜짝 놀랐다. 그는 에반 케이터와 에리히 아우어바흐를 한데 합친 것보다도 훨씬 더 논리적이고 더 많은 영감을 지니고 있는 것 같았다. 매우 설득력 있는 그의 설명에 잠시 나는 아무 말도 하지 못하고 꼼짝없이 앉아 있었다. 그러자 그는 미소를 지으며 못된 짓을 하다 들킨 장난꾸러기 아홉 살 소년처럼 묻는 것이었다. 「어때, 그렇지 않아?」

나는 그의 마술에서 벗어나려는 듯이 그의 눈에다 손을 흔들며 입을 열었다. 「난 소설이 진정 무엇인지 어렵게 어렵게 배웠어. 조심스럽게 선택된 약 6만 개 정도의 단어들. 그것들을 의미 있는 방식으로 종이 위에 옮겨 놓지 못한다면 소설이란 존재하지 않는 거라고.」

그는 잘난 체하고 까부는 듯한 표정을 싹 지워 버리고 나지막이 속삭이는 목소리로 말을 꺼냈다. 「6만 단어라면 바로 정확히 내 소설의 길이야. 난 너무 길게 쓰려고 했어. 내일부터는 길이를 줄여야겠어.」

「아마 그렇게 못 할걸. 제발 환상에서 깨어나, 베노. 그리고 남자답게 행동해.」 그러나 나는 이 말들을 뱉자마자 주다 삼촌이 예견했던 말들이 떠올라 순간 소스라치게 놀라고 말았다. 내가 바로 삼촌이 얘기한 그런 여자가 아닌가 하는 생각 때문이었다. 길 잃은 영혼을 구원해 주고 싶은 마음…….

나는 손가락으로 부드럽게 그의 머리를 빗어 주며 그가 침대에서 일어나도록 부축해 주었다. 「내 사랑, 베노. 당신의 꿈은 끝났어. 내 꿈이나마 실현되도록 해줘.」

베노는 정말 내 말대로 했다. 그는 자신의 원고를 치우며 내 편집일을 도와주었던 것이다. 그는 서사에 관해서는 뛰어난 비평적 감각을 지니고 있었고 문법적 구성에 관해서는 예리한 눈을 소유하고 있었다. 따라서 그와 함께 일을 하다 보면 정말 환상적인 팀워크를 이룰 수도 있다는 생각이 들기도 하였다. 그러나 그의 작업 태도는 실수를 연발할 만큼 신중하지 못하여 일정에 맞추어 그가 맡은 일을 다 완수하리라는 기대는 금물이었다. 얼마의 시간이 흐른 뒤 나는 훌륭한 팀워크의 환상을 떨치고, 그저 엉망진창이 된 한 실업자를 정서적으로나마 지원하기 위해 분투하며 열심히 일하는 뉴욕 여성으로 만족해야 했다.

1978년 그 우울했던 시기에 나는 난생처음 드레스덴의 그렌즐러 지역을 방문하게 되었다. 내가 커다란 기대를 하고 있었던 요더 씨의 다섯 번째 소설 『헥스』의 작업을 돕기 위해서였다. 드레스덴에 도착한 나는 내가 앞으로 사흘간 묵게 될 드레스덴 차이나를 보자마자 그 농촌의 매력과 희고 푸른 장식, 그리고 마이센 입상들이 가득 담긴 유리 진열장에 완전히 매료되고 말았다. 나는 그곳에서의 첫 식사를 유리 진열장 두 개가 직각을 이루는 한쪽 구석의 테이블에서 하였는데 마치 어여쁜 양치기 소녀들과 시골 멋쟁이들, 그리고 점잔 빼는 독일 귀족들에 둘러싸여 음식을 먹는 기분이었다.

「요더 씨가 이 그렌즐러 지역을 사랑하는 것이 이상할 게 하나도 없어.」 내 입에서 이런 말이 튀어나온 것도 이상할 게 하나도 없었다. 그가 글을 쓰고 있는 드레스덴 동쪽의 그의 농장으로 매일 차를 타고 가면서 나는 그의 소설에 나타난 풍요로운 한 시골의 풍경을 실제 확인할 수가 있었다. 그러나 요더 씨의 농장을 방문할 때는 씁쓸한 느낌이 들기도 했었다. 요더 씨 부부가 누리고 있는 다정한 부부애 — 서로가 할 일을 나누어 하는 현명함, 서로에 대한 존중심, 서로를 이끌어 주며 이루어 내는 엄청난 일들 — 를 보면서 이런 생각이 들었기 때문이었다. 내가 베노와의 관계에서 그렇게 필사적으로 추구하는 의미 있는 관계를 어떻게 이들은 저렇게 쉽게 이루고 있는 것일까? 요더 씨는 그의 부인인 엠마의 도움을 받으며 자신의 원고를 하나씩 하나씩 완성해 나가는데, 왜 베노는 나에게서 그토록 많은 후원을 받으면서도 아무런 결실도 못 맺는 것일까?

뉴욕으로 돌아온 나는,『헥스』가 내가 그렇게까지 싸워 가며 지지해 주었던 요더 씨에게 하나의 돌파구를 마련해 주리라는 확신에서 하루에 열두 시간에서 열다섯 시간까지 일을 하였다. 마침내 소설이 팔리고, 칭찬이 쏟아지고, 영광마저 한꺼번에 밀려들어 왔다. 키네틱 출판사 전체의 기쁨이었고 나는 그 기쁨을 한껏 즐겼다.

매주 월요일 아침, 키네틱의 간부가 〈내일 우리는 이번 작품을 5만 부 더 찍을 예정입니다〉라고 자랑스럽게 매스컴에게 알려 주던 그 환호에 넘친 절정의 시기에 나는 흥분과 수면 부족으로 거의 탈진 상태가 되어 있었다. 인사부의 미스 윌머딩은 〈사흘간 쉬세요〉라고 충고했고, 나는 그 충고에 따라 쉬기로 하였다. 그러나 내가 집에서 쉬는 동안에도『헥스』

에 관한 기쁜 소식을 전하는 전화벨 소리가 쉴 새 없이 울려 댔다. 한번은 베노가 방 밖에 있다는 것을 알고는 전화를 끊으며 이렇게 소릴 지르기도 했었다. 「또다시 10만 부라니! 요더 씨, 우린 해낸 거예요!」

승리감에 도취되어 있던 그 몇 주간 베노는 자신을 괴롭히는 그 독일인의 이름을 듣더니 갑자기 사납게 나를 침대 밖으로 끌어내었다. 「내가 이 집에선 그 이름을 꺼내지도 말라고 경고했었지.」 그는 또다시 주먹을 쥐었고, 나는 비명에 가까운 애원을 하였다. 「베노! 그러지 마!」 그 순간 그는 주먹을 거두었으나 자신의 분노를 참을 수 없다는 듯이 내 가슴을 세차게 밀쳐 버렸다. 그냥 반대편 벽에 살짝 부딪히는 것으로 끝날 수도 있었으나 재수 없게도 나는 나이트 가운에 걸려 페르시아 양탄자 위로 넘어졌으며, 그 순간 바닥을 짚으려고 내민 오른팔이 소파의 날카로운 등받이에 부딪혀 뼈가 부러지는 불상사를 당하고 말았다.

내가 병원에서 나와 아파트로 돌아왔을 때 베노는 눈물을 흘리며 사과하였다. 「내가 당신을 치려고 한 게 아니야. 당신도 알지?」 나는 아무 말도 하지 않았고 그는 계속 말을 이었다. 「난 그저 당신을 밀었을 뿐이라고. 세게 민 것도 아니잖아. 당신 가운 때문에…… 그리고 그 소파…… 당신에게 해를 입히려는 생각은 손톱만큼도 없었어.」

그가 어떻게 할 거냐고 물었을 때 나는 아무 생각 없이 대답했다. 「내일 출근해야지.」

「사람들이 팔 어떻게 된 거냐고 물어보면 어쩌려고!」

「단순한 골절이라고 하지, 뭐. 사실대로 얘기하면 되잖아. 나이트 가운에 걸려 넘어지면서 소파에 부딪쳤다고.」

「내 얘긴 안 할 거지?」

「그런 얘기 뭣 하러 해?」
「난 당신이 얘기할 줄 알았지.」
「나 역시 멍청한 여자로 보이게 하란 말이야? 나한테 이런 식으로 대하는 남자와 죽자 살자 같이 지내는 골빈 여자…….」 갑자기 눈물이 쏟아질 것 같았지만 나는 가까스로 참았다. 나는 그렇게 울음을 터뜨린 적이 없었기 때문이었다. 「당신, 내가 택시를 타고 병원으로 가면서 계속 뭐라고 중얼거렸는지 알아? 그때 당신은 아래층으로 내려와 날 도와주지도 않았지? 난 계속 말했어. 〈그래도 난 그를 사랑해. 그는 내가 사랑했던 유일한 남자야. 그리고 우린 이겨 낼 수 있어.〉 이렇게.」

내 말을 들은 베노는 그 엄숙한 순간에 자신도 나를 소중히 여기고 있으며, 자신이 바로 처음 뉴 스쿨에서 만났을 때의 그 남자임을 입증해 보이기 위해서라도 자신의 베트남 소설을 완성하겠으며, 또 설혹 키네틱 출판사가 아니더라도 다른 괜찮은 출판사와 줄이 닿으면 나를 모시고 편집도 하고 출판도 하겠다고 맹세를 하였다. 「난 이제 환상에서 벗어난 사람이야. 내 소설이 위대한 소설은 아닐지 몰라도 괜찮은 소설은 될 거야…….」 나는 그의 슬픈 낙관에 부드러운 미소를 지었으며, 또한 그가 자기 회의에서 벗어나도록 도와주고 싶은 심정에 〈이번엔 당신이 잘 해낼 거라는 생각이 들어〉라는 말까지 하게 되었다. 그리고 내 입에서 나온 이 말이 이제는 거꾸로 그가 자신을 구하고 또 최후의 노력을 기울여 자신의 소설을 완성할 수 있으리라는 나 자신의 믿음을 부추기는 꼴이 되었다. 「베노, 우린 정말 좋은 책을 만들어 낼 거야.」 왜 나는 자꾸 키네틱의 동료들 눈에 어리석은 행동이고 자기 기만으로 보이는 태도를 고집하는 걸까? 이유는 이와 비슷한 상황에서 요더 씨를 구해 냈기 때문에 베노와도 성공을 이룰 수 있다고 진정 믿었기 때문이었다.

그다음 주부터 나는 서로 발을 맞추며 조화를 이루어 나가는 두 가지 삶을 살았다. 사무실에서는 『헥스』 때문에 쏟아지는 기쁜 소식에 푹 파묻혀 지냈으며, 집에서는 요더의 이름을 언급해서는 안 되었지만 그래도 베노의 거듭 태어남에 스스로를 위안하며 지낼 수 있었다. 그는 확실히 술을 줄이려고 노력하였다. 집에는 술을 두지도 않았다. 그러나 어느 늦은 오후에 그는 자신이 〈셜리는 알 필요가 없는 특효약〉이라 부르는 것을 찾아 빌리지 가를 뚜벅뚜벅 걸어 나갔다. 그리고 두 시간이 지난 뒤 그는 종종 바에서 만나게 되는 그런 타입의 붉은 머리의 키가 큰 이야기꾼 한 사람을 데리고 들어왔다. 하지만 그 사람은 술집에서 흔히 만날 수 있는 그런 사람하고는 질적으로 다른 구석이 있었다. 「아서 제임슨이라고 합니다.」 그는 베노가 아무런 소개도 해주지 않자 자신이 직접 나섰다. 「폴 패릿 출판사의 사장으로 있습니다. 남편 되시는 분의 철학에 깊은 감명을 받았습니다, 래트너 부인.」 나는 베노가 몹시 취한 상태에서 어떻게 이 사람에게 깊은 인상을 심어 주었는지 그저 놀랍기만 할 뿐이었다. 베노가 찬물로 세수를 하러 욕실로 들어가자 제임슨 씨는 자신이 직접 설명하기 시작했다.

「처음 당신 남편이 바에 들어왔을 때는 보지도 못했습니다. 그런데 바깥양반이 바텐더에게 이제는 우는소리를 하는 베트남 참전 용사들에게 질렸다는 말을 하는 것을 듣고 제가 말을 걸었죠. 그게 제 느낌이기도 했으니까 말이오. 당신 남편 이야기를 한마디 한마디 듣고 있자니 점점 더 마음에 들었습니다. 제가 말했습니다. 〈언젠가 『타임스』에 편지를 보내 낑낑거리며 시끄럽게 떠드는 베트남 참전 용사들의 태도를 비난한 사람이 있었습니다〉라고 말입니다. 그러자 댁의 남편이 되묻더군요. 〈그 편지를 쓴 사람이 누구인지 아십니까?〉 하고 말이오.」

제임슨 씨는 말을 계속 이었다. 「제가 그 편지를 쓴 사람이 댁의 남편이라는 것과 또 그 양반이 그런 주제로 소설을 한 4분의 3쯤 썼다는 것을 알았을 때 물었지요. 댁으로 가서 완성된 부분들을 좀 볼 수 없겠냐고 말입니다.」 그는 잠시 말을 멈추고 미소 띤 얼굴로 나를 쳐다보고는 다시 입을 열었다. 「바에서 맥주가 철철 흐를 때면 많은 사람들이 자기들도 소설을 썼다고 하지요. 하지만 함께 그들의 집으로 걸어갈 때면 소설은 온데간데없이 사라지고 말더군요. 어떻습니까? 댁의 남편이 거짓말하신 건 아닙니까?」

난 직접적인 질문은 피하였다. 「제임슨 씨, 전 당신네 출판사를 잘 알아요. 훌륭한 책들을 많이 만들어 냈죠. 독일 작가들의 작품을 번역하거나 미국 가톨릭교도들의 혁명에 관해서 말이에요. 그런 책들이 인기를 얻으면 틀림없이 기분 좋으시겠죠?」

「부인의 말씀에 정말 감사합니다. 그런데 당신 남편의 소설에 관한 저의 질문엔 답변을 회피하시는데 원고가 없다는 증거인가요?」

「제임슨 씨, 잠깐만요. 제가 누군지 베노가 얘기 안 했나요?」

「바에서 신사들은 자기 마누라 얘긴 절대 안 하죠. 그건 그렇다 치고, 부인은 어떤 분이십니까?」

「키네틱 출판사에서 루카스 요더 씨를 담당하는 편집자예요. 편집자로서 전 당신에게 제 남편 베노가 자신의 소설을 거의 다 완성했을 뿐만 아니라 내용도 매우 훌륭하다는 것을 장담할 수 있어요. 어떻게 생각하세요?」

그는 꾸벅 인사를 하였다. 「루카스 요더의 편집자께서 그렇게 말씀하신다면 그 판단을 믿어야지요. 그런 분이라면 읽을 만한 책이 어떤 책인지 잘 아실 테니까요. 그럼, 그 원고의 일부를 좀 볼 수 있을까요?」

「전 당신이 안 물어보실 줄 알았어요.」 그가 나의 열성에 웃음을 터뜨리는 동안 나는 그 귀중한 원고를 보관해 둔 곳으로 다가갔다. 그런데 바로 그 순간 욕실에서 나온 베노가 원고를 꺼내려는 나를 향해 냅다 소리를 지르는 것이었다. 「안 돼! 그냥 놔둬! 아직 준비가 안 됐다고!」

나는 베노의 그 말이 한 감수성 예민한 작가가 자신의 불멸의 원고를 지키려는 외침이라 생각하고 주춤했으나 제임슨 씨는 점잖게 다시 부탁하는 것이었다. 「준비가 됐는지 안 됐는지는 출판업자가 판단할 일이 아닐까요?」 그러자 다행히도 베노는 점차 수그러지는 기색을 보이더니 이렇게 말하였다. 「그게 당신이 찾던 베트남 원고입니다. 내용은 보장할 수 있습니다.」

곧 나는 샌드위치, 사탕과자로 장식된 쿠키, 그리고 포도주를 내왔고 어쩌다, 정말 우연히 우리의 보금자리에 뛰어든 그 뛰어난 출판업자는 샌드위치를 우물우물 씹으며 베노의 손때 묻은 원고를 넘기기 시작했다. 「야, 이건 진짜로군요! 당신은 전쟁이 뭔지 아는 사람이로군요!」

그렇게 바에서의 우연한 만남으로 인해 거의 완성 단계에 있었던 베노의 원고는 그런 종류의 글을 찾고 있었던 한 출판업자의 도움으로 따뜻한 보금자리를 찾게 되었던 것이다. 제임슨 씨는 그 원고를 경험 많은 한 여자 편집자에게 넘겼고, 그 편집자는 〈처음 세 장은 바로 우리가 찾던 그런 내용입니다〉라는 보고를 올렸다. 그러자 제임슨 씨는 베노와 나를 만찬에 초대해 자신이 구상하고 있는 출판 계획을 소상히 설명하기 시작했다. 「아마 〈투데이〉 쇼나 〈굿모닝 아메리

카〉에서 우리 소설을 다룰지도 모르겠습니다. 그리고 내용이 논쟁을 불러일으킬 만한 것이라 테드 코펠이나 『맥닐/레러』에서도 분명 채택하게 될 겁니다.」

「이건 소설이잖아요.」 나의 이런 말에도 그는 아랑곳하지 않았다. 「그래요. 그러나 우리 시대의 가장 민감한 주제를 다루고 있는 소설입니다. 슬프게도 왜곡된 주제죠. 래트너 부인, 앞으로 당신 남편은 여기저기서 초청을 받을 것입니다. 저희들이 그건 보장합니다.」

이 황홀한 대화가 있고 난 뒤 베노는 옛날의 그 불안한 성격이 다시 찾아든 게 아닐까 싶은 정도로 기묘한 행동을 하였다. 왜냐하면 곧장 법원으로 달려가서는 이름을 〈브루스〉로 바꾸었기 때문이었다. 이유가 참 재미있었다. 「베노라는 이름은 너무 유대인 냄새가 나. 내 소설이 당신의 그 독일인 소설처럼 히트를 해서 혹 내가 텔레비전에 나가게 된다면 그 베노라는 이름이 장애가 될 것이 틀림없다고.」

「그런데 왜 하필이면 브루스야?」

「멋지잖아. 내가 아는 많은 젊은 친구들의 이름 중에 브루스가 많거든.」

「당신 정말 미쳤구나! 정신 나간 사람 같아. 그래도 내 사랑이니……」

브루스 래트너로 이름을 바꾼 뒤로 그는 정기적으로 면도도 하고, 술도 덜 마시고, 놀랄 정도로 나를 아껴 주고, 또 자신의 소설 작업에도 더 매진하는 것 같았다. 그러나 12월 중순의 어느 음침한 날, 내가 우리 회사의 간부들과 『헥스』의 주문이 50만 부를 넘어섰다는 놀라운 사실에 서로 축하를 하고 있을 때 내 사무실에서 일하는 소년이 나를 찾았다. 「미스 마멜스타인, 폴 패럿 출판사의 래트너 씨 편집자로부터 긴급 전화입니다.」 그 순간 나는 축하고 뭐고 마지막 재앙에 대한 마음의 준비를 단단히 해야 했다.

「미스 마멜스타인? 제임슨 씨의 메모철에서 당신의 이름을 찾았어요. 이렇게 불쑥 전화를 드려 죄송합니다만 아셔야 될 것 같아서요. 오늘 아침 저희 편집 회의에서 래트너 씨와의 계약을 파기하기로 결정했어요. 그분은 자신이 하겠다고 약속한 원고 수정을 하나도 안 하셨어요. 커다란 오류가 보이는데도 전혀 고치시지 않는 거예요. 또 제가 도와 드리겠다고 해도 모조리 거절하셨고요. 여기저기 흩어진 세세한 항목들만 땜질하고 계신 거예요. 래트너 씨는 편집자인 저를 조금도 안중에 두시지 않는 것 같았어요. 그래서 제임슨 씨에게 모든 사실을 소상하게 보고할 수밖에 없었어요. 그랬더니 막 화를 내시면서 이렇게 말씀하시더군요. 〈선지급금은 어쩔 수 없다 하더라도 여기서 그만두는 게 낫겠소.〉 이렇게 말이에요.」

「무슨 소리예요? 크리스마스인데 어떻게!」

「그럴 수밖에 없었어요. 오늘 오후에 래트너 씨를 만나서 다 말씀드렸어요. 〈죄송합니다. 폴 패럿 출판사와 선생님과의 관계는 끝났어요. 선지급금은 반환하지 않으셔도 됩니다.〉 이렇게요.」

「아니 그럴 수가! 그 사람은 뭐라던가요?」

「흐느껴 우시더군요. 제임슨 씨를 만나게 해달라고 애원하셨어요. 그래서 전 제임슨 씨는 지금 덴버에 계시기 때문에 만나 뵐 수가 없다고 했지만 막무가내셨어요. 이렇게 말씀하시더군요. 〈사무실에 있는 걸 다 알아요. 그 사람은 내 책을 원하고 있소. 그 사람은 베트남에 관한 진실을 원하고 있단 말이오.〉 그러고는 한바탕 소란을 피우셨어요. 그래서 별수 없이 조수를 불러 밖으로 내보낼 수밖에 없었어요. 그런데 래트너 씨가 소란 피우는 것을 본 그 조수가 너무 흥분했는지 말을 막 해서……. 〈제임슨 씨가 당신더러 뭐라고 했는지 알고 싶으시오? 술집에선 영감을 받은 철학자처럼 보였는데 타자기에 앉으면 왜 그렇게 멍청한 바보가 되는지 모르겠다고 합니다. 자, 여기 당신 원고가 있으니 갖고 어서 꺼지시오. 기회를 줬는데도 바보 같은 짓거리로 다 망친 게 누구요?〉 사실 저도 그런 말에 깜짝 놀랐어요. 죄송합니다.」

전화를 끊은 다음 나는 어서 그리니치 빌리지로 가서 래트너를 찾아 위로를 해야겠다고 생각했으나 출판사에서의 모임이 나의 발길을 묶어 놓았다. 쓸쓸한 겨울의 거리에 황혼이 찾아들 무렵 내 머릿속엔 온통 래트너에 대한 염려만이 가득 차 있을 뿐이었다. 가엾은 사람. 아무도 원치 않는 원고를 들고 어딘가 헤매고 있을 테지. 가슴이 아파 왔다.

후에 몇몇 사람이, 그 눈 오는 오후에 브루스가 빌리지 가를 정처 없이 터벅터벅 걸어가는 것을 보았고, 또 전화를 걸려고 어느 상점으로 들어가는 것도 보았다고 내게 알려 주었다. 그가 키네틱에 전화를 걸어왔을 때는 거리에 어둠이 완전히 내렸을 때였다. 그는 내가 전화를 받자마자 엉엉 울기 시작했다. 그가 그렇게 모든 걸 포기한 듯 울어 대는 것을 처음 들었던 나는 사태가 심상찮은 것을 알고는 있었지만, 뭐라 위로의 말을 해야 할지 알 수가 없었다.

「그 사람들 말이 형편없다는 거야. 나도 마찬가지래. 모든 것이 무너지는 듯한 느낌이야. 밖은 어두워지고……. 난 당신이 필요해. 어느 때보다도 당신이 더 필요하다고.」 내가 뭐라고 위로와 격려의 말을 하기도 전에 그는 전화를 끊었고, 나는 서둘러 원고 뭉치들을 정리하고 어두운 거리로 내달렸다. 한 남자에게 당신은 끝이라고 말하다니, 얼마나 무정한 사람들인가. 그것도 크리스마스 일주일 전에…….

거리로 달려 나간 나는 손을 흔들어 택시를 잡았다. 「가능한 한 최고 속력으로 블리커가로 가주세요. 빨리요.」

택시가 남쪽으로 내달리는 동안 나는 한 번도 래트너 곁을 떠난다는 생각을 하지 않았다. 나는 오로지 그를 안정시키고, 몹시 낙담해 있을 그를 어떻게 해서든지 위로해 줘야겠다고만 생각했다. 그는 좋은 남자였다. 에반 케이터보다도 더 뛰어난 두뇌를 지닌 그를 난 사랑했다.

아파트 입구로 뛰어들어 가던 나는 수위가 길바닥에 떨어진 종이들을 줍고 있는 모습을 보았다. 그것은 바로『녹색지옥』원고들이었다. 혹 래트너가 차에 치인 것은 아닌지 불길한 생각이 든 나는 〈아저씨, 무슨 일이 있었어요?〉라고 다급하게 물었다.

「래트너 씨요, 술을 마신 것 같지는 않은데 몹시 휘청거리며 돌아왔더군요. 제가 말했죠. 원고들이 다 흩어져 휘날리고 있다고요. 제 말을 들은 건지 못 들은 건지 그냥 지나칩디다. 못 들은 모양이지요?」

「그 사람은 지금 어디 있죠?」

「위층에 있을 겁니다.」

나는 지갑을 뒤져서 지폐를 한 움큼 꺼내 그 수위의 손에 쥐어 주었다. 「아저씨, 이 종이들을 다 모아 주세요. 귀한 종이들이에요.」 그러고는 얼른 엘리베이터가 있는 쪽으로 달려갔다. 엘리베이터가 왜 그리 안 내려오는지, 나는 가슴이 답답해 숨이 막힐 지경이었다.

「2호기는 수리 중입니다.」 지저분한 원고 뭉치를 주워 들어오던 수위가 일러 주었다. 「기억하시죠? 크리스마스 준비 때문이죠.」

엘리베이터가 우리 층에 도착하자마자 나는 현관문으로 달려가 단번에 열쇠를 꽂아 문을 열었다. 브루스는 온통 피범벅이 된 채 페르시아 양탄자 위에 얼굴을 파묻은 형태로 누워 있었다. 내가 한때 그를 찌르려고 들었던 그 날카로운 식칼. 그는 그 칼로 자신의 가슴을 두 번이나 찌른 뒤 여의치 않자 자신의 목젖에 그 칼을 깊이 찔러 넣었던 것이다. 얼마나 엄청난 고통이었을까…….

장례식이 끝나고 또 그로부터 서너 달이 지나고 난 뒤, 나는 우리 출판사에서 더 가까운 거리에 있는 아파트를 구해야 했다. 브루스의 부모님이 사전에 아무런 말씀도 없이 우리의 애환이 서린 그 아파트를 팔아 버렸기 때문이었다. 그동안 나 역시 많은 변화를 겪었다. 『헥스』가 80만 부 이상이나 인쇄될 정도로 대성공을 거두었기 때문에 나도 이제는 내 인생에 있어 수많은 결정들을 내려야 하는 일종의 분기점에 도달한 셈이 되었다. 서른여섯의 나이에 뉴욕의 최고 편집자 중의 한 사람이 된 나는 루카스 요더 씨와 함께라면 어느 출판사로도 마음대로 옮길 수 있는 위치에 서게 된 것이었다. 출판에 관한 공개 토론회에 자주 초청되는 나는 청중 속의 젊은 작가들이 나를 알아볼 때마다 래트너의 얼굴이 그들의 얼굴에 오버랩 되면서 몽롱한 현기증 속에 파묻히곤 하였다. 그럴 때면 〈대체 나는 어떻게 되는 걸까?〉 하는 의문이 가위 누르듯 내 의식을 뭉개 버리는 것을 어찌할 도리가 없었다.

나의 변화는 나 자신이 놀랄 정도였다. 그러나 나의 두 남자, 래트너와 요더 씨를 비판적으로 생각할 때면 요더 씨는 칼럼니스트들이 말하듯 〈출판계에 부를 몰아다 주는 작가〉이며 가장 확실하게 성공을 보장해 주는 작가이지만 사실 그가 쓰는 소설들에서 지적인 만족을 느낄 수는 없었다. 그의 그랜즐러 시리즈 중 여섯 번째 작품에 해당하는 『유제품 제조 판매소』에 대한 그의 구상은, 단도직입적으로 말하자면, 따분한 것이었다. 똑같은 공식에 똑같은 인물들, 펜실베이니아 독일인들에 관한 매력적이긴 하나 똑같은 내용들, 그리고 거의 변함이 없는 우스꽝스러운 방언들의 흩뿌림. 그런 소설이라면 나도 쓸 수 있겠다고 생각했다. 그렇지만 내가 소설을 쓴다고 해서 그 소설이 이 사회에 어떤 기여를 할 것인지 그것은 확신할 수가 없었다.

내가 정말 관심을 가졌던 것은 에반 케이터 교수와 베노 래트너가 설파한 소설에 대한 이념들이었다. 그들은 소설을 어떤 폭발적인 것, 즉 경이로움과 장엄한 계시적 광경으로 가득 차 있고, 평범한 행위에 대한 시적인 해석과 기묘하게 보이는 것에 대한 산문적 설명이 꽉 들어차 있는 것으로 보았다. 나는 베노가 꿈꾸었던 것과 같은 종류의 소설이 지닌 무한한 지평을 이제야 깨닫게 되었다. 생경한 이념들로 불꽃이 일 듯 활기에 넘치고, 수많은 도전으로 폭풍이 일 듯 힘이 넘치는 소설. 내가 이제 소설에서 구하는 것은 그렌즐러 지역에 관한 또 하나의 산문시가 아니라, 나 같은 지각 있는 사람이 어떻게 베노 래트너와 같이 자기 파괴적인 사람과 살면서 그 많은 세월을 허비할 수 있는지, 아무에게도 아무런 도움도 주지 못하면서 어떻게 그렇게 삶을 살아갈 수 있는지, 그런 묘한 삶에 대한 설명이다. 이와 같은 내 의식의 놀라운 전환에 대해 곰곰이 생각해 볼 때면 나는 이렇게 중얼거린다. 「자리를 지키세요, 루카스. 경이로운 친구여. 날카로운 칼날에서 멀리 떨어져 있는 신뢰할 만한 그대. 이 세상에서 어떤 문제도 일으키지 않을 사람. 선한 일만 할 당신. 그러나 래트너, 당신이 옳았어. 책에 관한 모든 토론에서 당신은 항상 옳았어. 당신은 우리들이 꿈도 꿔보지 못한 것을 보았고, 그리고 그것 때문에 죽은 거야. 당신은 꿈은 꿨지만 그 꿈을 6만 개의 잘 꾸며진 단어들로 전환시키지 못했어.」

어느 날 밤 나는 고함을 질렀다. 「래트너, 난 당신과 같은

비전을 가진 젊은이를 찾겠어. 그가 제대로 시작하고 굳건하게 자리를 잡아 천상의 별들 사이로 그의 머리를 들이밀 때까지 내 생명의 피를 바치겠어.」

이 눈부신 생각 끝에 내가 내린 결론은 래트너의 생각만큼 기묘한 것이었다. 나는 변호사와 이해심 있는 한 판사의 도움으로 내 성(姓)을 마멜로 고쳐 버렸다. 아일랜드계의 쾌활한 성격을 지닌 판사가 〈왜 당신같이 아름다운 여자가 성을 바꾸려고 합니까?〉라고 물었을 때 나는 이렇게 대답했다. 「저는 저의 가족, 그리고 조상들이 남겨 준 유산을 자랑스럽게 여기고는 있어요. 하지만 이제는 부모님도 안 계시고 삼촌도 안 계시고……. 그리고 저의 파란만장한 과거도 그렇고요. 새롭게, 새로 시작하고 싶어요.」

「그렇다고 프랑스 이름으로요? 프랑스 이름을 쓴다고 무슨 도움이 될까요?」

「발음이 좋잖아요. 그리고 기왕에 시작한 거 이름도 이본이라고 했으면 좋겠어요. 오코너 판사님은 여기 뉴욕에 셜리라는 이름을 지닌 여자들이 얼마나 많은지 아마 상상도 못 하실 거예요. 그래요, 모두 유대인들인데 모두 셜이라고 부르죠. 전 그 이름이 싫어요.」

「나도 같은 생각이오, 셜.」 오코너 판사가 말했다. 「자, 축하합니다, 미스 이본 마멜.」

「전 미스도 미즈로 고칠 참이에요.」

「당신이 그것도 나한테 허락을 받아야 한다면 난 허락하지 않겠소.」 오코너 판사와 나는 서로 마주 보며 씩 미소를 지었다. 그리고 그날 오후 나는 나를 아는 모든 사람들에게 다음과 같은 사항을 통지하였다.

제 업무에 조금이라도 도움이 될까 하는 생각에서 저는

오늘 날짜로 법원의 허락을 받아 제 이름을 미스 셜리 마멜스타인에서 미즈 이본 마멜로 바꾸었음을 알려 드립니다. 이제 막 시작된 저의 새로운 삶 *vita nuova*에 부디 많은 행운을 빌어 주세요.

〈하권에 계속〉

열린책들 세계문학 004 소설 상

옮긴이 윤희기 1958년 부산에서 태어났다. 고려대학교 영어영문학과를 졸업하고 동대학원 박사 과정을 수료하였으며, 숙명여자대학교와 강원대학교 등에서 강의했다. 현재 고려대학교 국제어학원 연구 교수로 있다. 논문 「로버트 블라이의 구조적 상상력」을 발표했으며, 옮긴 책으로는 폴 오스터의 『동행』, 『폐허의 도시』, 『소멸』, 『나는 아버지가 하느님인 줄 알았다』, 존 스타인벡의 『의심스러운 싸움』, 지그문트 프로이트의 『정신분석학의 근본 개념』, 『무의식에 관하여』, A. S. 바이어트의 『소유』, 『마티스 스토리』, 『천사와 벌레』 등 다수가 있다.

지은이 제임스 A. 미치너 **옮긴이** 윤희기 **발행인** 홍예빈·홍유진
발행처 주식회사 열린책들 **주소** 경기도 파주시 문발로 253 파주출판도시
전화 031-955-4000 **팩스** 031-955-4004 **홈페이지** www.openbooks.co.kr
Copyright (C) 주식회사 열린책들, 1992, 2009, *Printed in Korea.*
ISBN 978-89-329-0918-9 04840 **ISBN** 978-89-329-1499-2 (세트)
발행일 1992년 2월 15일 초판 1쇄 1993년 3월 25일 2판 1쇄 1999년 4월 20일 2판 5쇄 2003년 7월 30일 신판 1쇄 2006년 2월 25일 보급판 1쇄 2009년 1월 30일 보급판 3쇄 2009년 12월 20일 세계문학판 1쇄 2021년 5월 10일 세계문학판 7쇄

이 도서의 국립중앙도서관 출판예정도서목록(CIP)은 서지정보유통지원시스템 홈페이지(http://seoji.nl.go.kr)와 국가자료공동목록시스템(http://www.nl.go.kr/kolisnet)에서 이용하실 수 있습니다.(CIP제어번호:CIP2009003477)